우계학파·소론계
문인들의
한시와 미학

한국문학과예술연구소 학술총서 66

우계학파·소론계 문인들의 한시와 미학

양훈식 지음

學古房

목 차

제4부
시경시의 민중의식

6

머리말

　한시는 정경의 교융을 추구하는데 이는 시인의 흥취, 즉 시의 대상과 합일을 추구하거나 감정이입을 통해서 감각을 드러낸다. 시로써 뜻을 말하기 때문에 시인의 성정이 반영되어 나타난다. 그러나 철학적 사유를 바탕으로 절제되고 여운이 있는 시는 의경의 편폭이 크고 넓은데 비해 그 의미파악이 용이하지 않고 다양한 제재를 통한 경물의 묘사는 시인의 정감이 쉽게 드러나지 않아 독자가 이해하는 데 용이하지 않다.

　이 책은 이글을 읽는 분들이 조금 더 쉽게 접근할 수 있도록 하고 조선조 우계 성혼의 학맥 가운데 특히 한시 풍격과 미적특질이 어떻게 계승되어 가는지를 조선 중기의 우계의 제자들과 호남의 소론계의 문인에 이르기까지 범주를 넓혀 살펴본 결과물이다. 그간의 연구 성과를 전재하거나, 일부를 수정 및 보완하여 다음과 같이 4부로 구성하여 다루었다.

　제1부에서는 창랑(滄浪) 성문준(成文濬, 1559~1626)의 시학과 풍격을 살폈다. 여기서 창랑 시학의 배경과 형상화 양상과 창랑 성문준의 차운시에 나타난 풍격을 다루었다. 창랑의 시학은 가학을 토대로『고문진보』와『당음』의 영향을 받았고 구양수의 독서법과『논어』에서 체득한 공부가 그 바탕임을 알 수 있었다. 그의 시는 역사유적과 자연물의 완상을 통해 시화의 기능이 드러났고 격물치지의 사물인식을 시에 형상화하여 도연명과 방덕공을 지향인물로 제시하였다. 창랑의 차운시

에 담긴 풍격은 두 가지로 요약할 수 있다. 첫째는 사물에 대한 오랜 관찰을 통해 얻은 격물궁리의 청기(淸奇)와 고고(高古)의 풍격으로 오랜 시공간의 추체험을 통해 드러낸 자신만의 고유한 품성에 비롯된 것이었다. 둘째는 상현에 대한 지향을 통해 드러낸 전아(典雅)와 충담(沖淡)이다. 이는 청송, 우계로 이어지는 가학의 아정(雅正)한 품성을 바탕으로 한 것이었다.

제2부에서는 추탄(楸灘) 오윤겸(吳允謙, 1559~1636)의 한시의 배경과 현실 인식을 고찰하였다. 여기서는 추탄 오윤겸의 한시와 사행시에 나타난 현실 인식을 다루었다. 추탄은 16세기 한중일 대외 관계 속에서 중요한 인물로 부친 오희문의 학문교유 능력과 월사 이정구, 사계 김장생, 그리고 스승 우계 성혼과의 교유 및 사제의 인연을 통하여 시의 배경을 이루었다. 이러한 학적 교유를 바탕으로 온건한 관료문인으로서 당대의 체험을 통한 현실인식을 그의 시 안에 핍진하게 반영하여 형상화하였다. 그의 사행시에서는 군자유로서의 중정(中正)한 의식과 경대부로서의 당대현실을 직시한 관료의 고뇌를 반영하여 한중일 대외관계 속에서 균형감각을 갖춘 인물이 어떻게 당시 사회를 바라보고 그 입장을 어떻게 형상화하고 있는지 당시의 시대상과 현실이 반영됨을 알 수 있었다.

제3부에서는 호남 소론계 문인들의 한시를 다루었다. 여기서는 이를 3장으로 나누어 호남의 연안이씨로 소론계 인물에 해당하는 하유당(何有堂) 이석신(李碩臣, 1659~1738)과 그의 후손인 송파(松坡) 이희풍(李喜豐, 1813~1886)을 조명하고자 하였다. 이 3부에서 고찰한 성과들은 호남의 연안이씨의 문인들에 관한 연구 성과로서 통시사적으로 볼 때 특히 강진과 해남지역을 중심으로 연안이씨가의 한시의 풍격 중 '청(淸)'의 특징이 조선전기 이후백(李後白)으로부터 시작된 점을 밝히고

조선중기 송정(松亭) 이복길(李復吉), 조선후기 하유당 이석신에 이르러 '직(直)'의 정신이 결합되어 그 시맥이 조선 말기의 송파 이희풍에 이르기까지 면면히 계승되고 있음을 규명한 것이다.

먼저 1장은 하유당 이석신의 한시에 나타난 삶과 풍격에서 명철보신(明哲保身)과 겸겸군자(謙謙君子)의 지향이라는 두 측면에서 살펴보았다. 호학적 자세와 충의의 정신이 드러났으며, 부자자효에서 드러난 골육지친의 정을 그의 시문에 반영하였다. 충효와 덕행, 절의가 그의 인물됨의 주된 특징이었으며 '청(淸)'과 '직(直)'의 풍격이 드러남을 밝혔다.

다음으로 2장은 하유당의 한시에 구현된 미적 특질에서는 향토적 시어의 포치(布置), 표현기법과 미적 특질의 두 부분으로 나누어 살펴보았다. 향토적 시어의 포치에서는 시적 소재의 향토성 반영과 지역 승경의 형상화 측면에서 다루었다. 표현기법과 미적 특질을 우의적 기법의 형상화와 한적, 영사적 장소의 관조와 전아, 술회적 회포의 감성과 침착으로 구분하여 조망하였다.

마지막으로 3장 송파 이희풍의 시학 배경과 형상화 양상에서는 『송파유고』를 통해 그의 생애를 조망하고 시학의 배경 및 시문의 형상화 양상을 고찰하였다. 특히 생애와 시학의 배경에서는 독효(篤孝)의 실천과 통찰의 조감(藻鑑), 성정(性正)의 인식과 시학의 배경으로 나누어 고찰한 결과 그는 성정이 바른 데에 있어야 시문을 이룰 수 있음을 강조하였고 이를 시학의 정신으로 삼았다. 또한 그의 시문의 형상화 양상은 첫째, 사물의 정밀한 관찰과 경물의 형상화, 둘째, 감성의 묘파(描破)와 상시(傷時)의 형상화, 셋째, 영사(詠史)의 공간과 충의(忠義)의 인물 형상화로 나뉘어 나타남을 제시하였다.

4부에서는 시경시의 민중의식을 고찰하였다.

『시경』시 중에서 「국풍」에 수록된 풍자시를 중심으로 이에 나타난 민중의식의 본질을 다루었는데 시경의 흥관군원의 세계를 이해할 수 있는 바탕이라는 것을 밝히고 있다.

1, 2, 3부에서 살펴본 인물들은 아직 학계에 잘 알려지지 않아 연구가 미미한 실정이다. 이 책이 이들을 주목하는데 자그마한 초석이 되고 향후 이들을 조명하는 계기가 되기를 바라는 마음이다.

이 책이 나오기까지 많은 분들이 도움이 있었는데, 한 분 한 분 모두 거론하지 못한 점은 송구하다. 이번에 정년퇴임을 하시는 백규(白圭) 조규익(曺圭益) 교수님의 배려와 조언이 있었기에 그간 거북이걸음처럼 내디딘 결과물을 내놓을 수 있게 되었다. 더불어 읽기 편하도록 잘 다듬어 주신 학고방 출판사의 사장님과 편집장님께 감사말씀 드린다. 짧은 기간 동안 범박하게 넓은 범주의 한시 세계를 담느라 글이 정밀하지 못한 것이 사실이다. 관심 있는 독자 제현의 질정을 바라며 더 나은 연구자로 거듭나기를 다짐해 본다.

임인년(壬寅年)에 낙산(駱山) 아래 청송재(靑松齋)에서

제 **1** 부

창랑 성문준의
시학과 풍격

제1장

창랑 시학의 배경과 형상화 양상

1. 들어가며

조선조 학자들의 심성수양은 "겸선이 불가능해진 시기 산림에 은거하며 독선에 충실"[1]했을 때에 이루어진 결과물이다. 이때 수양의 의지와 그곳에서 겪고 보아온 경물을 시에 담는 일은 당시 학자들의 공통된 관심사라 할 수 있다.

16세기 중엽에 파주 지역에 은거를 지향한 성문준(成文濬, 1559~1626)은 그의 할아버지가 청송(聽松) 성수침(成守琛, 1493~1564)이며, 그의 아버지는 문묘에 배향된 우계(牛溪) 성혼(成渾, 1535~1598)이다. 성혼의 둘째 아들로 태어나 어려서부터 효제충신(孝悌忠信)한 인물이다. 그의 자는 중심(仲深)이고 호가 창랑(滄浪)이다. 그는 창랑정(滄浪亭)을 짓고 그 주변의 인물들과 교유하며 은거하였다. 여기서 창랑은

....

1) 이종묵, 『한국 한시의 전통과 문예미』, 태학사, 2002, 101쪽.

굴원(屈原, B.C.340~B.C.278)이 지은 〈어부사(漁父詞)〉에 드러난다. 이는 "창랑의 물이 맑거든 내 갓끈을 씻고, 창랑의 물이 흐리면 내 발을 씻을 수 있다[滄浪之水淸兮 可以濯吾纓 滄浪之水濁兮 可以濯吾足]" 라는 구절에서 그 의미를 취한 것을 짐작할 만하다.

성문준의 시문은 『창랑집』에 전하는데 이 문집의 권1, 권2에는 성문준이 시 원고를 정리하게 된 경위를 밝히고 있다. 그의 시는 9세에 지은 것부터 수록되어 있다. 어려서부터 시를 잘 지어 아버지의 벗들인 박수암(朴守菴)과 이율곡(李栗谷)의 칭찬을 들었다고 한다. 그 때 지은 〈영동과(詠東瓜)〉를 비롯해서 1626년 절필(絶筆)할 때 쓴 〈침질시작(寢疾時作)〉까지 도합 300여 수가 전한다. 시체(詩體)는 구분이 없으며 연도순으로 수록하였다. 그런데 그의 시에는 제목의 의미를 알기 쉽게 설명해주는 소서(小序)가 자주 등장하는데 이는 사정상 성문준이 직접 스스로 주석한 것으로 보인다. 그런데 이 시집(詩集) 부분은 그가 생전에 아들 성직(成樴, 1586~1680)에게 부탁하여 정리해 둔 것을 차례로 엮은 듯하다. 그가 교유하고 수창(酬唱)한 대상은 부친의 문하생이 주를 이룬다. 특히 안방준(安邦俊, 1573~1654), 오윤겸(吳允謙, 1559~1636), 이암(李黯, 1553~1637) 등이 대표적이다. 그 외 정철의 아들 정종명(鄭宗溟, 1565~1626), 조선조 팔문장가 중의 한 사람 최립(崔岦, 1539~1612), 그리고 정두경(鄭斗卿, 1597~1673), 이성징(李聖徵, 1564~1635), 윤방(尹昉, 1563~1640) 등이 포함되어 있어 이들의 인물군을 볼 때 주로 당대 서인(西人)의 명사들이 주로 그와 교유한 인물이다.

성문준에 대한 연구는 이형성이 성문준의 성리학적 본체론의 사유의 배경을 밝힌 것이 유일하다. 그는 "부친의 학문인 '우계학'을 계승하면서도 합리적으로는 심성론보다는 본체적 측면에서 성리사상을 전개하고 있다"고 하여 성문준 철학의 본류를 밝혔다.[2] 그렇다면 조선중기 성문준의 시문학에서도 성리학적 본체론의 사유와 가학의 영향이 그대로 드러나는지 살펴볼 필요성이 제기된다. 그러나 현재까지 『창랑집』의 번역이 이뤄지지 않아 그에 대한 본격적인 연구는 미미한 실정이다. 할아버지와 아버지보다 영향력이 상대적으로 작아 덜 알려진 때문이기도 하다. 따라서 이를 전제로 하여 그의 시학과 시의 형상화 양상에 주목하여 이를 탐색하고자 하는 것이 이 연구의 목적이다. 이 책에서는 창랑의 시학과 가학이 드러난 『파산세고(坡山世稿)』를 중심으로 성수침, 성혼으로 이어지는 가학이 성문준의 시에서도 드러나는지 살펴보고 성문준 시학의 형성배경과 그 시의 형상화 양상을 고찰해 나갈 것이다. 이는 그의 시에 나타난 경물의 차경(借景)과 감정의 응축(凝縮) 양상을 이해하는 길이며 "삶의 진실과 문학적 표현 사이의 상관관계"[3]를 밝히는 길이기도 하다.

2. 창랑 시학의 형성배경

1) 효제충신(孝悌忠信)의 성문(成門) 가학과 은거지향 및 당음(唐音)의 영향

성문준의 생애와 사상, 그리고 그의 시문학은 할아버지 성수침의 『청송집』, 아버지 성혼의 『우계집』, 그리고 자신의 문집 『창랑집』을 합본

----

2) 이형성, 「滄浪 成文濬의 太極·陰陽·五行의 聯關性 一攷」, 『한국사상과 문화』 75권0호, 한국사상문화학회, 2014, 273-298쪽.
3) 조규익, 『조선조 시문집 序·발의 연구』, 숭실대학교 출판부, 1988, 194쪽.

한 『파산세고』에 상세히 드러난다. 『파산세고』에 따르면 성문준은 파산의 계상에 있는 집에서 태어났다. 여기서 계상은 지금의 파평면 눌노리 앞으로 흐르는 쇠내, 즉 우계를 의미한다. 그의 자가 중심(仲深)인데서 둘째임을 알 수 있는데 그의 형은 문영(文泳)이 있었으나 요절하였고 동생은 우계의 측실 소생으로 문잠(文潛)이 있다.

성문준은 16세에 함안(咸安)조씨 조감(趙堪)의 딸을 아내로 맞이하여 아들 셋과 딸 셋을 낳았다. 그는 3남3녀를 두었는데 아들로는 차례로 성력(成櫟), 성익(成杙) 그리고 성직(成樴)이 있고 딸들은 각각 신민일(申敏一), 안후지(安厚之), 윤정득(尹正得)에게 시집갔다. 그의 벼슬살이를 살펴보면 1585년에 사마시에 합격하여 출사하였다. 서른세 살에 장사랑(將仕郎) 연은전참봉(延恩殿參奉)을 지냈고, 마흔 셋에 효력부위익위사세마(效力副尉翊衛司洗馬)를 역임하였다. 마흔 넷에 관직을 버리고 고향 파산으로 돌아왔는데 아버지가 무고를 당하자 그곳에서 14년간 은거하였다. 이후 인조반정으로 서인이 집권을 하자 다시출사하였다. 그의 나이 예순 다섯 살 4월에 승의랑사포서(承議郎司圃署)의 사포(司圃)가 되었고, 10월에 영동현감(永同縣監)으로 나갔다. 예순 여섯의 가을에는 그의 벗 월사(月沙) 이정구(李廷龜, 1564~1635)를 찾아가 그의 아버지에 대한 행장을 요청하였다. 예순 여덟에 서울 집에서 생을 마쳤는데 그가 남긴 저서는 그의 시문을 모은 『창랑집(滄浪集)』[4]과 『태극변(太極辨)』, 『홍범의(洪範義)』가 있다.

한 인물의 시를 이야기할 때 시학은 그의 시론과 시평을 포함해서

....

4) 鄭斗卿이 『창랑집』의 序를 썼다. 『창랑집』 권1, 권2에 202題의 시가 전한다. 따라서 현재 전하는 그의 시는 도합 300여수이다. 부록에는 「懶眞詩稿」로 成文濬의 아들 成杙의 詩 47수가 첨부되어 있다.

살펴야 한다. 여기서 시론과 시평은 시의 이론을 토대로 시의 품평을 통해 시의 잘잘못과 수준의 높낮이를 자리매김하는 일이다.[5] 따라서 그 인물의 시화, 잡록 및 문집 등에서 시를 논의한 문장 등이 시학에 해당하는 것은 당연하다.[6] 이처럼 시학은 작자의 시문에 관한 여타의 활동까지 그 범주에 포함할 수 있다. 그렇다면 성문준의 시학에 가학의 영향관계는 어떻게 드러나는지 살펴보자. 먼저 그의 조부 성수침이 쓴 시로 산에 은거하며 읊은 시이다.

> 我亦從來與世違　　나도 종래의 세상과 어그러지자
> 欣然一笑擲塵機　　흔연히 한 번 웃고 세상을 경영할 뜻 던져버렸네
> 此心若識能通辨　　이렇게 될지 알았더라면 잘 분별하여
> 老死山林未必非　　늙어 산림에 죽어도 반드시 그릇된 것은 아니리
> 　　　　　　　　　　　　　　<산거잡영(山居雜詠)>[7]

청송 성수침은 그의 스승 조광조의 죽음을 목도하고 이후 파산에 은거하게 된다. 위 작품은 이 때 지은 시로 은일(隱逸)의 지향(志向)이 드러난다. 파산에 은거하여 은일지사로서의 삶을 표방하고자 한 것이다. 이처럼 성수침은 도학의 실종에 대한 안타까움을 드러내며 자신이 은거하게 된 이유와 그러한 삶을 긍정하는 방식을 담아냈다. 그러는 한편 결구에서 "산림에 죽어도 반드시 그릇된 것은 아니리"라고 하여 독선기신(獨善其身)의 자세와 의지를 보여준다.

이러한 경향은 성혼에게서도 나타난다.

---

5) 안대회,『소화시평』, 성균관대학교출판부, 2016, 9쪽.
6) 전형대·정요일·최웅·정대림,『한국고전시학사』, 기린원, 1988, 24쪽.
7)『聽松先生集』「山居雜詠」29.

滿山松月入窓深	온 산에 가득한 松蘿의 달 깊이 창문에 들어오니
淸夜欣然會此心	맑은 밤 흔연히 이 마음에 흡족하네.
更有飛泉鳴遠壑	다시 폭포 소리 먼 골짝에서 울려오니
杳如風雨在深林	마치 깊은 숲 속에서 비바람 몰아치는 듯 하여라

<월야독음(月夜獨吟)>[8]

기구에서는 은자가 머무는 공간에 환한 달빛이 들어옴을 형상화했다. 승구에서 소강절이 〈청야음(淸夜吟)〉의 시에서 읊은 것처럼 자득의 묘미를 담았다. 여기서 달과 자신은 지음이 된다. 폭포 소리는 자연의 움직임에 조응할 때 더 잘 드러난다. 이는 자연 속에서 살며 그 속에서 경험한 달빛과 폭포 소리를 통해 은일자의 감성을 보여준 시라 할 수 있다.

부자간의 두 시에서 '흔연(欣然)'이 공통적으로 나타난다. 이는 은일의 멋을 표현한 것으로 성수침의 시에서는 자신이 은거하게 된 이유와 그러한 삶을 긍정하는 방식이 드러난 반면 성혼의 시는 산속에서 경험한 달빛과 폭포 소리를 통해 은일의 감성을 보여준다. 이처럼 부자간의 시 속에 은일지향이 반영되고 있다는 사실을 통해 그 정신이 배태되고 전승됨을 짐작할 수 있다.[9]

다음에서 제시할 내용은 성문의 가학과 효제충신이 드러나는 글이다. 하나는 성문의 가학이 드러난 글과 시로 성혼이 아들 성문준과 그의 손자들에게 보낸 글 및 성문준이 손자에게 보낸 시, 그리고 성문준이 박순의 상에 문상을 다녀온 후 지은 것으로 효제충신이 드러난 경우

....

8) 『牛溪先生集』 「卷之一 詩」.
9) 양훈식, 「성혼 시의 도학적 성향과 풍격미」, 숭실대학교 박사학위논문, 2016, 97쪽 재인용.

이다.

　문준은 자질이 순후하고 욕심이 적으며 또 의리를 아니, 얻기 어려운 아름다운 자질이라고 할 만하다. 그러나 나를 닮아 기질이 허약해서 열심히 책을 읽어 학문을 성취할 수가 없으니, 무엇보다 의서를 보아 양생하는 방도를 통달하도록 하라. 그리하여 마음과 기운을 완전히 기르고 자고 먹는 것을 편안히 하여 장수함으로써 부모의 마음에 부응하여야 할 것이다. 또 세속의 일에 어두운 데다 기민함이 부족하여 모든 물정과 사세, 노복을 통제하고 부리는 일과 집안을 다스리고 가사를 처리하는 일에 있어 다급할 때에는 혹 상황 판단이 분명치 못하여 도리어 세속의 영리한 사람만 못하기도 하다. 이 때문에 집안 살림이 가난하니, 날마다 굶주림과 추위에 곤궁하여 집안을 꾸리고 처자식을 부양하는 일을 제대로 하지 못할까 심히 우려된다. 지금 큰 난리가 나서 사족들이 이리저리 유리하니, 오직 은혜로써 노복들을 어루만져 더불어 농사에 힘써서 본업에 힘쓰도록 하라. 이외에 자식에게 책을 읽는 것을 가르쳐서 밤낮으로 부지런히 힘써 우리 집안에 대대로 전해 오는 先人의 학문이 땅에 떨어지지 않게 하고, 문헌과 시서가 후손에게 끊어지지 않게 한다면 내 비록 죽더라도 지하에서 편안히 눈을 감을 수 있을 것이다.
　세 손자들을 잘 기르면 크게 성취하는 것을 기대할 수 있으니, 너희들은 천만번 학문에 힘써서 성명의 정미한 이치를 연구하여 자신을 위하고[爲己] 실제를 힘쓰며 마음을 잡아 지키고 완색하는 공부에 뜻을 다하도록 해야 할 것이다. - <중략> - 을미년 2월 연안의 바닷가 각산의 민가에서 쓰다.

<시자문준급삼손아(示子文濬及三孫兒) 을미춘(乙未春)>¹⁰⁾

....

10) 『牛溪先生集』, 卷之六「雜著」, "文濬 淳厚寡欲而又識義理 氣質之美 可謂難得 然氣虛類我 不能讀書刻苦以就其學 最宜看醫書 達養生之道 完養心氣 安其眠食 至於老壽 以副父母之心可也 又未諳塵俗之事 且乏警敏 凡物情事勢 奴僕制使 治家幹蠱 造次或不能曉事 反不如俗間伶俐之人 以此居貧 深慮日

위는 성혼이 아들에 대한 인물평과 삶의 자세를 당부한 글이다. 이것은 을미년(1595, 선조28) 봄 임진왜란 중에 연안 바닷가 각산 민가에서 피란생활을 하면서 썼다. 성혼은 자식과 손자에 대한 당부를 하고 있다. 성혼은 아들에 대해 진솔하게 평가한다. 이는 아들이 바탕이 순후(淳厚)하고 욕심이 적지만 의리를 아는 인물로 여긴 점에서 알 수 있다. 그러나 자신을 닮아 기질이 허약해서 학문을 성취할 수가 없다고 탓한다. 그래서 양생하라고 역설하고 있다. 또한 세속의 일에 어두운 데다 기민함이 부족하다고 보았다. 이는 그가 물정(物情)과 사세(事勢), 노복을 통어하는 것과 일처리가 미숙하다고 본 데서 잘 드러난다. 그러니 공부보다는 노복들을 우대하여 더불어 농사짓는 본업(本業)에 힘쓰라고 당부하고 있다. 그 평가는 대체로 공정하지만 내용을 통해서 볼 때 아들에 대한 아버지의 자상한 정이 묻어난다. 미래를 대비할 수 있는 방도를 알려주는 모습은 여느 아버지와 다름없다. 선인(先人)의 학문이 땅에 떨어지지 않게 하라는 점과 문헌(文獻)과 시서(詩書)가 후손에게 이어지게 하는 일을 중요시 하였다. 따라서 양생과 명철보신(明哲保身), 그리고 문헌과 시서가 이어지기를 바라는 것이 성문 가학의 요점임을 알 수 있다.

다음에서 성문준의 효제충신의 삶을 살펴보자. 예컨대 성문준은 아버지의 명으로 사암(思菴) 박순(朴淳, 1523~1589)의 장례에 다녀왔다.

困飢寒 不得承家而俯育也 今時大亂 士族流離 唯當撫奴僕以恩 與之力穡 以務本原之業 此外敎子讀書 孳孳日夜 使吾先人傳家之學不墜于地 文獻詩書 不絶于後 則余雖死 可以瞑目於九原矣 三孫長育 可望成就 爾輩千萬力學 竭性命之精 畢志於爲己務實操持玩索之功可也 漢龍 幼時童心 頗蓄雜物 家人輩戲之 指爲多欲 豈合以此目汝哉 汝可旣長而觀此 以爲深恥 厲廉恥辨義利 淸脩自立 無忝爾所生可也 乙未二月 書于延安海曲角山民舍".

박순은 14년 영의정에 재직하는 동안 동서붕당의 시기에 이이와 성혼의 편을 든 인물이다. 그때 탄핵을 받고 영평(永平)의 백운산에서 은거하다가 생을 마감하였다. 이에 성혼은 아들 성문준에게 자신이 쓴 만시(輓詩)를 전하여 박순의 넋을 위로하게 한 것이다.[11] 이는 성문준이 아버지 대신 영의정 박순의 문상에 참여하여 일을 잘 처리한 것을 다룬 것으로 아버지의 돈독한 신임을 받고 있다는 사실을 알 수 있다.

성문준은 54세에 성혼의 문인으로서 이름을 알린 우산(牛山) 안방준(安邦俊, 1573~1654)과 함께 『파산수창집(坡山酬唱集)』을 만들었는데 이때 그의 조부 청송 성수침이 파산을 노래한 한 장이 팔구로 된 사언시를 담았다. 여기서 조부의 시문을 읽고 편집하는 과정에서 그의 시정신이 배태되었으리라는 짐작을 할 수 있다. 한편 그의 문집 『창랑집』서문에는 그의 시학의 과정이 드러난다.

> 나는 태어나 처음 영구치가 났을 때 『고문진보』 전집을 읽고 겸하여 당음을 보고 작시법을 배웠다. 선배들께서 이따금 이를 칭찬하였다. 박수암, 이율곡 양 선생께서 보시고 이르시길 "옛 뜻에 진취가 있으니 힘써 배우면 문장을 이룰 수 있다."라고 하시니 마음속으로 자부하였다. 뒤에 병 때문에 폐하여 책을 묶어두고 보지 않다가 이제 이미 늙게 되었다. 젊은 날을 회상해보니 저도 모르게 슬프도다. 하루는 직아(櫻兒)가 공책을 가져와서 내게 시를 써 달라 청하니 비로소 전후에 지었던 작품을 다시 기억해냈다. 대개 남은 것은 겨우 백에 한 둘이고 졸렬하고 비루하여 볼만하지 않다. 한가로이 한 집안 자제들에게 보일뿐이니 감히 스스로 작자의 반열에 넣지 못하겠다. 만력 정미년 늦여름에 창랑 생은 쓴다.[12]

....

11) 『牛溪先生集』「卷之一」 <挽思菴朴相公淳>, "世外雲山深復深 溪邊草屋已難尋 拜鵑窩上三更月 應照先生一片心".

위 글은 성문준이 읽은 책과 시 작법을 배운 시기, 자신의 시적 역량에 대한 소회, 독서를 않게 된 이유 및 다시 시문을 모으게 된 계기를 보여준다. 그가 어릴 때부터 읽은 책은『고문진보』이다.『고문진보』에서 전집은 시문을 다루고 있기 때문에 이른 시기부터 그가 시문을 배웠음을 짐작케 한다. 이후『당음(唐音)』을 통해서 작시법을 배운 것을 알 수 있다. 성문준이 시를 짓는 능력은 이 두 책에서 배운 시작법에서 비롯된 것으로 그 실력도 좋았던 듯하다. 이는 수암(守菴) 박지화(朴枝華, 1513~1592)와 율곡(栗谷) 이이(李珥, 1536~1584)가 그의 시를 칭찬한 데서 알 수 있다. 따라서 성문준의 시에 나타난 특성은 청송 시문집 편찬과정에서 익힌 것과 은거하며 지낸 부친의 학문적 영향을 무시할 수 없다. 이점이 창랑 시학의 형성에 있어 성문 가학이 전승되는 부분이라 할 수 있는 것이다. 그러나 성문준은 병으로 시 짓기를 폐하였다. 이후 다시 붓을 잡은 계기가 셋째 아들 성직(成櫻)이 시를 써달라고 한 데서 비롯된다. 여기서 넌지시 자식에 대한 부정을 느낄 수 있다. 성문준은 시 작품은 가정에서나 전할 만하지 다른 이들처럼 작자의 반열에는 들어가지 못한다고 겸사한다. 이는 자신의 시가 졸렬하고 비루하여 볼만하지 않다고 여긴 것으로 자신의 시에 대해 겸양의 자세와 인품이 그 속에 묻어남을 알 수 있다.

한편 성문준은『唐音』을 통해 시작을 배웠다고 하였다. 여기서『唐音』은 중국 원나라 때 양사굉(楊士宏)이 엮은 책이다. 여기서는 당시

----

12) "余生始齔 讀古文眞寶前集 兼看唐音學作詩 先輩徃徃稱之 朴守菴 李栗谷兩
   先生見謂有眞趣古意 力學則可以成章 心竊自負 後因病廢 束書不觀 今已老
   矣 回想少日 不覺悵然 一日 櫻兒持空冊來請錄余詩 始復記憶前後所作 蓋所
   存者才百之一二 拙陋不足觀 聊以示一家子弟而已 非敢自齒於作者之列也
   萬曆丁未暮夏 滄浪生書."

(唐詩)의 오음(五音)과 칠음(七音)을 수록하여 시문에 대한 간략한 해설을 통해 시를 짓는 능력을 기를 수 있도록 구성하였다. 이 책이 그의 시풍에 영향을 준 것이 사실이다. 왜냐하면 당시에 삼당시인(三唐詩人)이 활약한 만큼 그의 시에도 이러한 영향이 나타날 수밖에 없기 때문이다. 그렇다면 그의 시에 나타난『唐音』의 영향은 어떻게 드러나는지 살펴보자.

아래에 제시한 성문준의 시는 당나라 시인 장적(張籍, 766~830)의 〈수의석탑(繡衣石榻)〉과 비슷하다. 앞의 시는『전당시(全唐詩)』권 386에 실려 있다.

山城無別味	산성에는 별미가 없지만
藥草兼魚果	약초에 생선과 과일을 겸한다.
時到繡衣人	때때로 어사가 이르면
同來石上坐	함께 돌 위에 앉는다.

<창랑옹서여경일손(滄浪翁書與慶一孫)>13)

성문준의 장자는 첨정을 지낸 성력(成櫟)이다. 성력의 부인 , 즉 성문준의 맏며느리는 전주 이씨 파곡(坡谷) 이성중(李誠中, 1539~1593)의 손녀로 아들 셋을 두었다. 위 시는 제목에서 알 수 있듯이 성문준이 손자 경일(慶一)에게 써 준 것으로 피란 중 자신의 산성 생활의 고달픈 현실을 보여준 셈이다. 임진란의 참화로 성문준이 산성에 피란을 갔을 때의 일로 식량이 없을 때 고작 약초와 생선, 과일이 먹을 것의 전부였다. 이때 쓴 시로 먹을 것이 넉넉지 않은 전쟁 중의 궁핍한 생활상을 보여준다. 피란생활의 면모를 손자에게 보여주어 전쟁의 참혹한 현실

....

13)『滄浪先生詩集』「卷之一」.

을 제시한 것이다. 때때로 그곳에 수를 놓은 옷을 입은 사람, 즉 수의(繡衣)사또로서 어사처럼 귀한 신분이 찾아오더라도 피란살이의 궁핍한 삶이라 대접이 후하지 못했다. 다만 산에서는 쉽게 캘 수 있는 약초에다가 생선과 과일을 놓고 그간의 흉금을 터놓으며 담소를 나눌 뿐이다. 따라서 이 시는 전쟁 중 피란생활을 담담하게 핍진한 모습을 읊조린 작품으로 당시풍의 감성이 드러난 작품이라 할 수 있다.

다음 시는 성문준이 지은 시 가운데 가장 이른 시기의 작품으로 『창랑집』에 전하는 것이다.

> 小圃東瓜熟　　작은 채전에 오이가 익으니
> 靑蔓上屋簷　　처마 위로 푸른 덩굴 오르네.
> 摘來充鼎實　　따다가 솥에 넣고 우려낸 맛
> 大味勝陶潛　　덤덤함이 도연명 보다 낫구나.
> <영동과(詠東瓜) 구세작(九歲作)>[14]

위의 시를 지을 즈음에 성혼은 <제아자소초시권(題兒子所抄詩卷)>에서 성문준을 칭찬하였다.[15] 여기서 성문준이 도연명의 아들들보다 재주가 있다는 점을 칭찬한 셈이다. 이는 성혼이 도연명의 삶 속에 담긴 자식들을 언급하면서 자신의 아들에 대한 믿음을 더 드러낸 셈이다. 앞에서 언급한 바와 같이 이 무렵 성혼의 벗들도 성문준의 시재(詩才)를 칭찬하였다. 이 시는 오이가 익어 처마위로 올라가는 모습을 담았다. 오이를 따다가 솥에 넣고 우려낸 맛이 덤덤함을 도연명의 한적한

----

14) 『滄浪先生詩集』「卷之一」.
15) 『牛溪先生集』「卷之一 詩」, "汝年十二歲너의 나이 이제 열두 살에/ 能好新詩句새로운 시구 잘 지으니/ 猶勝陶家兒오히려 도씨 집안의 아이들이/ 梨栗長在口배와 밤 입에 물고 있는 것보다 낫구나."

삶보다 낫다고 여긴다. 이는 성혼이 그려낸 도연명의 삶을 은연중 자신의 시 작품에도 반영한 것으로 전원생활의 자연스런 멋이 드러난다. 이 시도 자연과 인물의 정경을 채전, 오이, 처마, 덩굴, 솥 등의 어휘를 통해 구체화하고 있는 것이다. 따라서 전원생활의 멋과 자연의 정취가 드러나고 있는 점에서『당음』의 자연시풍의 경향이 담겨있다고 볼 수 있다.

2) 독서인의 삶과 상현(尚賢)지향을 통해 드러낸 성리학적 사유의 반영

다음에서 성문준이 성리학적 사유의 영향과 도학자로서의 실천적 삶을 통해 그의 소양이 어떻게 시에 형상화되어 나타나게 되는지 살펴본다. 이는 성리학의 실천적 자세와 독서인으로서의 삶의 모습을 이해하는 길이기 때문이다.

먼저, 송시열이 찬한 글 속에 성혼이 아들의 행실을 거론한 대목이다.

> 삼가『우계집』을 보면 그 속에 선생이 처음에는 공이 일에 있어 잘 모르는 것을 병통으로 여기다가 얼마 뒤에는 이르기를, "순후하고 욕심이 적으며 또 의리를 알고 있어, 그렇게 아름다운 기질은 얻기가 어렵다고 하겠다." 하였고, 또 송강에게 말하기를, "그의 효성과 우애는 나도 따를 수가 없다."하였으니 아, 우계 선생이야말로『대학』의 도에 많은 공력을 쏟은 이로서 자신의 사랑하는 아들이라 하여 치우치게 말하지는 않았을 것이니, 아마도 공을 제일 잘 아는 이는 선생이었을 것이다. 다음과 같이 銘한다.

惇孝友忠信居	효우에 힘쓰고 충신으로 살며
詩與文以其餘	시와 문은 여사로 여겼다
父曰子於事疎	아버지 말씀은 아들이 일에 어두워도

乃其行吾不如　　그 행실은 나도 그만 못하다하셨지
其父誰坡翁歟　　그 아버지는 누군가 파옹 아니던가
學程朱溯思輿　　정자 주자 배우고 자사 증자 추모했다
言有物豈欺余　　말은 법도 있으니 어찌 날 속이겠나
欲知公此可於　　공을 알고 싶거든 이 말을 보면 되리

<창랑공독부서(滄浪公讀父書)>[16]

　위 글은 우암 송시열이 찬한 창랑공 묘갈명의 내용이다. 여기서 성혼이 아들 성문준에 대한 평과 우암이 쓴 명(銘)을 통해 그의 인물됨이 드러난다. 송시열은 성문준의 처지를 잘 대변한다. 그는 성문준이 효우와 충신을 위주로 하고 시문은 그 여가시간에 하는 일쯤으로 여겼다고 칭찬한다. 또 성혼이 아들을 칭찬한 대목을 그대로 재인용하여 시에 배치하였다. 성혼도 성문준이 일 처리는 사정에 어둡지만 독실한 행실은 아들이 낫다고 인정한다. 이는 성혼이 아들 성문준의 덕행을 칭찬한 것이다. 성혼도 한 때 이이에게 행실에 있어 칭찬을 받은 적이 있기 때문에 행실 면에서는 부자간 영향이 있다고 할만하다. 그런데 자신보다 낫다고 아들을 칭찬하였으니 그 덕행이 뛰어남을 인정한 셈이다. 이후의 찬은 성혼처럼 법도 있는 분의 말씀이니 성문준을 칭찬한 이 말이 믿을 만하다고 덧붙였다. 여기서 송시열은 성혼이 행실의 상현(尚賢)대상으로 삼은 인물들로 정자(程子), 주자(朱子), 자사자(子思子), 증자(曾子) 등을 들어 상찬하였다. 이들은 유학의 전 시기를 통틀어 가장 뛰어난 현인들에 해당하는 셈이다. 따라서 이 명문은 성문 가학의 전승이 덕행으로 전해짐을 인정하고 이를 계승한 성문준도 함께 높이 평가한 글이라 할 수 있다.

....

16) 『宋子大全』「卷一百七十四 墓碣 滄浪成公墓碣銘 幷序」.

이상의 사례들은 성문 가학에서 전승된 효제충신의 내용이다. 조광조-성수침-성혼-성문준으로 이어지는 도학의 전승과정에서 성문준의 행실은 당시에 많은 이들이 주시하였을 것으로 짐작된다. 이는 『대학』에서 제시한 "열 눈이 보는 바이며 열 손이 가리키는 바이니 그 엄중하도다(十目所視 十手所指 其嚴乎)"라고 한 것처럼 군자의 처세를 알 수 있다. 특히 동서분당의 상황에서 많은 인물들이 지켜보는 가운데 성문준이 그 행실을 수행해야 했음을 짐작해 본다면 그 의미가 크게 다가온다. 따라서 성문(成門) 가학에서는 부모자식간의 도리를 강조하고 몸을 보중하며 덕행을 신실하게 하는 효제충신의 정신이 청송-우계-창랑 대까지 지속됨을 알 수 있다.

성문준의 성리학적 사유는 그가 쓴 시에 드러난다고 할 수 있지만 잡저(雜著)에서도 드러난다. 이는 그가 조카 신량(申湸, 1596~1663)에게 써 준 「독서칠결(讀書七訣)」의 내용을 통해 살펴보자. 여기에는 자서(自序)가 있는데 "조카 신량이 약관에 문장을 전공하는데 재주가 남보다 뛰어나지만 평하는 능력은 충분하지 않다. 막 문선을 읽는데 어떻게 들어갈지 몰라 근심하니 이 글을 써서 그에게 준다. 내가 말을 안다고 하기는 충분하지 않지만 연상거촉(燕相擧燭)[17]의 공을 받기를 바랄 뿐이다."[18]라고 하였다. 서문에서는 성문준이 13세 소년 신량이 책을 평가

....

17) 擧燭은 촛불을 든다는 말이다. 이는 현자를 등용하는 것에 비유하였다. 과거 초나라 郢 땅 사람 가운데 연나라 相國에게 편지를 쓴 자가 있었다. 밤에 편지를 쓰는데 불이 밝지 않자 촛불을 가진 자에게 "촛불을 들어라."라고 말하였다. 이때 자신도 '擧燭'이라는 글자를 편지에 잘못 적었다. 연나라 상국은 그 편지를 받고 '거촉은 밝음을 숭상하는 것인데, 밝음을 숭상하려면 현인을 발탁하여 등용해야 한다.(擧燭者 尙明也 尙明也者 擧賢而任之)'고 생각하였다. 이를 왕에게 건의하여 나라가 잘 다스려졌다는 이야기다. 이는 『한비자』「외저설좌상」에 전하는 내용이다.

하는 역량이 부족하다는 점을 밝히고 이에 대해 명쾌한 답변을 해준다. 다음은 성문준이 「독서칠결」의 요지를 정리한 부분이다.

첫째, 독서는 모름지기 한 책을 전공하여야 한다.
둘째, 빼먹고 읽지 말고 구양수(歐陽脩)의 독서법을 써야한다.
셋째, 논어를 읽되 제자가 스승에게 질문하는 대목과 만나면 자기가 묻는 듯이 하고, 성인의 대답은 오늘 막 스승에게서 처음 듣는 것처럼 하면 절실해서 못 알아들을 것이 없게 된다.
넷째, 군대의 대오처럼 정연하게 단락과 구문의 질서를 갖춰 읽어 계통을 갖춘다.
다섯째, 부산한 낮에는 읽고 외우며 고요한 밤에는 풀리지 않는 부분을 따져서 깨친다.
여섯째, 작자 마음속을 얻으려고 해야 한다.
일곱째, 문장 엮는 연습을 한다.[19]

위의 「독서칠결」은 독서에 유념해야 할 일곱 가지 자세를 읊은 글이다. 이것은 성문준이 신량에게 경전공부에 임하는 자세를 알기 쉽게 익힐 수 있도록 그 독서법을 제시한 것이다. 자세히 살펴보면 독서의 중요성은 한 책을 전공하는데서 시작되는데 특히 『논어』를 강조한다.

....

18) 表姪中㳉弱冠攻文 才調過人 而權衡不足 方讀文選而患未有入處 因作此說 以貽之 余不足以知言 冀收燕相擧燭之功也.

19) 인용문의 요지에 맞추어 원문을 다소 생략하였다. 一 讀書切須專攻一書/ 二 勿闕讀 用歐公法/ 三 先儒言讀論語者 但將弟子問處便作己問 將聖人答處便作今日耳聞 自然有得 此法最爲切要 非惟讀論語之法 推而用之他書 無不皆然/ 四 讀文字 須先看得部伍分明 各有統屬 井井不亂 / 五 古人言晝讀夜思 此法最爲緊要 蓋凡人晝則多動少靜 精神外騖 故看文字多不透 夜靜無夢 視聽俱收之際 紬繹日間疑義 則多有劃然悟解處 此非其才之有進退 實由此心有動靜而因有明暗之分故也/ 六 凡讀書 須要識得作者心中事/ 七 習綴文.

또한 독서 방법은 구양수(1007~1072)의 독서법을 권장함으로써 그를 높인 셈이다.

> 독서를 하되 날을 나누는 법은 『효경』, 『논어』, 『맹자』 그리고 육경(六經)을 가져다가 글자를 헤아려 본다. 『효경』은 1,903자, 『논어』는 11,705자, 『맹자』는 34,685자, 『주역』은 24,107자, 『상서』는 25,700자, 『시전』은 39,234자, 『예기』는 99,010자, 『주례』가 45,806자, 그리고 『춘추좌전』이 196,845자이다. 중간의 재주를 기준으로 삼아 만약 날마다 300자씩 외운다면 4년 반이 못되어 마칠 수가 있다. 혹 조금 둔하여 중간 가는 사람의 절반으로 줄인다 해도 9년이면 마칠 수가 있다.[20]

구양수는 그의 독서분일법에서 책의 자수를 따져 꼼꼼히 날을 나누어 읽는 법을 제시하였다. 만약 이를 실천한다면 재주여부에 따라 다르겠지만 둔한 자라 할지라도 9년이면 구경(九經)을 완독할 수 있다고 역설한 것이다. 이는 유가 경전에 대한 통독을 할 수 있는 것이며 정밀한 공부법을 제시하여 독서할 때 뒤로 물러서지 말라는 당부이기도 하다. 이를 통해 성문준은 주의 깊게 읽어야 할 책으로 제시한 것이 바로 공자와 그의 제자들의 문답으로 이루어진 『논어』임을 알 수 있다. 『논어』에서 제시한 것이 바로 군자의 공부법이라 할 수 있다면 그것은 "널리 배워 뜻을 독실하게 하고(博學而篤志), 절실하게 묻고 생각을 가까이 하면(切問而近思), 인이 그 속에 있다.(仁在其中矣)"[21]라고 요약된

....

20) 「歐陽公讀書法」, "讀書分日法 取孝經論孟子六經 以字計之 孝經一千九百三字 論語一萬一千七百五字 孟子三萬四千六百八十五字 周易二萬四千一百七字 尙書二萬五千七百字 詩傳三萬九千二百三十四字 禮記九萬九千一十字 周禮四萬五千八百六字 春秋左傳一十九萬六千八百四十五字止 以中才爲準 若日誦三百字 不過四年半 可畢 或稍鈍 減中人之半 亦九年可畢.".

다. 그 뒤에는 단락과 구문의 질서를 갖추어 읽을 것을 권장한다. 그래야 계통을 갖출 수 있다는 것이다. 읽고 외우는 일은 낮에도 가능하지만 이치를 깨우치기 위해서는 고요한 밤이 적합하다고 보아 하루 중 독서에 적합한 시간이 밤이라는 것을 제시한다. 또한 작자의 마음속을 이해하여야 함을 강조한다. 마지막으로는 문장을 만들어 엮는 연습이 필요함을 역설하고 그래야 그 독서의 효력이 있음을 제시하고 있다. 이는 『중용(中庸)』 20장에서 제시한 박학(博學), 심문(審問), 신사(愼思), 명변(明辯), 독행(篤行)의 과정이기도 하다. 성문준은 학문의 요체를 이해하는데 독서가 중요하되 이를 독실하게 실천하는 것까지를 바란 셈이다. 이상은 당시에 조선조 성리학자들의 수신서에 해당하는 『소학(小學)』, 『심경(心經)』, 『근사록(近思錄)』을 늘 곁에 두고 읽던 독서법인 것이다. 따라서 성문준의 시학체계는 조카 신량에 실천하도록 권면한 독서법처럼 자신이 이렇게 실천한 공부에서 나왔음을 알 수 있다.

다음에서 성리학적 사유가 반영된 시를 살펴보자.

朔風蕭條吹短景	쓸쓸한 북풍은 짧은 해를 부추기고
四山雪壓桂松冷	사방 산의 눈은 차갑게 삼나무와 소나무를 누른다.
吾廬獨在小灣東	우리집 홀로 작은 물굽이 동쪽에 있고
一逕穿林踏山影	숲에 뚫린 한 갈래 길은 산 그림자 밟는다.
竹床莞席遊塵絶	대나무 상 왕골 방석에 놀며 속진을 끊으니
道人心源澄古井	도인의 심원은 옛 우물보다 맑다네.
人間名利日紛紛	인간 명리는 날마다 어지러운데
誰識山中一味靜	산중의 멋과 고요함을 누가 알겠는가.

<동일한거(冬日閑居)>[22]

....

21) 『論語』 「子張篇」.
22) 『滄浪先生詩集』 「卷之一」.

이 시는 춥고 쓸쓸한 겨울날의 한적한 삶을 읊었다. 한적한 삶의 공간은 북풍이 불어오고 눈이 쌓여 인적조차 드문 곳이다. 이런 곳에서 지내는 일은 무료하기 그지없다. 화자는 한적한 곳에서 지내지만 홀로 책을 보며 학자로서 마음을 수양하는 멋을 즐기고 있다. 이를 위해 북풍에 '삼나무와 소나무'를 등장시킨다. 여기서 '북풍'은 고난을 주는 환경적 요소이다. 그러나 이를 견뎌내는 삼나무와 소나무는 화자 자신을 상징한다. 또한 피안의 세계에 사는 듯 외로운 분위기가 감돈다. 이 시에는 한적(閑寂)한 가운데 자락하는 선비의 멋이 그대로 나타난다. 하지만 "숲에 뚫린 한 갈래 길"이 이를 새롭게 제시한다. 여기서 '길'은 학문에 천착하는 한 삶의 모습이요 은둔자의 삶이 아니라 세상과 소통하고자 하는 희망의 길이다. 특히 "도인의 심원은 옛 우물보다 맑다네." 라는 시구에서 화자가 지향하는 삶의 이상이 은연중 드러난다. 따라서 이 시는 세상의 명예와 이익을 다투는 그런 일상에서 벗어난 은일지사의 즐거움을 노래한 것이다. 이 맛을 아는 사람이 있을까 반문하며 자락의 묘를 드러낸 것에서도 알 수 있다.

다음은 〈이개사에게 보인 언지 오장〉 중 첫수이다.[23]

一貫三才惟太極	하나로 관통한 삼재는 오직 태극뿐이고
眞精妙合本同原	진(眞)과 정(精)의 묘합은 본래 근원이 같다
陰陽混闢費而隱	음양의 혼벽(混闢)은 크면서 은미하니

....

23) 大道如何本一原 中間派別誤分門 空無路徑雙林僻 寂感乾坤五典尊 釋氏識心終窈窈 義經成性要存存 希君復路回車早 罔念爲狂古有言/ 回狂作聖如何可 曰一爲要在至誠 寂滅機關多敗幻 中和天地剩淸寧 庶乎回也吾言說 墨者夷之一本明 和靖誦經眞可法 花宮何必學無生/ 孝者人之百行原 立身顯父豈無門 姬姜令軏三從得 任似徽猷萬古尊 復禮歸仁吾道在 著書垂後聖謨存 班昭事業眞堪僕 鑿鑿都非我贅言.

動靜回環簡御煩	동정의 회환(回還)은 간략함이 번거로움을 다스린다
莫曰動時行得是	움직일 때 행의가 옳다고 말하지 말라
終然主靜道之根	끝내 고요함을 주장함이 도의 근원이다
這中無動亦無靜	이 속에는 움직임도 없고 고요함도 없으니
妙萬神機貞復元	만물의 묘리와 기미의 신묘함이 정이면서 원이다

<언지오장 시이개사(言志五章 示李開上)>[24]

　이 시는 오언율시로 전체 5장 가운데 4장이 전하는데 그 중 수장(首章)에 해당한다. 성문준이 이 개사에게 성리학적 사유를 바탕으로 언지(言志)에 대해 알려주고 있다. 여기서 개사는 성불(成佛)할 수 있는 정도(正道)를 열어 중생을 인도하는 사부라는 뜻이다. 이는 보살(菩薩) 또는 고승(高僧)을 일컫는 말로 그가 만나는 이 씨 보살인 셈이다. 이형성은 위 시에 대해 "오행에 대한 내용은 보이지 않으나, 태극·동정·음양 그리고 역학적(易學的) 전개는 그의 성리학적 세계관 전모를 보여준다."[25]라고 하여 철리시임을 밝혔다.

　자세히 살펴보면 수련과 함련은 성리학 중에서 태극도의 이론을 설명하고 있다. 주돈이가 완성한 『태극도』에 주희가 『태극도설』을 완성하여 설명하면서 무극이면서 태극인 까닭에 그 묘합의 근원은 같다고 본다. 함련에서 말한 음양의 혼벽은 음양이 열리고 닫히는 것을 의미하는 것으로 지극히 크면서도 은미한 일이다. 같은 함련의 동정의 회환은 움직이고 고요함이 도로 바뀌는 과정을 의미하는 것으로 지극히 간략한 이치로써 복잡하다 할 수 없다. 이는 대구를 통해 음양 동정의 이치

---

24) 『滄浪集』「卷之二」詩.
25) 이형성, 「滄浪 成文濬의 太極·陰陽·五行의 聯關性 一攷」, 『한국사상과 문화』 75권0호, 한국사상문화학회, 2014, 295쪽 재인용.

를 조화시켜 배치한 셈이다. 여기서 성문준은 태극의 원리를 들어 주역의 원리로서 끝맺는다. 경련과 미련에서 언급한 고요함이 도의 근원인 것은 적연부동(寂然不動)하다가 감이수통(感而遂通)하는 경지인 것이다. 이는 『주역(周易)』의 「계사전(繫辭傳)」 제10장에서 언급한 "역(易)은 생각함이 없으며, 하는 것도 없다. 고요하여 움직이지 않다가, 감응하여 천하에 통하니, 천하의 지극한 신(神)이 아니면, 누가 이것과 더불어 할 수 있겠는가?"[26]라고 한 것과 같은 의미이다. 따라서 적연부동하다가 감이수통하는 경지는 중화(中和)를 의미한 것으로 마음이 고요하여 동하지 않으면 이를 중(中)이라 할 수 있고 마음이 사물에 동하여 두루 통하면 이는 화(和)라 이를 수 있기 때문이다. 만물의 묘리와 기미의 신묘함이 끝이면서 다시 시작이다. 주역의 원리가 원형이정으로 이루어져 있는데 정은 그 끝이고 원은 그 시작인데 어느 것이 시작이고 어느 것이 끝인지 설명하기 어렵다. 이는 그 만물과 기미의 신묘한 조화를 한 데 묶어서 설명한 것이다. 따라서 이 시에는 성리학의 정수를 『태극도설』에서 시작해서 『주역』으로 끝맺어 그 본체와 작용이 잘 드러난다. 결국 이 작품은 한 수의 시를 통해 성리학적 사유를 담아 주역의 묘리를 드러낸 작품이라 할 수 있다.

....

26) 『周易』, 「繫辭傳」, "易無思也 無為也 寂然不動 感而遂通天下之故 非天下之至神 其孰能與於此".

3. 창랑 시의 형상화 양상

1) 역사유적과 지역의 자연물의 완상을 통해 드러낸 흥취의 반영

한 지역에 오래 살다보면 자기가 살던 이웃에 대해 상세하게 알게 된다. 그러나 이를 시로 오래된 감정을 녹여내는 일은 쉽지 않다. 특히 유적지에서 느낀 흥취는 과거에 대한 느낌을 현재에 담느라 그 생소함이 느껴지지 않고 현실과는 동떨어져 있으면서도 이를 고상하게 여기는 고답적(高踏的)인 경향이 강하다. 이는 역사적 유적에 대한 시적 감흥이 떨어져 이를 담아내기 어렵기 때문이다.27) 하지만 성문준은 다음과 같이 희망적으로 펼쳐내고 있다.

踏盡天磨十二峯   답사는 천마 십이 봉에서 끝나고
晚投方丈月窺松   저물어 방장에 드니 달이 소나무를 엿본다
明朝又向前山去   내일 아침엔 다시 앞산을 향하여 떠나다가
姑姆潭邊看玉虹   고모담 가에서 옥무지개를 보리라.

<숙대흥사(宿大興寺)>28)

위 시는 천마산 열 두 봉우리를 답사하고 난 후에 대흥사에 묵으면서 감회가 일어 쓴 것이다. 여기서 대흥사는 고려시대 1345년에 지어진

....

27) 다음은 『滄浪集』「卷之一」 <涵碧堂偶題> 제영시다. "霧罷呈江樹 안개 걷히니 강 나무 드러나고/ 潮生沒浦淤 조수가 일어 포구가 잠긴다/ 秋風鳴屋角 가을바람 집 모서리에 울고/ 落葉滿庭除 낙엽은 뜰에 가득하다." 이 시에서 제시한 함벽당은 조선 명종 때 무신 康希哲이 세운 누각 이름이다. 이곳은 경상북도 안동 西後面에 있어 조선 전기 문인들의 시에 가끔 등장한다. 핍진성은 뛰어나지만 시적 감흥이 다소 떨어지는 느낌이다.
28) 『滄浪先生詩集』「卷之一」.

개성 박연폭포 근처에 있는 절이다. 창랑은 이곳의 산천을 유람하던 차에 박연폭포에 있던 고모담에서 옥무지개를 보고 이를 형상화 하였다. 고모담은 박연폭포의 물줄기가 떨어져 이루어진 곳이다.[29] 고모담 기슭 큰 반석은 황진이가 머리태를 잘라 썼다는 한문 초서체의 시구가 새겨진 곳으로 유명하다.[30] 성문준은 이런 내용을 시에 담아낸 것이다.

이 시는 시간 순으로 유산(遊山)의 감회를 서술하고 있다. 산, 봉우리, 연못, 무지개를 소재로 펼쳐낸 멋이 새롭다. 산을 답사하면서 느끼는 감정을 절제하여 나타낸다. 답사 처음에 고달픔이 먼저 일어난다. 이후 멋진 경치를 보면서 이러한 육체적 고달픔이 조금씩 정신적 만족으로 변해 간다. 그러나 이 시에서는 그런 느낌이 절제되어 담담히 표현되고 있다. 특히 천마산 봉우리 12봉의 답사가 한 구에서 처리된다. 이는 오랜 시간의 답사를 짧은 시간으로 응축시키고 있어 고달픔을 눅인다. 이후 답사 후 방장에서 밖의 소나무에 걸린 달을 보는 느낌이 청신하다. 시간의 변화는 짧은 시구로 처리되고 미래에 대한 밝은 희망이 제시된다. 밤늦게 당도해 다 보지 못한 그곳의 풍광을 내일 아침엔 보고 싶다는 점을 밝힌 데서 알 수 있다. 역사의 현장, 바로 황진이가 노닐 던 곳, 고모담에서 보는 풍경의 아름다움을 집약해 내었다. 이는 화자가 희구한 곳으로 '옥무지개'라는 단어의 어감에서 심상이 드러난

....

29) 박씨 성을 가진 진사는 박연폭포의 연못가에서 피리를 분다. 이때 피리소리에 반한 용궁의 처녀와 백년가약을 맺게 된다. 두 사람은 함께 못 속으로 들어간다. 박진사의 어머니는 아들을 찾아 헤매다 연못에 이른다. 여기서 아들이 못 속으로 들어간 행적을 발견한다. 그녀는 아들이 죽은 것으로 생각한다. 이후 밤늦도록 슬피 울다가 그 못 속에 몸을 던진다. 이후 이 못을 姑姆潭이라 하였다.
30) 한국평화문제연구소, 『조선향토대백과』8, 평화문제연구소, 2005.

다. 따라서 이 시는 답사 후 느낀 정취와 감흥을 자연물과 어울려 감성을 절제하여 보여준 작품으로 답사의 흥취를 한껏 담아낸 점을 알 수 있다.

다음 시는 시골에 사는 흥취를 드러내고 있다.

楊柳飛花雪滿蹊　버들가지 날아 눈처럼 길에 가득하고
麥風搖浪碧連溪　맥풍에 물결 이니 시내까지 푸르구나.
西郊煙際一條路　연기 자욱한 서교 끝에 한 줄기 길
酒醒歸來聞午鷄　술 깨고 돌아오니 낮닭 소리 들려온다.

<야흥(野興)>[31]

화자는 시골의 정경이 묻어나는 시어들을 등장시킨다. 버들가지, 보리, 시내, 닭이 그 분위기를 고조시키는 소재다. 버들가지가 꽃눈처럼 흩날리고 청보리가 바람에 물결치는 모습은 약동하는 봄의 정취다. 이러한 사물을 통해 시상을 들어 흥기시킨다. 이처럼 시각적 심상을 통해 봄의 감정을 잘 보여주고 있다. 이후 저 멀리 서쪽 교외에서 한 줄기 길이 보인다는 것은 인적이 드문 공간 외딴 곳임을 의미한다. 이는 멀리 원경을 통해 돌아가는 길이 펼쳐진다는 표현이다. 이때 술에서 깬 화자는 낮닭 우는 소리를 들으면서 귀가한다. 이는 집을 벗어나 누군가를 만나 거나하게 술에 취한 후 돌아오는 길임을 짐작케 한다. 여기서 청각적 이미지를 들어 시각적 의상과 청각적 의상의 전환이 이뤄진다. 여기에 '버들가지', '청보리', '시냇물'과 교차하는 화자의 감성을 조합해서 그 감성을 우려내고 있다. 이 시를 읽으면 그 속에 동파(東坡) 소식 (蘇軾, 1037~1101)이 왕유(王維, 699~759)의 시를 평한 것처럼 시 속

....

31) 『滄浪先生詩集』 「卷之一」.

에 그림이 있는 '시중유화(詩中有畵)'의 정취가 나타난다. 따라서 이 시는 감정을 읊은 시적 어휘가 등장하지 않음에도 불구하고 자연의 멋과 감성이 융화되어 정경교융(情景交融)이 이루어진 작품이다.

다음의 시에서도 자연의 풍광을 읊은 흔적이 드러난다.

昨日黑雲起	어젠 먹구름이 일어나
繚亂東南飛	어지러이 동남으로 날더니
今朝飜作雪	오늘 아침엔 눈이 휘날려
埋盡釣魚磯	낚시터가 다 묻히네.
糢糊松栢上	수북이 쌓인 솔과 잣나무 위로
風動落霏霏	바람이 부니 펄펄 날리네.
霽後餘寒發	갠 뒤엔 남은 추위 맹렬하여
夕日照柴扉	저녁 해만 사립문에 비추네.

<파산설후(坡山雪後)>32)

위 시는 성문준이 11세 때 지은 것이다. 화자의 눈은 시간의 변화를 감지하고 있다. 그 변화가 어제부터 오늘로 전개된다. 눈이 올 조짐을 예견한 대목에서부터 시작한다. 경련으로 와서 현재형의 시각으로 당일에 일어난 풍경을 보고 느낀 감정을 담담한 필치로 그려내고 있다. 여기서 송백이 모호할 정도로 쌓인 눈의 설경을 담아내었다. 특히 소나무와 잣나무를 거론한 것은 그 푸름이 변치 않음을 일컫는다. 이는 은거하며 지내는 삶이지만 군자의 지향을 드러낸 것으로도 보인다. 『논어』에서 언급한 날이 추워진 뒤에 소나무와 잣나무가 늦게 시듦을 이해한다는 것과 마찬가지다. 다음 시상의 전개방식은 먹구름을 바라보는 원경에서 근경의 낚시터로 끌고 온다. 또 현재의 시각에서 자연의

....

32) 『滄浪先生詩集』「卷之一」.

변화를 감지해 내고 있다. 바람이 불어 눈을 날리는 모습, 갠 뒤에 추워진 날씨, 그리고 저녁 해가 사립문에 비추는 광경은 자연을 오래도록 관조할 때 드러나는 모습들이다. 위의 시도 마찬가지로『당음』의 영향이 보인다.[33] 유종원(柳宗元, 773~819)이 쓴 오언절구의 절창〈강설(江雪)〉[34]의 분위기를 연상케 해서다. 여기에 등장하는 시어들을 통해 당시를 배운 모습, 즉 학당음(學唐音)의 자세를 보여주고 있어 이를 알 수 있다.

다음 시에서도 자연스런 시골의 정취가 묻어난다.

脫却絺衣臥草亭	치의 벗어버리고 초정에 누우니
靑山影裏樹冥冥	청산 그림자속 나무들도 어둑어둑하다.
杯斟綠蟻佳人捧	술을 따른 술잔은 가인이 받들고
盤摘靑瓜稚子擎	오이 올린 소반은 아이가 들었네.

<이국형암산정음파즉사(李國馨罨山亭飮罷卽事)>[35]

이 시에 등장하는 이암(李馣, 1297~1364)은 세종 왕자 담양군의 5세 종손으로 그의 자는 국형(國馨)이고 호는 파록(坡麓)이다. 이국형은 성혼(成渾, 1535~1598) 문하에서 수학하였고 이때 동문수학하며 성문준

....

33) 『滄浪先生詩集』「卷之一」에 다음의 시가 수록되어 있다. 당음의 영향이 나타난 <漫成>이라는 제목의 시다. 水雲亭下小溪流 수운정 아래 작은 개울 물 흐르고/ 鞍嶺山前落木秋 안령산 앞에 나뭇잎 떨어지는 가을/ 金稻葉乾炊豆飯 익은 벼 여물고 콩밥을 지으며/ 木綿花盡獻功裘 목화 꽃 지니 공들여 갖옷 만든다./ 田園嘯傲年年適 전원의 콧노래소리 해마다 즐겁고/ 兵壑風流事事幽 병학의 풍류 일마다 그윽하다./ 明日南隣期會飮 내일은 앞집에 모여 술 마실 테니/ 朝來自起候槽頭 아침에 일어나 여물통을 살펴본다.
34) 千山鳥飛絶 萬逕人蹤滅 孤舟簑笠翁 獨釣寒江雪.
35) 『滄浪先生詩集』「卷之一」.

을 만난 셈이다. 그는 1601년 선조 34년 신축년 진사시험에 합격하고 종부시 도정, 적성현감을 역임한 인물이다. 그의 부인은 청송심씨 관찰사 심전(沈銓)의 여식이다. 당시에 심전은 이암의 장인이자 명종대왕비 인순왕후의 당숙으로 병자호란 당시 강화로 피난하였던 인물로 당대의 권력가에 해당한다. 병자년 이듬 해 정축년 정월 23일 새벽에 강화가 함락되자 며느리와 손자 손녀가 분신하고 이때 이암도 며칠 지난 27일에 숨을 거둬 이암과 그의 가족의 삶은 파란만장하다.

위 시는 이국형과 보낸 젊은 날에 아름답게 산정에서 보낸 술자리 모습을 형상화 한 것이다. 기구에서 초정(草亭)은 초가로 지붕을 이었기 때문에 붙여진 이름이며 파주 금파리 담양군 사패지에 있던 이암의 정자이다. 치의(絺衣)는 여름에 시원하게 입던 갈포로 된 옷을 말하는데 아무나 입기 어려웠던 것으로 이는 그의 신분이 고귀함을 보여준 시어이다. 그러나 더위가 그의 치의도 벗게 하고 초정에 눕게 한다는데서 무척 덥다는 의미를 중층적으로 제시한다. 이는 더위에 술 마시자 몸에서 난 열기로 더워진 몸을 식히기 위한 의미까지 내포한다. 승구에서 야외의 푸른빛이 술잔에 어림을 형용하였다. 녹의(綠蟻)는 밥알 찌꺼기가 뜬 술로 그 모습이 마치 개미가 둥둥 떠 있는 듯해서 지어진 것이다. 이는 맛 좋은 술, 즉 녹주(綠酒)이다. 치자(稚子)는 집에서 부리는 나이 어린 하인이다. 여기서 즐거워하는 맛있는 술과 경치에 취한 어른과 안주용 오이를 따느라 고생하는 어린이를 한 장면에 등장시켜 함께 한 시간 속에 펼쳐진 정경이 교융된 모습을 포착해내고 있다. 따라서 이 작품은 더위서 격식을 벗어버리고 말없는 청산의 숲 속 초정에 누워 벗과 맛 좋은 술을 주고받는 흥취를 담아낸 시라 할 수 있다.

다음 시에서도 학당음(學唐音)의 영향이 드러남을 알 수 있다.

寒岑月未生	차가운 봉우리엔 아직 달도 뜨지 않고
暗澗泉愈響	어둑한 계곡의 샘물은 더욱 또렷하여라.
散步小庭涼	작은 뜰에서 산보하니 시원하여
霜鱗滿行杖	서릿발은 지팡이에 가득 맺힌다.

<야음(夜吟)>[36]

밤에 읊조린 것으로 이 시의 계절적 배경은 늦가을에서 초겨울 무렵
이다. 이는 한잠(寒岑)과 상린(霜鱗)에서 유추할 수 있기 때문이다. 누
가 알아줄 이 없는 차가운 밤에 뜰에 나가 산보하며 자연을 완상하는
멋이 그대로 녹아있다. 이를 위해 봉우리, 달, 계곡, 샘물소리, 작은 뜰,
서릿발, 지팡이 등의 시어들을 노출시켰다.

사실 이 시에는 서거정(徐居正, 1420~1488)이 읊은 오언율시「독좌
(獨坐)」[37]의 학시(學詩)에 대한 흔적이 드러난다. 특히 이 시의 둘째
구 '암간천유향(暗澗泉愈響)'과 서거정의 시 '금윤현유향(琴潤絃猶響)'
이 그것이다. 이 서거정의 시 구절은 '노한화상존(爐寒火尙存)'과 더불
어 절창으로 이름 나 아이들 시 공부할 때 필독서로 유명한『추구(推
句)』에 선집 된 부분이기도 하다. 한적한 삶 속에서 유유자적한 즐거움
을 글 속에 담아낸 시라 할 수 있다. 이와 같은 즐거움은 버드나무 개울
에서 느낀 감성을 읊은 <유계(柳溪)>[38]에서도 유유자적한 멋이 드러난

....

36) 『滄浪先生詩集』「卷之一」.
37) 獨坐無來客 홀로 있어도 찾아오는 손님 없고/ 空庭雨氣昏 빈 뜰엔 우기(雨
氣)로 어둑하다./ 魚搖荷葉動 물고기 요동치니 연잎이 움직이고/ 鵲踏樹梢
翻 까치가 밟으니 나뭇가지 출렁인다./ 琴潤絃猶響 거문고 눅눅해도 줄에는
울림이 있고/ 爐寒火尙存 화로는 차가워도 불기운 남아있다./ 泥途妨出入
진흙길이 드나듦을 방해하니/ 終日可關門 종일토록 문닫고 지내야지.
38) 『滄浪先生詩集』「卷之一」에 다음의 시가 수록되어 있다. 一上江邊閣 강변
의 누각에 한번 오르니/ 翛然世慮微 훌훌 세상 걱정 덜어진다./ 座間靑嶂入

다. 따라서 이 작품은 혼자 있지만 자연과 함께하는 즐거움과 추워도 추울 것 같지 않은 청량함속의 온화한 느낌을 준다. 이는 자연물의 완상의 멋에서 느끼는 흥취가 잘 드러난 시이다.

어진 사람을 존경하는 의미의 상현(尙賢)은 외연을 확대하여 후대의 인물이 선대의 뛰어난 사람을 닮고자 할 때 쓴 것으로도 이해할 필요가 있다. 창랑은 그의 시에 이러한 상현지향을 보여준다.

星月皎如晝	달과 별이 낮처럼 밝으니
納涼開夜窓	밤 창 열어 서늘한 바람 들인다.
雲山深隱隱	구름 낀 산은 은은하고
石瀬遠淙淙	바위의 여울물 멀리 졸졸 흐른다.
世累休關念	세상 걱정은 담아두지 말고
閑愁不入腔	한가한 근심일랑 속에 두지 말라.
中宵歌感慨	한밤에 노래가 마음에 사무쳐
永憶鹿門龐	녹문산 방덕공을 영원히 기억하리.

<야좌감흥(夜坐感興)>[39]

밤에 흥취가 일어 쓴 이 시의 배경은 보름밤 즈음인 듯하다. 기구에서 달과 별이 낮처럼 밝다는 데서 알 수 있다. 이 때 밤의 시원한 공기를 받아들이는 행동을 한다. 창문을 열어 서늘한 바람을 맞아들이는 상쾌한 느낌을 전해준다. 구름 낀 산과 바위를 휘감고 도는 여울물은

....

자리로 푸른 산 들어오고/ 鳥外遠帆歸 밖의 새들은 멀리 배를 타고 돌아온다./ 見客開新釀 나그네를 만나 새 술을 열고/ 呼童上釣磯 아이를 불러 낚시터에 오른다./ 卜隣如肯許 이웃을 가려 기꺼이 허락하노니/ 投老製荷衣 늙은 몸 투탁하여 옷이나 만들련다.
39) 『滄浪先生詩集』「卷之一」.

동정의 대비가 드러난다. 눈은 은은한 산 빛을 바라보고 귀로는 여울물 소리를 감상한다. 이것은 각각 정과 동이 동시에 어우러지는 교융의 정취가 두드러지는 대목이다. 이들은 동시에 복합적 감상을 불러일으킨다. 이내 세상사 연루된 일들이 있어도 담아두거나 하지 말자는 다짐을 한다. 이럴 때 읊은 시가는 공간과 시간 속에서 정경이 교융 되어 심적인 동요가 잦아든다. 이 때 자신이 지향하는 인물이 호명된다. 은일의 삶을 살다간 사람, 바로 녹문산(鹿門山)에 은거하던 방덕공(龐德公)을 말이다. 방덕공은 후한시대 인물로 현산(峴山) 남쪽에 살았다. 그곳은 양양(襄陽), 지금의 호북성 양번(襄樊)인데 방덕공이 은자로 있던 곳이다. 그는 방통의 당숙으로 일찍이 형주자사(荊州刺史)이던 유표(劉表)가 그에게 벼슬자리를 권한 적 있으나 그 말을 듣지 않고 처자를 데리고 녹문산에 들어가 은거하였다.[40] 이후 그곳에서 나오지 않고 약초를 캐며 살다간 은일지사인 것이다. 따라서 이 시는 상현지향과 그러한 삶의 자세를 보여준 작품이다. 성문준은 한 밤에 문득 닮고 싶은 인물을 떠올리며 한적한 곳에 은거하며 자락하는 삶의 포부를 드러낸 것이라 할 수 있다.

2) 자주(自註)에 나타난 시화적(詩話的) 기능과 격물치지의 구현

일반적으로 시에 쓰인 자주(自註)는 그 기능상 시를 보충 설명하는 의미를 지닌다. 이는 이따금 시화(詩話)로서의 기능을 담당하기도 한다. 시화가 시인에 대한 평이나 그들의 시작(詩作)과 관련된 고사(故事)와 행적 등을 기록해 놓은 것이라고 본다면 자주에도 이러한 기능이

....

40) 『後漢書』「卷八十三」.

담겨있기 때문이다. 송나라 허의(許顗)가 『언주시화(彦周詩話)』에서 "시화란 구법을 논하고, 고금을 구비하고, 성상의 덕을 기록하고, 특별한 일을 기록하고, 오류를 바로잡는 것이다."[41]라고 하여 시화의 상세한 기능을 밝힌 점에서도 알 수 있다. 이러한 점에서 본다면 성문준은 자신이 쓴 시에 자주를 상세하게 하여 시의 해석을 위한 보충설명을 한 것이 분명하다. 이는 성혼이 한 시평과는 차이가 나는 지점이다.[42] 이때 자주는 시의 의미를 분명하게 해 주는 장점이 있다. 그러나 한편으로는 다양한 시 해석의 가능성을 배제하는 단점도 있다. 이는 시적 완결성을 저해하기도 하는데 시 텍스트 자체만으로 의미를 전달하는 함축적 기능이 줄어들기 때문이다.

그러나 성문준이 시를 짓는 동기를 살펴본다면 이는 기우(杞憂)에 불과하다. 이는 자주를 통해 볼 때 아들에게 시를 가르치기 위한 시교의 의미를 부여한 것으로도 볼 수 있기 때문이다. 이를 위해 시화를 시에 구현한 것으로 이해할 필요가 있다. 따라서 사물에 나아가 그 이치를 규명한 후 이를 삶속에 구현한 인식, 즉 격물치지를 그대로 시의 자주에 드러낸 셈이다.

다음에서 성문준 시에 나타난 자주의 사용을 통해 시화적 기능과 구현을 살펴보자.

....

41) "詩話者 辨句法 備古今 紀盛德 錄異事 正訛誤也."(하문환 저, 김규선 역, 『역대시화』 4, 소명출판, 2013, 10쪽 재인용.)
42) 성혼의 시평은 시를 통해 인물됨을 평가하는 것이었다. 권필의 시 "安得世間無限酒 獨登天下最高樓"를 듣고 "무한주에 취해 최고루에 오른다 하였으니, 사람과 함께하지 않으려 함이 심한 것이다. 이것은 위태로운 말이다."(정민, 『한시미학산책』, 휴머니스트, 2010, 246쪽에서 재인용)라고 하였는데 과연 권필이 뒷날 시안에 걸려 죽었다는 점에서 알 수 있다.

국형은 도교 서적 살펴보길 좋아하여 화담 서경덕의 「독참동계」라는 작품의 운자를 활용하여 장율 한 편을 지어 보내왔다. 나는 단법을 연구하지 않아 화답할 수 없다. 그러나 선성의 양기의 법이란 음과 양, 물과 불의 쓰임을 묘용으로 삼는 것은 같지만 공과 사, 바르고 사악함, 크고 작음의 변별은 다르니 밟아 온 운을 다시 쓴다.[43]

一氣函三天降材	하나의 기운은 셋을 품고 하늘이 자질을 내리니
陰陽合變互成胎	음과 양이 합하고 변하면 서로 완성되어 잉태된다
調和情性凡通聖	정과 성을 조화하면 무릇 성스러움에 통하니
吐納新陳老變孩	묵은 것을 새롭게 하고 숨을 내쉬고 뱉으니 노인
	이 아이로 변한다

水火玄機終復始	물과 불의 현묘한 기미는 끝나면 다시 시작되고
乾坤妙用闔還開	하늘과 땅의 묘한 작용은 닫히면 도로 열린다.
偸生逆理朱垂訓	삶을 도모하고 이치를 맞이함도 주자가 내린 가르
	침이니
莫羨道人身姓回	도인을 부러워 말라 이 몸 도로 회춘한다.

조선 중종 때 학자인 화담(花潭) 서경덕(徐敬德, 1489-1546)은 기(氣)철학을 전수한 인물이다. 서경덕의 「독참동계」라는 작품은 『화담집』권1에 수록된 「독참동계 희증보진암조경양(讀參同契, 戲贈葆眞庵趙景陽)」이다.[44] 자주에 드러난 것으로 볼 때 그는 참동계를 수련하여

---

43) 國馨好看道書 用徐花潭讀參同契詩韻 以長律一篇見示 余不講丹法 無以爲答 然仙聖養氣之法 俱以陰陽水火爲妙用則同 而有公私邪正大小之辨則異 仍步來韻以復之.

44) 『花潭集』「卷之一」, "吾身鉛汞藥之材 水火調停結聖胎 混沌前頭接玄母 希夷裏面得嬰孩 三三砂鼎慇懃轉 六六洞天次第開 余是玉都眞一子 無人知道是回回".

단법을 익혔음을 알 수 있다. 여기서 이암은 자신의 학문과 사상의 지향 대상을 서경덕으로 삼은 것을 알 수 있다. 또한 위 시에는 도교의 양생법이 등장한다. 투생(偸生)은 삶을 도모한다는 의미로 심신의 수련을 통하여 생명을 연장하는 도교의 양생법을 말한다. 토납신(吐納新)은 토고납신(吐故納新)을 줄여 쓴 말로 이 역시 도교의 수련법이다. 이는 체내 공기를 뱉고 새로운 공기를 마신다는 의미다. 자주에 "주자는 「감흥」이란 작품에서 '다만 천리를 거스를까 두려운데 어찌 투생이 편안할까."[45]라고 하였다. 이 시는 서경덕이 쓴 시운에 맞춰 쓴 이암의 시에 성문준이 다시 화답한 시로 볼 수 있다. 서경덕의 삶을 따르는 이국형은 도가적 시풍을 그의 시에 은연중 드러내며 자부하고 있다. 이에 성문준은 벗의 도가적 경향의 시에 대해 부정하지 않지만 자신은 주자의 삶을 따르겠다는 의지를 보여준다. 결국 성문준은 주자가 말한 것처럼 투생의 삶도 모두 주자의 가르침 속에 있는 것이라 여긴다. 따라서 마지막 구절에 "도인을 부러워 말라 이 몸 도로 회춘한다."라는 표현을 통해 자신이 가는 길이 옳다고 자부심을 드러내고 있다. 주자의 가르침을 따르겠다는 의지가 드러난 시다.

다음은 성문준이 그의 벗 오윤겸이 연경으로 사신 가는 길에 써준 시 4수이다. 제목은 〈송오여익부연경(送吳汝益赴燕京)〉[46]으로 이 시에는 칠언율시 1수와 오언절구 2수, 칠언절구 1수가 각각 담겨 있다.

圃隱昔誦三百詩　　포은은 옛날에 삼백수의 시를 외워서
使乎從政兩優爲　　사신과 정사에 종사하는 일 둘 다 잘 해냈도다.
公今復繼前賢跡　　공이 이제 다시 앞 현인의 자취를 이으니

....

45) 『滄浪先生詩集』「卷之一」, "朱子感興詩 但恐逆天理 偸生詎能安".
46) 『滄浪先生詩集』「卷之二」.

異代聲名各一時	대는 다르지만 명성이 각각 한 시대를 풍미하리다.
定知愷悌神明佑	공손한 군자47)는 신명이 도우심을 확실히 알겠고
方信門閭弔賀隨	문앞에 조문과 하례가 따르는 것을 바야흐로 믿는 도다.
男兒生世當如此	남아 세상에 태어나서 마땅히 이러해야하니
何用區區惜別離	어찌 구구하게 이별을 안타까워하리오.

이 시에 자주가 다음과 같이 전한다.

"포은(圃隱)은 여익의 먼 외할아버지이다. 고려 말 일찍이 정사년에
일본으로 사신으로 갔고 임술년에는 명나라에 다녀왔다. 모두 바다를
건너서 갔다. 여익도 정사년에 일본에 다녀왔고 임술년에 명나라에 갔
으니 사신도 같고 그해도 똑같다. 모두 명을 욕되게 하지 않았고 선후가
삼백년 사이지만 부절을 합한듯하니 기이하다 이를만하다."48)

여익은 오윤겸의 자(字)이다. 여기서 포은 정몽주와 추탄 오윤겸의
관계를 알 수 있다. 포은 정몽주의 먼 외손자가 바로 오윤겸인 셈이다.
그런데 두 사람이 일본과 중국의 사신을 겸한 것과 출발한 연도가 정사
년이라 간지로 볼 때 공교롭게도 똑같다. 실제 정몽주는 우왕 3년
(1377) 정사년에 9월 일본에 사신 갔다. 중국에는 우왕 8년(1382) 임술
년 11월 청시사(請諡使)로 다녀왔다. 수구에서 송시삼백을 거론한 것
은 『논어』에서 공자가 말한 송시전대(誦詩專對)를 의미하는 말이다.
이는 "시 삼백 편을 외우면서도, 정사를 맡기면 이를 처리해 내지 못하

....

47) 『詩經』 「大雅」 <文王之什 旱麓>.
48) 圃隱是汝益遠外祖 在麗季 曾以丁巳使日本 壬戌使 皇朝 皆踏海 汝益亦以丁
巳使日本 壬戌使 天朝 使同歲同 俱不辱命 先後三百年間 若合符契 可謂奇
矣.

고, 사방에 사신으로 가서 혼자서 응대하지 못한다면, 비록 많이 외운들 무엇에 쓰겠는가?"[49]라고 한 데서 전대의 능력이 정몽주에게 있음을 칭찬한 것이다. 한편 오윤겸은 광해군 9년(1617) 정사년에 회답사(回答使)가 되어 일본(日本)에 갔다. 이때 그곳에 붙잡혀 있던 남녀 321명을 데려왔다. 광해군 14년(1622) 임술년에는 하등극사(賀登極使)가 되어 명나라에 다녀왔다. 여기서 정몽주와 오윤겸, 두 사람이 사신으로서의 기연(奇緣)이 지속되고 있음을 알 수 있다. 경련 첫 구의 '개제(愷悌)'는 『시경』 「대아」 문왕지십 〈한록(旱麓)〉에 나타난 개제군자(豈弟君子)의 의미로 공손한 군자를 지칭한다. 이는 오윤겸을 개제한 군자에 비유하여 정몽주처럼 사신으로서 역할을 잘 해내기를 바란 것이라 할 수 있다. 이처럼 성문준은 두 사람의 기연을 시로써 남긴 것이다. 여기서 자주를 통해 두 사람의 역사가 시를 통해서 알 수 있도록 하였다. 이는 시화로서의 충분한 기능을 한 셈이다. 따라서 이 시는 삼백년이라는 시간차를 두고 두 사람의 인생행로가 비슷함을 이해할 수 있는 자료에 해당한다.

이어서 전하는 5언 절구 중 첫 수이다.

朱坡曾有句	일찍이 주파(朱坡) 시구가 있으니
吾以贈君行	내가 이것으로 그대 떠나는 길에 준다.
此去無多語	이렇게 떠나가니 많은 말이 필요 없고
期君晦盛名	그대가 성대한 명성을 감추기를 바라네.

성문준은 오윤겸이 떠날 때 이 시로써 사신의 자세를 권면하였다.

....

49) 『論語』「子路」, "子曰 誦詩三百 授之以政 不達 使於四方 不能專對 雖多 亦奚以爲".

여기서 주파(朱坡)는 단풍 고개이다. 이는 번천(樊川)거사 두목(杜牧)의 시에서 "냇물에 기대나니 붉은 단풍 고개요, 절간에 이었나니 초록 버들 둑이로다.[倚川紅葉嶺 連寺綠楊堤]"라는 표현을 통해 알 수 있다. 그는 다음과 같이 자주를 통해 이 시의 배경을 설명하고 있다.

> "이때는 해로 사행선이 대부분 부서졌다. 몇몇 선배들이 서로 계속해서 익사하였으나 그대(여익)는 떠나려함에 말과 낯빛에도 조금의 기미도 없다. 자고 먹고 담소하는데 한결같기가 평상시와 같구나. 조야에선 입이 마르도록 칭찬하지 않음이 없으니 분수를 지켜 행한다고 이를 만하니 군자의 강함이다. 나는 그 명성이 지나치게 성할까 염려스러우니 자취를 감추고 스스로 보중하여 상경의 경계를 따르기를 바란다. 그러므로 번천의 말을 빌려서 권면한다."[50]

이는 당시에 해로사행의 위험성과 그 생명의 보중이 얼마나 소중한지 알려준다. 성문준은 오윤겸에게 더 할 말은 없지만 사신의 뜻을 이루기를 바란다고 당부한다. 다만 그는 오윤겸이 뜻이 곧은 군자다운 사람임을 칭찬하는 한편 그 강직함 때문에 할 일을 완수하지 못할까 염려한다. 그래서 자취를 감추고 스스로 보중하기를 권면한다. 이 말은 『논어(論語)』「공야장(公冶長)」편에 나오는 것으로[51] 당시에 조정에서 처세를 잘한 영무자(甯武子)처럼 되기 바란 것이다. 영무자는 나라에 도가 펼쳐지는 세상이 되면 지혜로웠고 나라에 도가 펼쳐지지 않을

---

50) 是時海路使船多敗 數輩相繼溺死 汝益將行 無幾微見於言色 寢食談笑 一如平常 朝野莫不嘖嘖 可謂素位而行 君子之強者也 余懼其聲名太盛 欲其沉晦自重 以遵尙絅之戒 故借樊川語以勉之.
51) 『論語』「公冶長」, "子曰 甯武子邦有道則知 邦無道則愚 其知 可及也 其愚不可及也".

때에는 어리석은 체 하였다. 이는 지혜로운 처세는 누구나 본받을 만하지만 도가 펼쳐지지 않은 세상에서 어리석은 체하여 조정에 출사하지 않기란 어려움을 설명한 말이다. 그래서 공자는 영무자의 명철보신의 지혜를 칭송한 것이다. 따라서 성문준도 오윤겸이 영무자처럼 명철보신하는 인물이 되기를 바란 것으로 볼 수 있다. 덧붙여 '상경지계(尚絅之戒)'로 당부한다. 이는 『중용』〈33장〉의 '의금상경(衣錦尚絅)'에서 살펴볼 수 있다.

> 『시경』에 "비단옷 입고 홑옷 덧입었네."라고 하였으니 그 무늬가 드러남을 꺼려서다. 그러므로 군자의 도는 어렴풋하지만 날로 빛나고 소인의 도는 선명하지만 날로 색이 바랜다. 군자의 도는 담박하지만 물리지 않고 간략하지만 문채 나고 온화하면서 조리가 있다. 먼 것이 가까운 데서 시작됨을 알고 바람이 불어오는 곳을 알며 은미함이 드러남을 알면 더불어 덕(德)에 들어갈 것이다.[52]

여기서 군자의 도와 소인의 도를 간명하게 설명한다. 군자의 도는 어렴풋하지만 날로 빛나고 담박하지만 물리지 않고 간략하면서 문채가 나고 온화하면서 조리가 있다. 따라서 성문준은 오윤겸이 사신의 일을 하면서 군자의 도를 지니도록 '상경지계'로써 권면한 것으로 볼 수 있다.

다음의 한 수는 성문준이 중국과 한국에서 나는 수종(樹種)을 비교하며 시를 쓴 것이다.

槐楡稱美蔭   회화나무와 느릅나무는 그늘이 좋다하지만
土産恨非良   우리나라 것은 그렇지 못해 한스럽네.

....

52) 詩曰 衣錦尙絅 惡其文之著也 故 君子之道 闇然而日章 小人之道 的然而日亡 君子之道 淡而不厭 簡而文 溫而理 知遠之近 知風之自 知微之顯 可與入德矣.

爲我勤求子　　나를 위해 수고롭지만 씨앗을 구하여

歸栽溪上庄　　돌아오면 계상 농장에 심게 해주오.

오언절구의 시에 성문준의 자주(自註)가 상세히 나타난다.

　중국의 회화나무는 품종이 하나가 아니다. 회화나무는 잎이 무성하고 그늘이 짙은 것이고 느릅나무는 씨를 뚫어서 돈처럼 꿴 것이다. 모두 우리나라에 없는 것이다. 고시에 "느릅나무에 바람부니 동전이 떨어진다."라는 말과 "바람이 부니 회화나무의 용이 춤추고 푸르다"라는 구가 있으니 그 동토에서 나온 것의 아름다움과 추악함이 서로 차이가 남을 알 수 있다. 지금 속호루대는 회화나무로 만든다. 이를 당나라 사람에게 물으니 느릅나무도 회화나무가 아니다. 이 말은 미더울만하다. 고서에 느릅나무는 세 종류가 있다하니 범유(凡楡), 자유(刺楡), 협유(莢楡)이다. 당인(唐人)이 이르기를 매화를 시기해서 자유라 하니 지금의 석회(石灰)이다. 느릅나무 껍질의 즙을 사용하고 누대의 잎이 예쁠 때에 먹을 수 있다. 어찌 모두 이른 바 범류이겠는가. 협류는 열매가 돈처럼 붙어 있다. 수목 중에서 성장이 가장 빠르니 전하여 말하기를 삼년 만에 서까래정도 된다. 십년이면 굴대만큼 되고 조작하면 기물이니 마땅하지 않은 것이 없으니 재목 중에 훌륭하다 이를만한 것이다. 장사(場師)가 재목에 힘쓰는 것은 마땅히 심는 것이다. 경사(京土)들이 새로이 농장을 점쳐서 수목의 아름다운 점이 없는 것을 근심하는 것은 더욱 마땅히 많이 심는데 동쪽 회화나무도 꽃이 누렇고 당연히 물들이면 비슷하다. 그러나 가장 한스러운 것은 잎이 성기고 그늘이 약하여 우거짐이 없는 것이다. 중국의 회화나무는 그늘이 가장 짙기 때문에 송씨 가문에서 궁정에 이를 심었다. 느릅나무가 훌륭한 재목임은 또 식품약료의 상품이기 때문이다. 그러므로 종자를 얻어 돌아와서 목화씨가 문익겸(文益謙)으로부터 시작된 것과 같이 해 달라.53)

....

53) 中國槐楡種非一 槐有葉密陰濃者 楡有綴子如錢者 皆我國之所無者也 古詩

자주에 나타난 내용은 중국회화나무의 품종과 우수성을 칭찬하면서 회화나무와 느릅나무의 차이점부터 밝히고 있다. 이어 두 나무가 등장한 시구를 인용하였고, 누대를 지을 때 쓴 나무의 사례를 고증하고 있다. 여기서 느릅나무의 수종이 범류, 자류, 협류가 있는데 성장이 빠르고 재목의 용도로 훌륭한 나무를 협류로 본 점에서 그가 식물학에도 조예가 있음을 알 수 있다. 이어 장사(場師)와 경사(京土)가 중요시 하는 바를 설명하고 회화나무를 심을 때 장단점도 지목한다. 송씨 가문이 회화나무를 궁정에 심었다는 역사를 제시하면서 느릅나무가 어째서 상품(上品)이 되는지 밝혔다. 이로써 성문준은 시 한 수의 자주를 통해 느릅나무 회화나무의 유래와 역사 및 약의 성질까지를 설명하고 있다. 이는 보통의 한시에 나타난 자주보다 더 상세하다. 상세한 자주는 사물의 특성을 보여주고 있어 시화와 부연설명으로서의 기능을 담당하고 있다. 따라서 〈송오여익부연경〉은 단순히 사물의 관찰에서 더 나아가 그 특성까지 통찰한 격물치지의 시이며 또한 도학적 성향이 드러난 시라 할 수 있다.

| 霧罷稽山千萬峯 | 계산에 안개 걷히자 천만봉 |
| 靑松錦石暎丹楓 | 푸른 솔 비단 바위 단풍 빛 |

....

有風楡落小錢 風動槐龍舞交翠之句 可見其與東土所産美惡相懸也 今俗號婁台爲槐 問之唐人則曰 楡也非槐也 此言信也 古書言楡有三種 曰凡楡刺楡莢楡 唐人謂猜梅爲刺楡 今之石灰 用楡皮汁 婁台葉嫩時可食 豈皆所謂凡楡者耶 莢楡則着莢如錢 樹木中成長最疾 傳稱三年中椽 十年中軸 造作器物 無所不宜 可謂材之美者 場師務材者宜種之 京土之新卜庄而患無樹木粧點者 尤宜多種 東槐亦花黃宜染則似矣 而最恨者 葉踈陰薄 無以蔭樾也 中國之槐則陰最濃 故宋家種之宮庭 楡旣美材 又食品藥料之上品 故願得子以歸 如木綿種自文益謙始也.

朝來柱笏看無厭　　아침에 笏로 턱괴고 봐도 좋으니
收人謝窓詩句中　　사창 시구 중에서 거두어들인다.
<현재추망(縣齋秋望)>

이 시는 전고가 나타나는데 3구의 홀(笏)은 여기서 수판(手版)을 의미한다. 이는 고사에서 유래한다.[54] 왕휘지(王徽之, ?~388)의 고사처럼 주홀(柱笏)은 초연히 유유자적하는 선비의 풍도를 보여준다고 볼 수 있다. 이 시를 전해준 성문준은 오윤겸의 의연한 기개를 높이 평가한 셈이다.

> "지지(地志)에는 영동현의 별호가 계산(稽山)이다. 내가 계산이 어디에 있나 물으니 현의 어르신들이 모두 알지 못한다고 하였다. 현의 동쪽 십리에 산이 있는데 이름 하여 천만산(千萬山)이다. 마천의 산봉우리가 백리사이에 끝없이 펼쳐진다. 자서(字書)를 살펴보니 계(稽)는 헤아림이다. 우임금이 월중에서 제후를 회합할 때 공덕을 헤아려 작위에 봉하였다. 따라서 그 산을 회계(會稽)라 하였다. 나는 계는 헤아림이라고 말한다. 천만(千萬)은 곧 계(稽)의 숫자이다. 진(晉)의 고개지(顧凱之)는 계산의 승경(勝景)을 말하였으니 많은 바위가 다투어 빼어나고 온갖 골짜기에서 다투어 흐른다. 그렇다면 이제 계산은 아마도 천만산 가운데 하나의 이름일 것이다. 인하여 이를 써서 기록하니 뒷날 말을 아는 자가 여기서 채택할 것을 기다리겠다."[55]

....

54) 晉 나라 때 王徽之는 성품이 본디 잗다란 세속 일에 전혀 얽매임이 없었는데, 그가 일찍이 桓沖의 騎兵參軍으로 있을 적에 한번은 환충이 그에게 말하기를, "卿이 府에 있은 지 오래되었으니, 요즘에는 의당 사무를 잘 알아서 처리하겠지."라고 하였으나, 그는 아무런 대꾸도 하지 않은 채 고개를 쳐들고 수판으로 뺨을 괴고는 엉뚱하게 "서산이 이른 아침에 상쾌한 기운을 불러온다.[西山朝來 致有爽氣耳]"고 했던 데서 온 말로, 전하여 세속 일에 얽매이지 않고 초연히 유유자적하는 풍도를 가리킨다.(한국고전종합DB 주석 참조).

자주를 통해 계산의 지명과 글자의 유래를 밝히고 이를 통해 자신의 시가 단순하지 않음을 드러내고 있다. 또한 이 시에는 사창(謝窓)이라는 어구가 등장한다. 이 사창은 그의 다른 시 "삼가 아버지의 운에 차운한 시"에도 나타난다. 성문준은 그의 아버지인 성혼의 시에 차운하여 다음과 같이 읊고 있다.

竹色侵陶逕	대나무 빛은 도연명의 삼경(三徑)을 덮고
山光滿謝窓	산 빛은 사령운(謝靈運)의 창(窓)에 가득한대
簡中誰作伴	그중에 누가 짝이 되는지
風月恰成雙	바람과 달이 사이좋은 짝이네.
倚樹藏矮屋	기운 나무는 낮은 지붕을 덮는데
臨溪拓小窓	시냇가 바라보려 들창문 열치고
閑情素琴一	한가로운 마음으로 소금(素琴)을 켜니
知己白鷗雙	알아주는 이 갈매기 한 쌍.

<복차가군운(伏次家君韻)>56)

이 시는 오언율시로 이루어진 것이다. 1구에서 전고를 사용하였는데 '도경(陶逕)'이 그러한 예다. 여기서 도경은 도잠(陶潛)의 집에 난 작은 길이다. 이는 작게 난 세 갈래의 길을 의미한다. 이 길은 은자들이 다니며 난 길로 도연명이 벗들과 교유하던 장소라 할 수 있다. '사창(謝窓)'은 사령운(謝靈運, 385~433)의 창을 말한다. 도연명은 "인간 생활의 본

---

55) "地志 永同縣別號稽山 余問稽山何在 縣中故老土民皆對以不知 縣東十里有 山 名曰千萬 磨天嶪岹綿亘百里之間 按字書 稽 計也 禹會諸侯於越中 計功德 而封爵之 因名其山曰會稽 余謂稽者計也 千萬卽稽之數也 晉顧凱之談稽山 之勝 謂千巖競秀 萬壑爭流 然則今此稽山 其千萬之山之一名乎 因書此以志 之 以俟後之知言者探焉".

56) 『滄浪先生詩集』 卷之一 詩.

질을 추구한 진실성"을 담은 전원시인이다. 반면 사령운은 "산수의 아름다움만을 향락하려 한 귀족취향의 진실성이 결여"된 산수시인이다.[57] 이들은 모두 전원과 산수에 대해 청담한 기풍을 담은 시인이다.

7구의 '소금(素琴)'은 곧 줄이 없는 거문고 즉 무현금(無絃琴)을 가리킨다. 이는 "도잠이 음성은 알지 못하지만 소금 한 장(張)을 가지고 있었다. 그러나 여기엔 줄이 없어 연주를 할 수 없었다. 그래서 늘 술과 함께 지내며 기쁜 일이 있으면 문득 어루만지고 희롱하며 놀다 그 뜻을 붙였다."[58]라고 한데서 유래한다. 이는 도연명의 삶과 사령운의 삶을 조화하고자 한 그 기풍을 담아낸 것이다.

이 시는 자연과 벗하며 조화롭게 살고자 하는 은일지사의 지향을 담담하게 펼쳐낸 작품이다. 여기서 도학가들은 "자연의 생명력을 노래"[59]하고 있는 것이다. 따라서 성문준 시에 드러난 은일지향의 삶과 도학적 성향은 성혼의 시작품과 닮았음을 알 수 있다.[60]

4. 나가며

조선중기 창랑 성문준은 가학의 전승과 도학적 사유를 그 시의 배경으로 하여 창랑을 호로 쓰며 은일지사의 삶을 지향하며 살았다. 이는 청송 성수침의 손자이자 조선 중기 동국십팔선정 우계 성혼의 영향 때

....

57) 김학주, 『개정 중국문학사』, 신아사, 2007, 159쪽.
58) 『晉書』 卷94 「陶潛列傳」.
59) 심경호, 『한시의 세계』, 문학동네, 2006, 340쪽.
60) 양훈식, 「성혼 시의 도학적 성향과 풍격미」, 숭실대학교 박사학위논문, 2016, 119쪽.

문이다. 성문준은 굴원(屈原)이 지은 〈어부사〉에 나타난 은사를 본받아 도연명과 사령운처럼 살고자 하였다. 그 시학의 배경은 성문 가학과 효제충신하며 사는 성리학자의 사유체계와 격물치지의 실천적 자세가 시 속에 반영된 것으로 다음과 같이 형상화되어 나타났다.

첫째, 효제충신의 성문 가학과 당음이 시에 드러났다. 성수침(成守琛)-성혼(成渾)-성문준(成文濬)-성력(成櫟)으로 이어지는 효제충신, 그리고 어릴 적 『고문진보』와 『당음』을 통해 익힌 시는 그의 시에 그대로 반영되어 나타났다. 둘째, 성리학적 사유가 시 속에 형상화 되어 나타났다. 여기서 그의 독서법과 학문지향이 드러났다. 구양수의 독서법과 『논어』를 중심으로 공부해야 함을 강조한데서 그의 성리학적 사유를 이해할 수 있다.

성문준 시의 형상화 양상은 다음처럼 전개되어 나타났다. 첫째, 역사 유적과 지역의 자연물을 완상하고 상현지향을 통해 드러난 흥취가 반영되어 나타났다. 주로 유적지를 답사하고 거주지 파산 지역을 중심으로 시가 이뤄지고 있다. 특히 상현 대상으로 도연명과 방덕공을 주요한 인물로 제시했다. 이들의 은일지향의 삶을 닮고자 했고 안심입명을 추구하였다. 둘째, 시화적(詩話的) 기능과 시화의 보충적 의미를 지닌 자주로써 격물치지를 구현하였다. 자주(自註)는 원시(原詩)를 보충하는 설명을 제시하여 시와 시인에 대한 평과 기타 시의 의미를 확장시켜 시화로서의 기능을 하였다. 그러나 이는 시의 완결성을 떨어뜨리는 요소이기도 하다. 그럼에도 불구하고 자주를 통해 그는 당시 시대적 배경과 공간적 배경 및 당시 그가 추구한 시교(詩敎)를 격물치지로 구현하였다고 볼 수 있다.

종합해보면 성문준의 시에는 성문 가학의 은일지향이 나타났다. 그 시의 형상화 양상은 당음의 영향과 역사 유적과 지역의 자연물의 완상을 통해 흥취를 드러내어 선대의 도학적 성향이 강한 시들과 다소의 차이를 보이고 있다. 도연명과 방덕공은 그가 지향한 인물상이다. 시에 자주를 통해 시화적 기능과 구현을 실천하고 있는 것이 특징이다. 이는 성문준 시에 나타난 경물의 차경과 감정의 응축 양상을 이해하는 바탕이다. 따라서 본 연구는 성문준 한시연구의 초석을 다진데 의의가 있으며 이후 소론계 한시의 특징으로 거론되는 산거 생활에서 "정겨운 자연미감"[61]이 소론계 팔송 윤황으로 연계되는지의 여부를 고찰하는데 밑거름이 될 것이다.

....

61) 구사회, 「새로 나온 송만재의 <관우희(觀優戲)>와 한시 작품들」,『열상고전연구』 36, 열상고전연구회, 2012, 176쪽.

제2장

창랑의 차운시에 나타난 풍격

1. 들어가며

조선조 학자들은 겸선천하(兼善天下)하지 못하면 독선기신(獨善其身)의 생활로 은일하면서 그들의 감성을 시로써 형상화하거나 글로 표현했다. 임진왜란이라는 큰 병화를 겪은 이후의 시들에서는 이러한 경향이 두드러진다. 그렇다면 파주라는 같은 공간에 은거한 할아버지 성수침, 아버지 성혼, 그리고 창랑 성문준의 한시에는 은일의 영향관계가 어떻게 나타날까?

성문준의 한시는 모두 300여수이다. 그 가운데 130여수가 차운시에 해당하니 그 비중이 높다.[1] 원래 차운시는 그와 교유한 인물, 장소 등에

---

1) 성문준의 차운시는 사언시, 오언절구, 오언율시, 칠언절구, 칠언율시, 장시 등으로 이루어져 있다. 사언시(4언 8행)가 1수, 오언절구로는 10수가 있다. 오언율시로는 19제 29수가 있다. 칠언절구는 32제 49수, 칠언율시는 27제

대한 오랜 사유의 감정이 진실하게 묻어난 시들이 대부분이다. 이처럼 "감정의 진실함과 진지함의 여부가 작품의 생명력"을 좌우한다.[2] 특히 차운시에 등장하는 인물은 가족과 친지, 사우문도, 선현 등이 주를 이룬다. 또한 역사공간과 사물에 대한 차운시도 나타난다. 따라서 이를 고찰하는 일은 그의 시에 나타난 풍격을 이해하는 길이 된다.

풍격에 대한 언급은 여러 문헌에서 제시하고 있다.[3] 최광범은 "풍격은 작가가 작품을 통해 구현한 사상과 문예미의 총체적인 개성 특질"[4]이라고 밝혔다. 특히『문심조룡』「체성」에서 풍격 형성요인을 설명하고 그 풍격에 영향을 받은 작품의 요소가 무엇인지 밝히고 풍격의 영향이 어떻게 반영되어 나타나는지에 대한 양상을 서술하였다.[5] 따라서 본

....

34수가 있다. 장시는 5언 12행으로 2수가 있다. 5언 14행의 2수가 있으며 5언 16행의 1제2수가 있다. 기타는 7언2행과 5언6행의 시로 되어 있다.
2) 양해명 저, 이종진 역,『당송사풍격론』, 신아사, 1994, 76쪽.
3) 팽철호,『중국고전문학풍격론』, 사람과 책, 2001, 296쪽.
4) 최광범,『고려말 한시의 풍격과 문예미』, 한국학술정보(주), 2005, 24쪽.
5) "대저 인간의 정감이 움직여 언어로 드러나고, 이치가 밖으로 드러나서 문장으로 표현되는 것이니, 그것은 은미한 정서가 뚜렷한 언어로 표출되는 것이며, 내재적 성격이 외부로 나타나는 것이다. 그런데 재능에는 용렬함과 걸출함이 있으며, 기에는 강함과 부드러움이 있으며, 학문에는 얕음과 깊음이 있고, 몸에 배는 습관에는 아정함과 비속함이 있으니, 이러한 것들은 모두 사람들의 타고난 성격에 의해 조성되거나, 후천적인 노력과 환경에 의해서 만들어지는 것이다. 이 때문에 문단의 모습은 구름과 물결처럼 변화가 많은 것이다. 그러므로 문장의 논리가 보잘 것 없거나 빼어난 것은 그 작자의 재능과 관계가 없을 수 없다. 작품의 분위기가 굳세거나 부드러운 것이 어찌 그 작자의 기질과 반대로 나타나는 수가 있겠는가? 작품의 내용의 의미가 깊고 얕음이 그 작자의 학문과 별개로 나타난다는 말을 들어본 적이 없으며, 작품의 체식의 점잖음과 경박함이 그 작자의 습관과 반대로 나타나는 일은 거의 없다. 각자 자신의 개성에 따라 작품을 쓰게 되는 것이니 그 차이는 얼굴 모습이 각기 다른 것과 같다."(『文心雕龍』,「體性 第二十

고에서는 위의 취지에 맞추어 성문준과 그 작품의 풍격을 규명하고자한다. 물론 차운시는 관련 인물이나 대상, 환경, 상황, 조건 등에 영향을 받거나 제약을 받기 쉬운 한계가 있다. 그럼에도 불구하고 본고에서차운시에 주목한 이유는 풍격이 창작 주체의 전인적 반영의 결과이자작품의 주제적, 미학적 해명의 궁극적 지점에 있는 오랜 세월 교유한인물들의 차운시에 잘 드러난다고 보기 때문이다.

먼저 가족과 친지들에 대한 차운시는 가군(家君), 즉 아버지 우계성혼의 시에 차운한 시가 나타나고, 아들 익아(朼兒)와 이제(姨弟), 이부(姨夫), 성로(成輅) 등으로 나타났다. 사우(師友)에 대한 차운시를 쓸때 성문준은 때로는 성명(姓名), 호(號), 자(字) 등으로 제시하여 제목에 나타냈다. 다음에서 제시한 내용들은 그의 한시에 제시된 차운 대상의 표기방식에 따랐다. 그가 호를 쓴 경우는 주로 연배가 높거나 당대에 알려진 인물들이고, 성과 호를 함께 쓰는 경우엔 자신과 비슷한 연배의 사람들이다. 그렇다고 해서 그가 어떠한 원칙을 밝히면서 제목에서술한 경우가 아니기 때문에 단정할 수는 없다. 다만 이를 혼용해서제목에 제시한 이유가 친소관계에서 기인한 것이지 않을까 추측할 뿐이다. 먼저 선현들이 등장하는데 이들은 주로 부친 성혼과 교유한 인물들로서 박사암(朴思菴), 야은(冶隱), 정송강(鄭松江), 율곡(栗谷), 조중봉(趙重峯), 김자한(金自漢), 동은(峒隱), 최립(崔岦), 노소재(盧蘇齋), 조우(趙佑) 등이다. 성문준의 벗에 해당하는 인물로는 안방준(安邦俊)과 월사(月沙) 이정구(李廷龜)가 있는데 주로 이들의 시에 차운한 것이

七) "夫情動而言形 理發而文見 蓋沿隱以至顯 因內而符外者也 然才有庸俊氣有剛柔 學有淺深 習有雅鄭 並情性所鑠 陶染所凝 是以筆區雲譎 文苑波詭者矣 故辭理庸俊 莫能翻其才 風趣剛柔 寧或改其氣 事義淺深 未聞乖其學體式雅鄭 鮮有反其習 各師成心 其異如面).

많다. 다음으로 전여일(全汝一)과 요서(堯瑞)6)의 시가 있다. 이 외에도 임자순(林子順), 이수록(李綏祿), 윤방(尹昉), 이국형(李國馨), 차천로(車天輅), 유근(柳根), 심종직(沈宗直), 신량(申湸), 정두경(鄭斗卿), 허징(許澄), 김우급(金友伋), 김류(金鎏), 최현(崔晛), 신공보(申功甫), 홍명형(洪命亨) 등이 나타난다. 기타 시에 나타난 차운의 형태는 성주이공(城主李公), 김장(金丈), 한희인(韓喜仁), 한영중(韓瑩中), 임숙첨(林叔瞻), 강진휘(姜晉暉), 민인백(閔仁伯), 김현성(金玄成), 신택지(申擇之), 임색(任穡), 유홍훈(劉洪訓), 안진백(安進伯)이 그들이다. 중국인물로는 공천사(龔天使), 이백(李白), 노두(老杜), 맹양양(孟襄陽) 등이 등장한다.

지금까지 성문준의 한시에 대한 연구는 그의 시의 형상화 양상을 "역사적, 지역적, 자연물의 완상(玩賞)과 지향인물이 반영된 것과 격물치지의 구현으로서 자주(自註)를 시화적 기능이 제시된 것"7)으로 파악한 것이 유일하다. 아직까지 연구가 미진한 까닭은 시문에 대한 번역이 이뤄지지 않고 있고 그 연구의 필요성이 부족한 데서 기인한 것으로 볼 수 있다. 여기서 성문가학을 전승한 그의 시에 이러한 계승성이 얼마나 나타나는지 규명할 필요성이 제기된다. 따라서 본고에서는 이를 위해 『파산세고(坡山世稿)』에 나타난 성문준의 차운시를 살펴보고자 한다. 이러한 차운시는 성문준 한시의 풍격이 드러나는 부분인 만큼 역사공간과 사물, 그리고 인물로 나누어 고찰한다. 이는 성문준 차운시

....

6) 요서는 南宮蕡이다. 그는 조선 宣祖 때의 문신으로 본관은 咸悅. 府使를 지낸 南宮悌의 아들이며, 成渾의 사위이다. 1591년 선조 24년에 生員試에 입격하여 別坐를 지냈다.

7) 양훈식, 「창랑 성문준 시학의 형성배경과 형상화 양상 연구」, <한국문학과예술> 26, 숭실대학교 한국문학과예술연구소, 2018, 193~238쪽.

의 의미를 규명하는 길이고 후일 성문(成門) 한시의 영향관계를 고찰하는 초석이 될 것이다.

2. 경물의 형상화에 나타난 풍격

1) 가학의 전승과 경물을 통해 드러낸 청기(淸奇)

대개 시 가운데 호방한 작품은 사람의 이목을 끌기 마련이나 평담한 작품은 아는 이가 드물다.[8] 창랑의 한시는 주로 후자에 속하는 편이다. 특히 그의 시에는 맑고 저속함에 물들지 않은 기상, 즉 '청기'가 드러난다. '청기'는 사공도(司空圖, 837~908)의 『이십사시품(二十四詩品)』에 제시된 것이다. 여기서는 청신(淸新)한 소재와 기이한 분위기가 연출되어 나타난 뜻으로 제시하고자 한다. 이는 그의 시에 가학이 드러나는 지점이다.[9] 다음에 제시한 성문준의 시들은 주로 가군(家君) 성혼과 아들 성익(成杙)의 시에 차운한 것이다.

....

8) 심경호, 『안평』, 알마, 2018, 450쪽.
9) 成守琛은 「山居雜詠」(『聽松先生集』卷一 詩. 「山居雜詠-29」. "我亦從來與世違 欣然一笑擲塵機 此心若識能通辨 老死山林未必非)에서 隱逸志向에 대한 자세를 도학을 지속하고자 하는 의지를 담담한 필치로 형상화하여 '청기'의 풍격을 드러내었다. 이러한 지향은 성혼의 「月夜獨吟」(『牛溪先生集』卷之一 詩. "滿山松月入窓深 淸夜欣然會此心 更有飛泉鳴遠壑 杳如風雨在深林)에서도 마찬가지다. 이는 도를 깨달은 자가 느끼는 청신함을 통해 자신의 깨달음에 화답하는 자연의 움직임이 조응한다는 것을 보여준 시다. 따라서 이러한 점이 성문의 시의 바탕엔 '청기'의 풍격이 전승되고 있다고 본 이유이다.

水氣侵衣冷　　물 기운 옷을 적셔 차가운데
松風洒面涼　　솔바람 낯에 부니 시원하다.
閑來枕書臥　　한가로이 책을 베고 누워
鼓腹詠義皇　　배 두드리며 희황을 읊조리네
　　　　　　　<복차가군운 십사세작(伏次家君韻 十四歲作)>

위의 시는 〈삼가 가운의 시에 차운한 14세 작〉이다. 이 작품은 성문시풍을 그대로 담아내고 있어 성문가학의 시적 분위기가 드러난다. 이 시에 나타난 '물 기운', '솔바람'은 맑고 깨끗하며 '책', '희황' 등은 조용하고 평온한 분위기를 의미하는 시어다. 이는 물 기운과 솔바람의 청신한 소재를 선택하여 복희를 떠올렸다. 이러한 점은 옛적의 기이함이 묘하게 나오는『이십사시품』의 '신출고이(神出古異)'에 해당한다고 볼 수 있다. 성혼의 시를 차운할 때 성문준은 마음자세가 착 가라앉고 시에 흠뻑 취할 수 있었던 듯하다. 이것은 그의 시들이 주로 차분한 정조를 띤데서 알 수 있다. 또한 성혼의 작품을 차운한 성문준의 작품가운데에서 맑고 상쾌한 정감이 나는 시도 몇 수 있다.[10] 다음은 성문준이 성혼의 시에 차운한 것이다.

世外塵囂遠　　세상 밖 속세의 왁자함과 멀어지니
端居萬慮清　　평소에 가진 온갖 염려 맑아지네.
空林對疏雨　　빈숲에서 성긴 비 마주하고
幽鳥共閑情　　산새와 한가한 정취를 함께하네.

....

10) 石泉琴韻響 苔壁錦紋齊 莫道無隣竝 林端有鶴棲.(<伏次家君訪安天瑞山居韻>)//高韻竟誰識 小亭山崦新 此生隨處樂 歧路更何人(<伏次家君題柳浚溪亭韻>)// 山鳥早鳴樹/ 洞雲朝度溪 開軒一舒笑 亦有佳朋携 (<次神光寺詩軸韻>)//竹色侵陶逕 山光滿謝窓 簡中誰作伴 風月恰成雙 倚樹藏矮屋 臨溪拓小窓 閑情素琴一 知己白鷗雙(<伏次家君韻>).

湛露迎曛濕　맑은 이슬은 석양 맞아 촉촉해지고
微涼入夜生　서늘한 바람은 밤이 되자 불어오네.
曲肱差有味　팔 베고 약간의 맛있는 음식 있으니
終不羨浮名　끝내 헛된 명성 부러워하지 않으리라.
<우석만흥 차익아운(雨夕漫興　次杙兒韻)>

위 5언 율시는 〈비오는 저녁 감흥이 일어 아들 익아의 시에 차운〉한 것이다. 이는 속세와 떨어진 곳에 살며 안분지족하는 삶의 흥취다. 속세와 동떨어진 세상을 위해 '빈숲'과 '성긴 비'를 등장시킨다. 산새는 이러한 분위기를 고조시키는 매개물이다. 또한 맑은 이슬, 석양 빛, 서늘한 바람은 자연이 주는 맑고 고운 심성을 채우는 자연물이다. 미련에서 이를 하나로 묶어 자신의 소회를 든다. 이는 맛있는 음식 먹고 팔 베고 누워 자는 모습, 그리고 헛된 명성을 부러워하지 않는 심사다. 이때 죽어도 부럽지 않다고 자부한다. 그것은 『논어』에서 말한 도를 들은 자의 자세다. 이는 공자가 "아침에 도를 들으면 저녁에 죽어도 좋다."라는 말의 반어적 표현이라 할 만하다. 이보다 더한 즐거움이 어디 있겠냐는 듯 은거의 즐거움을 잘 표현한 시라 할 수 있다. 반면에 7언 절구 〈차익아운(次杙兒韻)〉[11]은 분위기가 쓸쓸하고 차갑다. 하지만 빈 처마에 달빛을 들인다. 이는 자연과 하나 되는 감정의 교유다. 또한 옛 배움은 사라지고 몸조차 시들지만 세월은 나를 아랑곳하지 않고 당당히 간다. 이는 무한한 세월에 유한한 자신의 삶을 대비시켜 드러낸 작품이라 할 수 있다.

다음에 제시한 2수는 성주(城主) 이공(李公)의 시에 차운한 작품이다.

....

11) 高秋慘慄日氷霜 木落墟簷納月光 舊學漸蕪身漸老 不堪時序去堂堂(<次杙兒韻>).

笑仙館下早稱賢	소선(笑仙)선생 문하에서 일찍부터 어질다 일컬어졌는데
垂耳鹽車困靮鞭	두 귀 축 쳐져 소금 수레 끌며 채찍질에 고달픈 신세처럼 되었구나.
印匣塵生無一事	도장 갑 먼지 일고 할 일이 없어
琴堂春日據梧眠	금당 봄볕에 오동나무 기대어 자네.
假室長慙子羽賢	방에 누워있자니 자우의 어짊에 부끄럽고
阮途難着祖生鞭	완적같이 궁하지만 남 먼저 착수하네.
龍光未試浮雲決	용광은 시도 못해 뜬 구름을 헤치고
原巷蓬蒿坦復眠	골짝에 은거하니 허탄하게 다시 잠드네.

<차성주이공운(次城主李公韻)>

첫 수의 소서에 "성주는 성제원(1506-1559) 선생의 문하생이다. 성 선생은 스스로 동주소선(東洲笑仙)이라 불렀다."[12]라고 하여 차운 대상을 밝히고 있다. 시의 내용을 살펴보면 기구에서 등장한 관하(館下)에서 성주가 사관임을 보여주는 대목이다. 이는『장자(莊子)』「우언(寓言)」을 통해 알 수 있다. 춘추 시대 양자거(陽子居)가 예모(禮貌)를 엄히 차릴 때에는 다른 사람들이 그를 매우 조심스럽게 대하다가 그가 노자의 가르침을 받고 나서 소탈한 태도를 보이자 서로 친하게 된다는 이야기이다. 따라서 성문준은 성주가 다른 사람들과 어울리지 못할까봐 염려했으나 다른 사람들과 잘 어울리는 모습을 찬한 것으로 볼 수 있다. 승구와 연결 지어 볼 때 자신이 하고 싶은 일을 하지 못하고 소금 수레 끄는 소처럼 부림을 당했다고 보았다. 가의(賈誼)의 「조굴원부(吊屈原賦)」에 "천리마가 두 귀를 늘어뜨리고 소금 수레를 끌도다.(驥垂

....

12) "城主 成先生悌元門生 成先生自號東洲笑仙."

兩耳分服鹽車)"라고 한 것에 근거를 둔 표현이다. 결구의 금당은 『여씨춘추(呂氏春秋)』 「찰현(察賢)」의 "복자천(宓子賤)이 단보(單父)를 다스릴 적에 거문고만 타고 몸이 마루를 내려가지 않았으나 선보가 다스려졌다."라는 구절에서 취한 말로, 훌륭한 수령의 관아를 가리킨다. 이 시는 성주가 자신의 능력에 미치지 못하는 일이지만 일처리가 빠르고 태평하게 소일하는 모습을 그대로 그려내고 이를 찬미한 작품이라 할 수 있다.

둘째 수에서 기구의 '자우(子羽)'는 춘추 시대에 정나라가 사명(使命)의 작성에 신중했던 것에 대해 공자가 칭찬한 말이다. "정나라에서 외교 문서를 작성할 적에는, 비침이 초고를 만들고, 세숙이 토론하고, 행인인 자우가 수식하고, 동리의 자산이 윤색하였다."[13] 승구의 '완도(阮途)'는 완적의 궁도(窮途)의 아픔이란 뜻이다. 이는 『진서(晉書)』 「완적전(阮籍傳)」에서 진나라 죽림칠현 중 완적이 놀러 나갔다가 수레가 통과하지 못하는 곳에 이르러 통곡하고 돌아온 고사에서 유래한 '빈곤의 슬픔'을 말한다. '조생편(祖生鞭)'은 『세설신어(世說新語)』 「상예하(賞譽下)」에서 용사한 것이다. 동진(東晉)의 유곤(劉琨)은 젊을 때부터 벗 조적(祖逖)과 의기투합한다. 이들은 오랑캐를 물리치고 중원을 수복할 뜻을 지닌다. 이후 유곤은 조적이 먼저 등용되었다는 소식을 듣는다. 이에 다른 친구에게 보낸 편지에서 "나는 창을 베고 아침이 오기를 기다리면서 역적의 머리를 효시하려는 생각뿐인데, 항상 조생이 나보다 먼저 말채찍을 잡을까 걱정하였다."[14]라고 하였다. 이는 '착편(着

....

13) "爲命 裨諶草創之 世叔討論之 行人子羽修飾之 東里子産潤色之"(『論語』, 「憲問」).
14) "吾枕戈待旦 志梟逆虜 常恐祖生先吾著鞭."(『晉書』, 「阮籍傳」).

鞭)' 또는 '조생편(祖生鞭)'의 유래가 된 말로 어떤 일을 맡아 남보다 먼저 공을 세우는 것을 뜻한다. 성문준은 이 고사를 원용하여 시에 제시한 것이다. 용광은 옛날의 명검인 용천검의 광채를 의미하는데 군자의 덕을 기리는 말로 쓰인다. 여기서 용광은 총광(寵光)으로 임금의 은총을 말한다. 이는『시경』「소아(小雅)」〈육아(蓼蕭)〉에 "이미 군자를 보니, 용이 되고 광이 된다."[15]라고 하면서 그 주에 "용(龍)은 총(寵)의 뜻이다." 라고 한데서 알 수 있다. 결구의 '원항봉호(原巷蓬蒿)'는 각각의 유래가 있다. 먼저 '원항'은 공자의 제자 원헌(原憲)과 관련된 고사다. 그는 노나라에서 가난하게 살며 생풀을 엮어 지붕을 덮고 쑥대로 문을 내고 뽕나무로 지도리를 삼고 산다. 자공(子貢)이 집에 찾아와 무슨 병이 있느냐고 묻자 "재물이 없는 것을 가난이라고 하고, 도를 배우고서 행하지 않는 것을 병이라고 든다. 나는 가난할지언정 병이 들지는 않는다."라고 대답하니, 자공이 부끄러워한 데서 유래한다.[16] 다음으로 '봉호'는 은자의 거소다. 후한(後漢)의 은자 장중울(張仲蔚)이 박학다식하고 시부에 능하였다. 그는 어려서부터 같은 고을의 위경경(魏景卿)과 함께 몸을 숨기고 벼슬하지 않는다. 그러므로 늘 궁핍하여 그가 사는 집에는 사람이 묻힐 정도로 쑥대가 우거졌다. 이로 인해 빈한한 선비나 그가 사는 곳을 가리키는 말로 쓰인다. 이는 '중울봉호(仲蔚蓬蒿)'라고도 한다. 이 고사를 원용하여 성문준은 안분지족하며 사는 벗을 높게 평한 것이라 할 수 있다.

---

15) "旣見君子 爲龍爲光."(『詩經』,「小雅 蓼蕭」).
16) 『莊子』,「讓王」.

雪壓萬松靜	눈이 만송을 눌러 고요하고
淸宵流皓月	맑은 밤 하얀 달빛 흐르네.
孤吟不勝淸	청기 이기지 못해 외로이 읊조리니
爽氣襲人骨	상쾌한 기운 뼛속에 스며드네.
緬懷萊洲仙	내주 신선에 부끄러워 빨개졌지만
胸襟有佳趣	가슴 속에 아름다운 정취 있네.
停雲杳天末	머무는 구름 하늘 끝 아득한데
脈脈何由吐	묵묵히 무슨 수로 토로 하리오.
東岳時爲東萊府使	동악은 당시 동래부사였다.

<차동악시운증한영중(次東岳詩韻贈韓瑩中)>

위는 〈동악 시를 차운하여 한영중에게 준다〉는 내용의 시다. '정운
(停雲)'은 벗을 그리워하는 마음을 나타낸다. 진나라 도잠(陶潛)이 친
구를 생각하며 지은 〈정운〉이라는 제목의 사언시에 "뭉게뭉게 제자리
에 서 있는 구름이요, 부슬부슬 제때에 내리는 비라. [靄靄停雲, 濛濛時
雨.][17]"라는 데서 유래한다. 자서(自序)에서도 "정운은 친우를 그리워
하는 것이다."라고 하였다. '맥맥(脈脈)'은 견우와 직녀를 읊은 고시 중
에 "애틋이 은하수 물 사이에 두고, 묵묵히 한마디 말도 못하네. [盈盈
一水間 脈脈不得語][18]"라는 데서 딴 것이다. 이 시에는 소서가 자세하
기 때문에 그 전모를 알 수 있다.

"정미년 봄에 동악산인이 향곡초당에 묵었다. 그가 벽에 남긴 시는
한 번 부르매 세 번 탄식하는 여운이 있는데 내가 당시 초당에 도착해서
매번 이를 읽을 때마다 아름다운 맛에 무릎을 치지 않을 수 없었다. 1년
을 지나고 기유년 정월에 내가 서울로부터 파산에 돌아와 우연히 초당

....
17) 『陶淵明集』, 「卷1」.
18) 『文選』, 「古詩19首」, 迢迢牽牛星.

에 방문하였다. 눈에 막힌 때문에 유숙하였는데 밤이 되자 산골아이가 눈이 개었다고 알려준다. 창문을 열고 사방을 바라보니 갠 달이 산에 가득하였다. 동악이 읊은 시와 더불어 저녁의 달이 뜬 날처럼 마침 같아서 풍경이 다르지 않다. 주인이 기이한 우연이라 여겨 나에게 그 뒤를 잇기를 요구하니 노둔한 말로 천리마의 자취를 따라 오르려니 세 번 내어도 더욱 군색하다. 애오라지 널리 한바탕 웃음거리가 되리니 바라건대 남에게 보이지 말라.[19]

위 글은 성문준의 당시 솔직한 감정과 분위기를 엿볼 수 있는 소서(小序)에 해당한다. 동악(東岳) 이안눌(李安訥, 1571~1637)의 원운(元韻)[20] 중 1수의 내용에서 성문준이 시를 쓴 배경을 알 수 있다. 원운에서 기구의 '쇄락(灑落)'은 맑게 갠 하늘의 밝은 달과 맑고 시원한 바람을 말한다. 송나라 황정견(黃庭堅)의 〈염계시병서(濂溪詩并序)〉에 "용릉(舂陵) 땅의 주무숙(周茂叔)은 인품이 매우 고아하여, 그 쇄락한 흉중이 마치 광풍제월과 같다. [胸中灑落如光風霽月]"라고 한 데서 유래한다.

....

19) "丁未春 東岳山人宿香谷草堂 留詩壁上 有一唱三嘆之餘音 余時到草堂 每讀
之未嘗不擊節鳳尾 越一年己酉正月 余自京歸坡山 迂造草堂 阻雪仍留 入夜
山童報晴 開窓四望 霽月滿山 與東岳賦詩之夕 月日適同 風景不殊 主人以爲
奇遇 要余續貂 駑攀驥迹 三出逾窘 聊博一粲 願勿以示人也."
20) 창랑집에 전하는 원운과 동악집에 전하는 원운이 다소 차이가 있어 다음에
제시한다. 먼저 창랑집의 원운의 내용이다. 灑落牛溪翁 襟懷如霽月 滄浪正
派深 典刑非朽骨 平生聖賢書 言外得妙趣 寂寞老白屋 一飯輒三吐. 여기까지
가 창랑집의 내용이다. 다음은 東岳先生集卷之八 萊山錄에 이안눌의 자서
가 전하는데 내용은 다음과 같다. 灑落牛溪翁 胸襟如霽月 滄浪正派深 典刑
非朽骨 平生聖賢書 言外得妙趣 寂寞老白屋 一飯輒三吐/ 今年草堂雪 去歲
香谷月 素輝刮君眸 寒氣砭我骨 豈惟淸景同 所喜同眞趣 何時九友子 鼎坐懷
共吐/ 昔我過高陽 雪夜對皓月 爾來滯蠻陬 瘴毒鑠人骨 淸境已相忘 那能記
幽趣 高篇發遐想 臺鬱向誰吐의 세 수이다.

이는 흉금이 툭 터지고 인품이 고아(高雅)한 것을 가리킨다. '고경'은 시초(蓍草), '후골'은 거북을 이르는데, 모두 점치는 데 쓰는 물건이다. '백옥(白屋)'은 흰 띠풀로 지붕을 인 집이라는 뜻이다. 이는 가난한 백성들이 사는 오두막집을 가리킨다. 당나라 유장경(劉長卿)의 시 〈봉설숙부용산주인(逢雪宿芙蓉山主人)〉에 "날 저물자 청산은 아스라이 멀고, 날씨 찬데 백옥은 가난도 하구나.(日暮蒼山遠, 天寒白屋貧.)"[21]라고 하였다. '토악(吐握)'은 주공(周公)이 일찍이 성왕(成王)을 도와 섭정할 때 현사(賢士)를 만나기에 급급해서 한 번 밥을 먹는 동안 입 안에 든 밥을 세 번이나 뱉고 나가 손님을 맞고, 한 번 머리를 감는 동안 세 번이나 머리를 움켜쥐고 나가 손님을 맞았던 데서 온 말이다. 위 시의 소서에서 이안눌이 향곡초당에 머문 시기, 시의 유래를 기술하고 이에 뒤를 이어 쓴 이유가 자세히 드러난다. 성문준은 서울에서 파주 향곡초당에 돌아왔다. 그런데 그 시기가 우연히 이안눌이 그 초당에 머문 시간적 배경과 같다. 이때 초당 주인이 그에게 그 시를 차운하여 써주도록 부탁한 것이다. 이에 그는 이안눌을 천리마(千里馬)요 자신은 노둔(老鈍)한 말이라 여긴다. 여기서 그의 시만 못하니 남에게 보이지 말라 당부한다. 기구는 눈이 쌓인 소나무와 하얀 달빛이 흐르는 맑은 겨울밤을 제시하였다. 이때 시를 지어 읊조리니 상쾌한 기운이 스며든다. 그러나 그가 지은 시가 내주(萊州) 신선, 즉 동래부사로 있던 이안눌의 시와 견줄만하지 못해 부끄럽다. 하지만 아름다운 정취를 담았으니 그만이라 여긴다. 결국 이 작품은 벗에게 차운한 시로서는 부족하다 여겼지만 아득한 하늘 바라보며 자족의 마음을 담아낸 것이다.

....

21) 『全唐詩』, 「卷147」, 逢雪宿芙蓉山主人.

煙水溟濛接遠流	아지랑이 흐릿한데 먼데 물과 맞닿았고
孤雲一片認遼州	외론 구름 한조각 요동벌인줄 알겠네.
仍携閑客成三益	한가한 나그네 잡아당겨 삼익을 이루고
更把深盃遣百憂	다시 깊은 잔을 잡아 온갖 시름 달래네.
月瀨波光搖睥睨	달빛 물결에 일렁여 눈동자 어른거리니
雲岑燒影落汀洲	구름은 봉우리에서 불타다 정주로 떨어지네.
泠然兩腋淸風起	맑은 바람 일어 겨드랑이 시원하니
直擬騎鯨汗漫遊	곧바로 고래타고 만유를 떠난듯하구나.

<석등통군정 차맹양양운(夕登統軍亭 次孟襄陽韻)>

이것은 <저녁에 통군정에 올라 맹양양의 운에 차운하다>는 제목의
시이다. 경치가 좋아 예부터 한시로 많이 읊어진 장소중의 하나가 바로
통군정(統軍亭)이다.[22] 이곳은 조선 초기 원래 봉화대가 있던 자리다.
또한 의주의 서북지역 높은 곳에 있는 정자로 유명하다. 동쪽의 영구
(永口), 남쪽의 위원(威遠) 봉화대와 마주 서있다. 순조(純祖) 23년
(1823) 세 번째로 개축했고, 청일(淸日)·노일(露日) 전쟁 때 일본군이
쓰던 포병 진지다. 위 작품은 성문준이 역사적 공간에 올라 맹호연(孟
浩然, 689~740)의 시에 차운한 것이다. 여기서 양양(襄陽)은 맹호연의
자(字)이다. 그는 은일지사(隱逸之士)의 시운을 쓰고 있다. 이 시에서
는 공간과 시간의 교차점을 보여준다. 먼저 수련과 함련에서는 공간적
배경을 읊어 시름 달랠 장소로 치환한다. 이어 경련과 미련에서는 오랫
동안 그곳의 경치를 완상(玩賞)하다 시간의 흐름 속에서 자신의 감회
를 드러낸다. 이때 마지막 미련에서 "고래타고 만유를 떠난 듯하"다 하
여 대륙으로 진출하고자 하는 포부를 보여준다. 따라서 이 작품은 통군

....

22) 『한시작가작품사전』, 국학자료원, 2007.

정에 올라 맑고 깨끗한 기상과 포부를 드러낸 시라 할 수 있다.

2) 유적의 회고와 역사의식을 통해 드러낸 고고(高古)

조선조 학자들은 "겸선이 불가능해진 시기 산림에 은거하며 독선에 충실"[23]한 은일자의 삶을 지향한다. 이때 그들은 격물궁리(格物窮理)의 자세로 유물과 유적을 답사하고 그 속에서 온고지신(溫故知新)의 자세를 갖는다. 이것은 사물의 이치를 궁구하여 격물치지(格物致知)가 이루어지고 인식의 지평이 넓혀질 때 가능하다. 이렇게 되면 그 공간은 "허공에 자취를 남기고 아스라이 사라"[24]진 곳이 아니라 역사유적과 인물이 호명되어 임재(臨在)하는 추체험의 현장이 되는 것이다. 유적의 회고와 역사의식을 통해 그들은 그곳을 시문에 형상화하여 고고(高古)의 풍격을 드러낼 수 있다. 여기서 고고는 고상하고 고풍스러움을 나타내는데 특히 고(高)의 의미는 '풍운절창(風韻切暢)'에 쓰인다. 이는 성문준의 차운시에서도 나타난다.

다음은 산성의 누대 포루에서 다른 사람의 시에 차운한 작품이다.

冢頂飛樓俯一州	산꼭대기에 나는 듯 누대가 고을을 굽어보고
雅歌尊俎氣油油	아가 노래하니 탁자엔 기상이 넘치네.
軍籌北破天驕膽	북녘 천자의 교만함을 작전으로 깨뜨리고자하나
眼界西窮地盡頭	서쪽 궁지에 몰린 땅 눈앞에서 끝나려하네.
靑澗井深堪走敵	시내 푸르고 우물 깊어 적을 견뎌내 물리치니
魚山城峻副分憂	조어산성 가파르니 근심을 나누어 갖네.
錐囊身世風雲日	낭중지추의 신세로 군신으로 만나는 날이

....

23) 이종묵, 『한국 한시의 전통과 문예미』, 태학사, 2002, 101쪽.
24) "窅然空蹤"(안대회, 『궁극의 시학』, 문학동네, 2013, 659쪽.

會是男兒脫穎秋　　　남아가 손잡이까지 벗어나는 가을이겠네.

<성주산성포루차인운(坡州山城炮樓次人韻)>

　이 시는 <파주산성포루에서 다른 사람의 시를 차운>한 것이다. 소서
에 "성 안에 우물을 팠으나 깊지 않아 큰 가뭄이면 말랐다. 다시 몇
길을 깊이파면 충분한데 세상에는 젊은 노인이 없다. 공이 한 삼태기에
서 무너짐을 매우 한탄한다."[25]라고 하였다. 이는 병자호란(丙子胡亂)
당시의 우물물이 없어 곤란을 겪던 조선 왕조의 현실을 개탄(慨歎)한
것으로 볼 수 있다. 수련의 '준조(尊俎)'는 제사 때에 술을 담는 '준(樽)'
과 고기를 담는 '조(俎)'를 아울러 이르는 말이다. 예절을 갖추어 하는
공식적인 잔치를 말한다. 이는 무력을 사용하지 않고 가만히 앉아서
계책으로 멀리 있는 적을 제압한다는 뜻이다. 이 고사는 『전국책(戰國
策)』「제책(齊策)」5에 "술동이와 도마 [준조(尊俎)]의 사이에서 성을
뽑고 자리 위에서 적을 무찌른다."라고 한 데서 유래한다. 함련에서 '군
주(軍籌)'는 『삼국지(三國志)』의 「여몽전(呂蒙傳)」에서 손권(孫權)과
여몽(呂蒙)의 고사에 등장한다. 그 고사에서 손권은 여몽을 군정(軍政)
에 참여시키면서 독서할 것을 권했다. 이때 여몽이 군중에 일이 많아서
책을 읽을 여가가 없다고 사양한다. 이에 손권은 "내가 어찌 경에게
경서를 연구하여 박사가 되라고 하는 것이겠는가. 지금 대강이라도 지
나간 일을 섭렵해서 알아 두라는 것일 뿐이다."[26]라고 한다. 그때부터
여몽은 열심히 공부하기 시작한다. 이때 여몽은 워낙 천품(天稟)이 총
명해서 숙유(宿儒)보다도 뛰어난 식견을 보인다. 뒤에 노숙(魯肅)이 여

....

25) "城中鑿井不深 大旱則渴 更深數丈則足 而世無种老 深恨功虧一簣也".
26) "孤豈欲卿治經爲博士耶 但當今涉獵見往事耳."(『三國志 卷54 吳書 呂蒙傳
　　裵注』).

몽과 담론하다가 학식이 몰라보게 진보한 것에 탄복한다. "나는 현제(賢弟)가 무사(武事)만 아는 줄로 생각했는데, 지금 와서 보건대 학식이 깊고 넓으니 과거에 보던 오하의 아몽이 아니다."[27]라고 칭찬한다. 여몽이 "선비는 사흘만 헤어져 있어도 눈을 비비고 다시 보게 되는 법이다."[28]라고 대답한다. 또한 함련의 끝 구절 '지진두(地盡頭)'는 땅이 끝난 곳을 가리킨다. 경련에서 조어산성(釣魚山城)은 송나라 여개(余玠)가 사천성(四川省)의 조어산에 쌓은 성 이름과 같다. 몽고(蒙古)의 몽가한(蒙哥汗)은 원(元) 나라 헌종(憲宗)이다. 그는 군대를 총 동원하여 침공하였다. 그러나 몇 개월이 되어도 함락되지 않았다.[29] 이처럼 성문준은 강한 조어산성 고사를 들어 파주산성도 굳건했으면 하는 바람을 담고 있다. 미련에서 용사가 많이 사용되었다. '풍운(風雲)'은 『주역(周易)』「건괘(乾卦) 구오(九五)」에 "구름은 용을 따르고 바람은 범을 따른다. [운종룡(雲從龍), 풍종호(風從虎).]"라고 한 데서 온 말로 훌륭한 군주와 신하의 만남을 뜻한다. '탈영(脫穎)'은 주머니 안의 송곳 끝이 삐져나온 것으로, 재능이 남보다 뛰어남을 말한다.[30]

　　다음은 율곡 선생의 시운에 차운한 것으로 성묘하러 갔다가 지은 시다.

駿骨無人貴	현인도 사람이 귀하게 여기지 않으니
空山草木長	빈산에 초목만 자라나는 도다
金臺如有築	금대에는 축대가 있어야
猶可報燕王	연왕이 보답했다 할 수 있다네.

....

27) "吾謂大弟但有武略耳 至于今者 學識英博 非復吳下阿蒙."(『三國志 卷54 吳書 呂蒙傳 裴注』).
28) "士別三日 卽更刮目相待."(『三國志 卷54 吳書 呂蒙傳 裴注』).
29) 『讀史方輿紀要 四川 重慶府 合州』.
30) 『史記』「卷76 平原君列傳」.

<율곡분암 차선생운(栗谷墳庵 次先生韻)>

위 작품은 <율곡의 분묘에 가서 선생의 운을 차운하다>는 제목을
가진 시이다. 기구(起句)의 '준골(駿骨)'은 천리마의 뼈라는 말로 현인
율곡을 비유한 표현이다. 이는 『전국책(戰國策)·연제일(燕策一)』에서
용사한 것이다. 옛날 어느 왕이 천 금을 걸고 천리마(千里馬)를 구하기
를 3년이 되었어도 구할 수 없었다. 그런데 시신(侍臣)이 오백 금이나
주고 죽은 천리마 뼈를 사왔다. 왕이 노발대발하니 모시는 신하가 왕께
서 죽은 말의 뼈를 오백 금이나 주고 샀다는 소문에, 왕께서 명마를
구한다는 진심을 알게 되어 앞으로 명마 주인들이 자발적으로 나타날
것이라 말한다. 얼마 후 그 신하의 말과 같이 왕은 구하려던 천리마를
세 필이나 살 수 있게 된 것이다. 전구(轉句)에 나타난 '김대(金臺)'는
연경(燕京)의 황금대를 말한다. 이는 연나라 소왕(昭王)이 전국시대에
세운 누대(樓臺)이다. 인재를 후하게 대접하고자 황금으로 세운 까닭
에 금대가 된 것이다. 이 시에서 성문준은 율곡이 선조(宣祖)의 대우를
제대로 받지 못하고 죽은 안타까움과 초목만 무성한 현인의 무덤을 보
고 그 슬픔을 토로(吐露)하고 있다. 이는 위 시의 내용과 유사한 이백
(李白)의 시를 통해서도 이해할 수 있다.[31] 당시 이백은 744년 장안(長
安)에서 환관 고력사(高力士)와의 알력으로 쫓겨난다. 이때 위양재(韋
良宰)가 태수로 있는 귀향(貴鄕), 지금의 하북성 대명현(大名縣)에서
출발해 유람을 떠난다. 그는 북쪽으로 유주(幽州) 지금의 북경(北京)지
역일대의 연(燕)땅에까지 이른다. 여기서 그곳의 엄중한 정세(政勢)를
느낀 대로 시로 읊은 것이다. 마찬가지로 성문준도 당대의 현실 정치에

31) 無人貴駿骨 騄耳空騰驤 樂毅儻再生 於今亦奔亡.

서 율곡이 제대로 등용되지 못하는 모습을 아버지의 벗이라 곁에서 지켜봤을 터. 따라서 이 시는 초목만 있는 율곡 같은 현인의 묘소에서 느낀 감회를 드러낸 것이다.

도연명(陶淵明)은 구차하게 양구(養口)의 삶을 영위하지 않고 자신의 의지로 은일의 공간으로 돌아온 인물이다. 이때 은일의 공간으로 자주 인용하는 것이 그의 정원이다. 따라서 이 정원은 조선조 문인들이 이러한 삶을 동경하고 그처럼 되고자 시문에 자주 인용하곤 한다. 이는 성문준의 경우에도 마찬가지다.

蔣徑淹高躅	장후의 오솔길에 높은 자취 감추고
陶園寄此生	도연명의 정원에 이 삶을 의탁했네.
終然安義命	끝내 의리와 명에 편안하니
不是艶聲名	아름다운 이름 이 아닌가.
東洛頑猶在	동쪽으로 흐르는 물은 무람없이 흐르고
西山豈獨淸	서산은 어찌하여 홀로 푸른가.
馨香餘汗簡	아름다운 향기 청사에 남으리니
想見古人情	옛사람 정취를 상상해 본다.

<차야은집제공시생자운(次冶隱集諸公詩生字韻)>

이 작품은 〈야은집 제공의 시에서 생자운에 차운〉한 시이다. 이는 도연명의 정원을 은일의 이상적 공간으로 형상화한 것이다. 수련에서 장후(蔣詡)의 오솔길이 등장한데서 알 수 있다. 이 이상적 공간은 도연명의 〈귀거래사(歸去來辭)〉에서 유래한다. "삼경(三徑)은 거칠어져 가는데, 소나무와 국화만 아직도 남았네."[32]라고 하여 은일의 지향처로 제시하고 있다. 이처럼 성문준은 도연명의 은일공간과 자신이 지향하

---

32) 『古文眞寶後集』「卷1」.

는 공간을 동일시한다. 특히 성문준의 도연명 지향은 다른 시에도 나타나고 있다.[33] 수련에서 '고촉(高蹋)'은 용사한 내용이다. 이는 산과 들의 기덕(耆德)과 암혈(巖穴)의 고촉이란 말에서 유래한다. 고촉은 그가 나아가는 데 도가 있고 또 그가 나아가는 것을 대수롭지 않게 여긴다. 그러므로 임금이 초빙할 때는 정성과 예절이 부지런하고 간절한 뒤에야 능히 독선(獨善)의 즐거움을 고쳐 겸제(兼濟)의 아름다움을 이룬 것이다. 따라서 성문준이 제시한 은일지향의 인물상은 장후와 고촉 같은 인물이었다. 또한 그의 지향은 바로 도연명이 제시한 은일공간이었다.

3. 상현대상(尙賢對象)의 형상화에 나타난 풍격

1) 수기지향(修己志向)의 인물을 통해 드러낸 전아(典雅)

유협(劉勰, 465-520)은 『문심조룡(文心雕龍)』 「체성(體性)」편에서 "전아는 경서의 정신에 바탕을 둔 것으로 유가들의 저작과 동일한 정신을 지향한 것"[34]이라고 하였다. 이는 문장이 중후하며 우아한 것을 의미하

---

33) 다음의 도팽택의 시운에 차운하여 우산으로 돌아가는 안사언을 전송하다. <次陶彭澤韻。送安士彦歸牛山>는 시도 마찬가지이다. 古人不可見 俗人難與言 踽踽半世中 棲跡坡西園 閑居息交遊 相對唯陳篇 有美瑩如玉 千里來惠然 膠漆一以合 倏然成良緣 肝膽默相會 詎假言以宣 移家老相依 築室分華山 優游樂有餘 庶以終吾年 / 良會未云久 如何出離言 美子歸初遼 考槃山陽園 行裝何所有 古今書百篇 少年輕別離 此日俱惘然 樹雲永相望 暖眼知無緣 離亭不可極 毫墨何由宣 白駒在空谷 音塵間河山 去矣可若何 索居當暮年

34) "典雅者 鎔式經誥 方軌儒門者也."(유협 저, 최동호 역, 『文心雕龍』, 민음사, 1994, 343쪽 재인용).

며 경전에 그 함의를 둔 경우에 쓴다. 『설문해자(說文解字)』에서 '전(典)'
은 댓조각을 가죽으로 묶은 책이 상위에 놓인 모습이라 보았다. '아(雅)'
는 '고대 성인이 남긴 올바른 음악'이라 하였다. 그러므로 '전아(典雅)'
는 '유교 경전을 따르는 태도'라 할 수 있다. 결국 조선조 사대부들이
유교적인 지향을 작품에 형상화할 때 나오는 경지가 전아인 것이다.

성문준은 그의 시속에 인물을 형상화하고 있다. 수기지향의 인물이
쓴 원운에 차운한 시에는 전아(典雅)한 풍격이 나타나고 치인을 지향
한 인물이 쓴 원운에 차운한 시에는 충담(沖淡)한 풍격이 있다. 이들을
담아낸 다음의 시에서 살펴보자.

彼美竹山子	저 훌륭한 죽산 안씨의 자제
英標冠時流	영웅의 표본 당대에 으뜸이다.
屏居馬韓南	마한 남쪽에 은거하며
獨抱離索憂	홀로 남게 된 근심을 더 하네.
爲結文會約	글로 다시 만날 날 기약하니
盍簪期抄秋	벗이 모일 날은 가을이라.
麗澤果有望	어울림이 과연 유망하니
之子眞良謀	그대 참으로 멋진 계획이네.
告歸何太忙	어찌 이리도 바삐 돌아가려 하는가
摻手臨寒流	손잡고 차가운 시냇가 마주하네.
相看久脈脈	서로 오래도록 애틋하게 바라볼 뿐
別恨兼百憂	이별의 한과 시름만 가득하다
尙喜有前期	그래도 기쁜건 만날 기약 있고
滄湖紅樹秋	너른 호수에 단풍나무 가을빛이라네
雞黍古事在	기장밥에 닭잡던 고사도 있듯이
吾將細君謀	나는 아내와 장만 하겠네.

<차안사언방준유별운(次安士彦邦俊留別韻)>

위는 벗의 이별시에 차운하여 화답한 시로써 〈사언 안방준의 이별시에 차운〉한 작품이다. 소서에서 "내가 강가에 정자를 두었는데 '창랑'이다."[35]라고 하였다. 여기서 창랑의 호가 이 창랑정(滄浪亭)에서 취한 것임을 알 수 있다. 안방준은 성혼의 문인으로 성문준과 동문이다. 연배가 다소 높은 성문준이 안방준이 남긴 시에 화답하는 시를 지은 것이다. 오언절구 유별시(留別詩)에 율시로 화답한 것이나 차운한 시 치곤 그 운자가 다른 점으로 볼 때 원래 유별시 두 수를 남긴 듯하다.

첫째 수의 수련에서 벗에 대해 훌륭한 가문의 자제임을 높이 칭찬하였다. 함련에서는 다시 만날 날을 기약하여 보고 싶은 소회를 드러낸다. 경련에서 '합잠(盍簪)'은 붕우들의 모임을 의미하는데 아름다운 만남을 말한 것이다. 미련의 '이택(麗澤)'은 서로 붙어 있는 두 개의 연못을 뜻한다. 이는 『주역』「태괘(兌卦)」의 상(象)에 등장하는 표현이다. "붙어 있는 연못이 태이니, 군자가 이것을 보고서 붕우들과 강습한다. (麗澤兌 君子以朋友講習)"라고 한데서 유래한다. 즉 붕우 간에 서로 도움을 주며 학문을 토론하고 덕을 닦아 나아가는 것을 의미하려고 용사한 것이다. 이처럼 전아는 형식상 문장의 기운이 단아하다. 그 언어는 고아(古雅)하여 온화한 느낌이 나고 도량이 드러난다.

다음의 시는 월사 이정구(李廷龜, 1564~1635)가 술을 가지고 방문할 때 쓴 것이다.

月沙携酒夜相呼　월사가 술 가져와 밤에 서로 부르니
竹葉淸香擁玉盧　댓잎 맑은 향이 옥로를 감싸 안았네.
一笑欣然心莫逆　흔연히 한 번 웃으니 마음은 허물없어지고

....

35) "僕於坡山江上有亭 曰滄浪."

對君疑是照氷壺　　그대 마주하니 맑은 단지에 비추는 듯하네.
　　〈이월사 성징 휴주상방 이자종언 기백진사명한유시 인차기운
　　(李月沙 聖徵 携酒相訪 二子從焉 其伯進士明漢有詩 仍次其韻)〉

위 시는 〈이월사 성징이 술을 가지고 방문하였는데 두 아들이 그를
따랐다. 그 맏이는 진사 명한으로 시를 가지고 왔다. 이에 그 운에 차운
하였다.〉란 제목을 가진 작품이다. 여기서 이월사 성징은 연안이씨 저
헌(樗軒) 이석형(李石亨)의 현손인 이정구이다. 그는 성혼의 문하생으
로 창랑 성문준의 벗이다. 그와 함께 두 아들이 따라왔는데 맏이는 이
명한(李明漢, 1595~1645), 둘째는 이소한(李昭漢, 1598~1645)이다.
그 중 맏이 명한은 자가 천장(天章), 호가 백주(白洲)이다. 이명한은
아버지 이정구에 이어 문명을 떨쳤다. 문집으로는 『백주집(白洲集)』이
전한다. 그는 병자호란 때 척화파(斥和派)라 1643년 이경여(李敬輿),
신익성(申翊聖) 등과 함께 심양(瀋陽)에 잡혀갔다. 그곳에 억류되었다
가 이듬해에 소현세자(昭顯世子)와 함께 풀려나는 고초를 겪은 인물이
다. 월사의 둘째아들 이소한도 역시 문명에 뛰어났고 『현주집(玄洲集)』
을 남겼다. 이정구는 열여섯에 진사시(進士試)에 합격한 맏이 이명한
을 데리고 성문준을 만나러 간 것이다. 이때 맏이가 쓴 시를 가지고
인사차 벗을 찾은 듯하다. 성문준은 벗이 가져온 술 단지를 '옥로'라
표현한다. 이는 그가 벗의 마음을 귀하게 여긴 것을 알려준다. 또한
댓잎 맑은 향 가득한 술과 이를 함께 하는 풍경을 아름답게 펼쳐낸다.
전구에서 "한 번 웃으니 마음은 허물없어지고"에서 말이 더 이상 필요
없는 사이임을 보여준 데서 막역한 벗임을 알 수 있다. 결구에서도 "맑
은 단지"라고 하였으니 서로 마음을 비추는 간담상조(肝膽相照)의 모
습이다. 이는 벗의 아들이 쓴 시에 차운하여 맑은 벗과 벗의 아들을

담담하게 칭송한 것이라 할 수 있다.

다음의 시는 성문준이 당시운(唐詩韻)에 차운하여 신량(申湸, 1596~
1663), 정두경(鄭斗卿, 1597~1673), 두 문생에게 준 작품이다.

靈根稟中和　　신령한 뿌리는 중화를 타고나
萬古長不死　　만고에 자라며 죽지 않네.
湘纍賦騷後　　상강에 얽매여 부소 후에
一笑濂溪水　　한바탕 염계수를 비웃네.
流芳人與花　　꽃다운 사람과 꽃은
百世聞風起　　백대에 풍기가 들리네.
須知華實兼　　모름지기 아름다운 열매를 맺어야
所以號君子　　군자라 부를 수 있기 때문이다.

鶯啼吏人稀　　꾀꼬리 울고 관리가 드무니
深院爐香死　　깊은 집에 화로 향기 사라졌네.
高檻送微涼　　높은 난간에 미풍이 서늘하게 불고
雨打芙蓉水　　비는 부용꽃에 뿌리는 도다.
風來萬荷亂　　바람이 불어오니 온갖 연꽃 어지럽고
浙瀝秋聲起　　물이 스며드니 가을바람 이는구나.
殘紅半開落　　남은 꽃은 반쯤 피다 떨어지니
時見新蓮子　　때로 새로운 연밥을 보는구나.

<차당시운 시신량 정두경 이생(次唐詩韻 示申湸 鄭斗卿 二生)>

위에서 제시한 것은 〈당시운을 차운하여 신량과 정두경 두 문생에게
보인다.〉는 제목으로 스승이 제자들에게 써서 준 오언율시이다. 소서
에서 "모든 초목의 뿌리가 땅속에 묻혀있어 오래되어 나오지 않아 죽지
않은 것이 없다. 오직 연꽃만은 그렇지 않아 천년이 되어도 죽지 않으
니 땅을 열면 곧 나오니 기이할만하다."[36]라고 하였다. 이는 신량과

정두경, 두 제자들에게 용사를 통해 그러한 생명력을 지닌 군자처럼 살아가도록 당부한 것으로 볼 수 있다.

첫째 수를 살펴보면 기구에 "신령한 뿌리"와 "중화"를 들어 훌륭한 가문의 후손과 기품을 아울러 설명한다. 승구에서는 '상류(湘纍)'라 하여 억울하게 유배된 사람이나 억울한 죽음을 제시한다. 이는 양웅(揚雄)의 「반이소(反離騷)」에 나오는 말로 "민강(岷江) 가를 따라 이 애도문을 보냄이여. 삼가 상강에서 억울하게 죽은 굴원(屈原)을 애도하노라."[37]라고 한데서 알 수 있다. 이 구절은 신량과 관련된 사건을 말한 듯하다. 그는 1648년 태안군수 시절 남징문제(濫徵問題)로 사직하게 된다. 이 사건 뒤 스승이 제자를 위로한 것으로 보인다.

둘째 수에서 연꽃은 주돈이(周敦頤)가 「애련설(愛蓮說)」에서도 언급한 것처럼 군자를 상징한다. 이때의 군자는 연꽃의 향기는 멀리 떨어질수록 더욱 맑고 은은하게 퍼진다는 향원익청(香遠益淸)의 인물이어야 한다. 따라서 성문준은 두 제자에게 군자를 지향하도록 권면한 것으로 볼 수 있다. 이러한 점은 성혼이 그의 제자들에게 시문을 준 방식과 닮았다. 성혼은 그의 제자 황신(黃愼, 1560~1617)과 오윤겸(吳允謙, 1559~1636)에게 주자가 쓴 시를 인용하여 '영지(靈芝)'와 '금단(金丹)'의 사례를 들며 학문과 덕행을 연마할 것을 권면한 적이 있다.[38] 이상

....

36) "凡草木根埋在地中 久不出土 無不死者 唯蓮不然 千年不死 開土則便出 可異也".
37) "因江潭而記兮 欽弔楚之湘纍."(「反離騷」). 이에 대해 顏師古는 "죄를 짓지 않고 죽는 것을 모두 루(纍)라 한다. 굴원은 상수에 가서 몸을 던져 죽었으므로 상루라 한 것이다.〔諸不以罪死曰纍 屈原赴湘死 故曰湘纍也〕"라고 하였다.(『漢書 卷87上 揚雄傳』).
38) 『牛溪集』 <書示吳允謙黃愼兩生>.

에서 성문준은 아버지 성혼이 제자들에게 권면한 시법을 따라 자신도 제자들에게 가르침을 전하고 있다. 따라서 이 시는 「반이소(反離騷)」와 「애련설(愛蓮說)」의 명문을 통해 전아의 풍격을 제시한 것으로 볼 수 있다.

宅相見爾髧髦初　　훌륭한 외손 자네 보니 다팔머리 늘어졌지만
老去情深肯作疏　　나이먹고 정깊으니 어이 소원할 수 있으랴.
春草句成須寄至　　춘초구 이루면 꼭 부쳐주게
不堪相望怨離居　　보지 못하고 따로 사니 원망스럽네.
<차인운 유증이제정원량 회(次人韻 留贈姨弟鄭元亮 晦)>

위 작품은 〈다른 사람의 시에 차운하여 이종사촌동생 원량 정회에게 남겨주다.〉라는 제목으로 전하는 시다. 기구의 '택상(宅相)'은 생질을 달리 이르는 말이자 장래에 훌륭하게 될 외손을 말한다. 이 택상의 유래를 살펴보면 진(晉)나라 때 위서(魏舒)에게서 비롯된다. 그는 어려서 고아가 되어 외가 영씨(寧氏) 집에서 자랐다. 일찍이 영씨가 집을 지으려고 할 때 집터를 보는 사람이 반드시 귀한 외손을 두겠다고 한다. 그러므로 위서의 외조모가 위서의 총명함을 보고 마음속으로 위서를 그 아이라고 여겼다. 위서도 "마땅히 외가를 위하여 내가 이 택상(宅相)이 되겠다.(當爲外氏, 成此宅相.)"라고 다짐한다. 뒤에 과연 그 말대로 위서가 현달하게 된다는 고사에서 따온 말이다.[39] 이것은 고사를 인용하여 훌륭한 가문의 후손임을 자부하도록 칭찬한 말이다. 전구에서 '춘초구(春草句)'는 주자의 〈권학시(勸學詩)〉에서 시간을 아껴 공부하라는 의미와 진나라 사령운(謝靈運)이 지은 "못에 푸른 풀이 났다"(池唐

....

39) 『晉書』「卷41 魏舒列傳」.

生靑草)라는 유명한 시에서 따온 말이다. 이는 사령운이 그의 죽은 아우 사혜련(謝惠蓮)을 꿈에 보고 영감이 생겨 시를 지은 데서 유래한다. 이를 용사하여 성문준도 사령운의 예로써 보고 싶은 감정과 아우에 대한 사랑을 그려내고 있다.

『소화시평』에서 우계 성혼을 '아정(雅正)'[40]이라 평하였다. 성문준도 성혼의 풍격을 계승한 것으로 보인다. 그의 시에서도 경전에서 법도를 취하듯 유가의 경전에 벗어나지 않는 고아(高雅)하면서도 단정함이 드러나기 때문이다. 여기서 전아는 부박(浮薄)하고 조속(粗俗)한 이미지와는 대비된다. 장중(莊重)하고 순정(純正)해서 우아(優雅)하고 단정(端正)한 느낌이다. 성문준은 그의 시에 이러한 정취를 전아로 드러내고 있음을 알 수 있다.

2) 치인지향(治人志向)의 인물을 통해 드러낸 충담(沖淡)

사공도는 『이십사시품』에서 충담을 풍격용어로 제시하였다. 이에 대해 안대회는 『궁극의 시학』에서 사공도가 언급한 충담[41]을 '소박', '침묵', '학', '남풍', '대 바람'의 시어로 해석한다. 이는 바로 '선비의 담백

....

40) "成牛溪渾之雅正"(이종은·정민, 『한국역대시화류편』, 아세아문화사, 1988, 360쪽).
41) "沖淡 素處以黙 말없이 소박하게 살아가나니/ 妙機其微 오묘한 기틀은 더욱 기묘하도다./ 飮之太和 크게 조화로움을 마시고 나면/ 獨鶴與飛 외로운 학과 함께 날아다니네/ 猶之惠風 마치 남풍과도 같아서/ 荏苒在衣 부드럽게 옷에 와 닿는도다/ 閱音修篁 긴 대숲의 소리 견주어 듣고/ 美曰載歸 좋아서 싣고 돌아가리라 말하네/ 遇之匪深 만나보면 그리 깊지 않으나/ 卽之愈稀 다가가면 더욱 희소해 지는도다/ 脫有形似 형상에 비슷한 점 있음을 털어버리니/ 握手已違 손으로 잡으면 이미 어긋난다네."(안대회, 『궁극의 시학』, 문학동네, 2013, 656쪽 재인용).

한 미학'이라는 것이다. 성문준의 시를 통해 볼 때 이러한 충담은 그가 상현대상(尚賢對象)으로 꼽은 인물들의 시에 나타난다. 특히 성문준은 사암(思菴) 박순(朴淳)을 상현대상으로 읊고 있다. 또한 송강(松江) 정철(鄭澈), 중봉(重峯) 조헌(趙憲), 소재(穌齋) 노수신(盧守愼) 등의 시에도 차운하여 이 같은 성격을 보여주고 있다. 그러나 이들은 당대 정치적 역량이 있는 인물들로 충담과는 거리가 있어 보인다. 그럼에도 불구하고 그들을 상현대상으로 삼아 충담의 풍격을 제시한 점이 주목된다. 다음은 사암 박순의 시에 차운한 것이다.

> 百年肝膽淸溪水　　백년의 간담은 맑은 시냇물이오
> 千古聲名太史書　　천고의 이름은 태사의 역사서에 오른다.
> 惆悵靑山埋玉罷　　청산에 슬퍼하며 옥을 묻기를 마치니
> 晩林歸騎踏寒淤　　저무는 숲 말 타고 찬 곳을 밟고 돌아간다.
>
> <회장박사암 잉차선생절필운(會葬朴思菴 仍次先生絶筆韻)>

위 시는 우계 성혼 대신 <사암 박순의 장례에 참여하여 선생의 절필운에 차운>한 것이다. 원래 이 시의 원운에서 박순은 만년에 우거한 영평(永平)의 백운계(白雲溪)에 있는 집을 형상화하였다.[42) 여기서 그는 '시', '거문고', '상', '책', '학'등을 자연스럽게 배치하여 선비의 고고한 기상과 높은 학문적 자세를 드러내고 있다. 한편 위 시에서 성문준은 '간담', '시냇물', '태사의 역사서', '옥'을 시어로 제시한다. 이는 그가 박순을 역사에 남을 귀감으로 보고 그의 충담한 인품을 상찬(賞讚)한다. 이는 자신의 마음을 반영한 것이므로 자신의 뜻도 그와 같아지고자 하는 마음의 표현인 셈이다. 이어 돌아갈 때 '저무는 숲'과 '찬 곳'을 들어

....

42) "谷鳥時時聞一箇 匡床寂寂散琴書 可憐白鶴臺前水 纔出山門便帶淤."

어둡고 쓸쓸한 감회를 형상화하여 그의 삶을 애도하고 있다. 따라서 이것은 사암 박순의 장례에 참여하여 차운시로써 망자와 자신의 충담한 미감을 함께 드러낸 시라 할 수 있다.

高林滴露朝嵐卷　　울창한 숲 이슬 머금고 아침 아지랑이 걷히니
綠樹啼鸎午夢醒　　푸른 나무에 꾀꼬리 울어 낮잠을 깨운다.
風送水聲通戶冷　　바람에 인 물소리 집을 관통하여 서늘하고
日烘花影透簾明　　붉은 해는 꽃 그림자 발 너머로 밝다.
沈酣鍾鼎非吾願　　술에 절어 사는 것은 내 바람 아니지만
嘯傲田園得此生　　전원에서 휘파람불며 이렇게 산다.
草色滿庭人不到　　풀빛 뜰에 가득해도 사람은 오지 않고
繞闌閑試葛衣輕　　한가롭게 뒤란 돌며 입어본 갈포 옷이 가볍다.
　　　　　　　　　　　　<차정송강상국운(次鄭松江相國韻)>43)

위 시는 <정 송강 상국의 시에 차운>한 것이다. 성문준은 아버지의 벗인 정철의 시에 차운시를 썼다. 이것은 7언 율시로 밝고 담담하며 청량(淸凉)한 느낌이 돋보인 시다. 시 속에 자연경물을 배치하여 전원생활의 담백한 멋을 그대로 드러내고 있다. 이를 위해 '숲', '이슬', '아지랑이'의 시어를 기구에 배치하여 시각적 심상이 드러나게 한다. 이어서 '꾀꼬리'를 등장시켜 청각을 자극하여 맑은 느낌을 제공한다. 승구에서는 이와 반대로 먼저 '물소리'를 통해 청각적 심상을 불러일으키고 이후 '붉은 해'를 등장시켜 색감을 통해 생동감을 보여준다. 전구에서는 이러한 배경아래에서 사는 전원생활의 흥취를 '술', '술단지', '휘파람'을 통해 자락하고 있음을 보여준다. 결구에서는 가벼이 날리는 '갈포 옷'입고

....

43) "元韻　槐花陌上繁蟬集　荷葉樓中少醉醒　高閣晚涼乘雨至　亂岑斜日隔雲明　年荒末可收妻子　世亂那能卜死生　愁愧海天雙白鷺　滄波萬里去來輕".

아무도 오지 않는 곳에서 뒤란을 돌며 유유자적하며 지내는 삶의 담담한 모습을 만끽하고 있다. 여기서 충담이 그대로 배어남을 알 수 있다. 다음은 의병장으로 산화한 조중봉을 애도한 시운에 차운한 것이다.

才雄盤錯匪君誰   재주가 훌륭하니 누가 아니라고 말하랴.
百錬彌剛不變移   거듭 단련하여 더욱 강직하니 변하지 않았네.
一戰功高世無二   한 번 싸워 공이 높아 세상에 둘도 없으니
如今始服土亭知   이제 토정이 알아줌을 비로소 탄복하네.
　　　　　　　　　　　<근차선인도조중봉운(謹次先人悼趙重峯韻)>

이 시는 <삼가 선인께서 조중봉을 애도한 시에 차운>하다는 제목이다. 상세한 자서가 있다. 여기서 선인은 성혼을 말하고 그 원운은 <도조여식차이대중운(悼趙汝式次李大仲韻)>이다.44)

토정은 이지함 선생의 별호이다. 임진년에 왜구들이 차례로 침범하여 오륙년을 제멋대로 행동했다. 이때에 문무의 장수와 관리들이 군대를 이끌고 머물렀는데 한 사람도 감히 더불어 진을 치고 교병을 하는 자가 없었다. 판서 이정암은 농성하여 겨우 온전히 하였고 지사 권율이 산에 웅거하여 적을 물리쳤다. 그 나머지는 구덕이며 숙장이라 기를 바라보고 무너져 달아나니 일식과 월식처럼 피난한 자들이 도도하니 이때였다. 유독 우리 중봉은 죄를 얻고 내쳐진 가운데서도 일어나 의병을 일으키는 일을 앞서서 해야 할 일로 여겨 수백의 오합지졸을 끌어다가 곁에 개미만한 원군이 없음에도 감히 고군분투하여 홀로 나가셨다. 곧바로 청주성에 웅거한 적을 치고 흉악한 칼끝을 밟고 나아가 적을 섬멸하기를 거의 다하니 적장이 성을 버리고 달아나 겨우 몸만 살아갔다. 이에 앞서 토정은 일찍이 당대의 인재를 말하면서 오직 조여식 한 사람이

----

44) 『牛溪先生集卷之一』「詩」 "撑柱三綱匪似誰 萬死當前志不移 白刃如麻蹈平地 賊奴猶欲姓名知".

있다 하니 처음엔 믿지 못했으나 이에 이르니 비로소 그 선견에 탄복할 따름이다.45)

성문준은 토정(土亭) 이지함(李之菡, 1517~1578)이 중봉(重峯) 조헌 (趙憲, 1544~ 1592)을 높게 평한 것에 동의한다. 그렇게 생각한 배경을 들어 이유를 밝히고 있기 때문이다. 여기서 구덕(舊德)과 숙장(宿將)을 등장시킨다. 구덕은 늙고 덕망이 있는 사람이고 숙장은 나이가 많아 군사적 경험이 풍부하고 공이 많은 장수를 말한다. 그런데 그들은 전쟁 이 나자 "일식과 월식처럼 피난"한다. 그러나 조헌은 적에 맞서 고군분 투한다. 이러한 자세를 성문준은 높이 평가한다. 원래 이지함이 조헌을 "당대의 인재"라고 말했을 때 믿지 못한다. 그러다가 이지함의 선견에 탄복하여 이를 인정하고 있는 것이다. 따라서 성혼의 시문에 차운하여 성문준도 조헌에 대해 고평(高評)을 하였다. 이 작품은 부자 간 시공간 을 초월하여 치인지향의 인물에 대해 공감한 시라 할 수 있다.
다음 시는 그의 역사관이 드러나는 시라 할 수 있다.

乘除一氣運陶蒸	흥망성쇠 한 기운은 점점 오르지만
世道年來覺日陵	세상의 도는 지난 몇 해에 날로 쇠퇴했네.
越俗至今悲禹穴	월나라 풍속은 지금까지 우혈을 슬퍼하고
杞天當日哭堯崩	기나라 하늘은 바로그날 요임금 죽음을 곡하네.

....

45) "土亭 李先生之涵別號也 壬辰 倭寇犯順 橫行五六年 于時文武將官 擁兵逗
遛 無一人敢與列陣交兵者 李判書廷馣嬰城而僅全 權知事慄據山而却賊 其
餘舊德宿將 望旗奔潰 食焉而違難者滔滔是也 獨我重峯 起於罪廢之中 倡義
首事 提烏合數百之衆 傍無蜉蟻之援 敢以孤軍獨進 直擣淸州據城之賊 踣赴
凶鋒 殲賊幾盡 賊將棄城而走 僅以身免 先是 土亭嘗言今代人才 唯有趙汝式
一人 初莫信 至是始服其先見".

澤流百歲應無斬　연못물 백대를 흘러가도 응당 끊어짐이 없으니
福去蒼生只可矜　복은 떠났어도 백성들은 다만 자랑할 만하다.
唯有舊時黃耉在　오직 옛 시절의 노인만이 있을 뿐
唱酬魚藻費溪藤　어조에 수창하려 종이를 사용하는구나.

　　　<추차노소재제공 효릉봉심시운(追次盧蘇齋諸公 孝陵奉審時韻)>

　위는 <소재 노수신이 제공들이 효릉에서 봉심할 때의 시에 추후에
차운>한 것이다. 여기서 효릉은 조선조 12대왕 인종(仁宗, 1515~1545)
의 능이다. 노수신(盧守愼, 1515~1590)이 이곳에서 봉심(奉審)할 때 읊
은 시에 성문준이 차운하였다. 시대가 변하고 도가 쇠퇴함을 수련에서
노래한다. 함련에서 월(越)나라와 기(杞)나라의 풍속이 유구함을 들었
다. 이는 '우혈(禹穴)'을 제시하였기 때문이다. '우혈'은 회계산(會稽山)
위에 있는 동굴로, 우 임금이 순수(巡狩)하기 위해 회계에 이르렀다가
사망한 곳으로 유서가 깊다. 경련에서는 당대의 삶을 탄식하고 무덤을
살피는 인물의 역사의식을 칭찬한다. 미련에 나오는 황구는 장수한다
는 뜻이다. 이는 『시경』 <남산유대(南山有臺)>에 "즐거운 군자여 어찌
황구하지 않으리오."[46]라고 한 점과 주자가 『시전(詩傳)』에서 "황(黃)
은 노인의 머리털이 다시 누렇게 되는 것이요, 구(耉)는 노인의 얼굴이
언 배 빛이어서 때가 끼어 있는 것과 같은 것이다."라고 한 것에서 알
수 있다. '어조(魚藻)'는 임금과 신하의 연회를 뜻한다. 이것은 『시경』
「소아(小雅)」 <어조>에 "고기가 마름풀 속에 있으니, 그 머리가 크기도
하도다. 왕께서 호경에 계시니, 즐거워서 술을 마시도다."[47]라고 한 데
서 온 말로 천자가 제후들에게 잔치를 베풀어 준 데 대하여 제후들이

....

46) "樂只君子 遐不黃耉"(『시경』 <南山有臺>).
47) "魚在在藻 有頒其首 王在在鎬 豈樂飲酒"(『시경』 「小雅」 <魚藻>).

천자를 찬미한 것이다. '계등(溪藤)'은 종이의 별칭이다. 중국 절강성 (浙江省)의 섬계(剡溪)는 그 물이 종이를 만들기에 적합하였다. 이 때문에 그 부근에서 나는 등나무 껍질로 만든 종이가 유명해져 붙여진 이름이다. 따라서 이 작품은 용사를 통해 신하로서 인종 능에서 봉심하는 자세가 뛰어남을 상찬한 시라 할 수 있다.

4. 나가며

지금까지 『파산세고』에 수록된 성문준의 차운시에 나타난 풍격을 고찰하였다. 이는 그의 시에 나타난 경물의 차경(借景)과 감정의 응축 (凝縮) 양상을 이해하는 길이며 "삶의 진실과 문학적 표현 사이의 상관 관계"[48]를 밝히는 작업이었다. 성문준의 차운시는 공간, 인물, 사물이라는 세 측면에서 형상화되어 나타났고 역사적 공간의 체현과 상현대상으로서의 인물을 통해 풍격을 드러냈다. 그의 차운시에 담긴 풍격은 두 가지로 요약할 수 있다.

첫째는 사물에 대한 오랜 관찰을 통해 얻은 청기(淸奇)와 고고(高古)이다. 이는 오랜 시공간의 추체험을 통해 드러낸 자신만의 고유한 품성에 비롯된 풍격이라 할 수 있다. 조선조 학자들은 치인지향의 삶이 불가능할 때 수기지향의 은일자로서 살아가며 격물궁리의 자세로 사물이치를 궁구하여 격물치지로써 인식의 지평을 넓힌다. 유물과 유적에 대한 답사를 통해 역사유적과 인물이 호명되어 그 공간에 임재하게 되며 추체험의 장에서 성문준은 그의 한시 속에 고고의 풍격을 드러냈다.

....

48) 조규익, 『조선조 시문집 서발의 연구』, 숭실대학교 출판부, 1988, 194쪽.

둘째는 상현에 대한 지향을 통해 드러낸 전아(典雅)와 충담(沖淡)이다. 『소화시평』에서 우계 성혼을 '아정(雅正)'이라 평하였다. 성문준이 이를 계승하여 그의 한시에도 경전의 법도를 취하여 용사로써 고아하면서도 단정함을 드러냈다. 장중하고 순정해서 우아하고 단정한 전아는 부박(浮薄)하고 조속(粗俗)한 이미지와는 대비된다. 이것은 성문 가학에서 성혼의 아정한 인성이 반영된 부분이다. 이처럼 상현지향을 통해 성문준은 충담의 풍격을 보여주었다.

성문준은 성수침, 성혼으로 이어지는 성문의 가학을 계승하여 아정한 인성을 청기, 고고, 전아, 충담한 풍격으로 한시에 반영하였다. 한시사에서 볼 때 그의 시는 조선전기의 성수침에서부터 조선후기의 자신에 이르기까지 은일자의 한시를 계승한 점에서 그 의의가 있다고 하겠다. 다만 조(祖)-부(父)-자신(自身)에 걸쳐서 나타나는 은일의 시는 그 풍격이 경물의 대상과 상현 대상에 따라 달리 나타나고 있으나 용사를 자주 반영하고 있다는 점으로 볼 때 가학이 계승되고 있음을 알 수 있다. 이는 파주라는 한정된 장소에 거주함에도 불구하고 교유 인물과의 그 영향관계 속에서 한시의 풍격이 다르게 나타나며 한시의 풍격은 지역성보다 인물교유관계가 좀 더 강하게 반영되는 것이라 할 수 있어 그 시사(示唆)하는 바가 크다고 하겠다.

제 **2** 부

추탄 오윤겸 한시의
배경과 현실 인식

제3장

추탄 오윤겸의 한시의 형성배경

1. 들어가며

　16세기는 문사들이 활발한 시문을 주고받으며 자신의 사상과 감정을 표현한 목릉성세의 시기였다. 이후 임진왜란을 겪고 나자 17세기의 시문학의 경향은 현실인식의 반영이라는 변화의 조짐이 나타나기 시작한다. 따라서 이 시기의 문인들은 그의 문학에 당시의 체험과 정서를 형상화하여 시문에 반영하기도 하였다. 특히 이 책에서 다룰 추탄 오윤겸 (1559~1636)은 이를 제대로 보여준 인물이다. 주지하는 바와 같이 그는 임진왜란의 상황을 담은 『쇄미록(鎖尾錄)』[1]의 저자 오희문의 아들이

....

1) 『鎖尾錄』은 吳希文(1539~1613)이 임진왜란이 일어난 시기 전 1591년부터 1601년까지 약 9년 3개월간의 일을 기록한 일기로 遊離記, 避亂記이다. 오희문의 字는 斐然이고 본관이 海州다. 본고에서 다룰 영의정까지 오른

자 조선 중기의 도학자 우계 성혼의 문인이다. 또한 그는 당대 문인들인 창랑 성문준(1559~1626), 추포(秋浦) 황신(黃愼, 1560~1617), 월사(月沙) 이정구(李廷龜, 1564~1635), 사계(沙溪) 김장생(金長生, 1548~1631) 등과 교유하면서 학문과 덕행을 연마하였다. 특히 추탄은 추포와 더불어 성문(成門)의 양신(兩臣)으로 일컬어지기도 하였다.

명청 교체기와 대일외교관계에 있어 오윤겸은 두 차례 일본과 중국 사행을 다녀온 견문이 넓은 지식인이다. 그에 대한 평가는 "덕업의 수양에만 힘쓸 뿐 사장(詞章)에는 뜻을 두지 않았으나, 문장은 평이하면서도 조리가 있고, 시는 맑으면서도 운율에 어긋남이 없었다."라고 한다. 그는 학문과 덕행이 뛰어나 벼슬이 영의정에 이르렀는데 그의 저서로는 시문과 소차를 모은 『추탄집(楸灘集)』이 전한다. 이를 비롯해 그가 일본에 다녀온 후 지은 『동사일록(東槎日錄)』과 명나라에 사신으로 다녀온 후에 남긴 『해사조천일록(海槎朝天日錄)』등이 전하고 있다. 이는 그가 조선조에서 16세기 한중일 대외 관계에 밝은 인물이란 사실을 말해준다. 당시 그가 읊은 시는 당대의 현실인식을 그대로 드러낸 것이라 할 수 있다. 그러나 현재까지 그에 대한 한시 연구는 전무한 실정이다. 여기서 추탄의 한시에 대한 연구의 필요성이 제기된다.

이 책에서는 추탄의 한시 연구를 위해 그의 시적 배경과 시문의 주제별 양상을 살펴볼 것이다. 검토대상은 『추탄집』[2])과 그와 교유한 문사들의 문집이 주를 이룬다. 『추탄집』에는 오윤겸이 광해군 시절 두 차례 외국에 사신으로 파견되었을 때 쓴 시가 함께 수록되어 있다. 『추탄집』

吳允謙은 그의 아들이고 吳道一은 손자다. 『쇄미록』이란 책명은 『詩傳』「旄丘章」에서 따온 말인데 "瑣兮尾兮流離之子"에서 유래한다.

2) 이 책의 한시 번역은 『(국역)추탄선생유집』의 이민수 역을 따랐으나 필요한 경우 필자가 수정을 하였다.

에 나타난 시의 유형을 구체적으로 살펴보면 다음과 같다. 권1에서는
시를 시체별(詩體別)로 나누었는데 주로 시기순, 절구, 율시, 배율, 고
시 순으로 배열하고 있다. 먼저 절구를 보면 오언절구는 15제(題)이고
칠언절구는 98제이다. 율시를 살펴보면 오언율시는 43제이고 오언배율
은 2제이며, 칠언율시는 35제이다. 그리고 오언고시는 3제가 실려 있
다. 그는 1617년(광해군 9)에 회답사(回答使)로 일본에 다녀왔고, 또
1622년(광해군 14)에는 하등극사(賀登極使)로 연경(燕京)에 갔다. 이
때 지은 시들이 함께 수록되어 사행시로 남아 있다. 추탄은 스스로 문
사(文辭)에 힘쓰지 않았다고 했다. 이는 문집의 처음에 등장하는 자서
를 보면 알 수 있다. 그러나 시제(詩題) 아래 소서(小序)를 쓴 것으로
볼 때 문집 간행의 편의를 위해 자신이 직접 자주(自註)한 것임을 알
수 있어 주목된다. 그의 시는 문집에 나타난 대로 형식적으로 분류하면
오언절구, 오언율시, 칠언절구, 칠언율시, 오언고시가 있다. 그런데 두
드러진 특징 중의 하나가 바로 제영시, 영물시, 증답시, 차운시와 만시,
사행시 등 소재가 다양하다. 특히 만시가 다른 문인들보다 많은 점이
이채롭다.3)

....

3) 楸灘 吳允謙 詩는 199題로 이루어졌는데 그 구체적인 내용은 다음과 같다.
詠物詩로는 七絶 <詠黃梅>, <臘前盆梅>, <地種梅>가 있다. 贈答詩로는 七
絶 <遊楓岳贈僧>, <贈宋仁叟>, <江陵贈府使朴敬業>, <在溪上和牛溪先生
韻>, <寄示申敬叔>, <寄吳君翻>, <在釜山逢大風雨副使書一絶以示次韻贈
之>, <贈規伯方師>, <對馬館中贈從事李公>, <次東嶽韻贈僧>, <贈別>, <懷
黃思叔>, <寄黃思叔>이 있다. 또 五律 <贈僧泰熙>, 七律 <贈石陽正>, <贈
程副摠>, <留倭京大德寺。重陽日贈從事李公>가 있고 오언고시 <贈僧敬旭>
가 있다. 次韻詩로는 七絶 <邀仙堂次忘軒韻>, <吉州次李子敏 壁上韻>, <次
舍弟韻>, <次牛溪先生韻>, <次李月沙韻>, <次柳川韻>, <次舍弟都正自歎
韻>, <復次前韻>, <次東萊蓮堂韻>, <次金陜川韻>, <次諸姪兒盆梅韻>, <次

諸姪惜梅韻>, <次東萊蓮堂韻>, <釋王寺次金叔度贈僧韻>, <安德天皇廟次
副使韻>, <夜坐聽琴次座上韻>, <登州船上次楓橋夜泊>, <次書狀過陳仲子
古里韻>이 있다. 또 五絶 <在大德寺館中。次副使韻>가 있고, 五律 <安陵解
官日次卞獻卷中韻>, <在玉堂次李修撰韻>, <玉堂雪夜又次前韻>, <次李子
敏甲山客軒韻>, <新寧竹閣次副使韻>, <慶州途中次副使韻>, <大德寺館中
次副使韻>, <次副使韻>, <次副使韻>이 있다. 또 七律 <次石陽正見贈韻>,
<次兵使李公韻>, <次巡相徐公制勝堂韻>, <次金叔度萬甲亭韻>, <次金叔度
侍中臺韻>, <又步前韻>, <文川次金景擇韻>, <次月沙韻>, <次崔興叔用李
子敏韻贈月沙>, <次月沙韻>, <次舍弟都正和前韻>, <次月沙韻>, <次日本
僧宗方韻>, <次副使韻>, <次書狀韻>, <次李學官萬歲橋>, <次月沙韻>이 있
다. 五言排律 <領相李公 賜几杖宴。次柳西坰 韻>이 있고 五律 <次成仲深
見寄韻>이 있다. 輓詩로는 五絶 <挽鄭判書>, <挽延平府院君李公>, <挽人>
이 있고 七絶 <挽洪承旨>, <挽崔永興>, <挽呂右尹>, <挽李同知>, <挽錦溪
君朴公>, <挽崔知事>, <挽韓知事>, <挽五寸姪女徐貞履妻沈氏>, <挽人>,
五律 <挽申同知>, <挽金沙溪>, <挽延陵府院君李公>, <挽李同知夫人>, <挽
李陽川>, <挽鷄林府院君李公>, <挽錦洲君朴公>, <挽任茂叔>이 있다. 五言
排律 <挽人>, 七律 <挽宋監司>, <挽柳監司>, <挽鄭大司憲>, <挽鄭內翰>,
<挽申敬叔夫人李氏>, <毓慶園挽章>, <仁穆王后挽章>이 있다. 또 五言古詩
<挽月沙>가 있다. 題詠詩로는 五絶 <召公臺>, <望洋亭>, <淸磵亭>이 있고,
七絶 <魯陵>, <三嶽山城>, <邀仙堂>, <摩訶衍>, <永興館>, <竹嶺山祠>,
<淸磵亭>, <鳳凰臺>, <歷山書院>, <登蓬萊仙閣>, <正陽寺>, <古州館。次壁
上韻>, <洛山寺>, <過喚仙亭>이 있다. 또 七律 <題歷山書院東趵突泉>, <磨
雲嶺>, <登蓬萊仙閣>이 있다. 使行詩로는 五絶 <結城村墅>, <自裁蠻夷發
船。船上偶占。題行中圓扇。示從事李公>, <流芳院>, <宿鹿島前洋>, <過黃骨
島前洋>, <宿西獐子島夜吟>, <七夕夜吟>, <石城島洋中>, <榜會軸次愚伏
韻送李三陟>, 七絶 <玉河館麗生臨別求詩題扇以贈>, <次安東樓上韻>, <立
春日書壁>, <英陵參奉時作>, <甲山門樓偶吟>, <麟蹄途中>, <示金陜川>,
<題尹孝肅亭壁>, <結城村居>, <悶旱>, <太宗雨>, <題東萊梅堂>, <題春川
崔進士尙訓七松亭次主人韻>, <謝趙守初 來訪>, <偶吟>, <苦無寐>, <更步
惜梅韻>, <在西郊時偶成寄月沙>, <示江陵府使>, <題請留狀中>, <左兵使
李公得寶琴求詩甚懇書此以副>, <馬島館中聽雨>, <在流芳院時宗方來見從
容款語仍書一絶句求和甚懇坐上次贈>, <發赤間關>, <自藍島發船向日岐觀

다음에서 추탄 시의 배경과 주제별 경물의 형상화 양상을 검토하고
자 한다. 이는 추탄 시의 전모를 일별하고 시학사에서 그의 위상을 알
수 있는 계기가 되리라 본다.

2. 추탄 시의 배경

이 장에서는 추탄 시의 배경을 살펴본다. 이를 위해 먼저 그의 부친
오희문의 시에 대한 관점을 일별하고, 외가의 영향, 스승 성혼과의 영
향관계를 고찰할 것이다. 추탄은 그의 시에 대한 관점을 문집 첫머리에
다음과 같이 밝히고 있다.

　　　나는 본래 시에 능하지 못했고, 그 위에 또한 억지로 생각하고 괴롭게

………………………………

日勢>, <在日岐島中>, <還渡金山走筆示從事>, <發鐵山稷島>, <望見登州
山>, <過昌邑縣道中偶吟>, <過鄒平縣范文正公舊寓>, <過禹城漯水>, <董
子廟>, <德州乘船日偶吟>, <御河船上遇逆風>, <繫舟滄洲店前>, <病臥>,
<土橋店舍曉發次壁上韻>, <到鄒平縣驛亭柳陰下>, <過齊景公墓>, <舟中遇
初度口占>, <鹿島月下>, <西郊時有懷口占>, <漢江船上偶吟>, <棋罷偶吟
示汝一弟>, <病革中聞窓外鵲聲>, <鵠原山城>, <鏡城書齋偶吟>, <自鏡城
受由歸覲路上口占>, <韓石峯橘榴軸>, <巡按御史到鏡城>, <丁酉春以平康
縣監赴鵠原秣馬蒼峯溪上見黃梅臨水始花爲賦五言一律題石而去本道方伯
時又到忽念前事深有感懷仍錄前詩更步其韻>, <又疊>, <過寒溪山下>, <廣
津亭舍偶吟>, <窓外燕巢成雛飛去>, <自鱷浦發船行七十里風逆宿鹽浦船中
偶吟時七月初八日也>, <流芳院南有泉流盤石之勝日與副使 , 從事散坐溪石
偶吟>, <過黃城島前洋>, <晩過渡流村>, <天津船上七夕前一日>, <述懷和
副使詩>, <東坡海市碑>, <過平原郡顔魯公廟>, 七律 <寄鍾城府使鄭時晦>,
<送李伯胤 赴京>, <土塘村舍感興>, <駒城來路秣馬川邊偶吟>, <靑州道中
次伴送許指揮韻>이 있다. 또 五言古詩 <月下偶吟>이 있다.

읊는 것을 좋아하지 않았다. 대체로 흥취가 일고 사물을 대할 때, 저절로 글귀가 이루어지면 이를 쓰고, 이루어지지 않으면 억지로 하지는 않았다. 정사년에 일본에 사신으로 가고, 임술년에 바다를 건너 중국에 입조했을 때, 도합 몇 편의 시를 지었으나 졸렬하고 서툴러서 남에게 읽힐만한 것이 되지 못했었다. 그러나 이는 모두 정경을 보고 느낀 그대로 묘사한 것이며, 폐부에서 우러난 것들이지 결코 미사여구로 과장한 것이 아니다. 다만 이를 기록하여 상자 속에 넣어 두어서, 후일 자손들이 읽어 보고 선조를 추모하는 자료로 삼게 하려 할 뿐이다.[4]

이는 그의 작시태도를 설명한 것이다. 추탄은 작시하는데 고심하지 않고 흥이 일면 그때마다 시를 썼음을 알 수 있다. 또한 대외 활동할 때에 시흥이 자주 일었음을 은연중에 드러내고 있다. 일본과 중국에 사신으로 다녀올 때 자신의 쓴 시를 "졸렬하고 서툴러서 남에게 읽힐만한 것이 못된다."라고 자평하면서 미사여구로 과장한 것이 아님을 들고 있다. 특히 그가 생각한 시는 당대의 역사여야 한다는 사실을 후손에게 일러주고 있어 주목할 만하다. 그러나 그는 "덕업의 수양에만 힘쓸 뿐 사장(詞章)에는 뜻을 두지 않았으나, 문장은 평이하면서도 조리가 있고, 시는 맑으면서도 운율에 어긋남이 없었다."라는 덕업수양과 문장은 뛰어난데 비해 시풍과 시격은 다소 엄격하다는 평을 받았다. 여기서 그의 스승 우계로부터 '아정(雅正)'한 면을 전수받은 것을 알 수 있다.

오희문은 일정수준의 학문적 능력은 있는 것으로 보인다. 과거 급제에 이르지는 못했지만 『쇄미록』을 지은 것을 통해서 알 수 있다. 이러한 능력은 그의 아들 오윤겸에 이르러 더 확장된다. 그것은 아버지의

---

4) 오윤겸, 이민수 역, 『(國譯)楸灘先生遺集』, 海州吳氏楸灘公派宗中, 1994, 125쪽.

학문적 교유가 크게 작용했기 때문이다. 오윤겸의 교유 인물들을 볼 때 그 범주가 넓다. 최명길의 아버지이자 왕자사부(王子師傅)를 지낸 최기남(崔起南, 1559~1619), 우의정에 추증된 수몽(守夢) 정엽(鄭曄, 1563~1625), 예학의 종장 김장생, 임란 때 의병을 일으켰고 정묘호란 때는 왕을 호종했으며 영의정에 추증된 묵재(默齋) 이귀(李貴, 1557~1633)등이 그와 어울릴 수 있었던 것은 바로 아버지의 학문적 교유가 크게 작용하였기 때문인 것이다.5) 이는 다음 내용들을 통해서도 알 수 있다.

> 길에서 최생원 기남의 서조모의 일행을 만나 우리 일가가 여기에 와 있다는 말을 듣고 그 일행을 따라서 왔으니 이것이 3월 28일이었다. 그 어미가 마침 머물러 있다가 만나서 기뻐하고 슬퍼하였다.6)

이는 최기남과의 인연을 알 수 있는 사실이고 다음은 성혼과 연을 맺는 계기가 되는 지점임을 알만한 대목이다.

> 1593년 초3일 아침 식사 후에 찰방 김가기가 우리 부자를 청했다. 그 부인도 난을 피해서 여기에 와서 내 아내와 윤겸의 처를 청하는데, 아내는 연고가 있어서 가지 못했고 다만 윤겸의 처만 갔다가 저녁에 돌아왔다.7)

김가기(金可幾)는 김덕민(金德民)의 아버지이고, 김덕민은 대곡(大

---

5) 신병주, 「오희문의 생애와 『쇄미록』」, 『(해주 오씨 추탄가문을 통해 본) 조선 후기 소론의 존재 양상』, 태학사, 2012, 19~21쪽.
6) 『쇄미록』, 「계사일록」, 3月 28日.
7) 『쇄미록』, 「계사일록」, 4月 初3日.

98 제2부 추탄 오윤겸 한시의 배경과 현실 인식

谷) 성운(成運, 1497~1579)의 제자이다. 이는 오희문이 피란 중에 만난 성운의 제자 김덕민을 통해서 우계(牛溪)와 자신의 아들 윤겸(允謙)이 사제관계를 맺도록 한 것이라 볼 수 있다. 김덕민이 성운 문하에 있을 때 성혼(成渾)의 인물됨에 대해 들었을 것이고, 또 김덕민이 오윤겸에게 성혼을 소개했다고 보여지기 때문이다. 오희문은 성혼으로부터 편지를 받고 고무되었다. "우계 선생이 지금 해주 석담(石潭)에 우거하셨는데 윤겸에게 편지를 주었고 또 내게도 보내서 후한 뜻을 보였으니 감사하고 감사하다."[8]라고 한데서 잘 드러난다. 또 오희문은 몇 년 뒤 "밤에는 꿈속에서 우계를 보았다. 또 잉어 두 마리를 얻었다. 우계는 전에 만나 본 일이 없는데 이것이 무슨 징조인가."[9]라고 하여 그의 꿈속에 나타난 우계와의 깊은 인연을 기록한데서도 알 수 있다.

다음에서 오윤겸의 학문적 연원과 부친의 영향을 살펴보자.

> 오희문은 바로 이기의 손서였으며, 오희문과 그 아들 오윤겸이 조광조-성수침-성혼의 학통을 이은 것으로 보아 해주오씨 오희문계도 전향 사림파였음을 알 수 있다. 그뿐만 아니라 오희문은 이정구의 7촌이고, 이귀와는 4촌의 척분을 가지고 있었으니 인조반정 이후의 실세들과도 가까운 관계를 유지하고 있었다.[10]

오윤겸의 학문적 성장과 시적 배경은 부친 오희문의 넓은 교유 덕분임을 알 수 있다. 이러한 사실을 통해서 볼 때, 추탄은 우계 성혼과

---

8) "牛溪先生時寓海州石潭書院 而就簡於允謙 而又及余處 以示厚意 感荷感荷"(『쇄미록』, 「계사일록」, 윤11월23일).
9) 『쇄미록』, 「병신일록」, 6月 初7日.
10) 이성무, 「추탄 오윤겸의 생애와 치적」, 『영의정의 경륜』, 지식산업사, 2012, 284쪽.

그의 친척에서 영향을 받았고 그에 감화되었다. 성혼에게서는 중정(中正)한 품성을 본받을 수 있었고, 친척들에게서는 문학적 재능을 받는 계기가 되었다. 따라서 추탄이 온건(穩健)하고 중정한 성품과 폭넓은 문학적 감수성을 갖게 된 것은 주변 인물들의 학문적·사상적·문학적 경향에 힘입은 때문이라고 할 수 있다.[11]

추탄은 우계 문하에 있을 때 다음과 같은 시를 썼다.

二月凄凄風露多 二月 쌀쌀하고 바람과 이슬 많은데
洛城桃李意如何 　　　낙양의 도리는 어떠한지
憐渠不較春情薄 　　　서글프게 어찌 춘정이 얇음을 따지지 않고
早向溪南自發花 　　　일찍 시내 남쪽으로 가서 스스로 꽃을 피우리오
<영황매(詠黃梅)>[12]

이 시는 황매를 읊은 것이다. 시적 배경을 살펴보면 당시 추탄은 신미년(1581) 스물세 살로 우계의 문하에 들어가 공부하던 무렵이었다. 소서(小序)에 우계의 문하에 있을 때라고 한 데서 알 수 있다. 그 때 우계는 아마도 도성에 간 듯하다. '낙성의 도리'에서 이를 유추할 수 있다. '낙성'은 낙양 즉 도성을 의미하고 '도리'는 인재를 의미하기 때문에 스승을 '도성의 인재'라 비유한 것이다. 역사적 사실을 통해서 보면 우계는 추탄이 문하에 들어온 해 정월에 종묘서령(宗廟署令)으로 체임되었다. 이때 귀향을 허가 받지 못하고 있었는데 2월에는 사정전(思政殿)에 나아가 등대(登對)하게 된다. 여기서 우계는 학문과 정치 및 백

....

11) 박병련 외,『(해주 오씨 추탄가문을 통해 본) 조선 후기 소론의 존재 양상』, 태학사, 2012, 50쪽.
12)『楸灘集』「卷之一」詩 七言絶句.

성들의 정황에 대해 자세하게 선조 임금에게 진달했다. 그래서 선조로부터 특별한 은혜로 미곡을 하사받게 된다. 이 시의 계절적 배경은 2월이다. 날씨가 쌀쌀한데 바람과 이슬도 많다. 이는 스승 우계에게 비치는 힘든 시련을 암시한다. 또한 3구에서는 '춘정이 얇음'을 말하고 있다. 여기서 춘정이 얇다고 한 것은 임금의 마음은 따뜻하지만 격식에 맞은 은일지사에 대한 예우는 아니라는 말이다. 이는 아직 정사에 나아갈 때가 아님을 비유한 셈이다. 이 작품은 황매를 스승의 풍격에 가탁한 것으로 시련에도 변치 않는 스승의 절개와 이미지를 보여준다. 그는 스승이 명분에 알맞은 대우를 받기 바랐다. 이 작품은 제자가 스승을 걱정하는 한편 자신의 마음을 다잡은 시다.

優遊聊作養痾人	한가롭게 지내며 병 조섭하는 사람 되었으니
休道初心在隱淪	초심이 은둔에 있었다 말하지 마요
勸漑問耕兼採藥	물 대고 밭 갈면서 겸해서 약까지 캐는데
春來何事不經綸	봄이 왔는데 무슨 일로 경륜하지 않는지

<재계상화우계선생운(在溪上和牛溪先生韻)>[13]

이는 시냇가에서 우계 선생의 시에 화답한 것이다. 우계는 세상을 경륜할 뜻을 가지고 있음에도 불구하고 출사하지 않았다. 이런 스승에게 추탄은 스승이 이미 병을 조섭하여 나은 사람 되었으니 이제 은둔에 뜻 두지 말고 나가서 세상을 경영하기를 바란다. 그러나 스승은 은일을 한 것이다. 다음 시는 추탄이 스승의 시에 차운한 것으로 이와 다른 지향을 드러내기도 한다.

....

13) 『楸灘集』 「卷之一」 詩 七言絶句.

一讀規箴忽反身   한번 규잠을 읽고 문득 이 몸을 반성하니
十年憂歎倍今晨   십년 근심과 탄식이 오늘 새벽에 갑절이네
不是全然無意者   아주 뜻이 없는 자가 아니거늘
如何長作舊時人   어떻게 오래도록 옛 사람이 될 수 있으리오
<차우계선생운(次牛溪先生韻)>14)

　이 시는 원래 다음의 우계 시에 차운한 것이다. 여기서 말하는 '규잠 (規箴)'은 스승이 준 시를 말하는데 이는 다음 시를 통해 알 수 있다.

草根風露冷侵身   풀뿌리 먹고 헐벗으니 바람과 이슬의 냉기가 침노
　　　　　　　　　　하는데
勤苦聲聲夜向晨   풀벌레 소리 밤새도록 울어 새벽에 이르네
感爾微虫能盡性   하찮은 저 미물도 본성을 다하는데
白頭重愧最靈人   가장 영특한 인간 백두에 더욱 부끄럽네
<부선생원운(附先生原韻)>15)

　『우계집』에 이 시에 대한 소서(小序)가 있는데 "아, 나는 오늘날 옛 사람에게 감회가 있고 풀벌레 소리에도 부끄러움이 있으니, 느낌을 어찌 다 말할 수 있겠는가. 인하여 졸렬한 시구를 써서 받들어 두 현자에게 화답해 줄 것을 요구하듯이 하였으니, 한편으로는 뜻을 말하는 방법을 요청한 것이요, 한편으로는 서로 문답식으로 자발적 이해를 통해 창의성을 북돋아 주어 자조심을 불러일으키는 개발(開發)의 마음을 담아서이다. 이것이 비록 한가로운 말이긴 하나, 잘 배우는 자가 물건을 관찰하여 자기 몸을 살피고 가까이에서 취하여 스스로 기른다면, 반드

....

14) 『楸灘集』「卷之一」詩 七言絶句. 이 시는 성백효 역을 따랐다.
15) 『楸灘集』「卷之一」詩 七言絶句;『牛溪集』「第一卷」詩에는 <書示吳 允謙 黃 愼 兩生 二首 幷序○丁亥八月>로 되어 있다.

시 감동하여 분발하는 공부에 도움이 없지 않을 것이다."라고 하였다.
여기서 말하는 현자는 추탄 오윤겸과 추포 황신 두 제자를 일컫는다.
이 시는 1586년 병술년에 지은 것으로 추탄이 23세부터 우계 문하에
출입한지 5년 쯤 지날 무렵이라 추탄의 나이는 28세였다. 이때 추탄은
〈차우계선생운(次牛溪先生韻)〉에서 제자의 공부에 분발을 바라는 스
승의 은혜에 감사하는 답시를 올린 것이다. 추탄은 늘 공부에 분발할
것을 10년 동안 근심 걱정하여 오던 차에 스승의 독려하는 시를 받고
보니 그 감회가 남달라 이와 같이 읊었다고 하였다. 이는 우계 문하에
들기 전 18세 무렵부터 가져온 생각이다. 3~4구에서는 자신의 미래에
대한 지향이 드러난다. 이는 옛사람에 오래 머물러 있지는 않으리라는
의지를 표명한데서 알 수 있다. 따라서 추탄의 차운시는 스승의 경계시
에 대해 답한 제자의 화답시이자 학문적 자세와 분발을 다짐하는 도학
적 성향을 드러낸 것이라 할 수 있다.

한편 추탄의 시학 형성은 외가의 영향을 무시할 수 없다. 그의 외가
는 어머니가 문천군수 이정수의 딸로 조선 전기 문인으로 이름 난 저헌
(樗軒) 이석형(李石亨) 가문이다. 이석형은 연안 이씨로 그의 현손이
월사 이정구이다. 월사는 추탄과 막역한 사이로 추탄의 인성과 학문에
지대한 영향을 미친 벗이다.[16] 이로 볼 때 추탄의 아버지, 어머니 양가
모두 그의 시학 형성에 큰 도움이 된 것으로 보인다.

당대의 추탄에 대한 인물평은 인품과 능력 면에서 인정을 하고 있다.
함경도 어사 원호지의 서계(書啓)에 의하면 "경성판관 오윤겸은 강직
하고 강명하며 재간이 많은데다 청렴과 검약을 신조로 삼고 있으므로

....

16) 박병련, 「오윤겸의 정치활동과 정치사상」, 『(해주 오씨 추탄가문을 통해
본) 조선 후기 소론의 존재 양상』, 태학사, 2012, 49쪽.

치성이 도내에서 제일"이라고 하였다. 또 실록의 기록에는 "온후하고 공손 근면하며 단정하고 화락 단아하여 집안에서는 효성스러웠다. 관직에 임하여서는 청렴하고 근면하였으므로 온 세상의 벼슬아치가 존중하였다."라고 하였다. 여기서 그에 대한 개인의 인물평이나 사관의 평이 모두 그의 강직, 청렴, 온후, 공손, 근면, 단정, 화락, 단아, 효성을 내세워 인품과 능력을 높이 평가한 것으로 보아 인품에서는 자타가 공인한 인물임을 알 수 있다. 이상 살펴본 추탄 시학의 배경은 가학의 영향과 사승관계와 교유가 그의 시학을 이루는 배경임을 알 수 있다.

3. 추탄(楸灘) 시의 경물(景物)의 형상화 양상

추탄 시에는 교유시, 사행시, 만시가 주를 이루고 제영시와 영물시가 함께 나타난다. 교유시에서는 그의 시에 나타난 사상의 접화를 살펴보고, 사행시에서는 당시 지식인으로서 지향하는 현실인식태도를, 만시에서는 유불의 별리의식(別離意識)을, 제영시 및 영물시에서는 경물태도를 밝히고자 한다. 다음에서 추탄시를 주제별로 나누어 고찰한 후 그 구체적 양상을 살펴본다.

1) 유불(儒佛) 교유(交遊)의 접화(接化)

추탄은 그와 교유한 인물들에게 각별(恪別)한 관심과 배려를 하고 있다. 그는 각계각층의 인사들과 교유하며 그들과의 일상생활을 시에 반영하여 형상화하였다. 여기서 그가 가진 사상적인 면이 드러나게 된다. 그의 교유시를 고찰해 보자.

교유시에는 증(贈)○, 기(寄)○, 시(示)○, 화(和)○시(詩)와 차(次)○운(韻), ○차운시(次韻詩)등의 양식으로 구성되어 있다.[17] 그의 증시와 차운시에 등장하는 소재는 승(僧), 송인수(宋仁叟), 부사박경업(府使朴敬業), 우계선생(牛溪先生), 시신경숙(示申敬叔), 오군숙(吳君翿), 규백방사(規伯方師), 증별(贈別), 황사숙(黃思叔) 등이다. 오율(五律)에 승태희(僧泰熙)와 오언고시에 승경욱(僧敬旭)이 있으며 칠율(七律)에는 종사이공(從事李公), 석양정(石陽正), 정부총(程副摠)이 있다. 또한 승려에게 준 세 수가 있는데 이는 그가 교유한 대상이 넓음을 말해 주는 것이다.

다음은 차(次)○○운(韻), ○차운시(次韻詩) 계열이다. 칠절(七絶)에서 사제(舍弟), 우계선생(牛溪先生), 이월사(李月沙), 유천운(柳川韻), 사제도정(舍弟都正), 차전운(次前韻), 김합천(金陜川) 등이 소재로 등장한다. 오율(五律)에는 변헌권중(卞獻卷中), 이자민(李子敏), 성중심(成仲深)이 나타나며 오언배율에 유서경(柳西坰)과 칠율에 김경택(金

17) 贈○/寄○/示○/和○시에서 칠언절구로는 <遊楓岳。贈僧>, <贈宋仁叟>, <江陵 贈府使朴敬業>, <在溪上 和牛溪先生韻>, <寄示申敬叔>, <寄吳君翿>, <贈規伯方師>, <次東嶽韻 贈僧>, <贈別>, <懷黃思叔>, <寄黃思叔>, <釋王寺 次金叔度 贈僧韻>이 있다. 오언율시 <贈僧泰熙>와 오언고시 <贈僧敬旭>가 있으며 칠언율시로는 <留倭京大德寺 重陽日 贈從事李公>, <贈石陽正>, <贈程副摠>이 있다. 다음은 次○○韻/○次韻시 계열이다. 칠언절구로는 <次舍弟韻>, <次牛溪先生韻>, <次李月沙韻>, <次柳川韻>, <次舍弟都正自歎韻>, <復次前韻>, <次金陜川 韻>이 있다. 오언율시로는 <安陵解官日 次卞獻卷中韻>, <次李子敏甲山客軒韻>, <次成仲深 見寄韻>이 있으며 오언배율로 <領相李公 賜几杖宴 次柳西坰 韻>과 칠언율시로 <文川 次金景擇 韻>, <次月沙韻>, <次崔興叔 用李子敏韻 贈月沙>, <次月沙韻>, <次舍弟都正和前韻>, <次月沙韻>, <次日本僧宗方韻>, <次李學官萬歲橋>, <次月沙韻>, <次石陽正見贈韻>, <次兵使李公 韻>이 있다.

景擇), 월사(月沙), 최흥숙(崔興叔), 사제도정(舍弟都正), 일본승종방
(日本僧宗方), 이학관만세교(李學官萬歳橋), 석양정견(石陽正見), 병
사이공(兵使李公) 등이 그의 시에 등장하는 소재들이다. 이러한 소재
들은 그가 지위고하 국내외를 불문하고 이들과 차운한 것을 알게 해
준다.

추탄의 교유 대상은 주로 성혼의 문하에서 수학한 인물들로 이들은
이귀(李貴), 정경세(鄭經世), 이준(李埈), 김류(金瑬) 등이다.[18] 그러나
이러한 인물들보다 주로 추포 황신(1560~1617)과 월사 이정구와 그
시적 교유를 하였고, 이 외에도 승려에게 준 증시가 있다.

다음에서 살펴볼 교유시는 추탄이 승려와 주고받은 것이다.

今朝秋日晴	오늘 아침에 가을 날씨 맑은데
倚杖田畝間	밭두둑 사이에 지팡이 의지하고 서있네
飄然有僧來	표연히 중이 오더니
云自德崇山	덕숭산(德崇山)에서 왔다고 하네
爲言塵世苦	말하기를 티끌세상 괴롭지만
且說山中閑	산중의 한가로움을 말하네
我亦多好懷	나도 좋은 회포 많으나
欲盡言實難	말을 다하려 하나 실상 어려운 일일세
長吟掩荊扉	길게 글을 읊고 사립문 닫으니
永矢終此歡	이 속의 기쁨 길이 맹세하네

<증승경욱(贈僧敬旭)>[19]

....

18) 박병련 외, 『(해주 오씨 추탄가문을 통해 본) 조선 후기 소론의 존재 양상』,
태학사, 2012, 55쪽.
19) 『楸灘集』 「卷之一」 詩 五言古詩. 이민수는 마지막구 '永矢'를 '길이 잃었
네'(이민수 역(1994), 215쪽)라고 보았으나 필자는 矢의 의미를 '맹세하다'
로 보았다.

이는 추탄이 승려 경욱에게 준 오언고시다. 승려의 이름이 전하는 걸로 볼 때 추탄과 오래 알고 지낸 사이다. 덕숭산(德崇山)은 충남 예산에 있는 산으로 수덕산(修德山)이라고도 한다. 추탄이 충청도에 은거하였을 무렵에 그곳에 거주하는 승려가 찾아온 듯하다. 승려가 속세를 괴롭지 않느냐며 산중은 한가롭다고 표현하자 추탄은 할 말이 많지만 말을 아낀다. 그러나 유자(儒者)로서의 즐거움을 담아내고 있다. 이것은 다른 데 있는 것이 아니라 글을 읊으며 은거하는 즐거움이 커서 오래도록 지키고 싶은 소망을 말한다. 여기서 '영시(永矢)'는 바깥 세상에 나가지 않고 은거할 만한 장소라 길이 맹세한다는 의미로 쓴 것이다. 그러나 승려의 삶을 애써 부정한 흔적은 없다. 유불(儒佛)의 자연스러운 교유가 이뤄져 회통(會通)하고 있음을 알 수 있다. 따라서 이 작품은 승려에게 준 증시로써 유자로서 자연에 살며 경작하는 삶, 글을 읊으며 은거하는 삶의 여유로움을 보여준 시다.

다음은 조선중기의 문신 월사 이정구와 주고받은 차운시다.

漢水煙波一棹輕	한강 안개 낀 물위에 배 한척 가벼운데
春風何日是歸程	봄바람 어느 날이 곧 돌아가는 길인가
天心復剝頗眞見	천심은 복괘에서 박괘로 변화하는 진면목이 보이고
世味甘辛亦飽更	세상 달고 매운 맛 또한 배부르게 맛보았네
蔬食自宜糊賤口	나물밥은 스스로 천한 입에 풀칠하기에
蓬廬聊足庇殘生	띠집은 족히 쇠잔한 몸 가릴 만하네.
此懷良苦無人語	이 회포 말할 사람 없는 것이 참으로 괴로워
相對終宵只短檠	밤새 서로 마주하는 것은 다만 낮은 등잔걸이 뿐일세.

<차월사운 이등극사회래 이영칙루퇴 경년부득복명
(次月沙韻 以登極使回來 而迎勅屢退 經年不得復命)>[20]

이 시는 추탄이 월사가 보낸 시에 차운한 것이다. 시간적 배경은 추탄이 중국에 등극사(登極使)로 사신 갔다 왔는데 조칙을 맞는 일이 자주 미뤄져 해를 넘기고 명을 받들어 처리한 뒤 결과에 대해 보고하는 복명(復命)을 할 수 없었다. 3~4구에서는 주역의 괘를 이용하여 나타내었다. 지뢰복괘(地雷復卦)☷☳에서 산지박괘(山地剝卦)☶☷로의 변화가 그것이다. 여기서 복괘는 음력 11월을 의미하는데 초구(初九) 효(爻)가 양의 기운이 시생(始生)하는 시기를 나타내는 괘이다. 박괘는 이와는 반대로 상구(上九) 효가 양의 기운이 마지막인 9월을 의미하는 괘다. 중국 천자의 마음씀씀이를 지뢰복괘에서 산지박괘에 해당하는 변화무쌍한 지점을 체험하였고, 온갖 산해진미를 맛보았다고 했다. 이런 융숭한 대접에도 불구하고 자신은 나물밥과 띠풀로 엮은 집이면 충분하다고 하여 대조(對照)를 통하여 자신의 심회(心懷)를 드러낸 것이다. 이는 월사도 중국에 사신으로 다녀왔기에 터놓고 말할 수 있었던 것이다. 이 시에는 두 사람의 깊은 우정과 삶의 여유가 배어난다. 따라서 이 작품은 추탄이 중국 사신(使臣)으로서 천자를 알현(謁見)하여 받은 융숭한 대우(待遇)와 일찍 고향으로 돌아가서 편하게 지내고자 하는 마음을 대조적으로 형상화하여 벗과 함께하고 싶은 심회를 드러낸 시다.

歷盡風濤性命輕	바람과 파도를 두루 겪으며 목숨조차 가볍지만
春明咫尺阻嚴程	봄이 밝은 지척 땅에 길이 막혀 있네
百年苦節天應相	백년의 괴로운 절개 하늘이 응당 알리
萬里歸心歲又更	만 리에 돌아갈 마음 해가 또 바뀌었네
道是政堂新少宰	이 정당의 새로운 젊은 재상이요
蕭然旅榻一書生	쓸쓸한 나그네의 책상에 한 서생일세

....

20) 『楸灘集』 「卷之一」 詩 七言律詩.

遙知積雪荒村裏   멀리 눈 쌓인 외딴 마을 속에
白髮孤吟對短檠   흰 머리털로 낮은 등잔걸이 마주하며 외로이 읊는
　　　　　　　　　　것 알겠네

<부원운월사(附原韻月沙)>21)

　월사는 사행사로 중국에 두 번 다녀온 인물이다. 월사는 사행시에
추탄을 칠언율시로써 추억(追憶)하고 있다. 그는 1601년(선조 34) 34세
때에는 동지사(冬至使)의 서장관(書狀官), 1604년(선조 37)에는 세자
책봉주청사(世子冊封奏請使)로 명나라에 다녀왔다. 이처럼 사신으로
여러 차례 중국에 내왕하느라 언제 어떻게 될지 모르는 처지인지라 목
숨조차 가벼이 여긴 것이다. 이런 월사를 이해할 수 있는 벗이 바로
추탄이다. 월사는 자신의 마음을 이해해 줄 벗에 대해 이역만리 타국에
서 자신의 마음을 드러내었다. 바쁘게 움직이던 이들은 서로 관직이
높아져 과거의 일을 어느덧 추억하게 된 것이다. 자신은 정당문학(政堂
文學)이 되어 있고 쓸쓸하게 책상에 앉아서 홀로 낮은 등잔걸이 마주하
며 책을 읽고 있다. 추탄의 차운시와 월사의 시는 추탄의 일상과 월사
의 삶이 서로 교차되어 나타난다.

2) 지우(知友)와 상현(尙賢)의 현현(顯現)

　지우는 서로를 알아주는 벗이고, 상현은 현자를 숭상한다는 의미다.
이것은 『맹자』의 천 년 전의 어진이를 벗삼는다는 '상우천고(尙友千
古)'와 그 의미가 통한다. 추탄은 일본과 중국에 다녀올 때 사행시를
썼다. 그는 1617년(광해군 9)에는 회답사(回答使)로 일본에 다녀왔고

---

21) 『楸灘集』「卷之一」詩 七言律詩.

1622년(광해군 14)에는 연경(燕京)에 다녀왔는데 하등극사(賀登極使)였다. 두 차례 사신으로서 타국에 대한 체험은 그의 시에 형상화되어 나타난다. 이처럼 타국 체험에 대한 사행시는 그의 삶을 현실에 붙들어 두는 역할을 하게 된다.

여기서는 구체적으로 어떤 양상을 띠며 나타나는지 일본 사행과 중국 사행으로 나누어 살펴보자. 먼저 일본 사행에서 나타난 시는 다음과 같다.

憶曾我到蓬山日　생각하니 일찍이 내가 봉산에 왔던 날
正値仙巢解纜時　마침 선사께서는 닻을 풀던 때였네.
十年人事幽明隔　십년 사이의 사람의 일 유명이 격해있어
空記華牋數句辭　부질없이 글 속의 몇 구절을 기록하네

仙巢衣鉢屬方師　선사의 의발이 방사에게 속했으니
雲水生涯海鶴姿　운수의 생애가 바다 학의 모습일세
爲寫數行前日事　두어 줄 전일의 일을 쓰기 위하여
紙端仍贈二篇詩　종이 끝에 두 편의 시를 써서 보내네
<증규백방사이수병인(贈規伯方師二首幷引)>[22]

이 시는 일본 사행길에 만난 정암장로(酊菴長老)를 그리며 쓴 칠언절구 두 수다. 정암장로가 죽고 없어 그의 제자 규백방사(規伯方師)에게 보냈다. 규백방사는 정암장로의 의발을 전수받은 자이기 때문이다. 추탄은 기유년(1608)에 통례원(通禮院) 좌통례(左通禮)에 임명되었다. 그는 전례(典禮)에 밝아 조정의례(朝庭儀禮)를 관장하는 역할을 하였다. 좌통례는 조선시대 통례원의 관직으로 정3품 당하관에 해당한다.

....

22) 『楸灘集』「卷之一」詩 七言絶句.

당시의 사정으로 보면 왜의 정세가 좋지 않을 무렵이다. 이때 조정에서는 그들을 잘 대접하도록 전례에 밝은 추탄을 동래부사(東萊府使)로 파견하였다. 이는 광해군(光海君)이 그를 파견해 동래부에 일어난 왜와의 문제를 조정하도록 보낸 셈이다. 『추탄집』의 연보 기유년조(己酉年條)에서 "은혜와 믿음이 함께 져서, 백성을 다스리고 무리를 어거하여 두 가지가 그 마땅함을 얻"었다고 한 대목에서 이를 짐작할 수 있다. 이어 "왜인들이 공을 대접하기를 신명(神明)과 같이 했다. 이에 부민(府民)들이 비를 세우고 새기기를 '청덕(淸德)'이라고 했다"는 기록을 통해서도 알 수 있다. 결국 추탄은 동래부의 백성들과 왜인들을 중재(仲裁)하여 조선 정부에서 파견한 본래의 임무를 완수한 것이다. 다음은 시와 함께 있는 병인(幷引)이다.

> 지난 기유년에 내가 특명을 받고 동래부사가 되어 금시 임소로 달려갔으니, 이는 대개 정암장로가 바야흐로 객사로서 사관에 머물고 있기 때문이다. 내가 도착하던 날은 마침 장로가 배를 타고 바람을 기다리던 때였다. 장로는 내가 도임(到任)했다는 말을 듣고, 배 위에서 글 하나를 보내서 서로 만나지 못한 것을 말했는데, 그 대략에 말하기를 "거문고는 타지 않는 것을 소중히 여기고, 바둑은 두지 않는 것을 묘하게 여기고, 사귐은 만나지 않는 것을 신(神)스럽게 여기는 것이니, 그렇다면 내가 족하(足下)를 만나지 않은 것도 또한 신(神)스러운 것이 있어서인가" 했다. 이 몇 마디는 말뜻이 밝고도 새로워서 지금 구(九)년에 이르기까지 늘 마음에 왕래했었다. 그런데 이제 마도(馬島)에 이르러 보니 정암(酊菴)은 이미 작고한 지 칠년이 되었고, 오직 다행히 규백방사를 만나게 되었는데, 방사는 곧 정암의 고제로서 문한(文翰)의 재주가 그 스승에게 사양하지 않는 자이다. 수일 동안 만나보니 족히 아담한 운치를 볼 수가 있겠기로, 정암의 글 속에 있는 두어 마디를 추려서 보는데 이바지 하는 바이다.[23]

앞서 본 바와 같이 규백방사는 정암장로의 제자이다. 그는 추탄과 원래 일면식(一面識)이 없지만 시를 통해 교유하였음을 알 수 있다. 정암장로가 보내준 "거문고는 타지 않는 것을 소중히 여기고, 바둑은 두지 않는 것을 묘하게 여기고, 사귐은 만나지 않는 것을 신(神)스럽게 여기는 것이니, 그렇다면 내가 족하(足下)를 만나지 않은 것도 또한 신(神)스러운 것이 있어서인가"라는 글은 추탄에게 오랫동안 풀리지 않는 숙제였다. 추탄이 규백방사의 스승과 만난 것은 구년 전의 일이다. 그런데 이미 정암장로가 죽은 지 7년이 지났다고 했다. 서로 헤어진 지 두 해 만에 정암장로가 죽은 것이다. 따라서 추탄은 동래부사 시절 만났던 정암장로가 죽은 사실을 그의 제자를 통해 알 게 되었다고 볼 수 있다. 여기서 추탄은 정암장로의 의발(衣鉢)을 전수받은 제자를 자신의 벗 대하듯이 한다. 그는 규백방사와 만나는 동안 운치(韻致)를 느꼈고 규백방사의 글속에서 스승의 글을 이해하는 바탕을 얻은 것이다. 정암장로를 만나지 못한 상실감(喪失感)을 벗의 제자를 통해 채운 것이다. 따라서 이 시는 정암장로의 풍도(風度)를 잘 이은 제자 규백방사를 통해 자신의 벗에 대한 추억과 예(禮)를 이어간 그 사제 간을 찬(讚)한 것이다.

다음은 중국 사행에서 보여준 시다.

....

23) "往在己酉 余承特命授東萊 催赴任所 蓋以酊菴長老方以客使留館也 余下車之日 適長老乘船待風之時矣 長老聞余到任 於船上送一書 爲道末及相見之意 略曰 琴以不敲爲高 棋以不着爲妙 交以不遇爲神 然則僕之不遇乎足下 其亦有神乎 玆數句語意清新 至今九年 常往來于心 今到馬島 酊菴已作古七年矣 唯幸得見規伯方師 師是酊菴高弟 文翰之才 殆不讓於其師者也 數日承款足見雅致 仍拈錄酊菴書中數語 以供一覽"(『楸灘集』「卷之一」詩 七言絶句).

平生嘐嘐古人風 　평생을 뜻이 컸던 옛사람의 풍도는
後樂先憂獨有公 　즐거움 뒤로 하고 근심을 먼저 한 이는 유독 공뿐
　　　　　　　　　이네
今日幸經遺躅地 　오늘 다행히 그 유허를 지나게 되어
絶勝空對簡篇中 　절경을 바라보며 부질없이 옛 글을 대하네

西賊當年驚破膽 　서쪽 도둑 당년에 간담을 놀라게 했으나
折衝元不在交鋒 　평화롭게 해결하는 것은 본래 싸우는데 있지 않네
卽今關塞方多難 　지금 변방에는 한창 어려운 일 많은데
安得軍中此老胸 　어쩌면 군중에 이런 원로의 웅략을 얻으리
　　　　　<과추평현범문정공구우이수(過鄒平縣范文正公舊寓 二首)>

　이는 북송대(北宋代)의 명신 범중엄(范仲淹, 989~1052)의 옛 집을
지나면서 쓴 시다. 범중엄은 송대의 사대부 기풍을 지닌 인물로 육경
(六經)에 통달하였고 자가 희문(希文)이며 시호가 문정(文正)이라서
후대에 범문정공이라 이른다. 그는 어려서 가난하여 검소함이 몸에 배
었다. 그래서 출세한 뒤에도 호화로운 생활보다 검약(儉約)을 실천하
면서 지냈다. 또한 자나 깨나 백성만을 생각했다고 한다. 늘 자신보다
백성을 위하는 삶을 살았기 때문에 훗날 개혁가 왕안석(王安石)이 그
의 뒤를 이을 수 있었다. 이처럼 관료로서와 학자로서의 모습은 추탄의
입장에서 보았을 때 귀감(龜鑑)이 되고도 남는다. 또한 자신의 스승
성혼(成渾)이 범중엄을 칭찬한 것에서도 알 수 있듯이 사제 간 상현
대상이 다르지 않음을 알 수 있다.
　둘째 수의 첫 구에서 등장하는 '서적(西賊)'은 서하(西夏) 경종(景宗)
이원호(李元昊, 1003~1048)가 1038년에 섬서 지방을 침공한 것을 이
르는 말이다. 이때 범중엄은 전운사(轉運使)로서 섬서를 지키고 국경
수비에 대해 책무를 다하였다. 그가 한 군사제도 개혁과 군사 조련(調

練)은 엄격했다. 이러한 이유로 송나라 군대는 정예부대가 되어 서하를 퇴치하였다. 이 때문에 범중엄에 대해 "천하의 즐거움을 뒤에 즐기고, 천하의 근심에 앞서 근심한다.(後天下之樂而樂 先天下之憂而憂)"라고 그의 신하로서의 충성심을 평가하는 것이다. 사행시에 나타난 추탄의 작품은 상우천고의 현실지향이 담겨 있다. 추탄이 사행사로 갈 무렵 이미 명청(明淸) 교체(交替)의 조짐이 있었고 당시 변방의 움직임이 조선에게 불리하게 작용하던 시절이라 이를 고민한 것이다. 따라서 이 작품은 중국 사행길에서 추탄이 애민정신의 귀감이 되는 범중엄의 유허지에서 그런 인물이 되고자 희구하는 상현(尙賢) 지향의 마음을 형상화한 시다.

3) 우환의식(憂患意識)과 회자정리(會者定離)의 혼융(混融)

추탄이 교유한 각별한 관계에 있던 이들에게 애도하기 위해 쓴 만시(挽詩)는 그의 시문에 나타난 특징 중 두드러진 부분이라 할 수 있다. 이는 자신이 쓴 많지 않은 한시의 분량 중 만시가 차지하는 비중이 높기 때문이다. 그가 쓴 만시로는 관료, 동료, 친지, 무명씨에 이르기까지 다양하다. 〈만정판서(挽鄭判書)〉, 〈만연평부원군이공(挽延平府院君李公)〉, 〈만홍승지(挽洪承旨)〉, 〈만여우윤(挽呂右尹)〉, 〈만이동지(挽李同知)〉, 〈만금계군박공(挽錦溪君朴公)〉, 〈만최지사(挽崔知事)〉, 〈만한지사(挽韓知事)〉, 〈만송감사(挽宋監司)〉, 〈만유감사(挽柳監司)〉, 〈만정대사헌(挽鄭大司憲)〉, 〈만정내한(挽鄭內翰)〉, 〈만신동지(挽申同知)〉, 〈만연릉부원군이공(挽延陵府院君李公)〉, 〈만이동지부인(挽李同知夫人)〉, 〈만이양천(挽李陽川)〉, 〈만계림부원군이공(挽鷄林府院君李公)〉 등은 관직이 있는 이들을 애도한 것이다. 그리고 그의 벗을 애도한 것으로는 〈만김사계(挽金沙溪)〉, 〈만최영흥(挽崔永興)〉, 〈만금주군박공

(挽錦洲君朴公)〉,〈만임무숙(挽任茂叔)〉,〈만월사(挽月沙)〉 등으로 가볍게 자(字)나 호(號)를 시제로 선택하였다. 또 이름을 알 수 없는 이들에게도 〈만인(挽人)〉이라 읊었고,〈육경원만장(毓慶園挽章)〉,〈인목왕후만장(仁穆王后挽章)〉 등 인조(仁祖)의 생모 인헌왕후(仁獻王后) 구씨(具氏)에 대한 만장과 인목왕후에 대한 왕실 인물을 대상으로 만장을 쓰기도 하였다. 또한 〈만신경숙부인이씨(挽申敬叔夫人李氏)〉,〈만오촌질녀서정리처심씨(挽五寸姪女徐貞履妻沈氏)〉 등 주위 부녀자들도 애도하는 만시를 쓰고 있음을 알 수 있다. 이처럼 각계각층의 다양한 인물들에 대한 만시를 쓸 수 있었던 것은 앞서 밝힌 바와 같이 그가 전례에 밝은 인물이었고 오랫동안 관직생활을 하며 명사들과 교유한 것이 중요하게 작용한 것으로 보인다.

추탄은 조선 유학자로서 관직생활에서 얻은 삶의 지향은 군자를 바라는 것이었다. 이러한 군자는 『논어』「안연편(顔淵篇)」에 등장하는 다음 말로써 이해할 수 있다.

> 사마우가 군자에 대해 물었는데 공자께서 말씀하셨다. "군자는 근심하지 않고 두려워하지도 않는다." 묻기를 "근심하지 않고 두려워하지도 않으면 이것이 군자입니까?" 대답하시기를 "안으로 반성해도 허물이 있지 않으니 어찌 근심하며 어찌 두려워하겠는가?"[24]

이는 군자가 근심하지 않고 두려워하지 않는다는 말이다. 이를 위해 대비가 있어야 하는데 이처럼 우환을 근심치 않게 만들고자 하는 정신이 바로 우환의식이다. 따라서 추탄은 이러한 우환의식을 바탕으로 한

----

24) "司馬牛 問君子 子曰 君子不憂不懼 曰 不憂不懼 斯爲之君子乎 子曰 內省不疚 失何憂何懼"(『論語』「顔淵篇」).

시를 쓰기도 했는데 다음 만시에서 이를 잘 보여준다.

먼저 그와 막역한 벗 사계 김장생에 대한 만시를 살펴본다.

慟哭沙溪訃　사계의 부음을 통곡하노니
天何不慭遺　하늘이 어찌 그를 머물러 두지 않았는가
平生詩禮學　평생에 배운 시례(詩禮)의 학문을
垂死戰兢持　죽을 때에도 조심스레 가지고 있었네
此道將誰託　이 도를 장차 누구에게 부탁하리
吾儕竟失依　우리들 마침내 의지할 곳 잃었네
今朝無限淚　오늘 아침의 한없는 눈물은
豈但故人私　어찌 다만 벗으로서의 사사로움뿐이랴

<만김사계장생(挽金沙溪長生)>25)

이는 추탄이 사계 김장생(1548~1631)의 사후에 그를 애도한 만시
다. 사계는 구봉, 율곡의 문하에 출입하며 우계에게도 묻고 답하며 배
운 당대의 예학자(禮學者)이다. 시를 배우면 흥관군원(興觀群怨)할 수
있는 인물이 되고 예를 배우면 손과 발을 둘 곳을 알게 된다. 그런데
사계는 시와 예에 있어 전전긍긍(戰戰兢兢)하며 애쓴 인물이다. 시의
내용을 살펴보면 3~4구에서 시와 예를 이루고 죽어서야 그 마음에서
벗어나게 된 사계를 극찬하였다. 이제 그 예를 지킬 후계를 걱정하며
의지할 곳 없는 예학 종장의 부재를 슬퍼한 것이다. 그러나 마지막 구
에서 이렇게 우는 것은 사도(斯道)를 걱정하는 추탄의 몫이 되었음을
은근히 내비치고 있다. 여기서 슬픔을 초극(超克)하고자 하는 의지를
보여준다. 따라서 이 작품은 예학의 종장인 사계의 죽음을 애도하며
사도를 잇고자 하는 화자의 마음을 담은 시다.

....

25) 『楸灘集』 「卷之一」 詩 五言律詩.

다음은 월사 이정구에 대한 만시이다.

秋浦先歸後	추포가 먼저 간 뒤에
相依賴有公	서로 의지하는 이 오직 공이 있었네
今公又棄我	이제 공마저 또 나를 버리니
人間唯禿翁	인간에 오직 이 대머리 늙은이 뿐
一時均爲慟	한 때에 모두 애통해 하지만
誰似我心恫	그 누가 내 마음의 허전함 같을까
九原朝暮事	구원(九原)에 가는 것은 아침저녁의 일인데
團圓期此中	단란하게 모이는 것 거기에서나 기약하세

<만월사(挽月沙)>[26]

이는 죽은 벗의 부재에 대한 자신의 심정을 애절하게 잘 나타낸 만시다. 교유시에서 드러났지만 추탄이 월사와 맺은 우정은 깊다. 따라서 연배가 낮은 월사를 먼저 떠나보내는 심정은 애통함 그 자체였다.

시의 내용을 살펴보면 첫 구에 등장하는 '추포'는 황신(黃愼)을 말한다. 추탄과 추포 두 사람은 우계 성혼의 문인 중에서 학문과 덕행으로 이름이 높은 이들이다. 추탄이 추포 연세(捐世) 후에 의지할 수 있는 인물은 월사 이정구였던 셈이다. 5~6구에서 "한 때에 모두 애통해 하지만 그 누가 내 마음의 허전함 같을까"라고 한 점은 두 사람간의 우정이 돈독할 때 할 수 있는 표현이다. 그러나 다음 구절에서 "구원에 가는 것은 아침저녁의 일"이라고 하면서 '구원' 즉 구천(九泉)의 세계를 공간적으로 가까운 곳으로 지칭하여 생사의 초월관을 보여주고 있다. 이는 인간의 만남은 언젠가는 헤어지기 마련이라는 인생무상을 인간의 힘으로는 어찌할 수 없는 심사를 드러낸다. 여기서 이별의 아쉬움이 드러난

---

26) 『楸灘集』「卷之一」詩 五言古詩.

다고 볼 수 있다. 한편 곧 자신도 함께 하고픈 마음을 가지고 그곳에서 "단란하게 모이는 것"을 기약하고 있다. 여기에는 만남은 헤어짐이 있기 마련이고 헤어짐은 만남을 기약한다는 『법화경(法華經)』에서 제시한 '만남에는 헤어짐이 정해져 있고, 떠남에는 반드시 돌아옴이 있다(會者定離去者必返)'는 원리가 담겨있다. 따라서 이 시는 벗의 부재에 대해 공감하고 허전한 심정을 평시의 삶에 비유하여 불가(佛家)의 원리를 담아낸 작품이다.

4) 도학자의 수기치인(修己治人) 지향(志向)

이번에는 제영시 및 영물시를 통해 추탄의 관물 태도를 살펴본다. 먼저 제영시이다.

景物隨時好   경치는 시절 따라 좋건만
民生到處哀   민생은 이르는 곳마다 슬프기만 하네
未宣南國化   남쪽 나라에 교화도 베풀지 못하고
空上召公臺   부질없이 소공대에 올랐네
　　　　　　　<소공대강원방백시(召公臺 江原方伯時)>[27]

이는 그가 강원도 방백(方伯)으로 있을 때 지은 시다. 소공대는 강원도 삼척시 원덕읍 임원리에 돌을 모아 돋은 대(臺)이다. 이는 임원항(臨院港)에서 산의 서쪽 능선에서 2㎞ 오른 소공령(召公嶺)에 있다. 소공령은 와현(瓦峴)이라고도 하는데 이는 옛날에 이 고개로 넘어야 사람과 말이 내왕할 수 있던 곳이기 때문이다. 소공대의 유래는 원래 중

....

27) 『楸灘集』 「卷之一」 詩 五言絶句.

국 소공에서 나온 말이다. 세종(世宗) 당시 관동지방은 관찰사의 비행(非行)으로 식량이 부족해서 백성들이 굶어죽게 되었다. 이를 바로잡기 위해 황희(黃喜, 1363~1452)를 파견하였는데 그가 부임한 뒤 백성들을 구호하였다. 그리고 소공령 고개에서 쉬었다 한다. 그래서 1423년(세종 5)에 백성들이 황희를 중국의 소공과 같은 은인이라 여겨 대를 만든 데서 유래한 것이다. 황희의 현손 황맹헌(黃孟獻, 1472~?)은 강원도관찰사가 되어 소공대의 일을 적어 놓은 소공대비(召公臺碑)를 1516년(중종 11)에 세웠다. 비바람에 쓰러져 부러진 적도 있었는데 현재의 소공대비는 황희의 6대손 황정식(黃廷式, 1529~1592)이 1578년(선조 11) 삼척부사에 임명되었을 때 옛 터에 다시 건립한 것이라고 한다. 추탄은 강원 방백으로 가서 소공대의 황희의 치적을 보고 그를 본받고 실천하고 싶은 치자(治者)의 심회를 드러낸 것이다. 따라서 이 작품은 도학자의 관물태도와 택민(澤民)의 의지를 반영한 시라 할 수 있다.

다음은 영물시 한편을 살펴보자. 추탄의 시에는 매화(梅花)를 소재로 읊은 것이 몇 수 있다.

栽盆沃水近氤氳	화분에 심고 물 주어 꽃이 피었는데
淨几明窓座上春	깨끗한 책상 밝은 창가 자리위에 봄일세
未有主翁培埴力	주인 늙은이가 심고 가꾸지 않았던들
雪中那得見天眞	눈 속에서 어이 천진함을 보겠는가

<납전분매(臘前盆梅)>[28]

이는 납일(臘日) 전의 분매(盆梅)를 보고 지은 시다. 매화는 매화, 난초, 국화, 대나무를 상징하는 사군자(四君子) 중의 하나이다. 또한

....

28) 『楸灘集』「卷之一」 詩 七言絶句.

세한삼우(歲寒三友)라 하여 소나무, 대나무, 매화로 시련을 견디는 군자의 강인한 의지와 절개를 나타낸다. 추탄은 그의 시 속에 유독 매화를 소재로 다루었다. 그 중에 이 시는 한 해가 바뀌기 전날까지 심고 가꾼 매화를 통해 자신의 정성(精誠)과 공(功)을 알아주기 바라는 마음을 드러냈다. 매화의 생장(生長) 여부(與否)는 물론 만물조화옹(萬物造化翁)의 힘이지만 결국 가꾸고 다듬는 것은 주인의 정성에 달린 것이라 할 수 있다. 화자는 오랫동안 정성껏 가꾼 매화가 주인의 삶처럼 천진(天眞)을 유지하며 잘 자라준 데에 대한 고마움을 섬세한 시각으로 상찬(賞讚)하고 있다. 따라서 이 작품은 매화를 통해 천진을 지키고자 하는 자세를 엿볼 수 있어 도학자의 수기지향(修己志向)을 나타낸 시라 하겠다.

추탄 시는 교유시, 사행시, 만시가 주를 이루는 가운데 제영시와 영물시도 함께 나타남을 알 수 있다. 교유시에서는 유불(儒佛)의 접화(接化)가 나타났고, 사행시에서는 당시 지식인으로서 지향하는 상우천고(尙友千古)의 현실지향이 드러났다. 그리고 만시에서는 유교의 우환의식과 불교의 회자정리의 별리의식(別離意識)이 혼용되어 나타났다. 제영시 및 영물시에서는 도학자의 치인(治人)과 수기(修己) 자세를 드러냈다고 볼 수 있다.

4. 나가며

오윤겸은 오희문의 아들이자 우계 성혼의 문인으로 1617년(광해군 9)에는 회답사로 일본에 다녀왔고, 1622년(광해군 14)에는 하등극사로 연경에 다녀왔다.

추탄 시의 배경은 그의 부친과 외가, 스승과 벗을 통한 교유를 바탕으로 그가 지향한 삶과 실천적 도학자의 자세가 어우러져 시를 완성한 것으로 볼 수 있었다. 먼저 해주오씨의 가학, 특히 부친의 학문적 교유 능력을 통해 만난 인물들과 주고받은 사상적 교유가 큰 역할을 하였다. 또 연안이씨 외가의 영향력도 지대하였는데 이석형의 후손이자 자신의 막역한 벗 월사 이정구가 대표적이었다. 또한 도학자로서의 삶을 지향한 스승 성혼의 문하에 들어가 학문을 연마하면서 그로부터 받은 중정한 자질은 그의 시 전반에 반영된 성향으로 볼 수 있다.

추탄 시에는 교유시, 사행시, 만시가 주를 이루고 제영시와 영물시가 형상화되어 나타났다.

교유시에는 추탄이 그와 교유한 인물들에게 각별한 관심과 배려를 하고 있어 다양한 주제가 드러난다. 이는 교유시에 나타난 인물을 통해서 알 수 있다. 그의 교유시에 등장한 인물은 사계 김장생과 월사 이정구, 승려 등이 대표적이다. 이들과의 교유시에는 유불 교유과정에서 이뤄진 접화가 시에 드러남을 알 수 있었다.

사행시는 두 가지 양상으로 나타났다. 일본사행에서는 1617년(광해군 9) 일본 회답사와 1622년(광해군 14) 연경 하등극사로서 타국에 대한 체험이 그의 시에 구체적으로 반영되어 나타났다. 일본 사행시에서 추탄은 쇄답사로 일본에 가기 전 만난 인물의 죽음을 그의 의발을 전수한 제자를 통해서 알게 된다. 지인의 제자는 규백방사로서 스승의 풍도를 이은 인물이었다. 여기서 추탄은 지인의 제자와의 만남을 통해 그의 지우(知友)를 만난 것과 동일한 교유정신을 이어가고 있다.

중국 사행에서는 상현(尙賢)의 지향이 드러났다. 추탄은 중국 사행길에 애민정신의 발로에서 범중엄 같은 인물이 되고자 희구하는 마음을 드러냈다. 그는 "천하의 즐거움을 뒤에 즐기고, 천하의 근심에 앞서 근심한다.(後天下之樂而樂 先天下之憂而憂)"라고 한 범중엄의 유허지(遺墟地)를 찾아 상찬하였고, 명청 교체의 조짐이 있는 시기에 당시 변방의 움직임이 조선에게 불리하게 작용하던 시절을 고민하기도 하였다.

만시에서는 추탄이 교유한 인물들 중에서 그의 삶과 관련된 다양한 인물군을 애도하였다. 이는 추탄의 시에 나타난 특징 중 이채로운 점 중의 하나는 스승 우계와 율곡의 제자와 인연이 깊었다. 특히 그가 애도한 인물 중 사계 김장생과 월사 이정구는 그의 예학 정신에 영향을 준 인물이었다.

제영시 및 영물시에서는 도학자의 관물태도가 반영되어 나타났다. 강원도 방백으로 있을 때 지은 시와 매화에 관한 시를 통해서 그의 시에 드러난 치인 지향의 도학자의 관물 태도를 이해할 수 있었다. 이는 소공대를 통해서 백성들이 황희를 중국의 소공과 같은 은인이라 여긴 것처럼 추탄 자신도 강원 방백으로 가서 전임자의 치적을 보고 그를 본받고 싶은 심정을 드러냈다. 또 영물시에서 추탄은 분매에 대하여 상찬하였다. 한 해가 바뀌기 전날 심고 가꾼 자신의 정성을 찬하며 이에 잘 자라준 매화에게도 공을 돌리고 있다. 이는 만물조화옹의 힘이지만 결국 가꾸고 다듬는 것은 주인의 정성에 달린 것이라 보아 수기 자세를 드러낸 것이다.

종합해 보면 오윤겸은 16세기 한중일 대외 관계 속에서 오희문의 학문교유 능력과 외가 연안이씨의 후손 월사 이정구와 교유, 우계 성혼의 문하에서 사제의 인연을 통한 학적 교유가 바탕이 되어 시학을 이루었음을 알 수 있었다.

추탄 시는 교유시, 사행시, 만시가 주를 이루고 제영시와 영물시가 함께 나타났다. 교유시에서는 그의 시에 유불의 접화가 나타났고, 사행시에서는 당시 지식인으로서 지향하는 현실인식이 상우천고의 현실지향을 드러냈다. 또한 만시에서는 유교의 우환의식과 불교의 회자정리의 별리의식이 혼용되어 나타났다. 제영시 및 영물시에서는 도학자의 관물태도가 반영되어 나타남을 알 수 있었다.

이 글은 시문학사에서 볼 때 다음과 같은 의의가 있다. 바로 대외정세가 혼란한 16세기~17세기 전환기에 오윤겸은 한중일 대외인식을 바탕으로 온건 중정한 도학적 관료문인의 자세를 유지하며 당대의 체험을 시로써 형상화했다는 점이다. 그러나 오윤겸의 시에 대한 심층적이고 다각적인 면에서 분석 작업이 이뤄지지 못한 한계가 있다. 향후 오희문-오윤겸-오달제(吳達濟)-오도일(吳道一)로 이어지는 해주 오씨와 소론계의 시를 비교 분석하여 해주오씨 시학의 형성 배경과 계승관계를 밝힐 필요가 있다.

추탄 오윤겸의 사행시에
나타난 현실인식

1. 들어가며

한중일 대외관계 속에서 한 문인이 차지한 역할은 정권이 교체되는 시기에 사신으로서의 임무는 막중하였다. 16세기는 문인들끼리 시문을 주고받아 그들의 사상과 감정을 표현한 목릉성세이다. 17세기는 이전의 시적 경향이 현실인식의 반영과 변화의 조짐으로 나타나기 시작한다. 따라서 당대의 문인들은 자신의 체험과 정서를 시로써 형상화하였다. 이는 그들의 시문에 반영되기 마련이다. 특히 앞서 언급한 바와 같이 추탄 오윤겸(1559~1636)은 영의정을 역임한 관료문인이자 『쇄미록』[1]의 저자 오희문의 아들이다. 한편 추탄은 조선 중기의 도학자 성

....

1) 吳希文(1539~1613)의 『쇄미록』이란 명칭은 『詩傳』「旄丘章」에서 따온 말이다. "瑣兮尾兮流離之子"에서 유래한 것으로 임진왜란이 일어나기 전

혼(成渾, 1535~1598)의 문인으로 성문준, 황신, 이정구, 김장생 등과 교유하면서 학문과 덕행을 연마한 온건 중정한 인물로 자리한다.

오윤겸은 명청 교체기에 일본과 중국 사행을 다녀왔는데 특히 1617년(광해군 9)에는 일본에 회답사로, 1622년(광해군 14)에는 연경에 하등극사로 다녀왔다. 이때 지은 시문이 『추탄집』[2]에 전한다. 또한 그가 일본에 다녀온 후 지은 『동사일록(東槎日錄)』과 명나라에 사신으로 다녀온 후에 남긴 『해사조천일록(海槎朝天日錄)』등도 전하고 있다. 여기서 외교적인 일을 수행하는 사행의 임무와 이외의 노정을 살펴보는 개인의 욕망이 교차되어 나타난다.[3] 문학연구로는 정영문의 사행일기에 대한 연구와 필자의 오윤겸 시 전체에 대한 선행연구가 있다.[4] 정영문은 그의 논문에서 오윤겸의 대명인식을 세 가지 측면에서 살펴 사적지에서는 명나라의 중화적 위치와 의미인식의 계기로 보았고, 현실문제에선 서홍유의 반란과 후금의 세력 확장등의 내외외환을 지적하였다. 또한 당시 '혼란속 번성'의 중국모습을 조명하고 마지막으로는, 외교문제에 대한 문제인식을 보여주어 대중국 사행의 의미를 밝혔다. 그러나 현재까지 그의 사행시에 나타난 현실인식 연구는 미비하다. 당시 오윤겸이 사신으로서 당대의 현실인식을 그대로 드러낸 사행시에서 그의

1591년부터 썼다. 이후 1601년까지 약 9년 3개월간의 일을 기록한 것이다. 이는 遊離記, 避亂記라 할 수 있다. 그의 본관은 해주이고 字는 斐然이다. 본고에서 다룰 吳允謙은 그의 아들이고 吳道一은 오희문의 손자다.

2) 본고의 한시 번역은 『(국역)추탄선생유집』의 이민수 역본과 한국고전번역원 신호열 역(1977)을 주로 따랐으나 필요한 경우 필자가 수정을 하였다.

3) 조규익, 『국문 사행록의 미학』, 역락, 2003, 287쪽.

4) 정영문, 「오윤겸의 사행일기 연구 -『동사일록』과 『조천일록』을 중심으로-」, 『온지논총』 47, 온지학회, 2016, 39-67쪽.; 양훈식, 「楸灘 吳允謙의 漢詩 研究」, 『문화와 융합』 38-1, 한국문화융합학회, 2016, 107-139쪽.

대일관과 대명관이 어떻게 형상화 되어 나타나는지를 살펴볼 필요가 있다. 이를 위해 본고에서는 회답사로서 대일관과 충신독경의 군자유의 의식 반영, 하등극사로서 대명관과 유교지향의 경대부의 의식 반영이라는 두 측면에서 검토하고자 한다. 이를 위해 오윤겸의 시 전체 199제(題) 중 다음의 사행시를 살펴볼 것이다. 텍스트 선정 시 그의 사행지에서 현실인식이 잘 드러나는 시문을 중심으로 선별하였다. 먼저, 일본으로의 사행시는 〈차부사운(次副使韻)〉, 〈마도관중청우(馬島館中聽雨)〉, 〈발적간관(發赤間關)〉 두 수, 〈재대덕사관중차부사운(在大德寺館中次副使韻)〉, 〈자감만이발선 선상우점 제행중원선 시종사이공(自戡蠻夷發船 船上偶占 題行中圓扇 示從事李公)〉, 〈경주도중차부사운(慶州途中次副使韻)〉 등이 있다. 다음으로, 중국으로의 사행시는 〈숙녹도전양(宿鹿島前洋)〉, 〈석성도양중(石城島洋中)〉, 〈발철산직도(發鐵山稷島)〉, 〈등주선상 차풍교야박(登州船上 次楓橋夜泊)〉, 〈주중우초도구점(舟中遇初度口占)〉, 〈과추평현범문정공구우(過鄒平縣范文正公舊寓)〉 두 수, 〈차서장과진중자고리운(次書狀過陳仲子古里韻)〉, 〈역산서원(歷山書院)〉, 〈동자묘(董子廟)〉, 〈과제경공묘(過齊景公墓)〉 등이 있다. 이를 검토하는 것은 오윤겸의 당대의 현실인식을 제대로 이해하는 길이 되리라 본다.

이민수는 「추탄선생집 해제」에서 "선생은 비록 사장(詞章)을 익히지 않았으나, 시문에도 능했다. 선생의 문장은 평이하면서도 조리가 있고, 선생의 시는 맑으면서도 운율에 맞았다."[5]라고 밝히고 있다. 이는 그가 사장에 힘쓰지 않았어도 시문에 능력이 있다는 사실을 말해주어 사(士)

....

5) 오윤겸 저, 이민수 역, 『(國譯)楸灘先生遺集』, 海州吳氏楸灘公派宗中, 1990, 73쪽.

로서의 능력을 갖춘 대부(大夫)임을 보여준 것이다. 특히 조선 중기 사대부로서 덕업수양(德業修養)에 힘쓴 점에서 온건중정(穩健中正)하다는 후대 인물평의 바탕을 이해할 수 있다. 이런 토대에서 오윤겸의 사행시는 그의 사신과 군자로서의 당대를 바라본 대외적 현실인식이 반영되어 나타나기 마련이다. 따라서 이 글은 조선후기 지식인의 시문을 통해 대일관과 대명관을 이해하는 계기를 마련할 것이다.

2. 회답사로서 대일관과 충신독경(忠信篤敬)의 군자유(君子儒)의 의식 반영

1) 대일 회답사의 주밀(周密)함과 상국관료(上國官僚)로서의 자긍심 표출

회답사는 교린(交隣) 관계에 있는 나라에서 사신을 통해 국서를 보내왔을 때 그에 회답하는 국서를 전하기 위해 파견하는 사신을 이른다. 일본 국왕 덕천가강(德川家康, 1542~1616)의 국서(國書)에 회답한다는 의미의 사행 명칭이었으나, 이후 피로인(被擄人) 쇄환의 목적이 부여되면서 사행의 정식 명칭은 '회답겸쇄환사(回答兼刷還使)'로 부르게 된다. 오윤겸은 『조선왕조실록(朝鮮王朝實錄)』 광해군일기 9년 정사(丁巳, 1617) 4월 11일 을사(乙巳)에 회답사로서 떠나는 심정을 임금께 아뢴다.

회답사 오윤겸이 아뢰기를, "신들의 이번 사행은 실로 부득이한 데서 나온 것입니다. 그런데 원수인 왜노들의 나라는 부모의 나라인 중국과는 정의가 같지 않습니다. 부경하는 원역들은 비록 물화를 싸가지고 가서 필요한 것을 사가지고 와도 참으로 크게 해가 될 것은 없습니다.
<중략>
신들이 듣건대 연해의 수수들은 대부분 포로로 잡혀갔다가 돌아온

자들이라고 합니다. 만약 이 무리들을 선격으로 충정할 경우, 이 무리들
은 왜어에 능통하고 왜인들과 서로 친숙하므로, 바다를 건너간 뒤에 경
과하는 허다한 관사와 머무르는 허다한 시일 동안에, 몰래 서로 출입하
면서 말을 누설하여, 사단을 야기시키는 폐단이 없지 않을 것입니다.
해사로 하여금 본도에 공문을 보내어서 포로로 잡혀갔다가 돌아온 사람
은 일체 선격으로 충정하지 말게 하소서."6)

　　정사로서 회답사에 임명된 오윤겸의 비장한 각오를 엿볼 수 있는 글
이다. 중국을 부모의 나라로 인식하고 일본을 '왜노들의 나라'라고 입장
을 천명한다. 이후 회답겸쇄환사로 파견 시에 일어날 수 있는 폐단과
이를 막을 방법에 대해 임금께 아뢰고 있다. 특히 '연해의 수수'들에
대한 경계와 그들이 일으킬 문제를 미연에 방지할 방안을 제시하는 등
주도면밀한 모습을 보여준다.
　　먼저 일본 사행 갈 때 나타난 시는 다음과 같다. 소서(小序)에 다음
과 같은 내용이 전한다. "경술년에 내가 동래(東萊)에 왔을 때, 우연히
절구 시 한 수를 읊어서 연당에 써 놓았는데, 마침 고을 선비가 얻어
갔었다. 내가 관을 떠난 뒤에 그대로 판에 새겨 벽에 달았던 것이다.
정사년에 내가 회답사가 되어 동래에 와서 벽 사이에 걸린 수서(手書)
를 보고서 감회가 있어 차운하였다."

一別蓬山歲幾除　　봉산(蓬山)을 이별한 지 어느덧 몇 해더냐
壁間開眼是吾書　　벽 사이 바라보니 내 글씨 붙어 있네.
明朝更向扶桑去　　내일 아침 또 다시 부상을 향해 떠나리니
却望幷州戀舊居　　병주(幷州)를 바라보며 예 살던 곳 그리노라
　　　　　　　　　　　　　　＜차동래연당운(次東萊蓮堂韻)＞

....

6) 『朝鮮王朝實錄』, 32집 582쪽 재인용.

위는 동래 연당(蓮堂)의 시운에 차운한 것이다. 오윤겸은 기유년 (1608)에 통례원 좌통례에 임명되는데 좌통례는 조선시대 통례원의 정 3품 당하관이다. 이는 그가 전례에 밝았기 때문이다. 따라서 오윤겸이 조정의례를 관장하는 역할을 맡은 것이다. 이때는 광해군(光海君) 당 시로 왜와 정치적 관계가 좋지 않을 무렵이다. 그래서 조정에서는 전례 에 밝은 오윤겸을 동래부사(東萊府使)로 파견한 셈이다.

1구의 봉산(蓬山)은 동래(東萊)의 옛 이름이다. 4구의 병주(幷州)도 마찬가지다. 원래 병주는 제2의 고향을 말한다. 당(唐)의 가도(賈島)가 병주에 오래 살았다. 그가 이곳을 떠난 후 시를 지었는데 병주를 고향 처럼 그리워한 데서 유래한 것이다. 그러니 여기서는 동래를 지칭한 셈이다. 광해군은 동래부에 일어난 왜의 문제를 조정하기에 적합한 인 물로 오윤겸을 선정하여 보냈다.『추탄집』연보 기유년조(己酉年條)에 서 "은혜와 믿음이 함께 져서, 백성을 다스리고 무리를 어거하여 두 가지가 그 마땅함을 얻었다."라고 한 때문이다. 오윤겸은 동래부의 백 성들과 왜인들을 잘 중재하여 임무를 완수한다. "왜인들이 공을 대접하 기를 신명과 같이 했다. 이에 부민(府民)들이 비를 세우고 새기기를 '청덕(淸德)'이라고 했다"는 기록을 통해 그의 역량을 알 만하다.

오윤겸은 정사로서 부사와 종사관에게 종종 자신의 심회를 시를 통 해 전하였다. 다음은 부사의 운에 차운한 시이다.

馬島誰云阻海波 대마도 길이 멀다 누가 말했던가
片帆容易到東涯 조각 돛으로 동쪽 끝에 쉽게 왔는걸
各循風習行雖遠 저마다 풍습 따라 행동은 다르지만
共受天心類處多 천심을 함께 받아 같은 점도 많도다
男子腰間皆尺水 사내들 허리 사이에는 모두 척수요
婦兒衣上盡斑花 부녀자와 아이들 옷 위에는 아롱진 꽃.

願言聖化罩無外   원컨대 예외 없이 성화에 젖어
終使蠻區變誦歌   이 오랑캐 땅에도 노랫소리 퍼지기를.

<차부사운(次副使韻)>

　이 시는 7언 율시로 1~2구에서 대마도 가는 길의 수월함을 들고 있
다. 이는 사신가는 이의 가벼운 마음을 보여준다. 3~4구에서 대마도
사람들의 행동이 다른 이유가 풍습 때문이라 하였다. 그래도 천심을
받았을 터이니 같은 점이 많다고 안도한다. 낯선 환경에 적응하지 못했
던 과거 인물들의 언행이 자신의 생각차이에서 비롯된다고 보여주고
있다. 이어 5~6구에서는 남자는 칼을 차고, 부녀자와 아이들은 아롱진
꽃을 단 특이한 행색(行色)을 묘사하고 있다. 여기서 척수[7]는 한 자
길이의 물빛처럼 시퍼렇게 번쩍이는 칼을 이른다. 그들의 차림새를 통
해 문명이 개화한 곳이 아님을 제시한다. 그런데 7~8구에서 이들을 교
화할 수 있는 방법으로 '성화(聖化)', 즉 임금의 덕화가 있으니 이를 통
해 오랑캐 땅에서도 노래가 울려 퍼지기를 희망한다. 이는 문명국으로
서 미개한 나라를 교화하고자 하는 의지를 드러낸 표현이라 할 수 있
다. 이로써 오윤겸의 대일관은 일본을 미개한 오랑캐나라라고 보고 있
다. 그러나 '군자거지(君子居之)'의 상등국의 인식을 보여준다. 이는 『논
어』 「자한」[8]에 드러난 '군자거지'의 자세로 미개한 곳인들 무슨 상관이

---

7) 일반적으로 칼을 비유하는 말로 三尺水라는 말을 쓴다. 대체로 칼의 길이가
　 세 자이고 물빛을 띠기 때문에 이렇게 부른 것이다. 한 자 되는 칼이라면
　 보통의 칼보다 짧은 칼임을 알 수 있다. 唐나라 李賀의 〈春坊正字劍子歌〉에,
　 "선배의 칼집 속의 삼척수는, 오 땅 연못 들어가서 용을 베었네.[先輩匣中三
　 尺水, 曾入吳潭斬龍子.]"라고 한 데서 유래하였다.(『全唐詩』, 「卷390 春坊
　 正字劍子歌」).
8) "子欲居九夷 或曰 陋如之何 子曰 君子居之 何陋之有."(『論語』, 「子罕」).

있느냐는 수용적 입장을 제시한 것으로 볼 수 있다. 따라서 오윤겸은 일본 백성이 조선보다 못하다고 보고 이를 교화하는데 조선 임금의 덕화가 미쳐 그 은택이 퍼지기를 소원한다. 여기서 관료와 군자로서 그들을 수용하고자 하는 유교적 인식을 드러낸 셈이다.

다음에서는 유숙하면서 심회를 드러낸 부분이다.

板屋雨聲圃隱詩	판잣집 빗소리라는 포은(圃隱)의 시
平生曾詠未曾知	평생 두고 읊어도 좋은 줄 몰랐더니
昨來蠻館逢眞境	만관이라 어제 진경을 만나 보니
始覺當時卽此時	이때가 그때란 것 비로소 알았다오

<마도관중청우(馬島館中聽雨)>

대마도 사관에서 비를 들으며 쓴 시다. 오윤겸은 '판잣집에 빗소리'라는 포은의 시를 떠올린다. 포은 정몽주(鄭夢周)는 고려 우왕(禑王) 2년(1376)에 일본 구주(九州)에 사신으로 다녀 온 적이 있다. 이 때 지은 시가 있다.[9] 1구에서 말한 포은 시는 그 시들 12수 가운데 오윤겸이

....

9) "선생은 정사년 9월에 일본에 사신으로 갔다가 무오년 7월에 환조(還朝)하였으며, 이 아래 12수(首)의 시(詩)는 대체로 모두가 봄철에 지은 것이므로 제목에 정사(丁巳)를 붙인 것은 온당치 못하다. 그러므로 홍무 정사(洪武丁巳)란 글자는 없애고 다만 봉사 일본작(奉使日本作)이라고만 하는 것이 좋겠다.(鄭圃隱 先生 /洪武丁巳奉使日本作 先生以丁巳九月使日本 戊午七月 還朝 而此下十二首 大抵皆春日所作 而題係之丁巳未穩 當去洪武丁巳字 只 曰奉使日本作 可也) 그 시는 다음과 같다. 平生南與北 평생을 남북으로 다니다 보니/ 心事轉蹉跎 마음먹은 일이 갈수록 어긋난다./ 故國海西岸 고국 땅은 바다 서쪽 언덕인데/ 孤舟天一涯 외로운 배는 하늘 한 가로 떠간다./ 梅窓春色早 매화 핀 창가엔 아직 봄빛이 이르고/ 板屋雨聲多 판잣집이라서 빗소리가 유난하다/ 獨坐消長日 홀로 앉아서 긴 날을 보내려니/ 那堪苦憶家 집 생각에 괴로워 견딜 수가 없다".

떠올린 시일 듯하다. 오윤겸의 칠언절구와 정몽주의 오언율시가 대조
되긴 하지만 오윤겸은 자신과 인연이 남다른 포은의 시가 유심하게 이
해된다.[10] 이는 사신의 시기나 중차대한 역할로 사신으로 간 자신의
입장을 고려할 때 판잣집에서 들리는 빗소리가 시공간을 넘나드는 감
정이입의 통로가 된 것이다.

2) 충신독경(忠信篤敬)의 자세와 군자거지(君子居之)의 이상세계 희구 (希求)

충신독경은 『논어』 「위령공(衛靈公)」 편에 나오는 말이다.[11] 여기
서 자장(子張)은 스승에게 자신의 뜻이 세상에 행해지게 하려면 어떻
게 할지 묻는다. 공자는 "말이 진실하고 믿음직하며 행동이 돈독하고
경건하면 비록 오랑캐의 나라에서도 행세할 수 있다. 말이 진실하고
믿음직하지 못하고, 행동이 독실하고 경건하지 못하면 동네에선들 행
세할 수 있겠는가? 서 있을 때에도 그것이 앞에 참여하고 있는지 살펴
보고, 수레에 있을 때에도 그것이 멍에에 걸려 있는지 살펴보아야 한
다."[12]라고 대답한다. 이는 자신의 언행이 신뢰를 얻을 수 있게 하려면

....

10) "포은은 여익의 면 외할아버지이다. 고려 말 일찍이 정사년에 일본으로
   사신으로 갔고 임술년에 명나라에 다녀왔다. 모두 바다를 건너서 갔다. 여익
   도 정사년에 일본에 다녀왔고 임술년에 명나라에 갔으니 사신도 같고 그해
   도 똑같다. 모두 명을 욕되게 하지 않았고 선후가 3백 년 사이지만 부절을
   합한듯하니 기이하다 이를만하다." (梁勳植, 「창랑 성문준 시학의 형성배경
   과 형상화 양상 연구」, 『한국문학과예술』 26, 2018, 224쪽 재인용.)
11) "子張問行 子曰 言忠信 行篤敬 雖蠻貊之邦行矣 言不忠信 行不篤敬 雖州里
   行乎哉 立則見其參於前也 在輿則見其倚於衡也 夫然後行 子張書諸紳."(『論
   語』, 「衛靈公」).
12) "立則見其參於前 在輿則見其倚於衡"(『論語』, 「衛靈公」).

충신독경의 자세가 필요함을 역설한 것이다.

文字城頭霽日明　　문자성 꼭대기 해가 둥실 높이 뜨고
赤間關外晩潮生　　적간관 밖에는 늦은 조수 밀려드네.
東來已是三千里　　동으로 삼천리를 벌써 왔는데
更擬催船月下行　　또 다시 배를 띄워 달 싣고 가네.

胸中分義尋常重　　가슴 속의 분의는 언제나 중하니
海上風濤便自輕　　바다 위 풍파쯤이야 가볍게 여긴다.
君子秉心神所勞　　군자가 잡은 마음 신이 도우리니
勉將旗字盡吾誠　　깃발 글자 받들어 정성 다하세
　　　　　　　　<발적간관(發赤間關)> 이수(二首)

　위 시는 적간관을 출발할 때 쓴 2수의 시다. 적간관은 하관(下關)이
라는 곳이다. 출발하는 배에 기를 달았는데 '충신독경(忠信篤敬)'이란
네 글자였다. 이를 새기고 항시 눈에 띄는 곳에 두어 보게 한 것이다.
주희(朱熹, 1130~1200)는 '충신독경'에 대해 다음과 같이 주석하였다.
"그것이란 충신과 독경을 가리켜서 말한 것이다.〔其者 指忠信篤敬而
言〕"라고 하여 공자가 말한 '그것'의 의미 즉 마음가짐을 충신과 독경으
로 본다. 또 "충신과 독경에 대하여 잊지 말고 계속 생각하면서 어디에
있든 간에 항상 눈에 보이는 듯이 해야 한다.〔其於忠信篤敬 念念不忘
隨其所在 常若有見〕"라고 덧붙였다. 다시 말하면 충신과 독경은 실천
적 덕목이니 한시도 멀리하지 않아야한다는 당부다. 이로 볼 때 오윤
겸은 자신의 행동 실천의 덕목을 '충신독경'으로 인식하고 있음을 시를
통해서 알 수 있다.

來時瘴霧濕　　올 적에는 독한 안개 워낙 습하고

日日風濤寒	날마다 바람과 큰 물결이 차갑다
只願王靈振	왕의 위엄이 떨쳐지길 바랄 뿐
寧論行路難	행로의 어려움이야 따질 게 있나
鐘鳴宵欲半	종이 우니 밤은 벌써 깊었고
葉落歲將闌	잎이 지니 이 해도 저물어간다
獨對床前燭	상 앞의 촛불을 홀로 대하니
昭昭證寸丹	역력히 일편단심 증거해 주네

<재대덕사관중차부사운(在大德寺館中次副使韻)>

위 시에서는 대덕사 관중에서 부사의 운에 차운하여 '왕령'의 진작을
기원한다. 일기도 좋지 않고 바람과 물결이 차가운 곳이지만 '왕의 위
엄'이 떨쳐지길 바란다. 그러니 어려운 뱃길은 마다할 수 없다는 것이
다. 종소리가 울리고 잎이 지는 이때는 밤이 깊고 한 해가 저무는 시기
로 어두운 분위기를 연출한다. 그러나 홀로 대한 '상 앞의 촛불'은 밝기
만 하다. 이는 자신의 '일편단심'에 비유하여 회답사로서의 충성스럽고
의연한 자세를 보여준다. 따라서 이 시는 외국에 사신 갈 때 삿된 마음
이 없이 오로지 국가에 충성하는 한 관료로서의 마음을 담담히 펼친
시라 할 수 있다.

다음은 종사관에게 보인 시이다.

已將身許國	이미 몸을 나라에 허락했으니
無復夢還家	다시 집으로 돌아갈 생각말자.
直掛風帆去	바로 바람에 돛달고 가니
扶桑萬里波	해돋는 곳 만리의 물결이라.

<자재만이발선 선상우점 제행중원선 시종사이공
(自裁蠻夷發船 船上偶占 題行中圓扇 示從事李公)>

당시 종사관은 이경직(李景稷, 1577~1640)이다. 그의 본관은 전주

(全州)이고, 자는 상고(尙古)이며, 호는 석문(石門)이다. 광해군 때 폐
모론에 반대하여 사직하고 고향에 내려가 있었으며, 인조반정 이후 다
시 출사하였다. 이경직이 일본에 다녀온 것은 1617년(광해군9)으로 오
윤겸과 같이 일본에 회답사로 다녀온다. 제목에 이 시의 배경이 담겨있
다. 감만이(戡蠻夷)에서 배를 출발하였는데 이곳은 감만포(戡蠻浦)라
고 한다. 오랑캐를 이기겠다는 포부가 담긴 이름으로『동래부지(東萊
府誌)』(1740)에 전한다. 또한 가마이·가마니라고도 불렀으니 그들을
대하는 조선인의 인식이 잘 드러난다. 이러한 포구에서 출발하여 배
위에서 우연히 지은 것을 행장 속의 둥근 부채에 써서 종사관에게 보여
준 것이다. 1, 2구에서는 사신으로서의 자세를 드러낸다. 더욱이 3, 4구
에서는 돛달고 가서 해 돋는 곳이 멀다 해도 빨리 달려가고픈 희망에
찬 마음이 느껴진다. 이는 사신으로서의 자부심을 문면에 드러내어 종
사관도 같은 심정으로 일에 임하기를 바라며 선물을 준 것으로 책임감
을 갖도록 독려한 시라 할 수 있다.

羅代千年事　　신라시대 천 년 전 일이라
人民城郭非　　사람도 성곽도 옛 것 아니다.
遺風已杳漠　　남아있는 풍속 까마득하고
陳跡亦熹微　　묵은 자취도 희미하구나.
<경주도중차부사운(慶州途中次副使韻)>[13]

이 시는 경주로 가는 도중에 신라 도읍지에서 감회를 형상화했다.
1구에서 신라의 옛 도읍지가 유구한 역사를 가지고 있음을 회상한다.
2구에서는 그곳의 사람도 성곽도 옛 모습이 아닌 유한한 존재임을 확

....

13)『東槎上日錄』.

인한다. 3구와 4구에서는 이러한 회상을 미루어나가 유풍, 즉 남아있는 풍속이 까마득하여 옛 자취를 찾기 어려운 상황과 세월의 무상함을 은근히 드러낸다. 이러한 모습에서 과거 찬란한 천년의 옛 도읍지도 이런 정도인데 하물며 자신이 몸담는 조선신하로서 그 흥망성쇠를 장담하지 못하는 심정을 드러낸 것이다. 이는 사신가는 입장에서 옛 역사 현장을 지나며 우국의 마음을 담아 부사의 운에 차운하여 역사적 소명의식을 다지는 계기로 삼고자 한 시라 할 수 있다.

살펴본 시들은 정사로서 부사와 종사관에게 자신의 심회를 드러내 보인 것들로 이루어졌다. 여기서 오윤겸은 부사와 종사관에게 관리로서의 책무에 긍지를 가지도록 권면하고 자신도 그러한 자긍심을 가지고 있다는 점을 보여준 것이라 할 수 있다.

3. 하등극사로서 대명관과 상현지향의 경대부의 의식 반영

1) 중국 하등극사로서의 소명감과 동료의식 표출

다음 시는 오윤겸이 중국 사신 갈 때에 녹도 앞바다에서 유숙하며 썼다.

豈時輕生客	어찌 삶을 가볍게 여기는 나그네리오
分明取義翁	의를 취하는 데 밝은 늙은이라오.
極天風浪夜	하늘까지 풍랑이 이는 밤에
何事宿洋中	어인 일로 바다에서 자는가.

<숙녹도전양(宿鹿島前洋)>[14]

광해군 당시 신유년(辛酉年) 이후의 항해 노정은 다음과 같다. 선천(宣川) 선사포(宣沙浦)에서 배를 띄웠다. 이후 항해는 철산가도(鐵山椵島), 거우도(車牛島), 녹도(鹿島), 석성도(石城島), 장산도(長山島), 광록도(廣鹿島), 삼산도(三山島), 평도(平島), 황성도(皇城島), 타기도(鼉磯島), 묘도(廟島)를 거쳐 등주(登州)까지 가는 해로 3680리 노정이다. 녹도는 풍랑이 거세다. 이에 밤에 선상에서 유숙(留宿)하는 나그네의 심회를 보여준다. 1구에서는 삶을 중요시하는 자세가 드러난다. 2구에서는 의를 취하는 데 분명한 늙은이라고 자신을 자부한다. 하지만 3구에서는 높은 풍랑을 들어 당시의 항해 환경이 좋지 못함을 설명한다. 이로써 사신 갈 때의 심사가 어떠한지 보여준다. 4구에서 선상에서 자는 이의 소명의식이 드러난다. 또한 돌아올 때에도 같은 장소에서 시를 짓는다. 여기서 임무를 마치고 오는 나그네의 마음을 하늘은 알아줄 것이라는 감성을 드러내기도 한다.[15] 따라서 위 시는 선상에서 유숙하는 사신으로서의 착잡한 심회가 잘 드러난 시라 할 수 있다.

다음은 석성도 바다 가운데서 쓴 시다.

一死已前定	한 번 죽음은 이미 먼저 정해진 일인데
到此更何疑	이에 이르러 다시 무엇을 의심하리.
從容整襟袖	조용히 옷깃을 정제하고
坐待命盡時	앉아서 명이 다할 때를 기다리네.

<석성도양중(石城島洋中)>[16]

....

14) 『楸灘先生集』, 「卷之一 詩 五言絕句」.
15) <鹿島月下> 平生志學孝移忠 평생에 학문에 뜻 둔 것은 효도를 충성으로 옮기는 일/ 窮達無心任上穹 궁달에는 마음이 없고 저 하늘에 맡겼네./ 只有戀君憂國念 다만 임금 그리워하고 나라 근심하는 생각이 있을 뿐/ 海天明月照丹衷 바다 하늘의 밝은 달이 이 마음을 비치네.

위 시는 오윤겸이 8월에 일을 마치고 돌아오던 선상에서의 일을 형
상화 한 것이다. 소서에 "석성도에서 배가 부서지는 날에 살길이 이미
끊어져 자연스럽게 이 절구를 지어 선창에 썼는데 배가 안정이 된 뒤에
비로소 율(律)이 맞지 않은 것을 깨달았다. 그 상도를 잃었음을 알 수가
있다."[17]라고 하여 당시 위급한 상황에서도 시를 지었던 오윤겸의 자세
가 드러난다. 석성도에 이르러 큰 바람을 만나 배의 키가 부러지고 돛
이 찢겨진다. 이때 오윤겸은 조용하게 공복(公服)을 갖춰 입고 황제의
칙서를 품속에 넣고서 단정히 앉는다. 붓을 가져다가 비장한 각오로
선창에 기구와 승구의 내용으로 글을 쓴다. 이는 생사를 초월한 사신의
결의를 보여주는 것이다. 이윽고 바람이 진정된 뒤에 그가 지었던 시를
읽는다. 황망한 가운데 쓴 시라 음률이 격에 맞지 않았다. 이를 알고
상도를 잃은 자신의 마음을 되새기는 의미로 소서에 명기한 셈이다.
이는 후세의 교훈이 될 작품으로 자연의 위력에 사신으로서의 의연한
자세와 평정심을 갖고 싶은 심정을 드러낸 시라 할 수 있다.

萬里風濤一葉船	만리 바람 물결에 조각배 하나 띄우니
帝京何處指雲邊	제경(帝京)이 어디인가 구름 가를 가리키네.
愚衷只解朝宗義	내 마음속은 다만 종국(宗國)에 조회하는 의리인데
王事寧論我獨賢	나랏일에 어찌 나 홀로 현명하다 할 수 있으랴.

<발철산직도(發鐵山稷島)>[18]

철산 직도를 떠나면서 쓴 시다. 1구는 공간적 배경을 일러준다. 만

16) 『楸灘先生集』, 「卷之一 詩 五言絶句」.
17) "石城船敗日 生理已絶 自然成此絶句 書船屋窓紙 船定後始覺無律 失其常度
可知".
18) 『楸灘先生集』, 「卷之一 詩 七言絶句」.

리 바람 물결에 조각배를 띄우고 떠나는 모습을 형상화하고 있으나 해
상이라 앞날을 예측하지 못한다. 2구는 멀리에 황제의 도읍이 있는데
구름 가에 있어 아득히 멀다는 것을 보여준다. 3구와 4구에는 나랏일로
사신가는 우국충정(憂國衷情)을 드러낸다. 3구의 '우충'은 자신의 마음
속을 의미하는 겸사(謙辭)다. 이는 종주로 받드는 나라에 조회 가는
입장을 대변한 표현이다. 그러나 4구에서는 나랏일을 처리하는데 홀로
하지 않겠다는 마음을 피력한다. 정사로서 부사와 서장관을 신임한다
는 반증이다. 이는 그가 온건중정한 학자이자 관료라서 신중한 입장을
견지하여 정사(正使)로서의 사명감을 드러낸 시라는 것을 알 수 있다.

　다음 시는 등주의 배 위에서 장계(張繼)의 「풍교야박(楓橋夜泊)」 시
에 차운한 내용이다.

潮落汀沙已暮天	조수 물러간 언덕 모래에 이미 해가 저물었는데
客愁如海倚蓬眠	나그네 시름은 바다와 같아 배에 의지해 좋네.
城邊古寺鍾聲到	성 주변 옛 절에서 종소리 들리니
疑是楓橋夜泊船	의심컨대 이것이 풍교에서 밤에 자는 배인가.
登州城外水如天	등주성 밖에 물은 하늘과 같은데
愁倚舵樓夜不眠	시름에 젖은 몸 타루에 의지하여 밤에도 잠 못 이
	루네.
家在漢濱身萬里	집은 한수 가에 있어 몸이 만 리 인데
任敎江月屬漁船	맘대로 저 강 달은 고기잡이 배에도 비치겠지.

<등주선상 차풍교야박(登州船上 次楓橋夜泊)>

중당(中唐) 시인 장계는 양주(襄州) 사람으로 그가 쓴 「풍교야박」[19]

....

19) 月落烏啼霜滿天 달 지고 까마귀 울고 하늘엔 서리 가득한데/ 江楓漁火對愁

은 '풍교에서 밤에 배를 대다'라는 칠언절구다. 장계는 기행과 유람을 내용으로 하는 시를 많이 남겼는데 그 중에 절구를 잘 지은 인물이다. 과거시험에 낙방하고 배를 타고 지나가면서 풍교근처의 선상에서 밤을 보내는 심정을 읊는다. 강소성(江蘇省) 소주(蘇州)의 서쪽 교외에 있는 풍교진(楓橋鎭)에 지금도 한산사(寒山寺)가 있다. 그곳의 범종과 장계의 시비가 남아 전한다. 달 기울고 까마귀 우는 서리 내린 밤은 쓸쓸한 감정이 더욱 고조된다. 그 배 안의 나그네는 강가의 단풍나무와 고기잡이배들의 등불을 바라보며 잠 못 이룬다. 이때 멀리서 들려오는 한산사의 종소리는 그의 쓰라린 마음을 동요하게 만든다. 그러나 이는 생동감 있는 경종이다. 쓸쓸하고 힘없는 거자의 마음에 다소 위안을 주는 희망의 종소리로 볼 수 있다. 따라서 장계의 작품은 객지에서 거자(擧子)가 느끼는 서글픈 감정과 늦가을 밤의 정경이 어우러진 시다. 그러니 청나라 강희제(康熙帝)도 이 시를 좋아하여 풍교를 찾은 적이 있다. 오윤겸은 풍교에 이르자 그 감성을 오롯하게 떠올려 장계처럼 잠 못 이루는 밤에 한산사의 종소리를 듣고 감정이 이입된다. 소서에 "성 밖에 절이 있는데 이때 종소리가 들린다(城外有寺 時聞鍾聲)[20]"라고 하여 한산사의 종소리에 마음이 동요한 것이다. 물론 장계처럼 처절한 슬픔은 아니지만 이국땅에서 사신으로서 느끼는 감정은 주체하기 어려워 2수를 토해 내고 그 감정을 다스린 셈이다. 오윤겸은 등주에 동행인들과 살아서 함께 도착한 기쁜 감정을 억누르지 않고 드러낸 적도 있다.[21]

....

眠 강가 단풍나무 고깃배 등불 마주하고 시름 속에 졸고 있네/ 姑蘇城外寒山寺 고소성 밖 한산사에/ 夜半鐘聲到客船 한밤중 종소리가 객선까지 들려온다.(張繼, <楓橋夜泊>).

20) 『楸灘先生集』 <卷之一 詩 七言絶句>.

21) <望見登州山> 遙望登州點點山 멀리 등주의 여기저기 있는 산 바라보니/

따라서 위 시는 생사의 기로에서 벗어나 육지에 도착하게 된 그간의 시름과 환희가 종소리와 함께 나타난 감성을 형상화한 작품이라 할 수 있다.

昔年馬島逢今日	지난해에는 대마도에서 이 날을 만났는데
霜落寒汀橘政香	찬 물가에 서리가 내려 귤 향기 그윽했었네.
石島又看今夕月	석성도에서 또 오늘 저녁달을 보니
年年此日海中央	해마다 이 날에는 바다 중앙에 있네.

<주중우초도구점(舟中遇初度口占)>[22]

오윤겸은 배 안에서 생일을 맞이했다. 이에 감회가 일어 그 느낌을 읊는다. 10월 12일이 오윤겸의 생일이다. 정사년(丁巳年)에 대마도(對馬島)에 가던 중에 생일을 만났었는데 중국 사행을 갈 때에는 석성도(石城島)에서 묵었다는 내용이다.[23] 두 해 연속해서 해로를 통해 사신으로 가면서 집 밖에서 생일을 맞이한 느낌을 담담하게 읊고 있다.

2) 상현숭모(尙賢崇慕)를 통해 유교이념의 표출과 우국의식의 발현

다음은 중국 사행에서 보여준 시다. 추탄 오윤겸의 사행시에 등장하는 인물은 많지 않다. 이는 그가 지향하는 인물이 특정한 분야에 한정되어 있음을 짐작케 한다. 상현 대상으로 꼽을 만한 인물들이 시에 구

....

欣然如見故人顔 기꺼이 마치 친구 얼굴 보는 것 같네./ 一時船上歡聲合 일시에 배 위에서 기뻐하는 소리 나니/ 方信人間此路難 바야흐로 인간의 이 길 어려운 것 알겠네.

22) 『楸灘先生集』, <卷之一 詩 七言絶句>.

23) 小序에 "十月十二日也 丁巳年 逢此日於馬島 今日又泊石城島中 感而書."라고 했다.

제2장 추탄 오윤겸의 사행시에 나타난 현실인식 **141**

현된 사례는 범문정공(范文正公), 오릉중자(於陵仲子), 동자(董子)가 있고 경계의 인물로 제경공(齊景公)을 들고 있다.

平生嘐嘐古人風　　평생을 뜻이 컸던 옛사람의 풍도는
後樂先憂獨有公　　즐거움 뒤로 하고 근심을 먼저 한 이는 유독 공뿐·
今日幸經遺躅地　　오늘 다행히 그 유허(遺墟)를 지나게 되어
絕勝空對簡篇中　　絕景을 바라보며 부질없이 옛 글을 대하네.

西賊當年驚破膽　　서쪽 도둑 당년에 간담을 놀라게 했으나
折衝元不在交鋒　　평화롭게 해결하는 것은 본래 싸우는데 있지 않네
即今關塞方多難　　지금 변방에는 한창 어려운 일 많은데
安得軍中此老胸　　어쩌면 군중에 이런 원로의 웅략(雄略)을 얻으리
　　　　　<과추평현범문정공구우(過鄒平縣范文正公舊寓) 이수(二首)>

이는 북송 대의 명신 범중엄(989~1052)[24]의 옛 집을 지나면서 쓴 시다. 범중엄은 송대의 사대부 기풍을 지닌 인물이다. 그는 어려서 가난하여 검소함이 몸에 배어 출세한 뒤에도 호화로운 생활보다 검약을 실천하면서 지냈다. 육경에 통달하였고 늘 자신보다 백성을 위하는 삶을 살았다. 이 때문에 훗날 개혁가 왕안석(王安石, 1021~1086)이 그를 존숭하였다. 이러한 범중엄을 오윤겸은 학자와 관료의 입장에서 귀감으

....

24) 范仲淹(989~1052)의 자는 希文이다. 北宋의 사상가이자 정치가, 군사가, 문학가로 어려서부터 각고의 노력을 하여 공부했다. 大中祥符 8년(1015)에 進士로 급제했다. 1043년에 慶曆新政에 참여했고, 《答手詔條陳十事》라는 상소문을 올려 10가지 개혁을 주장했다. 1045년, 新政이 실패하자 좌천되어 邠州知州, 杭州知州, 靑州知州를 지냈다. 세인들은 '范文正公'이라고 불렀다. 문학 방면에서의 성취도 커서 후세에 많은 영향을 끼쳤다. 저서로 『范文正公文集』이 있다.

로 삼는다. 이는 아버지 오희문의 영향에다가 성혼도 범중엄을 칭찬하였기 때문에 스승의 영향이 함께 미친 것으로 보인다.

둘째 수의 1구 '서적(西賊)'은 이원호(李元昊, 1003~1048)가 섬서 지방을 침공한 사건이다. 범중엄은 당시 전운사의 직책으로서 섬서를 지켰다. 그는 군제 개혁과 조련에 엄격하여 송나라 군대를 정예로 만들었다. 그래서 서하를 퇴치하게 된다. 이 때문에 범중엄을 후세에도 칭송한다. 오윤겸은 사행사로서 갈 무렵 이미 명청 교체의 조짐을 알았다. 또한 변방의 움직임이 조선에게 불리할 것이라 예감한다. 그의 시에 상현의 현실의식을 드러낸 지점이라 할 수 있다. 따라서 이 작품은 오윤겸의 애국애민(愛國愛民)의 정신이 반영된 것으로 범중엄처럼 현달(顯達)한 인물이 되고자 하는 마음을 형상화한 시다.

다음은 진중자(陳仲子)와 관련된 시다.

云是於陵仲子墟　　여기가 바로 오릉중자의 옛 터라 하는데
避兄離母問何如　　형을 피하고 어미를 떠난 것은 어째서인가.
當時鄒聖宜明敎　　당시 추성(鄒聖)의 옳고 밝은 가르침은
今日金夫可式閭　　오늘날 장부가 어진 이를 공경하네.
<차서장과진중자고리운(次書狀過陳仲子古里韻)>25)

이 시는 오윤겸이 장산현(長山縣)에 있을 때 서장관이 쓴 시운에 차운한 것이다. 1구의 오릉중자(於陵仲子)는 진중자를 일컫는다. 진중자는 전국 시대 제(齊)나라 인물로 진성(陳姓)의 일족이다. 그의 형 대(戴)가 제나라에서 벼슬하며 만종(萬鍾)의 녹을 받는데 이에 대해 진중자는 그의 형을 불의(不義)하다고 여겨 어미를 떠나 오릉에 살았다.

....

25) 『楸灘先生集』, <卷之一 詩 七言絶句>.

그래서 오릉중자라 불린다. 당시 초나라 왕은 이러한 진중자가 현명하다는 소식을 듣고 사람을 보내 초빙하고자 하였다. 진중자가 아내에게 이 사실을 알리자 아내는 "난세에 해침이 많으니 생명을 지키지 못할까 두렵습니다.(亂世多害 恐不保命)"라고 하여 초빙에 응하지 않기를 바랐다. 결국 아내의 말을 따라 진중자는 사양하고 아내와 함께 달아나 남의 집 정원에 물 대는 일을 해주며 살게 된다. 이는『맹자』에 전하는 이야기라 할 수 있는데 3구의 추성(鄒聖)이 바로 맹자(B.C.371~B.C.289)에 해당한다. 맹자는 인(仁)과 의(義)에 대해 가르침을 주었는데 특히 사람이 사람답게 살아가야 할 길을 제시하는데 이는 '의'를 의미한다. 따라서 이 시는 서장관이 쓴 시에 오윤겸도 자신의 마음을 담아 의를 지키며 살고자 하는 의지를 오릉중자의 사례를 통해 설명해 낸 작품이라 할 수 있다.

다음은 제남성 서남쪽에 있는 역산서원(歷山書院)에서 쓴 시이다.

歷山古迹無尋處　　역산의 옛 자취 찾을 길 없어
空院千年但記名　　텅빈 서원은 천년 동안 이름만 남아있네.
猶有傳心十六字　　오직 마음 전하는 열여섯 글자가 있어
祗今昭揭日星明　　지금에도 높이 걸려 해와 별처럼 밝네.
<역산서원(歷山書院)>[26]

역산서원에는 박돌천(趵突泉)이 유명하다.[27] 이 역산서원은 정덕

....

26)『楸灘先生集』, <卷之一 詩 七言絶句>.
27) 題歷山書院東趵突泉 泉自地中直湧突出故名 泉二穴 泉之東 立呂洞賓祠 "水檻亭前趵突泉 靈源分派遠從天 初聞浙瀝明珠湧 俄見澄泓一鏡圓 灝氣常凝琪樹裏 清光冊漾玉欄邊 哀年已謝仙區分 此路還纏末了緣."(『楸灘先生集』, <卷之一 詩 七言律詩>).

(正德) 연간에 본부(本府) 유생들이 창건한 곳이라 한다. 이에 대해서는 『조천항해록(朝天航海錄)』에 그 내용이 자세하다.[28] 원래 역산은 순(舜) 임금이 밭을 갈고 일구던 역사적 공간이다. 그곳 서원에는 '정일당(精一堂)'이란 편액이 걸려 있다. 이는 『서경(書經)』에 나오는 '정밀하게 살피고 전일하게 한다.[유정유일(唯精唯一)]'는 뜻을 취한 것이다. 원래 16자로 된 『서경』「대우모(大禹謨)」의 "인심은 위태롭고 도심은

....

28) 『朝天航海錄』,「제1권」<갑자년 天啓 4년 (1624, 인조 2) 9월28일(기묘)>
"맑음. 이른 아침에 玄德殿을 찾아가 舜 임금을 뵙고 歷山에 올라 밭 갈던 곳을 구경하였다. 殿의 이름은 '어진 덕이 위에 들린다.[玄德升聞]'는 뜻을 취한 것이었다. 전 안에는 순 임금의 塑像을 안치하였는데 南面하고, 그 좌우에는 夏禹氏 이하 28諸賢의 소상을 진열하였다. 그 서쪽에 娥皇, 女英의 사당이 있는데 모두 소상을 안치하였고, 앞뒤의 侍女가 궁중의 의식과 같았다. 현덕전 앞 西廡 아래에 우물이 있는데 깊이는 10여 길이며 위를 덮고 비석을 세워 '舜井'이라 새겼으니, 瞽瞍가 순을 묻어 죽이려던 당시에 판 것이 아닌가? 현덕전 서쪽에 歷山書院이 있고 '精一堂'이란 편액을 걸었으니, 이는 '정밀하게 살피고 전일하게 지킨다.[唯精唯一]'는 뜻을 취한 것이며, 정덕 연간에 본부 유생들이 창건한 것이다. 자칭 성명이 復爲라 하는 유생 하나를 만났는데, 말을 서로 수작해 보니 우리나라가 상국을 섬기고 적에게 항거하는 일을 크게 칭송하되 章丘 유생의 말과 같으므로, 내가 또한 전과 같이 대답하였다. 서원의 서쪽 담장 밖에 李于鱗의 白雪樓가 있는데 반공에 솟아 아득하고, 백설루 동쪽 水口에는 華不注山이 있어 연꽃을 공중에 꽂은 듯한데, 마주 대하여 文筆峰이 되었으니, 이 때문에 이우린이 문장이 된 것인가? 옛날 이우린이 백설루에서 혼자 거처하며 다른 사람이 오르는 것을 허락하지 않았으며, 같이 수작한 것은 오직 王元美 등 몇 사람뿐이었다. 누각 앞에 趵突泉이 있는데 源泉이 콸콸 소리를 내며 물을 뿜어 두어 자 높이로 솟아오르는 데가 세 곳이요, 옆에는 큰 연못을 이루었으며, 연못의 전후좌우에는 어느 곳이나 金絲와 玉繩 같은 가는 물줄기가 솟아오르고 있었다. 그 물줄기가 성을 안고 돌아 성안을 꿰뚫고 나가 마침내 大明湖와 濯纓湖가 되었는데, 호수가 깊고 넓어 배를 띄울 수 있고, 그 위아래에는 芙蓉橋와 百華橋가 있어 장려함이 비할 데 없었다."

은미하니, 정밀하고 한결같아야 진실로 그 중을 잡을 수 있다."[29)라고 한 구절에서 단장적구(斷章摘句)한 표현이다. 오윤겸은 역산서원이 유명한 이유를 시에 자세히 밝히고 자신의 지향을 드러내고 있는 셈이다. 그 자취는 찾기 어렵고 텅 빈 서원만 남았다지만 이곳에 전하는 것은 유교의 심법(心法) 16자가 남아 있어 해와 별처럼 밝다. 이는 오윤겸의 유교적 이념이 중국사행의 공간에서도 변함없이 지속되고 있다는 증거이다. 따라서 이 시는 오윤겸이 중국 고적에서 추체험(推體驗)한 유학자로서의 공감능력(共感能力)이 상현숭모로 드러나 우국의식이 발현된 것이라 할 수 있다.

明言道義分功利 도의를 밝혀 말하고 공리를 분별했으니
西漢宗儒見最高 서한의 선비 중에 가장 높은 경지를 보였네.
自是不窺帷外地 스스로 장막 밖의 땅은 엿보지 않고
任敎庭宇沒蓬蒿 뜰에 다북쑥이 묻히는 것 내버려 두었네.

<동자묘(董子廟)>[30)

위 시는 동자(董子)의 사당에서 읊은 칠언절구이다. 여기서 말하는 동자는 중국 한(漢)나라 시대의 유학사상가 동중서(董仲舒, B.C.179~B.C.104)를 가리킨다. 동중서는 B.C. 136년 한무제(漢武帝) 당시에 유교를 국교로 채택하도록 철학 사상을 제공한 인물이다. 그가 내세운 '성삼품설(性三品說)'과 '삼강(三綱)' 이론은 한무제의 왕권강화에 기여한 셈이다. 특히 인성론의 바탕을 제공한 성삼품설은 인성을 상·중·하의 세 등급이 있다고 규정한다. 이는 『논어』「양화(陽貨)」에서 언급

....

29) "人心惟危 道心惟微 惟精惟一 允執厥中"(『書經』, 「大禹謨」).
30) 『楸灘先生集』, <卷之一 詩 七言絶句>.

한 "오직 상지와 하우는 바뀌지 않는다(上智與下愚不移)"라는 내용에서 근거한 이론이다. 또한 군신, 부자, 부부의 서열관계로 상하의 위계 질서(位階秩序)로 적용된 삼강이론은 구체적인 유교적 이념으로 적용되었으니 그의 영향이라 할 수 있다. 이처럼 삼강이론은 조선시대에 강조한 삼강오륜의 유교적 바탕으로 작용하기도 한다. 그래서 1구에서 "도의를 밝혀 말하고 공리를 분별"했다고 동중서의 일을 칭찬하고 있다. 더욱이 2구에서는 최고의 경지를 보인 인물로 상찬(賞讚)하고 있으니 이는 과장법이 아니다. 당대 조선 지식인의 유교인식의 현주소를 그대로 드러낸 표현이라 할 수 있다. 따라서 이 시는 오윤겸이 동중서의 사당에서 감흥이 일어 조선조 지식인의 추체험과 상현숭모 의식이 발현된 것을 형상화한 작품이다.

遺澤流風何處問　　그 남긴 은택과 풍도는 어느 곳에 물어보나
路邊杯土倚殘碑　　길 가의 한 주먹 흙이 쇠잔한 비석에 의지해 있네.
當年不盡牛山淚　　당년에 우산(牛山)의 눈물 다하지 못하여
今日行人亦自垂　　오늘 지나가는 사람도 역시 저절로 흘리네.
<과제경공묘(過齊景公墓)>[31]

역사의 현장을 답사하면 그곳에 서린 인물의 정기(精氣)를 엿볼 수 있다. 그러나 고적지의 인물은 유한하기 때문에 그곳에 자리하지 않는다. 이를 기념하기 위해 비석에 명문으로 남기는 경우가 대부분인데 이를 발견한 오윤겸은 빗돌에서 제나라 경공의 은택(恩澤)과 풍도(風度)를 추억한다. 제경공의 인물됨은 다음의 『논어』「안연(顔淵)」편에 자세히 나타나는데 노(魯)나라 소공(昭公) 말년에 공자가 제나라에 갔

....

31) 『楸灘先生集』, <卷之一 詩 七言絶句>.

을 때 일이다.

> 제나라 경공이 공자에게 정치에 대하여 묻자, 공자께서 대답하셨다.
> "임금은 임금답고 신하는 신하다우며 아버지는 아버지답고 자식은 자식
> 답게 되는 것입니다. 경공이 말하였다. "좋은 말씀입니다. 진실로 임금
> 이 임금답지 못하고 신하가 신하답지 못하며, 아버지가 아버지답지 못
> 하고 자식이 자식답지 못한다면, 비록 곡식이 있더라도 내가 그것을 먹
> 을 수 있겠습니까?"[32]

위 글은 제경공의 질문에 공자가 사람 도리의 큰 줄기와 정사(政事)
의 요체를 설명한 것이다. 제나라 경공은 이름이 저구(杵臼)이다. 당시
제 경공이 실정(失政)하자 대부 진씨가 나라에서 후대를 받았다. 당시
경공은 안으로 총애하는 여인을 두고 태자는 세우지 않았다. 그리하여
군신과 부자 사이가 그 도리를 잃은 것이다. 이때 공자를 초빙하여 정
치를 묻자 공자는 '다움'을 통해 국가의 구성원이 각자의 자리에서 본분
을 다할 것을 강조한다. 그러나 제경공은 입으로만 공자의 충고를 좋다
고만 하고 채택하여 쓰지 않는다. 이러한 공자의 경고를 무시한 제경공
은 결국 뒤에 후사 문제로 시해당하고 나라를 빼앗기는 화를 입는다.
3구에서 '우산의 눈물'을 용사하였다. 우산(牛山)은 중국 산동(山東) 치
박시(淄博市) 동쪽에 있는 산 이름이다. 이곳은 춘추시대 제(齊)나라
영내였다. 『안자(晏子)』「간상(諫上)」에 "경공이 우산에서 노닐다가 북
으로 국성(國城)을 바라보고 울면서 '내 어찌 이 좋은 나라를 버리고
죽을꼬.'라고 했다."는 데서도 등장한다. 제나라 경공을 따르던 신하인

....

32) "齊景公 問政於孔子 孔子 對曰 君君臣臣父父子子 公曰 善哉 信如君不君
臣不臣 父不父 子不子 雖有粟 吾得而食諸" (『論語』, 「顏淵」).

애공(艾孔)과 양구거(梁丘據)가 울 때도 안자만 홀로 곁에서 웃는다. 이때 경공은 눈물을 닦고 안자에게 이른다. "과인이 오늘 놀다가 슬퍼서 눈물을 흘리자, 애공과 양구거는 다 과인을 따라서 눈물을 흘리는데, 그대만 홀로 웃는 것은 무슨 까닭인가?〔寡人今日遊悲 孔與據皆從寡人而涕泣 子之獨笑 何也〕"라고 묻는다. 이에 안자는 "가령 현자로 하여금 항상 지키게 한다면 태공(太公), 환공(桓公)이 장차 항상 지키게 될 것이요, 용맹한 이로 하여금 항상 지키게 한다면 장공(莊公), 영공(靈公)이 장차 항상 지키게 될 것이니, 이 두어 명의 군주가 항상 지키기로 든다면 우리 임금님께서 어떻게 이 자리를 얻어 오를 수 있었겠습니까.……이것이 신이 홀로 웃게 된 까닭입니다."[33]라고 대답한다. 이는 제나라 경공 자신의 과거를 잊고서 현자를 등용하지 못한 정치행태를 안자가 비판한 것이다.[34] 따라서 위의 시는 제나라 경공의 '우산' 고사를 한시에 용사하여 그 슬픈 나라의 현실을 공감하고 반면교사(反面敎師)로 삼아 안자처럼 신하의 도리를 다하고자 하는 우국의식을 보여준 것이라 할 수 있다.

....

33) "使賢者常守之 則太公桓公將常守之矣 使勇者常守之 則莊公靈公將常守之矣 數君者將守之 則吾君安得此位而立焉……此臣之所以獨竊笑也."(『晏子春秋』,「內篇 諫上」).
34) 이는 제나라 경공의 일화와 관련된다. 제나라의 대부 崔杼는 棠公이 죽자 조문하러 간다. 이 때 棠姜을 보고 미혹되어 아내로 삼는다. 제나라 장공도 당강의 미모에 미혹되어 밀통한다. 이를 최저가 알고 격노하여 자신의 집에서 주연을 베풀때 장공을 초대하여 시해하려고 한다. 장공이 이를 눈치채고 도망치는데 최저의 군사들이 활로 쏘아 장공을 시해한다. 최저는 辟除도 하지 않고 甲兵도 세우지 않은 채 단지 下車 10乘만을 가지고 장공을 장사 지낸다. 최저가 장공을 시해한 뒤 장공의 이복동생 공자 杵臼를 추대해 임금으로 삼게 되는데 그가 바로 齊景公인 것이다.(『春秋左氏傳』,「襄公25年」).

4. 나가며

오윤겸은 1617년(광해군 9)에는 일본에 회답사로, 1622년(광해군 14)에는 중국에 하등극사로 다녀왔다. 그의 『동사일록』과 『해사조천일록』 등은 그의 현실인식이 반영된 작품이다. 그러나 직접적인 언술을 통해 나타난 일록에 비해 그의 사행시는 현실인식이 내포되어 나타난다. 다만 그의 사행시에 나타난 의미를 분석하여 그 형상화 양상을 고찰하여 당대의 현실인식을 살펴보는 것으로 만족해야만 했다. 특히 그의 사행시는 시문학사에서 볼 때 16세기~17세기 대외정세가 혼란한 전환기에 한중일 대외인식의 온건 중정한 도학적 관료문인으로서의 당대 체험이 반영된 것이다. 다음에서 당시의 현실 인식의 상황이 그의 시 안에 어떤 양상을 띠고 있는지 이를 정리하였다.

오윤겸은 회답사로서 대일관과 하등극사로서 대명관을 보여주었다. 그가 회답사로서 형상화한 세계는 조선이 일본의 상등국(上等國)으로서 자긍심(自矜心)을 표출한 것이며 충신독경의 군자유로서 인식한 세계였고 하등극사로서 형상화한 세계는 상현숭모가 발현된 경대부로서 인식한 세계였다.

먼저 일본 사행시에서 오윤겸은 회답사로서 대일관과 충신독경의 군자유의 의식을 다음의 두 가지로 표출하였다. 첫째, 대일 회답사의 주밀(周密)함과 상국관료로서의 자긍심을 드러냈다. 둘째는 충신독경의 자세와 군자거지(君子居之)의 이상세계를 희구(希求)하고 이를 시 속에 형상화하여 군자유로서의 인식을 보여주었다. 다음으로 중국 사행시에서 하등극사로서 대명관과 상현지향의 경대부의 의식 반영에서 살펴본 내용은 다음과 같다. 첫째 중국 하등극사로서의 소명감(召命感)과 동료의식(同僚意識)을 표출하였다. 둘째, 상현숭모를 통해 유교이념의 표출과 우국의식이 발현되었다. 특히 상현숭모의 인물로 범문정공(范文正公), 오릉중자(於陵仲子), 동중서(董仲舒)를 들고 제경공(齊景公)을 경계의 인물로 제시한 점은 우국의식이 반영된 결과다.

　이상에서 오윤겸은 한중일 대외 관계에서 중국에는 상현숭모 의식을, 일본에는 군자유로서의 시각을 가진 인물임을 알 수 있다. 그의 사행시에서는 군자유로서의 중정한 의식과 경대부로서의 당대현실을 직시한 관료의 고뇌가 반영되었다. 이는 한시의 통시사적 입장에서 볼 때 당대의 지식인이 명청교체(明淸交替)의 전환기(轉換期)와 전후(戰後)의 대외인식을 어떻게 하고 있는지 그 단면을 보여준 것이라 할 수 있다.

제 **3** 부

호남 소론계
문인들의 한시

제1장

하유당 이석신의 삶과 풍격

1. 들어가며

17세기 문인들은 작시에 당풍적 요소를 구현하면서도 그 장점과 한계를 명확하게 인식하고 있었다. 그들은 이러한 시풍에 무게를 두면서 송시풍도 비판적으로 수용하여 양자의 절충을 도모하고자 했다. 특히 18세기 초에 이르러 김창협(金昌協, 1651~1708) 등이 당시풍의 한계와 그 극복 방안을 논의하기도 한다. 그러나 이글에서 살펴볼 이석신(李碩臣, 1659~1738)[1]은 이러한 경향에서 다소 벗어나 있다. 조선전기 호남 지역 중 강진(康津)의 인물인 청련 이후백(李後白, 1520~1578)의 후손

....

1) 호남한문문집 『하유당집』은 호남기록문화유산(http://memoryhonam.co. kr) 홈페이지 해제에서 이석신(李碩臣, 1659~1783)의 생몰년표기가 잘못되 어 이 책에서 필자는 수정하여 바로잡았음을 밝혀둔다.

이석신은 효종시대 해남(海南)에서 출생하였다. 그의 본관은 연안(延安)이고 자는 필경(弼卿)이며 호는 하유당(何有堂)이다. 그의 조부 이복길(李復吉, 1579~1640)은 병자호란 이후 은거생활하며 시문을 이룬 인물이다.[2] 그의 부친은 선교랑(宣敎郎)을 지낸 이영인(李榮仁, 1611~1669)이며 경학과 충절로 알려졌다.

이석신이 교유한 인물들은 주로 안동김씨 노론계의 청음(淸陰) 김상헌(金尙憲, 1570~1652)의 후손들로서 속한 당대의 권력자들이다. 연배가 높은 문곡(文谷) 김수항(金壽恒, 1629~1689)과 김수항의 아들인 맏이 몽와(夢窩) 김창집(金昌集, 1648~1722)과 그의 아우들 농암(農巖) 김창협(金昌協, 1651~1708), 삼연(三淵) 김창흡(金昌翕, 1653~1722) 등의 형제들과 교유한 시문이 주를 이룬다. 또한 김진구(金鎭龜)의 아들 중 북헌(北軒) 김춘택(金春澤, 1670~1717)을 비롯하여 척재(惕齋) 김보택(金普澤, 1672~1717), 김민택(金民澤), 김복택(金福澤)으로 이어지는 사계(沙溪) 김장생(金長生, 1548~1631)의 후손들인 광산김씨(光山金氏) 노론계 인사들과도 교유하고 있다. 여기에 송징상(宋徵相), 송상기(宋相琦), 송무원(宋婺源)과 이우당(二憂堂) 조태채(趙泰采, 1660~1722), 조태만(趙泰萬), 홍우전(洪禹傳), 임징하(任徵夏), 이만성(李晩成) 등이 그와 교유한 인사들이다. 이를 통해 그가 정치적으로는 노론의 성향임을 알 수 있다. 그의 시풍은 은거자수와 겸겸군자로서의 삶을 지향하지만 당시풍의 성격을 드러내기도 하였다.

이글에서 살펴볼 자료는 이석신의 『하유당집(何有堂集)』 2권 2책으로 된 필사본이다.[3] 상권의 내용에는 시(詩), 서(序), 행장(行狀), 제문

---

2) 송정 이복길에 대한 연구는 이미 구사회·박재연(2016), 97~117쪽에서 발표한 바 있다.

(祭文), 묘갈(墓碣)이 수록되어 있다. 하권에는 서(書), 부록(附錄), 행장(行狀), 묘지명(墓誌銘)이 전한다. 여기서 상권의 행장과 묘갈명은 이석신이 다른 인물들에 대해 쓴 것이고 하권의 행장은 이문술(李文述)이 썼고 묘지명은 황승원(黃昇源, 1732~1807)이 찬한 것이다. 조금 더 살펴보면 권1에는 〈송춘(送春)〉, 〈조안(早鴈)〉, 〈추일즉사(秋日即事)〉, 〈대월(待月)〉, 〈효재직중유감(孝齋直中有感)〉, 〈생서직중(牲署直中)〉, 〈이돈장사축일왕수부(以敦匠事逐日往水部)〉, 〈곡성제배일유감(谷城除拜日有感)〉 등의 시와 행장·묘갈명·서·제문이 수록되어 있다. 특히 이석신이 벼슬살이 하면서 감회가 일 때마다 그곳에서의 삶을 다룬 시들이 나타나고 있다. 권2에는 〈여김집의창흡이지(與金執義昌翕二紙)〉, 〈상민상국진원(上閔相國鎭遠)〉, 〈답정상국호(答鄭相國澔)〉, 〈답김참판만채(答金參判萬埰)〉, 〈여김판서(與金判書)〉 등이 수록되어 고위 관료들과 교유가 있음을 짐작할 수 있다. 부록으로 가장(家狀)과 묘지명(墓誌銘)이 실려 있다. 이석신(李碩臣)이 죽고 나서 그의 손자 이문술(李文述)은 조부의 시문[4]을 모아 1760년에『하유당집』을 발

....

3) 이 자료는 연안이씨 청련 이후백의 후손 이광천씨로부터 제공받은 것이다. 상권 첫 장에 이광교 장서인이 있는 것으로 보아 이광천씨 형제분이 소장하고 있던 자료라 할 수 있다. 지면을 빌려 자료를 제공해 주신 분께 감사드린다.
4) 이 내용은 호남기록문화유산의 호남한문문집에도 소개가 된 것으로 해제의 내용에 오탈자 및 연문이 일부 있는 것을 필자가 필사본을 참조하여 수정·보완하였다. 이석신의『何有堂集』2권 2책에 전하는 한시는 五言絶句11首, 五言律詩 19題 34首, 七言絶句 16題 18首, 七言律詩 36題 56首로 모두 124首이다. 그 자세한 내용은 다음과 같다. 五言絶句 : 送春, 早鴈, 秋日卽事, 待月, 孝齋直中有感, 囚中偶吟, 牲署直中, 以敦匠事逐日往水部, 谷城除拜日有感, 課奴種麥, 庭梧爲風所拔歎, 大雪, 暮鳥, 聞家兒登科, 登舘頭山, 輓堂弟大裕/ 七言絶句 : 春日謾咏, 植竹, 送兒山寺讀書, 冬栢, 往沃州拜文谷相公, 園橘方熟, 孝齋直中偶吟(二首), 送兒赴秋闈, 贈金厚吾(福澤), 贈金伯雨(春

간했음을 알 수 있다.[5]

지금까지 이석신에 대한 연구는 전무하다. 따라서 이글은 그에 관한 최초의 연구 성과로서 조선 후기 호남을 지역적 기반으로 활동한 연안 이씨의 은거적 삶과 시문에 나타난 풍격을 고찰한 것이다. 풍격에 대한 언급은 여러 문헌에서 제시하고 있다.[6] 중국의 명나라 때의 학자 호응린(胡應麟, 1551~1602)은 풍격가운데 '청신(淸新)'을 높이 여겼다.[7] 한국의 최광범은 풍격에 대해 작가가 작품을 통해 구현한 것으로 보고 이를 "사상과 문예미의 총체적인 개성 특질"[8]이라고 밝혔다. 특히 위문제(魏文帝) 조비(曹丕)는 『전론·논문』에서 "문장은 작가의 풍격으로 좌지우지된다. 풍격의 맑음과 흐림은 그 기질로부터 연유되는 것이어

澤), 與金振甫求和, 忌日有感, 聞家兒登第寄一絶, 聞家兒拜昇平宰, 川獵, 苦雨, 憫旱, 種蓮和金子益(八首), 附元韻(八首) / 五言律詩 : 贈金子益(昌翁三淵), 述懷, 靑蓮先祖 賜諡日有感(二首), 送堂弟大裕宰安岳, 送呈金伯雨謫廬(二首), 哭文谷相公, 山茶, 待月, 秋雨, 過忠武李公碑, 遊大芚寺, 登頭輪峯, 挽堂弟大裕, 題無爲寺, 登鎭海樓 / 七言律詩 : 孝齋直中有懷(四首), 滯直偶吟, 被逮在囚偶吟(六首), 差國葬都監監造官赴敦匠所, 移職廚院, 除拜谷城(二首), 往順衙(三首), 登燕子樓(二首), 登喚仙亭(二首), 順衙示家兒, 過八馬碑, 自順衙還家, 呈文谷相公, 贈金仲施(普澤), 聞金致仲獄中凶報(民澤), 哭夢窩金相公, 贈金子益(二首), 哭文谷金相公, 哭二憂堂趙相公, 與舍弟要和, 送舍弟入京, 送堂弟大裕赴任統營, 送從兄赴任昌寧(石亨), 送從姪聖端赴配(徵龜), 輓金伯雨, 述懷, 偶見先君遺稿有感, 送金伯雨赴耽羅謫所, 謹寄金厚吾濟州省兄之行, 兒子榮還日志喜, 重修松湖亭, 齋居卽事, 望漁城浦, 哭堂弟大裕(八首), 閱先君遺稿有感重題, 過李忠武碑.

5) 이 내용은 호남기록문화유산의 호남한문문집에도 소개가 된 것으로 해제의 내용에 오탈자 및 연문이 일부 있는 것을 필자가 필사본을 참조하여 수정·보완하였다.
6) 팽철호, 『중국고전문학풍격론』, 사람과 책, 2001, 296쪽.
7) 이병한, 『중국 고전 시학의 이해』, 문학과지성사, 1993, 291쪽.
8) 최광범, 『고려말 한시의 풍격과 문예미』, 한국학술정보(주), 2005, 24쪽.

서 억지로 구한다고 해서 얻어지는 것은 아니다."[9]라고 풍격의 영향을
받아 글이 이뤄짐을 서술하였다. 따라서 이글에서는 위의 이론적 토대
를 배경으로 이석신의 한시에 나타난 삶과 풍격을 이해하고 청련 이후
백, 송정 이복길로 이어지는 연안이씨의 가학 전승의 영향관계를 고찰
하여 호남 연안이씨 시맥을 고구하고자 한다.

2. 충의(忠義)와 인애(仁愛)의 삶

1) 호학(好學)의 자세와 충의의 정신

『하유당집』의 해제에 따르면 이석신은 어린 시절부터 총명하고 효
성이 지극했다. 게다가 학문과 덕행을 겸비하여 향리에 칭송이 자자했
다. 그는 비교적 늦은 나이인 57세에 효릉참봉(孝陵參奉)을 제수 받는
다. 여기서 효릉은 인종(仁宗)의 능을 말한다. 이후 59세 때에는 사용
원봉사(司饔院奉事), 60세에 국장도감(國葬都監)의 감조관(監造官)을
역임한다. 그 후 6품으로 승진되어 사도시주부(司導寺主簿)로 전출된
다. 의금부도사로 승진하였으나 경종(景宗) 당시 사화가 많았는데 이
때 그는 차마 의리 있는 선비를 치죄할 수 없어 사임한다. 이런 그의
행동이 그들을 보호한다는 오해를 받게 된다. 이 때문에 50일이나 수감
되기도 한다. 그는 풀려난 후 세상이 어지러워짐을 한탄하며 은거하며
살게 된다. 그러나 영조 즉위 후 새로운 세상이 되자 출사하게 되는데
66세에 곡성현감에 제수된다. 하지만 그는 나이가 많아 중앙의 직으로
옮기게 된다. 그 후 80세가 되어 가선(嘉善)으로 승차하였고 그 해에

....

9) 유협 저, 최동호 역, 『문심조룡』, 민음사, 1994, 352쪽 재인용.

생을 마감한다. 이처럼 이석신의 환로(宦路)의 생활은 당시로서는 매우 늦은 나이에 출사한 셈이다. 그는 의로운 선비를 옹호한 이유로 수감되기도 하는 등 순탄치만은 않은 삶을 살아갔으며 새로운 임금을 모시고 후반생을 관직에 있다가 물러나 은거한 인물이라 할 수 있다.

이석신의 『하유당집』 서문을 통해 그의 호학의 자세와 충의의 정신을 엿볼 수 있다.

> 내가 막 관직을 그만두고 돌아가 쉬는데 꽤 한적하고 일이 없어 옛 공부를 찾아서 살피고자하였다. 이에 『노론(魯論)』을 가져다 읽었다. 그곳에 말씀하시기를 "조정으로 나가면 공경(公卿)을 섬기고, 집으로 들어오면 부형(父兄)을 섬기며, 상사(喪事)를 감히 게을리 하지 않고, 술로 인하여 고생하지 않는 것, 이 가운데 무엇이 나에게 갖추어져 있는가?" 또 말씀하시기를 "묵묵히 기억하며, 배움에 싫증을 내지 아니하며, 남을 가르치면서 게을리 하지 않으니 나에게 무엇이 있겠는가?"[10)]

위 『하유당집』 서문에서 밝힌 내용은 이석신의 학문적 경향이다.[11)] 이는 관직에서 물러나 『논어』를 읽으며 자신의 지향 및 포부를 다져간

---

10) 『何有堂集』, 「序」, "余方罷官歸休, 頗閑適無事, 欲尋繹舊工. 乃取魯論, 讀之. 有曰 : 出則事公卿, 入則事父兄, 喪事不敢不勉. 不爲酒困, 何有於我哉. 又曰 : 黙而識之, 學而不厭, 誨而不倦, 何有於此哉."

11) 아! 이렇게 하면 자신을 수양하고 사물에 응하는 도가 극진하다. 혹자는 말한다. "하유지"라는 말은 전하는 기록에 꽤 나타난다. 이것과 맹자가 '荅是何有'와 네거리의 노인이 말한 "황제의 힘이 무슨 상관이랴"와 서로 혼동되겠는가? 말하기를 "이것은 성현이 사람을 가르치는 말이고 태평성대의 교화를 칭송한 노래가 된다." 이렇게 보더라도 어찌 문제될 것이 있겠는가?(『何有堂集』, 「序」, "噫! 卽此而修己應物之道盡矣. 或曰: 何有之云, 頗見於傳記. 此與孟子之荅是何有, 康衢老人之帝力何有, 亦相混乎? 曰, 此爲聖賢教人之辭, 及太平頌化之謠. 以是觀之, 庸何傷乎.").

삶의 자세다. 여기서 굳이 『노론』이라 언급한 점은 당시에 소장한 책이기도 하겠지만 그가 인생의 지표로 삼겠다는 의도이다. 왜냐하면 『논어』는 공자의 옛 집에서 나온 『고론(古論)』, 노나라에 전해진 『노론(魯論)』, 제나라에 전해진 『제론(齊論)』이 있는데 여기서 유독 『노론』이라 언급한 때문이다. 그의 호학하는 자세가 『논어』 「술이(述而)」편의 "묵묵히 기억하며, 배움에 싫증을 내지 아니하며, 남을 가르치면서 게을리 하지 않는 것[묵이지지(黙而識之), 학이불염(學而不厭), 회인불권(誨人不倦)]"에서 드러난다. 특히 앞서 언급한 "조정으로 나가면 공경을 섬기고, 집으로 들어오면 부형을 섬기며, 상사를 감히 게을리 하지 않고, 술로 인하여 고생하지 않는 것, 이 가운데 무엇이 나에게 있는가?"[12]라고 한 데서도 그의 삶의 지향을 엿볼 수 있다. 따라서 서문의 위 부분은 이석신이 만년에 자신의 삶을 회고하는 성격이 제시된 것이라 할 수 있다.

다음에서 직무의 자세를 통해 그의 삶을 살펴보자.

清晨水部路	맑은 새벽 수부로 가는 길
鎭日敦匠行	온종일 널을 만들며 보낸다네.
敢嫌奔走勞	감히 바쁜 삶을 마다하리오.
粗幸展微誠	다행히 작은 정성 펼칠 수 있거늘.

<이돈장사축일왕수부(以敦匠事逐日往水部)>

위 시는 〈돈장(敦匠)하는 일로 날마다 수부에 간다.〉는 내용이다. 돈장은 널을 만드는 장인들을 관리 감독하는 일이다. 이 돈장이라는 표현은 『맹자』 「공손추하(公孫丑下)」에서 나타난다. 충우(充虞)가 "지

....
12) 『論語』, 「子罕」, "出則事公卿, 入則事父兄, 喪事不敢不勉. 不爲酒困, 何有於我哉."

난번 선생께서 저의 불초함을 알지 못하시고 저로 하여금 관을 만드는 목수의 일을 맡게 하셨는데, 하도 급하여 제가 감히 묻지 못했습니다." 라고 묻는 대목이 그것이다.[13] 이는 그가 60세 무렵에 쓴 시로 국장도 감[14]의 감조관으로서 있을 때라는 것을 짐작할 수 있다. 나라의 장례를 맡아보는 관청이 국장도감인데 여기서 이석신은 당시 감조관의 일을 맡았다. 따라서 그는 국상(國喪) 절차에 필요한 일 중 재궁(梓宮) 만드는 일을 관리 감독하는 중책을 맡은 셈이다. 그러나 시에서는 '맑은 새벽'에 나가서 '바쁜 삶'을 '작은 정성'이라 하여 이 업무에 대해 작은 정성이라 하여 감당할만하다고 여긴다. 하루 종일 같은 일을 해도 싫증 내지 않는 충의 있는 신하로서의 자부심이 담긴 시라 할 수 있다.

다음은 『하유당집』서문에 제시된 내용이다. "세상에서 고관을 섬기는 자는 혹자는 위세를 뛰어넘고, 혹자는 아부하고 좋아하는 데 빠져서 도의(道義)로 처리할 수 없으니 염구(冉求)의 현명함으로도 취렴(聚斂) 하는 실수를 면치 못한 것이다."[15]라고 하였는데 위 글은 이석신이 도의를 강조한 입장을 밝힌 부분이다. 도의에 맞춰 일처리가 어렵다는 사실을 토로한다. 『논어』「선진편(先進篇)」에 등장한 염구(B.C.522~?)

---

13) 『孟子』, 「公孫丑 下」, "孟子自齊葬於魯, 反於齊, 止於嬴, 充虞請曰: 前日不知虞之不肖, 使虞敦匠事, 嚴, 虞不敢請, 今願竊有請也, 木若以美然. 曰: 古者棺槨無度, 中古棺七寸, 槨稱之, 自天子達於庶人, 非直爲觀美也, 然後盡於人心. 不得, 不可以爲悅, 無財, 不可以爲悅. 得之爲有財, 古之人皆用之, 吾何爲獨不然.……吾聞之也, 君子不以天下儉其親."

14) 국장도감은 梓宮, 각종 車輿, 冊寶, 服玩, 陵誌, 明器, 吉凶儀仗, 喪帷, 鋪筵, 祭器 등을 제작하고 祭奠·返虞 등의 절차를 주관하여 진행한다. 이러한 국장도감의 구성원 도제조 1명, 제조 4명, 당하관 都廳 2명, 郎廳 6명, 監造官 6명, 請諡宗廟獻幣獻酌官 1명 등으로 구성하고 있다.

15) 『何有堂集』, 「序」, "世之事公卿者, 或越威勢, 或溺阿好, 不能以道,義處之, 以冉求之賢, 未免有聚斂之失."

가 바로 그러한 사례에 해당하는 인물이다. 염구는 공문십철(孔門十哲)에 해당하며 자(字)가 자유(子有)로서 공자 제자 중 일찍이 노나라 계씨(季氏)의 재상이 되었다. 그러나 공자는 그에 대해 "계씨가 주공보다 부유했건만, 염구는 그를 위해 무거운 세금을 부과하고 거둬들여 그의 재물을 더 불려주었다. 공자께서 말씀하셨다. "염구는 나의 제자가 아니니 너희가 북을 울리며 공박하여도 좋다."[16]라고 탓한다. 이는 부패한 권력자 계강자(季康子)의 재산을 늘려 준 염구의 잘못에 대해 공자와 다른 제자들이 성토한 것이다.

공자가 도의를 바탕으로 제자의 정치적 자세를 비판한 것처럼 이석신도 이를 따르고자 한 것으로 봐야한다. 왜냐하면 도의를 강조한 삶을 살지 못할 때 그 평가가 어떤지를 사례를 통해 보여주며 자신의 귀감(龜鑑)으로 삼고 있기 때문이다. 그는 하지 말아야 할 일로써 '고관이 되어서도 위세를 부리지 않기', '아부하지 않기', '취렴하는 실수를 범하지 않기'를 바라는 것도 같은 취지로 이해된다. 여기서 이석신의 인생관(人生觀)이 드러나는데 도의에 맞는 삶을 살아야 하고 충의의 정신이 있어야 함을 제시한 것으로 볼 수 있다.

다음에서 제시한 자료는 이석신이 자신의 성품(性品)을 평한 글이다.

> 나는 본래 성품이 어리석어 성인께서 순순히 타일러주심에도 실로 가슴에 담아 힘써 행하지 못하였다. 오직 이 가르침을 두려워하며 마음에 새겨두고 평생토록 날마다 쓰는 바탕으로 삼고 항상 마음속에 둔다. 이제 마침 살만한 집을 수리하고 집에 바로 그 당에 편액으로써 걸 것을 생각하여 이러한 뜻으로 걸어 게시한 것이 '하유(何有)'이다.[17]

....

16) 『論語』, 「先進篇」, "季氏富於周公, 而求也為之聚斂而附益之. 子曰, "非吾徒也. 小子鳴鼓而攻之, 可也.".

위 글은 경전을 인용하여 자신의 지향과 하유당(何有堂)이라 제호(題號)한 이유를 밝히고 있다. 스스로 타고난 성품이 어리석다고 한 점으로 볼 때 겸손함이 묻어난다. 또한 『시경』에 등장하는 인물을 제시함으로써 자신이 지향할 자세를 드러낸다. 여기서 그가 실천적 삶의 표본으로 제시한 이가 바로 춘추 시대 위(衛)나라의 11대 군주인 무공(武公)으로 본명은 희화(姬和)이다. 『시경』「대아(大雅)」의 〈억(抑)〉편에서 "너에게 순순히 타일러 주어도, 나의 말을 듣는 척도 않는구나.〔회이순순(誨爾諄諄) 청아막막(聽我藐藐)〕"라고 하였다. 위무공이 95세가 되었을 때, 신하들에게 "내가 늙었다고 하여 버리지 말고 반드시 조정에서 공손히 하면서 아침저녁으로 서로들 나를 경계하라."라고 하였다. 위무공은 이 시로써 여왕(厲王)의 포학한 정치를 풍자하고 자신도 경계로 삼는다. 또 『중용』11장을 들고 있다. "안회(顔回)의 사람됨이 중용을 가려 한 선을 얻으면 권권(拳拳)히 가슴 속에 두어 잃지 않는다."[18]라고 공자의 말씀을 인용한다. 이는 성인의 말씀을 가슴깊이 간직하되 안회처럼 하겠다는 의지를 드러낸 것이다. "오직 이 가르침은 두려워하며"라는 구절에서 알 수 있는데, 이에 대한 원문은 '이연당호심(犁然當乎心)'으로 『장자(莊子)』의 「잡편(雜篇)」에 나온다. "공자가 진채의 사이에서 곤경을 당하여 7일 동안 밥을 지어 먹지 못하고 왼쪽으로는 고목에 의지하고 오른쪽으로는 마른 가지를 두드리며 염제 씨의 노래를 불렀다.……나무 두드리는 소리와 사람의 목소리가 풀리듯 사람의 마음에 꼭 맞는 점이 있었다."[19]라고 한데서 유래한다.

....

17) 『何有堂集』, 「序」, "余素性懵愚, 於聖人諄諄之論, 實未能服膺力行. 惟於此訓, 犁然有契思, 爲平生日用之資, 常置於方寸間. 今適, 修所居之室, 乃謀所以扁其堂者, 遂揭此義, 揭之以何有."
18) 『中庸』, "回之爲人也, 擇乎中庸, 得一善, 則拳拳服膺而弗失之矣.".

이석신은 『시경』, 『논어』, 『장자』 등의 구절을 배합하여 자신의 생각을 〈서문〉에 반영한 셈이다. 이는 그가 문장을 지을 때 충의의 정신을 담아 자신의 성품을 평한 것이자 경전 내용을 인용하여 호학(好學)의 자세를 밝힌 부분이라 할 수 있다.

> "술을 마셔 머리를 적신다."라고 하니 진실로 절제할 줄 모르는 경계를 둔 것이다. 위무공의 덕으로써도 의표를 잃으니 뉘우침이 이른다. 묵묵히 기억한다는 것은 곧 말하지 않고 마음에 둔다는 것이다. 배움에 싫증을 내지 않음은 인(仁)이다. 남을 가르치면서 게을리 하지 않음은 지혜이다. 성인의 경지에 들어간 우수한 이가 아니라면 진실로 이 같은 일이 있을 수 없다. 마땅하시다, 부자의 특별하심이여! 겉으로 드러내어 자처하지 않은 뜻을 보여주시고 인하여 후대의 배우는 자들을 경계하신 것이다.[20]

위에서 "술을 마셔 머리를 적신다."라고 한 표현은 흠뻑 취하여 절제를 잃은 모습이다. 이는 『주역』 〈미제괘(未濟卦)〉에 "상구는 미쁘게 술을 마시면 허물이 없거니와, 머리를 적시면 신의는 있으나 옳음을 잃으리라."[21]라고 한 점과 상사(象辭)에서 "술을 마셔서 머리를 적심은 또한 절제할 줄을 모른 것이다.〔음주유수(飮酒濡首), 역부지절야(亦不知節也)〕"라고 한데서 그 의미를 알 수 있다. 이처럼 이석신은 이를 인용

....

19) 『莊子』, 「雜篇」 <讓王>, "孔子窮於陳蔡之間, 七日不火食, 左據槁木, 右擊槁枝, 而歌焱氏之風……木聲與人聲, 犁然有當於人心.".
20) 『何有堂集』, 「序」, "飮酒濡首, 固有不知節之戒, 而以衛武之德, 有失儀之, 悔至, 若黙而識之, 即不言, 而存諸心者也. 學不厭, 仁也. 敎不倦, 智也. 非優入聖人之域者, 固未能有此也. 宜乎, 夫子之特! 表而出之, 以示不自居之意, 因以誡後之學者也.".
21) 『周易』, 「未濟卦」, "上九, 有孚于飮酒, 无咎, 濡其首, 有孚, 失是.".

하여 절제를 강조하였고 아울러 위무공의 덕을 칭찬한다. 당시 위무공
은 "내가 늙었다고 하여 버리지 말고 반드시 아침저녁으로 공경히 하는
마음으로 서로들 나를 경계시키라.[22]"라고 하여 방심하지 않는 자세를
유지한다. 춘추 시대의 위무공이 당시의 나이가 95세임에도 불구하고
늙었다고 포기하지 않은 점에 대한 고평을 한 셈이다. 이러한 점에서
경계하는 잠(箴)을 지어 자신의 잘못을 바로잡으려는 노력이 잘 드러난
다. 이상에서 살펴본 내용을 통해 이석신은 위무공의 덕성과 의표(儀
表)를 상현(尙賢) 대상으로 삼고 행실의 표준으로 제시하여 지향하는
삶의 귀감으로 보았다는 것을 알 수 있다.

2) 부자자효(父慈子孝)와 인애(仁愛)의 실천

조선조에서 유교를 이념으로 채택한 이후 삼강오륜은 그 실천 강령
으로 자리매김한다. 그중 맹자가 제시한 부자유친(父子有親)은 오륜의
첫째 덕목인데 그 바탕은 부자자효(父慈子孝)라 할 수 있다. 부자자효
는 아버지가 자애로우면 아들은 효도한다는 말인데 이석신은 이를 어
떻게 보고 있을까? 『하유당집』 서문에서 그가 부형을 대하는 태도와
상제(喪制)에 대해 제시한 견해를 알 수 있다.

> 부형(父兄)을 섬기는 자는 기쁘고 즐거우며 순하고 온순함을 귀하게
> 여기니 자하(子夏)가 여기에 해당하는데, 조금은 미진한 부분이 있었기
> 에 성인께서 색난(色難)으로 경계하신 것이다. 삼년상(三年喪)은 곧 고
> 금(古今)의 공통된 도리이지만 재여(宰予)의 지혜로도 단상(短喪)의 예
> 를 알지 못하는 오류를 범하였다.[23]

....
22) 『國語』, 「楚語上」, "無謂我老耄而舍我, 必恭恪於朝夕, 以交戒我".

위 글에서 이석신은 부모 섬기는 일을 '이유(怡愉)'라 하였다. 이는 기쁘고 즐거운 기색으로 부모를 모시는 것이다. 특히 부모와 자식 간에 그 얼굴빛을 어떻게 보여야 할지에 대한 '색난(色難)'이 핵심이 된다. 여기서 말하는 색난은 『논어』「위정(爲政)」편에서 자하(子夏)가 효에 대해 공자에게 물을 때, 공자가 '색난'이라고 한 데서 유래한다. 이것은 두 가지로 해석될 수 있는데 그 하나는 자식이 즐거운 얼굴색으로 부모를 봉양하는 것이 어렵다는 것이다. 다른 하나는 자식이 부모의 안색을 살펴서 봉양을 하는 것이 어렵다는 해석이다. 물론 둘 중 어느 하나를 따르더라도 문제될 것은 없다. 따라서 이는 부자자효의 정신이 제대로 반영된 글이라 할 수 있다.

또한 삼년상(三年喪)의 상기(喪期)를 줄이자는 재여(宰予)의 지혜가 온전치 못함을 공자는 비판하고 있다. 이는 『논어』「양화(陽貨)」편에서 공자가 상기를 줄이자고 한 재여의 단상(短喪)의 견해를 책망한데서 알 수 있다. 그래서 공자는 재여가 나간 뒤 "자식이 태어나서 3년이 지난 뒤에야 부모의 품을 벗어나게 된다. 삼년상은 온천하의 공통된 상이다."[24]라고 덧붙인다. 이를 통해 '단상'을 경계하도록 제자들에게 경각심(警覺心)을 고취한다. 이로 볼 때 삼년상은 효도의 최소한으로서 자식이 부모의 은혜에 대한 보답을 하도록 그 기간을 둔 셈이다. 이는 자효의 지극한 지점을 언급한 것이라 할 수 있다.

다음은 이석신이 향시(鄕試) 보러 가는 아들을 전송한 시다.

---

23) 『何有堂集』,「序」, "事父兄者 所貴乎怡愉婉順 而子夏於此 或有未盡 則聖人 有色難之戒 三年之喪 卽古今之通誼 而以宰予之知 禮未解短喪之謬".
24) 『論語』,「陽貨」, "子生三年然後 免於父母之懷 夫三年之喪 天下之通喪也".

八月槐黃擧子忙　　8월 과거보는 거자들은 바쁘니
洛城千里送渠行　　낙양 천리 그들의 행렬을 전송하네.
須令書製俱無闕　　부디 제술 잘하고 모두 빠뜨리지 말아서
徐起往呈恃伎蒼　　천천히 일어나 제출하고 기량을 드러내길.
　　　　　　　　　　　　　<송아부추위(送兒赴秋闈)>

　위 시는 초시(初試)를 보러 나가는 아들을 격려한 아버지의 자애(慈
愛)로운 마음을 담아냈다. 제목에 등장하는 추위(秋闈)는 가을에 보는
향시로 여기에 합격한 사람이라야 경사(京師)에서 열리는 회시(會試)
에 응시할 수 있다. 특히 "부디 제술 잘하고 모두 빠뜨리지 말"라는
부분은 자식이 과거에서 최선을 다하기를 간곡히 바란 모습으로 아버
지의 따스한 정이 그대로 묻어난다. 1구의 괴황(槐黃)은 괴화황(槐花
黃)의 약칭이다. 이러한 표현은 당나라 때 유생들이 응시 준비에 바빴
던 계절에서 유래한 것이다. 과거를 볼 때 당나라 장안(長安)의 응시생
중에 낙제한 자들은 6월 이후에는 도성을 떠나 고향에 돌아가지 않고
조용한 묘원(廟院)이나 주택을 빌려 거주하면서 작문을 연습한다. 또
한 그들은 바로 그해 7월에 새로 지은 문장을 재차 헌상(獻上)한다.
이 과정을 통틀어 과하(過夏)라고 하는데 한 여름을 다 보냈기 때문이
다. 이때가 마침 홰나무 꽃이 한창 노랗게 피는 무렵이라서 이 말이
유래하게 된 셈이다. 조선 시대에 정기 시험인 식년시의 경우, 가을에
초시를 본다. 거기서 합격한 이들이 이듬해 초봄에 복시와 전시를 보는
것이다.[25] 이러한 과정을 거치는 첫 관문이라 할 수 있는 향시에서 합
격을 해야 이후의 시험에 응시할 수 있어 초시지만 그 중요성이 큰
시험이다. 위 시에서는 이러한 사실을 알기 때문에 아버지로서 이석신

....

25)『大典會通』,「禮典 諸科」.

의 마음은 자식이 다른 것은 몰라도 그가 가진 능력을 최대한 발휘하기를 소망한 셈이다. 따라서 이 시는 아버지가 자식을 사랑하는 부자(父慈)의 마음이 내포된 것을 알 수 있다.

다음 시는 이석신이 그의 사촌동생을 애도한 내용이다.

介冑無雙士	무사로는 대적할 자 없고
戎垣第一人	장수로는 제일이었도다.
如何以柩返	어이하여 죽어서 왔는가.
使我淚沾巾	나는 눈물로 수건을 적신다.

<挽堂弟大裕 統相公諱碩寬>

이석신은 순직한 당제(堂弟)를 애도하고자 그 마음을 만시에 담았다. 여기서 통상공(統相公)은 통제사 이석관(李碩寬, 1663~1714)을 말한다. 이석관은 숙종(肅宗) 때 별시 병과에 합격한 인물로 자(字)가 대유(大裕)이다. 그는 수군통제사(水軍統制使)를 1714년 7월부터 1714년 11월까지를 역임하다가 4개월 만에 순직하였다.[26] 2구에서 말한 융원(戎垣)은 장수의 직무를 의미하는데 금위대장, 총융사와 같은 의미이다. 여기서는 통제사를 의미한다고 볼 수 있다. 이에 이석신이 장수로서 제일이었던 당제, 즉 사촌동생이 제 뜻을 다 펼쳐볼 재임기간도 되지 않을 정도로 일찍 죽게 되자 이를 애통해 한 것이다. 결구에서 "눈물로 수건을 적신다."라고 하여 당제를 잃은 애통한 감정을 드러내어 골육의 정을 보여준 시라 할 수 있다.

....

26) 충무시 문화공보실 편, 『통제영과 통영성(성과 관아를 중심으로)』, 경상남도, 1994.

3. 청(淸)과 직(直)의 내용

풍격은 원래 "사람의 풍채나 품격"[27)]을 가리킬 때 쓰는 용어이다. 이러한 풍격 형성요인과 영향 및 반영 양상에 대해 『문심조룡(文心雕龍)』의 「체성(體性)」편에서는 다음과 같이 제시하고 있다.

> "대저 인간의 정감이 움직여 언어로 드러나고, 이치가 밖으로 드러나서 문장으로 표현되는 것이니, 그것은 은미한 정서가 뚜렷한 언어로 표출되는 것이며, 내재적 성격이 외부로 나타나는 것이다. 그런데 재능에는 용렬함과 걸출함이 있으며, 기에는 강함과 부드러움이 있으며, 학문에는 얕음과 깊음이 있고, 몸에 배는 습관에는 아정함과 비속함이 있으니, 이러한 것들은 모두 사람들의 타고난 성격에 의해 조성되거나, 후천적인 노력과 환경에 의해서 만들어지는 것이다. 이 때문에 문단의 모습은 구름과 물결처럼 변화가 많은 것이다. 그러므로 문장의 논리가 보잘 것 없거나 빼어난 것은 그 작자의 재능과 전혀 관계가 없을 수 없다. 작품의 분위기가 굳세거나 부드러운 것이 어찌 그 작자의 기질과 반대로 나타나는 수가 있겠는가? 작품의 내용의 의미가 깊고 얕음이 그 작자의 학문과 별개로 나타난다는 말을 들어본 적이 없으며, 작품의 체식의 점잖음과 경박함이 그 작자의 습관과 반대로 나타나는 일은 거의 없다. 각자 자신의 개성에 따라 작품을 쓰게 되는 것이니 그 차이는 얼굴 모습이 각기 다른 것과 같다."[28)]

....

27) 이병한, 『중국 고전 시학의 이해』, 문학과지성사, 1993, 290쪽.
28) 『文心雕龍』, 「體性 第二十七」, "夫情動而言形 理發而文見 蓋沿隱以至顯 因內而符外者也 然才有庸俊 氣有剛柔 學有淺深 習有雅鄭 並情性所鑠 陶染所凝 是以筆區雲譎 文苑波詭者矣 故辭理庸俊 莫能翻其才 風趣剛柔 寧或改其氣 事義淺深 未聞乖其學 體式雅鄭 鮮有反其習 各師成心 其異如面"(유협 저, 최동호 역(1994), 『문심조룡』, 민음사, 343쪽 재인용).

이는 시인의 작품을 그의 풍모(風貌)나 기상(氣像)과 함께 보아야 한다는 것이다. 따라서 한 인물과 그의 작품에 나타난 풍격은 심미적 바탕이 된다. 인물과 작품의 풍격을 통하여 시가 그 사람이라는 '시여기인론(詩如其人論)'이 이를 뒷받침하기 때문이다. 특히 명문가의 풍격은 선대(先代)의 인품과 작품이 결합되어 나타난다고 볼 수 있다. 그렇다면 이석신의 풍격은 청련(靑蓮) 이후백(李後白)의 후손이기 때문에 호남을 배경으로 한 연안이씨 가문의 풍격이 은연중에 계승될 수 있다고 봐야한다.

조선전기 이후백은 호남의 시풍을 송시풍에서 당시풍으로 전환하고 이를 최경창(崔慶昌), 백광훈(白光勳)에게 영향을 준 인물이다. 김기현은 이후백을 "청직(淸直)과 정의(正義)의 인물"[29]이라고 고평한 반면에 이성혜는 이후백의 시에 대해 "유가사상과 관련해서 말한다면, 충과 효에 대한 칭송만이 있다."[30]라고 담담하게 평가하였다. 이점은 이후백의 인물의 강직함과 사상의 일관성을 아울러 살펴본 말이다. 그러나 그가 숙종 때 받은 '문청(文淸)'이란 시호야말로 그의 풍격을 제대로 드러내 준 것이라 하겠다. 이는 시장(諡狀)에서 "부지런히 배우고 묻기를 좋아하여 문이요, 불의한 것을 멀리 피하여 청이다.〔근학호문왈문(勤學好問曰文), 원피불의왈청(遠避不義曰淸)〕"라고 한 점에서 알 수 있다. 이후백의 이러한 경향이 이석신의 조부인 이복길(李復吉)에게도 전승되고 있는지의 여부를 알아야 이석신이 이를 계승하고 있는지 알 수 있을 것이다. 이는 구사회·박재연의 이복길 연시조 연구의 내용을

....

29) 김기현, 「이후백과 그의 시조」, 『시조학논총』 2, 한국시조학회, 1986, 91쪽.
30) 이성혜, 「청련 이후백의 시세계」, 『동북아 문화연구』 26, 동북아시아문화학회, 2011, 156쪽.

통해서 유추할 수 있는데 그들은 이복길의 연시조에서 "훈민이나 강호한정과 같은 주제에서 벗어나"[31] 있다고 보았다. 이는 연안이씨가의 '청'의 풍격만이 그대로 전승되는 것이 아님을 짐작할 수 있는 대목이다. 그렇다면 이석신의 시에서는 또 다른 특질이 나타날까? 이석신의 한시를 사환(仕宦) 생활과 은거(隱居) 생활로 나누어 살펴보자.

1) 충정직절(忠情直節): 경이직내(敬以直內)와 의이방외(義以方外)

'충정직절(忠情直節)'에서 '충정'은 임금과 국가에 대해 충성스러운 감정이고 다음으로 '직절'은 곧은 절개를 의미한다. 이석신의 충정과 직절을 나타내는 학문적 배경은 그가 읽어낸 경전이 바탕이 된다. 이를 읽어내고 학문과 덕행으로 승화시켜 나타날 때 이를 충정과 직절로 볼 수 있는 것이다. 이를『주역(周易)』「문언전(文言傳)」과『중용(中庸)』에서 유추해 본다.

『주역』「문언전」에서 "경하여 안을 곧게 하고 의하여 밖을 방정하게 한다. 경과 의가 바로서면 덕 있는 사람은 외롭지 않아 바른 것이 크게 자리를 잡아서 항상 이롭지 않음이 없다. 그러므로 그가 행하는 것을 의심치 않는다."[32]라고 하였다. 이는 경과 의를 통해 내외를 곧고 방정하게 한다면 덕이 자리한다는 표현이다. 또한『중용』에서 "안이 정성스러우면 밖으로 드러난다."라고 한데서도 자기 자신을 극진(極盡)히 한다는 충(忠)의 의미가 드러난다. 따라서 이석신의 충정직절은 '경이직

---

31) 구사회·박재연,「『전가비보』와 송정 이복길의 새로운 연시조 <오련가>에 대하여」,『한국시가연구』40, 한국시가학회, 2016, 113쪽.

32) 『周易』,「文言傳」, "敬以直內 義以方外 敬義立而德不孤 直方大不習無不利 則不疑其所行也.".

내(敬以直內)'에서 '경'사상과 '의이방외(義以方外)'에서 '의'의 실천적
덕성이 결합되어 나타난 것이라 할 수 있다. 이를 극진히 할 때 밖으로
드러난 것이 바로 충정직절인 것이다. 이러한 정신은 결국 군자의 실천
궁행(實踐躬行)의 바탕이 된다. 다음 시를 통해 이석신의 충정과 직절
에 대해 살펴보자.

一抹珠邱上   한 줄기 능침 위에
千秋葬聖人   천 년의 성인을 장사했네.
陵名與廟號   능의 이름과 묘호가
亶合孝與仁   진실로 효와 인에 부합하네.

<효재직중유감(孝齋直中有感)>

自應仁者壽   응당 어진 사람은 장수하니
堪歎寶齡慳   보령이 짧음을 탄식하네.
千載孤臣恨   천 년 외로운 신하의 한은
中宵感淚潸   한 밤에 느껴 눈물 흘리네.

<기이(其二)>

위 두 수는 〈효재 숙직중에 감회가 있어〉 쓴 시다. 효재는 조선조
제12대왕 인종(仁宗, 1515~1545)과 인성왕후(仁聖王后) 박씨(朴氏)의
효릉을 관리하던 곳이다. 지금 경기도 고양시 덕양구 원당동에 있다.
여기서 이석신이 57세의 나이에 능참봉을 제수 받았으니 늦은 나이에
요절하다시피 한 왕의 능을 관리하자니 그 감회가 남다를 수밖에 없었다.
첫째 수에서는 효릉이라 이름 지은 이유가 진실로 부합된다고 그 상
황을 설명하고 있다. 1구에서 '주구(珠邱)'는 임금의 능침(陵寢)을 뜻한
다. '주구사준 궁검영민(珠邱事竣 弓劍永悶)'에서 유래한 것으로 순
(舜) 임금의 무덤에 새가 날아와 구슬을 떨어뜨린 것이 쌓여서 언덕을

이루었다는 고사이다. '궁검(弓劍)'은 각각 황제헌원씨(黃帝軒轅氏)가 용을 타고 승천할 적에 지상에 떨어뜨렸다는 활과, 텅 빈 그의 무덤 속의 관에 남아 있었다는 칼을 가리킨다.[33] 자구를 용사(用事)하여 그 뜻을 적절히 배합한 솜씨가 뛰어나다. 능의 주인 인종을 '천 년의 성인'이라 극찬하고 있다. 이는 그가 능지기로서 소임을 다하는 그곳의 주인이 위대하다고 자부한 셈이다. 또 효릉의 능 이름과 인종의 묘호가 잘 어우러진 점을 칭찬하고 있다. 이로 볼 때 이 작품은 효릉참봉의 작은 소임조차 충성을 다해 모신다는 자부심을 드러낸 시다.

둘째 수에서는 인종이 젊은 나이에 승하(昇遐)함을 탄식하고 있다. 자신을 '천 년 외로운 신하'라고 하여 만고에 변치 않을 충심을 드러내고 있다. 결구에서는 한 밤에 감정이 일어 눈물을 흘리는 자신의 감성을 드러내고 있다. 이는 늙은 나이에 능지기로 있는 자신의 처지와 젊은 나이에 승하하셨던 인종의 삶이 묘하게 대비가 되어 복합적으로 감성이 드러난 것이다. 이때 그 슬픔이 배가(倍加)된 것으로 봐야한다.

따라서 위 두 수의 시는 효릉참봉으로서 능지기의 소회를 드러낸 시이다. 특히 능주인과 능지기의 처지를 '천 년의 성인'과 '천 년 외로운 신하'로 비교하여 그 감정의 교차를 솔직하고 담담(淡淡)하게 펼쳐낸 작품이라 할 수 있다.

다음의 시도 효릉에서 쓴 것으로 이는 칠언율시에 해당한다.

超然齋質聖神宜　　초연히 폐백 가져다 성신께 안주올리고
資善淸晨視膳時　　맑은 새벽 자선당 시선 때맞추셨네.
禹啓相傳三代理　　우임금이 계에게 삼대의 법을 전한듯하나
勛華繼陟百年悲　　훈화께서 승하하셔 백년토록 슬프도다.

....

33) 『史記』, 「卷28 封禪書」.

陵名已表平生懿　능이름은 평생 아름다운 삶을 표장했고
廟號終看沒世思　묘호는 마침내 돌아가신 그리움을 보였네.
微悃幸叨仙寢侍　미천한 몸이 요행히 선침을 모시게 되어
恭瞻象設感淚滋　상설을 우러러보니 감격의 눈물 흘리네.
自註資善堂名　자선당의 이름을 자주(自註)하다.

<효재직중유감(孝齋直中有感)>

위 시는 오언시와 달리 칠언시로써 감회를 드러내고 있어 주목된다.
2구에 등장한 '자선'은 자선당(資善堂)으로 본래 서원의 이름이다. 이는
송나라 때에 황태자가 가서 배우는 곳을 뜻한다. 자선당의 유래는 송나
라 왕영(王栐)의 『연익이모록(燕翼詒謀錄)』3권에 전한다. 그 내용을
보면 "대중상부(大中祥符) 8년에 인종(仁宗)을 수춘군왕(壽春郡王)으
로 봉한 다음, 장사손(張士遜)·최준도(崔遵度)를 벗으로 삼고, 학문을
강론하는 장소를 자선당으로 삼았던 데서 유래한다. 이때부터 원량(元
良)이 나아가 배우는 곳을 모두 자선이라고 하였다."³⁴⁾라고 하였다. 또
같은 구의 '시선(視膳)'은 왕비나 왕세자가 임금의 수라상(水刺床)을 손
수 보살피던 일을 말한다. 『예기(禮記)』에 "식전에는 반드시 춥고 더움
을 살펴보고, 식후에는 소선(所膳)을 묻는다."라고 하여 자식이 어버이
의 음식을 미리 준비하던 효자의 모습을 의미한다. 따라서 1~2구의 모
습은 이른 새벽에 자선당에서 세자로서 부모 봉양을 잘했다는 찬사를
한 것이다. 3구에서는 우(禹)임금이 그의 아들 계(啓)에게 삼대의 법도
를 전수한다. 이후 태강(太康)과 더불어 중강(仲康), 그리고 소강(少康)
으로 전하고 저(杼), 괴(槐), 망(芒)의 제상(帝相)들에 의해 전한다. 그
러나 4구에서 훈화(勳華)를 등장시킨다. 이 훈화는 요임금 방훈(放勳)

....

34) 『燕翼詒謀錄』 3권.

과 순임금 중화(重華)를 함께 일컫는 말이다. 여기서는 바로 선대의
왕을 가리킨다고 볼 수 있다. 즉 인종이 그러한 인물처럼 훌륭했으나
불행하게도 단명하였기 때문에 삼대의 법도가 끊기게 됨을 안타까워한
것이다. 5~6구에서는 능 이름과 묘호(廟號)가 그의 삶에 걸맞다고 본
다. 이후 7구에서는 선침(仙寢)은 왕이나 왕비의 능침을 의미하는데
이런 분을 자신이 모시게 된 영광을 보여준다. 그러나 이내 8구에서
그는 상설(象設)을 우러러본다. 여기서 상설은 능이나 원(園)에 만들어
놓은 여러 가지 석물(石物)과 시설이다. 이러한 석물을 보니 유한한
신분의 왕이 저 석물에 대조되어 덧없이 짧게 느껴지고 늦은 나이에
이를 관리하는 능참봉으로서의 감회가 어우러져 눈물을 흘리게 된다.
칠언시가 오언시보다 설리시적(說理詩的)인 입장을 형상화하는데 유
리한 측면이 있다. 그러나 특히 이 시에서는 칠언시에 용사를 한 반면
에 그 감성을 이면(裏面)에 담아냈다. 그의 시 중에서도 능지기의 충실
한 감성이 잘 드러난 시라 하겠다. 따라서 이 시는 역사적 공간에서
시공간적 감정이 시인의 감정과 중첩(重疊)되어 나타난 작품이라 할
수 있다.

胡然赤舃徂東山   어찌 그렇게 적석을 신고 동산으로 가셔서
惡土居停瘴霧間   나쁜 땅에 머물러 살아 독기어린 안개 사이네.
願使我公無久滯   우리 공께서 오래 머물지 말기를 바라니
遄歸黃閣濟時艱   황각에 빨리 돌아오셔서 난국을 구제하소서.
                          <왕옥주배문곡상공(往沃州拜文谷相公)>

위 시는 옥주(沃州)로 유배 가는 문곡상공(文谷相公)에게 준 것이다.
옥주는 진도(珍島)의 옛 이름이다. 이는 1761년(영조37) 김몽규(金夢
奎)의 전라도 진도군의 읍지 『옥주지(沃州誌)』에서 알 수 있다.

문곡상공은 김수항(金壽恒, 1629~1689)을 말한다. 그는 절의(節義)로 이름 높던 청음 김상헌의 손자이다. 그의 형이자 영의정 김수흥(金壽興)이 서인(西人)의 영수로서 1674년 갑인예송(甲寅禮訟)에서 패해 쫓겨나자 김수항이 좌의정에 임명되어 그 자리를 대신한다. 그는 숙종이 즉위하자 남인(南人)인 허적(許積, 1610~1680)과 윤휴(尹鑴, 1617~1680)를 배척한다. 그러나 복창군(福昌君) 이정(李楨)과 복선군(福善君) 이남(李柟) 형제의 처벌을 주장하다가 남인의 미움을 받아 영암(靈巖)에 유배된다. 이후 다시 1678년(숙종 4) 철원으로 이배된다. 1689년에는 기사환국(己巳換局)으로 남인이 재집권할 때 김수항은 김방걸(金邦杰, 1623~1695)의 탄핵을 받아 진도로 위리안치(圍籬安置)되었다가 이후 그곳에서 사약을 마시고 죽게 된다.

위 시는 진도에 유배당할 무렵 이석신이 시를 지어서 위와 같은 김수항을 위로한 것이다. 1구에서 '적석(赤舃)'은 『시경』 「빈풍(豳風)」의 〈낭발(狼跋)〉에서 주공(周公)의 훌륭한 인격은 적석에 나타난다는 데서 유래한다. 이는 곧 면복(冕服) 중의 한 가지인 신발을 말한다. 이 적석은 결국 상공(相公) 벼슬을 하다가 유배를 가게 된 문곡상공 김수항을 상징적으로 나타낸 말이다. 2구에서 유배지 진도를 '나쁜 땅', '독기어린 안개 사이' 등으로 표현한다. 그래서 이석신은 김수항이 그곳 유배지에 오래 머물지 말고 '황각(黃閣)'으로 빨리 돌아오기를 바란다. 황각은 재상이 집무하는 청사로써 의정부(議政府)이다. 이는 한(漢)나라 때 승상(丞相)의 청사(廳舍)에 해당하는 문을 황색으로 칠하여 궁궐과 구분했던 데서 유래한다. 이 시에는 특히 색감이 담긴 어휘를 시어로 제시하여 그 대조를 통해 감정의 표현을 극대화하고 있다. 단순히 정무(政務)에 복귀하라는 뜻이 아니라 화려한 복귀를 바라고 있는 셈이다. 이는 명철보신(明哲保身)할 때라야 가능하다. 따라서 이 작품은 김수항의 유배 갈 때 자신의 감정변화를 적색과 황색으로 표현하여 일 찍 정무에 복귀하려면 명철보신하기를 바라는 은근한 심정을 담아낸 시라 할 수 있다.

2) 겸손한 군자와 효우돈목(孝友敦睦)

이석신은 서문에서 덕성과 겸손을 지닌 인물로 군자를 이상적 존재 로 보고 있다. 더욱이 겸겸군자(謙謙君子)를 들어 그가 지향하고자 하 는 바를 보여주고 있다. 효우돈목(孝友敦睦)에서 효우는 부모에 대한 효도와 형제에 대한 우애가 있는 것이고 돈목은 일가친척이 사이가 좋 고 화목함을 말한다. 이석신은 일가친족에게 모두 따뜻하고 자세하게 자신의 마음을 드러내어 표현하고 있다.

> 가만히 생각해보건대 이 일곱 가지는 대개 '성인의 극치'가 아니니 당시 문하생 증참(曾參)과 민손(閔損)같은 제자들이 할 수 있는 일인데, 부자께서 할 수 없는 것으로써 자처하시고 '하유지훈(何有之訓)'을 두신 것은 어째서인가? 『역(易)』을 읽음에 지산겸괘(地山謙卦)의 점사에 "겸 손하고 사양하는 군자는 겸손으로 자신을 다스린다."[35]는 설을 음미한 뒤에 바로 부자(夫子)께서 '하유지훈'이 진실로 '겸손을 베풂'[36]에서 나 온 것임을 알았다. 그러나 이 일곱 가지는 상세하게 궁구하건대 본디 성인이 아니라면 이것을 지극히 잘 할 수 없다.[37]

....

35) 『周易』,「謙卦 初六 象」.
36) 『周易』,「謙卦 六四」에 "겸손을 베풂에 이롭지 않음이 없다.[無不利, 撝 謙.]" 하였는데, 그 傳에 "撝는 펴는 象이니, 사람이 손으로 펴는 것과 같다. 動息하고 進退함에 반드시 謙巽함을 펴야 한다.[撝, 施布之象, 如人手之撝 也. 動息進退, 必施其謙.]" 하였다.
37) 『何有堂集』,「序」, "竊以爲 此七者 蓋非聖人之極致 當時門人 曾閔諸子 可 辦之事 而夫子有自處以不能 以有何有之訓 何哉 及讀易 地山之繇味 謙謙君

'증민(曾閔)'은 공자의 제자인 증참(曾參)과 민자건(閔子騫)을 가리킨다. 두 사람은 모두 효행이 뛰어났다. 먼저 증참은 그의 이름에 대한 발음을 '삼'과 '참'으로 달리 읽고 있으나 이 글에서는 그의 자(字)가 자여(子輿)임을 감안할 때 수레와 상관성이 있는 곁마 참(驂)의 의미와 상통하는 '참'으로 읽고자 한다. 그의 효행에 관한 기록은 『맹자(孟子)』「이루상(離婁上)」에 잘 드러난다. 그 내용에 "증자는 부모님의 뜻을 받들어 섬겼다고 할 수 있으니 부모님을 섬길 때 증자와 같이 하는 것이 좋다.[38]"라고 하였다. 맹자는 양구(養口)와 양지(養志)를 효의 방법으로 제시한다. 대부분은 양구만을 할 줄 아는 것을 효자로 본다. 그러나 증자는 양구뿐만 아니라 부모님의 뜻까지 받드는 양지를 실천한 인물이다. 증자의 이러한 점을 맹자가 높게 평한 것이다.

다음으로 민자건의 효행은 『논어』「선진(先進)」편에 나타난다. 그 내용을 보면 "효성스럽구나, 민자건이여. 민자건의 부모와 형제들이 민자건의 효행을 칭찬하는 말에 대해 사람들이 흠을 잡지 못하였다.[39]"라고 하였다. 이는 대부분의 사람들은 민자건의 효행을 알아채지 못한다는 점을 담고 있는 말이다. 왜냐하면 다들 민자건의 가정사를 깊이 알지 못하고 그를 평가했기 때문이다. 그러나 공자는 민자건의 효가 보통 사람들이 해내기가 어렵다는 것을 알아주어 이를 칭찬한 것이다. 따라서 이석신은 증삼과 민자건의 사례를 들어 효우돈목(孝友敦睦)한 경우를 제시한 것으로 볼 수 있다.

다음에서 살펴볼 시들은 그의 온유돈후(溫柔敦厚)함이 묻어나는 시

....

子 卑以自牧之說然後 乃知吾夫子何有之訓 寔出於撝謙也 然而此七者 細而究之 自非聖人 未能盡善於此".
38) 『孟子』, 「離婁上」, "若曾子 則可謂養志也 事親若曾子者可也".
39) 『論語』, 「先進」, "孝哉閔子騫 人不間於其父母昆弟之言".

문들이다. 이때 온유돈후는 자연물을 통해 세계의 근원적 조화와 만남으로써 지니게 되는 부드럽고 따스한 정을 일컫는다.

吾兒情友實惟君　　　우리 아이 다정한 벗 실로 그대를 생각하니
幾載相從共論文　　　몇 년 서로 좇아 함께 문장을 논했네.
秋雨旅燈重對面　　　가을비에 여관등불 거듭 대면하니
聯床十日益慇懃　　　함께 한 십일이 더욱 은근하네.
<여김진보구화(與金振甫求和)>

위는 〈진보 김구화에게 주다〉라는 내용의 시이다. 이석신은 아들의 친구에게도 따뜻하고 은근한 마음을 담아서 시를 주었다. 이로 볼 때 자상한 인품이 드러나 온유함을 읽어낼 수 있다. 1~2구에서 화자는 아들과 함께 공부하는 모습을 연상하며 시상을 전개해 나간다. 1구에서는 다정한 벗이라 하였고 2구에서는 함께 문장을 논한 사이로 언급한다. 이는 곁에서 오랜 세월을 지켜본 아버지로서 아들과 그의 벗을 이해한다는 말이다. 3구에서 여관등불을 대한다는 대목은 한 공간에서 숙식하며 함께한 사이이며, 이는 과거보러 가는 현장에서도 함께 간 벗으로 이해할 수 있다. 특히 결구에서 '연상(聯床)'은 형제나 벗이 서로 침상을 잇대 놓고 잠자리를 함께하며 대화를 나누는 것을 이른다. 아들의 벗과 함께 연상을 할 정도라면 이미 무척 가까운 사이임을 짐작케 한다. 둘의 사이가 돈독하고 따뜻하다.

名卿之子大賢孫　　　이름난 집안의 자제이자 대현의 손자이니
道學忠勳萃一門　　　도학과 충훈이 한 문중에 모였네.
華閥如今無與比　　　빛난 문벌 지금처럼 견줄 사람 없으니
愈思恭敬愼人言　　　더욱더 공경하고 남의 말 삼가게.
<증김후오(贈金厚吾)>

김후오(金厚吾)에서 후오는 김복택(金福澤, ?~1740)의 자(字)를 나타낸다. 아마도 이석신의 조카사위인 듯하다. 1구에서 이름난 정승의 아들이자 대현의 손자라고 높이 칭찬하였다. 김후오의 증조는 김익겸(金益兼, 1614~1636)으로 사계 김장생(金長生)의 손자로서 광산김문(光山金門)이다. 그는 병자호란 때 김상용(金尙容), 권순장(權順長)과 더불어 자결한 인물이다. 이에 영의정에 추증되고 광원부원군에 추봉되었다. 그의 조부는 김만기(金萬基, 1633~1687)로 인종왕후의 아버지이자 숙종의 장인이며 서포(西浦) 김만중(金萬重)의 형이다. 그는 사후 영의정에 추증되었으며 살아서는 송시열(宋時烈), 송준길(宋浚吉), 김수항(金壽恒)과 더불어 노론(老論)의 핵심인물이었으니 그 명성이 자자함은 틀림없는 사실이다. 그래서 2구에서 도학(道學)과 충훈(忠勳)이 한 문중에 모여 있음을 상찬(賞讚)한다. 3구에서는 이러한 문벌과 견줄만한 사람이 없음을 높이고 있다. 4구에서는 당부의 말을 한다. 바로 공경하고, 남의 말을 삼가라는 것이다. 이상에서 향촌에 은거한 이석신은 명문가 자제인 조카사위 김복택에게 시를 통해 충고한 셈이다. 여기서 두 사람의 사이가 조언과 충고를 달게 받을 정도로 가까운 관계라는 것을 알 수 있다.

朋情姻誼兩相親	우정과 혼인으로 둘이 서로 친한데
此地相逢意逾新	이곳에서 상봉하니 마음 더욱 새롭네.
惟恨嚴程難可挽	정한 길 떠나면 다시 못 만날까 한스러워
傷心遠送大江濆	강가 멀리나와 전송하니 마음 아프다네.

<증김백우(贈金伯雨)>

이 시는 시제에 〈김백우에게 주다〉라고 밝혔다. 시서에서 "이름은 춘택, 호는 북헌"이라고 하여 받을 대상을 명확히 한 것이다. 김백우는

북헌(北軒) 김춘택(金春澤, 1670~1717)으로 앞에서 살펴본 김복택(金福澤)의 맏형이다. 한편 이석신은 광산김문과 혼맥(婚脈)을 맺은 사이다. 1구에서 둘 사이가 우정과 혼인으로 친하다고 밝힌 것에서 알 수 있다. 뜻밖의 만남에서 기쁨을 드러낸다. 3구에서 언급한 엄정(嚴程)은 길을 떠날 차비를 의미하는 것으로 기한이 정해져 있는 여행길이란 말이다. 만남이란 곧 이별을 의미한다는 것으로 아쉬운 마음을 감추지 않고 드러내고 있어 그 이별의 정을 못 잊고 시로써 달랜 것이다. 특히 "강가 멀리 나와 전송하니"라는 표현에서 쉽사리 헤어지지 못하는 따뜻한 감정이 묻어난다. 이는 바로 뒤돌아서지 못하고 전송하고자 하는 그의 온유돈후(溫柔敦厚)한 성품이 반영된 것임을 알 수 있다.

4. 나가며

지금까지 하유당 이석신의 삶과 풍격을 살펴보았다. 조선전기 이후 백으로부터 나타난 '청(淸)'의 풍격과 충효의 정신을 조선중기 이복길이 계승하고 이를 조선후기 이석신이 그의 한시에 전승하여 충정직절의 모습을 보인 것으로 볼 수 있다.

조선후기 삼강오륜의 유교이념을 강조한 이석신의 한시는 삶 속에서 터득한 자연의 질서를 통해 사물을 인식하고 이를 바탕으로 자득한 묘리를 반영하였다. 특히 인종의 효릉에서 느낀 감회를 충의와 직절정신으로 드러냈는데 이는 그가 가진 선비로서의 인식이 바탕이 된 것으로 봐야한다. 그러나 이석신의 조부 송정 이복길의 〈오련가〉에서는 우국충정과 사회현실에 이르는 다양한 시가의 주제에서 남녀사이의 상사문제까지 확대되어 나타난다. 이러한 점은 그의 가문의 시적 경향이 비교적 유연한 사유체계에서 기인한 것임을 짐작할 수 있다. 이러한 유연한 사유체계와 문학적 소질을 이어받은 이석신이 그의 시문에서는 온유돈후하고 충정직절한 풍격을 드러낸 점에서 볼 때 이는 청련 이후백으로부터 이어진 한시의 풍격 정신 중 '청'의 풍격은 충절직절로 그대로 계승된 것이라 하겠다. 그의 이러한 정신은 송정 이복길의 유연한 감성이 이석신의 오언시를 통해 형상화되었고 칠언시에서는 용사를 자주 구사하여 시문을 완성하였다. 또한 벗과의 오랜 만남과 교유, 그리고 이별은 그로 하여금 서정적 감정을 아름다운 풍격으로 승화시켜 보여주고 있음을 알 수 있다.

따라서 연안이씨의 풍격은 강진(康津)과 해남(海南) 지역을 중심으로 조선전기 청련(青蓮) 이후백(李後白)으로부터 송정(松亭) 이복길(李復吉)을 거쳐 조선후기 하유당(何有堂) 이석신(李碩臣)으로 '청(淸)'의 풍격과 당시풍이 면면히 계승되어 호남(湖南)에 세거한 연안이씨(延安李氏)의 시맥(詩脈)의 일단을 살펴본 점에서 한시사(漢詩史) 속에서 이들 소론계 한시의 통시사적 의미를 이해할 할 수 있다.

후속 연구에서 같은 시대 호남의 한시 문화권 내에서 형성된 시문의 특징을 종합적으로 규명할 필요가 있다. 이를 위해 공시적으로는 17세기 호남을 지역적 배경으로 한 연안이씨 시문의 텍스트를 비교 검토하고 통시적으로는 이 연구 결과를 토대로 조선 전후기에 걸쳐 나타나는 연안이씨의 한시의 특징을 비교 검토해야 한다. 이는 호남지역 연안이씨의 한시사적 의의를 살피는 계기가 될 것이다.

제2장

하유당의 한시에 구현된
미적 특질

1. 들어가며

이번 장에서는 필사본 『하유당집(何有堂集)』상하(上下) 책에 나타난 조선후기 해남에 은거한 하유당(何有堂) 이석신(李碩臣, 1659~1738)의 한시에 구현된 미적 특질을 구명하는 것을 목적으로 하였다. 시에 사용된 제재를 형상화하는 과정에서 작자의 미감이 구현되는 양상이 나타나리라 본다. 따라서 『하유당집』의 한시 가운데 향토적 시어가 어떻게 포치되어 나타나는지를 살펴보고 이와 더불어 표현법의 형상화와 미적 특질을 고찰하고자 한다.

이석신은 본관은 연안(延安), 자는 필경(弼卿), 호는 하유당(何有堂)으로 아버지 이영인(李榮仁)과 어머니 장택고씨(長澤高氏) 사이에서 태어나 해남에서 은거한 인물이다. 그의 조부는 송정(松亭) 이복길(李復吉)이며 사마전설시별좌(司馬典設寺別座)와 소모관(召募官)을 지낸 인물로 병자호란 이후 두문불출한다. 한편 아버지는 선교랑(宣敎郞)을 지낸 경학과 충절로 알려진 인물이다. 따라서 이석신은 조부가 해남 송정에서 은거한 이후 줄곧 해남과 강진을 중심으로 활동하였고 이는 그의 시문에 향토성이 등장하게 되는 계기가 된다. 그의 사상적 공간이 자 감성적 교유의 공간이 바로 해남인 셈이다. 이러한 이유로 그의 시 문에 반영된 제재는 향토성을 띤 것들이 자주 나타난다. 봄, 기러기, 가을, 달, 보리, 오동, 눈, 새, 관두산(館頭山), 봄날, 대나무, 동백(冬 栢), 귤(橘), 사냥, 산다(山茶), 가을비, 대둔사(大芚寺), 두륜봉(頭輪 峰), 무위사(無爲寺), 진해루(鎭海樓), 연자루(燕子樓), 환선정(喚仙 亭), 팔마비(八馬碑), 송호정(松湖亭), 어성포(漁城浦) 등이 있다. 이는 주로 해남지역과 그 주변의 지역에서 자라거나 얻을 수 있는 사물을 중심으로 시문이 이뤄지고 있다는 것이다. 따라서 그의 시문 속에 등장 하는 어휘는 그의 고유한 미적 특질을 반영한다고 볼 수 있다.

하유당 이석신의 시문 연구는 아직도 미미한 실정이다. 이는 지방의 작은 선비라 잘 알려지지 않았고 그의 문헌에 대한 번역이 이뤄지지 않은데다가 그에 관한 자료가 많지 않은 탓도 있다. 선행연구에서 이석 신의 삶의 지향과 풍격을 살펴 충효와 덕행, 절의가 그의 인물됨의 주 된 특징이며 청(淸)과 직(直)의 풍격이 드러남을 밝혔다.[1] 그러나 이는 주로 작가론적 연구라 할 수 있어 그의 한시에 대한 본격적인 미적 특질이라 할 수 없다. 따라서 이 글에서는 오언절구와 칠언절구, 그리 고 오언율시와 칠언율시에 드러난 시문의 내용 속에서 향토성이 반영 된 시어가 시문에 어떻게 전개되는지와 표현기법 중에서 그 미적 특질

---

1) 양훈식·이수진, 「하유당 이석신의 한시에 나타난 삶과 풍격」, 『한문학보』 39, 우리한문학회, 2018, 41~69쪽.

에 주목하여 의미를 탐색하고자 한다. 이는 17세기~18세기 호남한시의 일단을 조명하는 길이며 나아가 청련 이후백 이후 해남에 은거한 연안 이씨 소론계의 문인들이 지향하는 한시의 맥을 밝히는 일이 될 것이다.

2. 향토적 시어의 포치(布置)

1) 시적 소재의 향토성 반영

하유당 이석신의 시 가운데 오언절구에 등장하는 시어 속에는 향토 적 정감이 담겨있다. 이는 그 지역성이 반영된 사물들을 중심으로 다루 었기 때문이다. 특히 산다(山茶), 동백(冬栢), 은어(銀魚), 유자(柚子) 등의 향토적 시어를 통해 그 감성을 드러내고 있다. 이것이 바로 향토 에 거주하며 살던 문인으로서 시를 지을 때 나타나는 소재라 할 수 있다. 따라서 하유당의 시문에 향토적 시어가 넓게 늘어놓아져 포치된 부분을 살펴보는 것은 향토적 정감을 이해하는 길이라 본다.

다음의 시에서는 산다(山茶)를 통해 향토적 감성을 고조시킨다.

憐渠不遇世	가련케도 세상 사람이 알아주지 않아
恒被等閒睇	항상 등한시함을 당하였다.
土産同崑玉	지역의 산물은 곤륜산의 옥과 같지만
常情賤家雞	보통 인정은 집닭을 천하게 여긴다.
自誇梅菊操	스스로 매화와 국화의 지조를 뽐내지만
不混李桃蹊	복사꽃과 오얏 꽃의 자취에 섞지 못한다.
惟爲洛人愛	오직 서울 사람의 사랑을 받아야만
灑稱橘桂齊	향기로운 귤계와 같이 여긴다.

<산다(山茶)>

위 시는 일반인의 사랑을 받지 못한 산다를 노래한 오언율시이다. 수련에서는 산다가 사랑받지 못한 신세를 드러낸 후 함련에서는 지역에서 칭송받을 만한 산물이지만 그렇지 못한 신세라며 4구의 '천가계(賤家雞)'를 들어 설명한다. 여기서 '집닭'은 자기가 가진 좋은 것을 변변찮게 여긴다는 말이다. 이는 다음의 고사에서 유래한다. 동진(東晉)의 유익(庾翼, 305~345)이 젊을 때 왕희지(王羲之, 321~379)와 서예로 실력이 비슷하였다. 그러나 그는 나중에 왕희지의 서예 실력이 진전된 것을 모르고 타인에게 보낸 편지글에 "우리 아이들이 집닭을 천히 여기고 모두 왕희지의 서법을 배웁니다."라고 하였다.[2] 이는 유익이 그 자식들이 아버지의 서법을 배우지 않은 자녀들을 탓한 것이다. 그는 스스로 왕희지보다 낫다고 여겼는데 자신의 글씨를 본받지 않는 자녀들이 야속해서 한마디 한 것으로 이는 자신을 집닭이라 표현한데서 알 수 있다. 급기야 경련에서는 그 지조를 칭찬하여 매화와 국화에 비유한다. 그러나 자두와 복숭아의 도리성혜(桃李成蹊) 고사를 인용한다. 도리성혜는 원래 "복사꽃과 오얏꽃이 말을 하지 않아도 사람들이 알고 찾아와 그 아래에 자연히 길이 이루어진다."[3]라는 말로 이는 산다가 그만큼 사랑받지 못한 신세라고 본 것이다. 이를 통해 볼 때 사람들이 그 덕을 칭송한 것이니 산다가 그만 못하다고 인정하고 만 셈이다. 미련에서는 이런 서운한 감정이 더욱더 고조되어 서울에서 유명해져야만 그 가치를 인정받는 세태를 꼬집는다. 따라서 이 시는 향토성을 대표하는 산다를 알아주지 않는 사람들에게 넌지시 꼬집어 그 지조와 향기를 알아주

---

2) "小兒輩賤家雞 皆學逸少書 須吾下 當比之"(『南齊書』 卷33, 「王僧虔列傳」; 『古今事文類聚 別集』 卷12, 「書法部 字學 兒輩賤家雞」).

3) 『史記 卷109』, 「李將軍列傳 贊」, "桃李不言 下自成蹊".

길 바라는 감성을 담아낸 점이 특징이라 할 수 있다.

다음은 같은 소재로 형상화하면서 인정에 따라 대하는 태도가 어떻게 달라지는지 보여준다.

數樹山茶繞宅科　집 웅덩이 둘러싼 두어 그루 산다
春風冬雪各宜花　겨울눈에 봄바람 불자 제대로 피었다.
繁華儘合時人愛　당시 사람들은 활짝 핀 모습을 사랑하여
可置洛陽富貴家　서울의 부귀한 집에서 다들 심었다.
<동백(冬栢)>

지역의 산다는 원래 동백과 같은 의미로 사용된다고 볼 수 있다. 그러나 하유당은 이를 굳이 제목을 구별해서 쓴 듯하다. 기구와 승구에서 한겨울에 봄바람이 감돌 때 피는 꽃이 산다라고 밝혔다. 전구와 결구에서는 그 무성하고 화려한 꽃의 아름다움을 사랑하여 서울의 부귀한 집에서도 이를 심어두었다는 점에서 산다가 사랑받는 존재가 된 뒤 동백이라 일컬어진 것을 알 수 있다. 이렇게 볼 때 산다는 향토적 정감이 담긴 시어이고, 동백은 서울의 어감이 배어있는 시어인 셈이다. 따라서 이 작품은 산다가 사랑받은 뒤 부귀한 집에 동백이 된 이유를 밝혀 은연중 그 가치를 인정받은 자부(自負)의 정서를 보여준 시라 할 수 있다.

風拂橘林細雨過　바람은 귤 숲을 스치고 가랑비 지나가니
雙南秋色滿枝多　황금 가을 빛 가지에 가득하다.
后皇嘉實誠攸愛　천지의 귤나무 열매 참으로 사랑스러우니
閑嗅淸香手久摩　맑은 향 맡으며 오래도록 문지른다.
<원귤방숙(園橘方熟)>

이 작품은 정원의 귤이 한창 익었을 때 쓴 시다. 전구의 후황(后皇)

은 황천후토(皇天后土)의 줄임말이다.[4] 원래 귤은 중국 양자강이남 동정호(洞庭湖) 부근에서 생산되었다. 귤화위지의 고사나 초(楚)나라 굴원(屈原)의 시에서 "천지가 낸 아름다운 나무인 귤나무가 남쪽 땅을 사모해 찾아왔네.[后皇嘉樹橘徠服兮]"라고 한 데서도 짐작할만하다. 따라서 '후황가실(后皇嘉實)'은 황천(皇天) 후토가 내놓은 멋진 나무로 '천지의 귤나무 열매'라는 뜻이다. 그러나 이 시에서 다룬 것은 '유자(柚子)'인 듯하다. 이는 남해안에서 재배되는 유자를 후황가실로 묘사한 것이라 할 수 있다. 왜냐하면 유자의 특성과 원산지 및 역사적 배경을 통해 살펴보면 알 수 있기 때문이다. 유자는 빛깔이 노란색이며 껍질이 울퉁불퉁하다. 향기가 좋은데다가 과육은 부드럽기까지 하다. 원래 중국 양자강 상류에서 자랐는데 신라 문성왕 대에 장보고(張保皐)가 840년경에 들여온 것이 유래한 셈이다. 그래서 우리나라에서는 남해안이 그 주산지라 할 수 있고 특히 이석신이 거주하던 해남 강진지역에서도 이 유자가 재배되는 것으로 볼 때 귤보다는 앞뒤가 맞는다. 그 종류는 청유자, 황유자, 실유자 등으로 나눌 수 있는데 위 시의 내용을 통해 볼 때 황유자라 볼 수 있다. 그렇게 본다면 결구에서 맑은 향 맡는 것이나 오래도록 문지른다는 표현은 유자라야 온당하다. 이는 유자가 여러 사람에게 사랑받는 존재라는 점을 넌지시 보여준 것이다. 따라서 이 작품은 유자를 보며 느낀 시각, 바람과 비를 느끼는 촉각, 맑은 향을 맡은 후각까지 복합감각을 사용하여 형상화한 것으로 '청신(淸新)'한 미감이 드러남을 알 수 있다.

다음은 냇가에서 물고기 잡는 정경을 담은 것이다.

....

4) 『楚辭』, 「九章·橘」, "后皇嘉樹 橘徠服兮".

桃花亂落鱖魚肥　복사꽃 어지러이 지고 쏘가리 살지니
數罟爲張小澗磯　작은 시냇가에 촘촘한 그물 펼쳐
箇箇銀鱗皆網取　각각 번뜩이는 은어 그물로 잡아다가
水邊折柳貫腮歸　물가 버들 꺾어 아가미 꿰어 돌아간다.

<천렵(川獵)>

위 시는 〈천렵〉이라는 제목에서 알 수 있듯이 물고기 잡아 돌아오는
감성을 읊고 있다. 기구에서 보여준 내용은 복숭아 잘 익은 화창한 봄
빛이 가득한 때임을 알 수 있다. 복사꽃이 어지러이 지는 모습에서 그
정경을 엿볼 수 있기 때문이다. 승구에서 시냇가에 들어가 그물을 던져
고기를 잡는 투망 장면이 펼쳐진다. 전구에서 촘촘한 그물을 던져 잡으
려는 것이 은빛 비늘을 하고 있어 은어(銀魚)임을 알 수 있다. 은어는
가늘고 긴데다 납작하며 맛이 좋아 궁중에 진상(進上)하는 물고기였
다. 맑은 물에서 사는 물고기라서 지역이 맑고 깨끗한 시냇가라는 사실
이다. 결구에서 버들가지로 물고기 아가미를 꿰어 주렁주렁 달고 집으
로 돌아간다. 이 작품에서는 복사꽃, 쏘가리, 시냇가, 그물, 은어, 버들
가지 등의 시어를 포치시켰다. 이는 천렵하는 생동감과 함께 소야(疏
野), 즉 "거침없는 들사람의 정서"[5]가 드러난 향토적 미감의 시라 할
수 있다.

方塘半畝宅邊開　집 둘레 네모난 연못 반 이랑쯤에
移得蓮根滿水栽　연뿌리 옮겨 심고 물을 채운다
從看菡萏播芬日　연꽃 향기 퍼뜨리는 날 볼 때
淸香馥馥帶風廻　맑은 향 그윽이 바람 타고 돌겠지.

<종련(種蓮)>

....

5) 안대회, 『궁극의 시학』, 문학동네, 2013, 422쪽.

이 시는 연꽃을 심은 뒤 일어난 흥취를 담아내었다. 기구와 승구에서
연꽃을 심은 장소와 크기 및 심는 과정을 담아낸다. 선비들이 연꽃을
심어 그 향기를 사랑하는 것은 주돈이 「애련설」을 통해서도 아는 사실
이다. 네모난 연못 속의 반이랑 정도에 연꽃을 심었으니 그 양이 만만
치 않다. 이후 연뿌리를 옮겨 심은 뒤에 물을 가득 채우면 이곳은 연지
(蓮池)가 되는 셈이다. 전구와 결구에서 이곳의 연꽃이 필 때부터 그
맑은 향이 바람따라 주변에 진동한다. 이는 연꽃을 바라보는 시각에서
그 향기를 맡는 후각으로 전이되는 복합감각이 사용된 것이다. 그윽한
향은 암향(暗香)이라고 할 수 있는데 이것이 살살 바람타고 떠돌 때
부동(浮動)이라 한다. 당나라 이백(李白, 701~762)의 시에 "경호 삼 백
리에, 연꽃이 흐드러지게 폈네. 오월에 서시가 연밥을 따면, 구경하는
사람들 약야계(若耶溪)에 넘치는데, 달뜨기도 전에 배를 돌려서, 월왕
의 궁궐로 돌아가네."[6]라고 하였다. 이는 그의 〈자야오가(子夜吳歌)〉
라는 작품으로 연꽃을 구경하는 모습을 통해 얼마나 사람들이 이를 좋
아하는지 보여준다. 월나라 서시(西施)가 5월 경호에서 연밥을 따니
구경하는 사람들이 약야계를 메웠다고 한 것이다. 결구의 '복복(馥馥)'
은 향기가 물씬 난다는 뜻이다. 당나라 고황(顧況)의 〈고조수명조당부
(高祖受命造唐賦)〉에 "교로의 짙은 향기를 쐰다."[7]라고 한 표현을 통
해 알 수 있다. 3구에서 연꽃향기는 주돈이가 연꽃을 유독 좋아한데서
알 수 있듯이 그 향기는 멀어질수록 더욱 맑아진다는 '향원익청(香遠益
淸)'의 의미를 담고 있어 군자(君子)가 좋아하는 이유를 밝히고 있다.

....

6) 〈子夜吳歌〉, "鏡湖三百里 菡萏發荷花 五月西施採 人看隘若耶 回舟不待月
歸去越王家".
7) "襲蛟鑪之馥馥".

따라서 이 시는 연꽃을 심고 나서 그 향이 은은하게 퍼질 날을 기대하는 군자의 설레임과 담백함이 드러나 충담(沖淡)한 미감이 드러난다고 할 수 있다.

2) 지역 승경의 형상화

하유당은 지역의 승경을 시문에 담고 있다. 이는 시문의 곳곳에 지역의 명승지와 포구, 정자 들이 그대로 형상화되기 때문이다. 이때 승경으로 제시된 곳이 주로 역사적인 공간이라 할 수 있는데, 어성포, 관두산, 연자루, 환선정, 대둔사, 무위사, 진해루 등에 대한 감상을 읊고 있다. 그중 어성포, 관두산, 연자루의 작품을 살펴보기로 한다.

細雨前江暮汐催	앞 강에 가랑비 저물녘 밀물 재촉해
雙雙風帆溯流回	쌍쌍이 돛단배 물길 거슬러 오른다
游魚競躍波麟玉	물고기 다투어 뛰니 물결마다 번득이고
海鳥閒眠片有苔	바닷새 한가로이 조니 조각조각 이끼다.
秋水方歸湖寂寞	가을물 호수로 조용히 돌아들고
孤舟初泊客排徊	외로운 배 도착하자 손님 배회한다.
一聲款乃來何處	어디선가 들려오는 한 자락 노 젓는 소리
蘋末風吹晚瘴開	마름 끝에 바람 불고 장기는 늦도록 펼쳐진다.

<망어성포(望漁城浦)>

어성포는 해남에 있는 옛 포구 지명으로 추자도에서 오는 멸치 배가 당도하는 곳이었다. 추자도 멸치가 어성포와 영산포에서 육지로 보급된 셈이다. 따라서 이곳은 예부터 오가는 사람들과 흥성거림으로 생동감이 넘치던 그런 장소다. 수련에서 앞 강이라는 공간적 배경과 저물녘의 시간적 배경이 나타난다. 이는 범선(帆船)들이 물길을 따라 거슬러 오르는 모습은 고기잡이를 마치고 돌아오는 행렬이라 분위기가 차분하다. 함련에서 저녁 놀에 비친 물고기와 바닷새는 대우를 잘 이루고 그 색깔이 옥빛과 푸른 빛의 이끼로 대조되어 시각적 심상이 형상화되어 드러난다. 경련에서 시선은 포구의 원경에서 근경의 연안 호수로 선회한다. 이는 시간적 추이(推移)에 맞추어 오랫동안 포구를 바라보아야 가능한 배치다. 이윽고 미련에서 청각을 자극하는 노 젓는 소리가 한가락 울려 퍼지니 거리가 더욱 가까워진 것이다. 그러나 마지막 구절에 이를 다시 원거리로 시선을 돌리며 마무리한다. 마름 끝을 바라보아야 바람이 부는 줄을 알 수 있다. 더불어 축축하고 더운 땅에서 생기는 독한 기운인 장기(瘴氣)가 펼쳐지며 어둠이 시야를 가린다. 따라서 이 시는 포구의 정경을 시간적 추이에 따라 원경에서 근경으로 시선을 담아내고 청각적 심상을 통해 원근을 인식하며 마지막에 원경의 시각으로 마무리 짓는다. 이는 시각-청각-시각등의 복합감각을 통해 어성포의 일상을 형상화한 침착(沈着)한 분위기를 띤 수작이라 할 수 있다.

磅礴一山勢	꽉 들어찬 산의 형세
百年松楸岡	산등성이에 오랜 소나무와 가래나무.
連天積水在	하늘 맞닿은 곳에 둘러싼 물
成格照幽堂	격을 이루며 명당에 비춘다.

<등관두산(登舘頭山)>

이 시는 관두산(舘頭山)에 올라 주변 풍광에 대해 읊은 작품이다. 관두산은 해남현의 남쪽 41리에 있다. 관두산 아래의 바닷가는 고려 시대에는 중국을 드나들던 관두량(舘頭梁) 포구다. 조선 시대에는 제주를 왕래하는 배가 이곳에서 출발하였으니 해상교통의 관문인 셈이다. 승구의 '송추(松楸)'는 소나무와 가래나무로, 주로 묘 둘레에 심는

다. 무릇 명당은 바람을 갈무리하고 물을 얻을 수 있는 장풍득수(藏風
得水)의 모습을 한 곳이다. 이러한 형국을 한 이곳 관두산이 명당임을
넌지시 보여준 셈이다. 이는 정상에 올라 제주 쪽을 바라보면 발아래
놓인 곳에 저 멀리 수평선이 이뤄진 일망무제(一望無際)다. 이에 명당
의 격을 갖춘 이곳 관두산에 올라 느낀 흥취를 통해 호연한 기상이
일어남을 자부한 것이다. 따라서 이 시는 관두산에 올라 일망무제를
바라보며 느낀 웅혼(雄渾)한 작자의 기상을 담아낸 것이라 할 수 있다.

燕子千年水面浮	연자루는 오랜 세월 수면에 떠 있고
昇平物色在斯樓	승평의 물색은 이 누각에 있도다.
蒼山秀色來危檻	창산의 아름다운 경치 높은 난간에 다가오고
白紵新歌動暮洲	백저가는 저물녘 모래톱에 울려 퍼진다.
簷倚老梧常待月	대월루의 늙은 오동은 처마에 기대었고
庭栽幽菊亦宜秋	그윽한 국화는 의추문 뜨락에 심겨있다.
吾亭近日何人訪	가까운 날 우리 정자에 어떤 이가 찾아와도
歸意還同逝水流	돌아갈 마음 이 몸처럼 물과 함께 흘러가리.

畢老梅翁昔此遊	다 늙은 매옹이 옛날 이곳에서 노닐었으니
賢人薗躅至今留	현인의 비견할 자취가 지금까지 남아있다.
地要峽裏開雄府	요지의 산골짝 속에 웅부를 개설하니
樓聳雲間伴斗牛	누대는 구름사이에 솟아 두우와 짝했도다.
近出月升聘勝賞	가까운 봉우리엔 달 떠올라 감상객 부르고
秋天鶴返訪仙流	가을 하늘엔 학 돌아와 신선을 찾는다.
昇平太守勞朱墨	승평 태수는 관청 사무의 피로를
能到斯亭一醉不	정자에 와서 한바탕 취하지 않을 텐가.

<등연자루(登燕子樓)>

이 시는 연자루(燕子樓)에 오른 감흥을 보여주고 있다. 이 연자루는

순천부(順天府)의 남쪽 옥천(玉川) 위에 있던 누각이다. 현재는 순천 조곡동 죽도봉 공원에 위치한다. 옛날에 태수(太守) 손억(孫億, 1214~1259)이 관기(官妓)인 호호(好好)를 사랑했는데 뒤에 관찰사가 되어 다시 가 보니, 그녀가 이미 늙어 버렸더라는 고사가 전한다. 이 일을 두고 고려시대 삼별초의 난을 진압한 문관 출신의 장군인 장일(張鎰, 1207~1276)이 지은 〈제승평연자루(題昇平燕子樓)〉에 "연자루에 뜬 서릿달 처량도 하다, 낭군이 한번 가고 나니 꿈만 유유하구나. 당시 한자리에 앉았던 객을 늙었다 하지 말라, 누각 위의 호호도 백발인 걸."8)이라고 읊는다. 또한 조선전기 대제학을 지낸 서거정(徐居正, 1420~1488)은 이 고사를 〈순천연자루(順天燕子樓)〉라는 시에 "작아령 밖엔 한 그루 오수가 우뚝 섰고, 연자루 앞엔 팔마비가 조용히 섰다. 백발의 손랑을 사람들은 비웃지 말라. 당(唐)의 두목(杜牧, 803~852)도 일찍이 〈자지(子枝)〉를 읊었다. 누각 밖엔 해마다 제비가 날아드는데, 누각 안엔 호호가 이미 늙었도다. 풍류 아는 인물이 지금은 어디 있는가, 한 곡조 비파 소리에 해는 반쯤 기울었다."9)라고 했다.10) 이처럼 연자루에 관한 시문이 여러 문헌에서 등장한 것으로 보아 문인들이 즐겨 사용한 소재였음을 알 수 있다.

첫째 수의 함련에 등장하는 백저가(白紵歌)는 민간의 무곡(舞曲)이다. 이는 중국의 악부(樂府)에 전하는 오(吳) 나라의 춤곡인 것이다. 원래 진(晉) 나라 때의 '백저무(白紵舞)'에서 시작되었다. 심약(沈約),

---

8) 『芝峯類說』卷十三,「文章部六」, "霜月凄涼燕子樓 郎官一去夢悠悠 當時座客休嫌老 樓上佳人亦白頭".
9) "鵲兒嶺外一樊樹 燕子樓前八馬碑 白髮孫郎人莫笑 牧之曾賦子枝詩 樓外年年燕子飛 樓中好好已成非 風流人物今安在 一曲琵琶半落暉".
10) 『新增東國輿地勝覽』第40卷,「全羅道 順天都護府」.

포조(鮑照), 이백(李白), 최국보(崔國輔) 등이 이 백저무를 다룬 적이 있다.[11] 화자는 아름다운 계절에 이 연자루에 올라 느낀 흥취를 백저가로 노래한 것이다.

둘째 수의 수련에서 다 늙은 매옹(梅翁)은 성직(成稷, 1586~1680)을 의미한 듯하다. 그의 자는 자교(子喬), 호는 '매변정옹(梅邊鼎翁)'이라 자호(自號)하였기 때문이다.[12] 그는 조선조 도학자 우계(牛溪) 성혼(成渾, 1535~1598)의 손자이자 창랑(滄浪) 성문준(成文濬)의 아들로서 95세에 생을 마감한 장수한 문인이다. 벼슬은 처음에 음사로 출발하여 정일품까지 올라 조선시대 최고령으로 관직에 종사한 것으로 유명하다. 함련에서 웅부는 그 규모가 크고 웅장한 데서 형상화한 표현으로 순천부를 의미한다. 두우(斗牛)는 북두성(北斗星)과 견우성(牽牛星)으로 하늘이 맑고 상쾌하며 이곳이 그 주변의 중심축이라는 장소적 의미를 확인시켜준 셈이다. 미련에서 주묵(朱墨)을 등장시켰다. 여기서 주묵은 주필(朱筆)과 묵필(墨筆)을 가지고 장부를 정리하는 것으로 관청의 사무를 집행하는 모습을 형상화한 표현이다. 따라서 이 시는 용사와 전고를 사용하여 승평 고을에서 위용을 자랑하는 연자루가 그곳의 중심축이며 조망지라는 사실을 보여준 작품이라 '웅혼(雄渾)'한 미감이 드러난다고 할 수 있다.

萬壑中間一洞天	온 골짝 중간에 있는 한 동천에
丹樓新闢白雲邊	새로 만들어 높이 솟은 붉은 정자
微風鶴翅招令威	실바람에 학 날개로 정령위 부르는 듯하고
明月鸞笙引偓佺	밝은 달과 피리소리로 악전을 끌어당긴다.

....

11) 『樂府古題要解』.
12) 『明齋遺稿』 卷36, 「知中樞府事成公墓誌銘」.

日暖某枰樵柯欄	좋은 날에 나무꾼은 도끼 세우고 바둑 두며
秋生繡戶羽觴傳	가을 비단 창 앞에서 수놓고 술잔을 주고받는다.
誰人喚我來登此	누군가 나를 불러 이곳에 오르니
華髮蒼顔亦可仙	흰머리에 늙었지만 선선이라 할 만하다.

日暖蓬蘽繞彩雰	날 따뜻하여 쑥대에 아지랑이 둘러싸고
滿庭瑤卉盡芳芬	온 뜰에 고운 풀은 다 멋진 꽃향기로다.
玉京仙吏携丹篆	옥경의 선리는 단전을 지녔고
南國歌姬唱白雲	남국의 가희는 백운가를 노래한다.
翼翼鳥羣開月榭	펄펄나는 새들은 월사를 열고
登登鴈鶩曳霞裙	등등한 기러기들은 노을치마를 끈다.
邑尊祿厚筭斯閣	읍의 높고 녹이 두터운 분들과 함께하고
楊鶴如今即使君	버들가지 날갯짓 지금 사군께 나아간다.

淡月踈星繞水東	으스름한 달빛 성긴 별은 수동을 휘감고
一樓新闢萬山中	새로 지은 한 누각은 온 산에 둘러있다.
衰齡忽有靑年思	늙어서 문득 청년시절을 그려보니
野叟翻成太守翁	시골 늙은이에서 태수옹이 되었다.
地與峽高疑上界	땅과 산이 높으니 상계인 듯하고
亭隨雲起在虛空	정자는 구름처럼 치솟아 허공에 있는 듯
間人雅有尋仙志	인간들 아취로 신선의 뜻을 찾아서
秋日登臨興不窮	가을날 올라보니 흥취가 무궁하도다.

<제환선정(題喚仙亭)>

환선정(喚仙亭)에서 얻은 흥취를 세 수로 읊은 작품이다. 여기서 환선정은 부사(府使) 심통원(沈通源, 1499~1572)이 1543년에 무예 연습을 위해 마련한 무강정(講武亭)을 의미한다. 현재 순천(順天)의 죽도봉 공원(竹島峯公園)에 자리하고 있다.13)

시문의 내용을 살펴보면 첫째 수의 수련에서 등장한 동천(洞天)은 주지하다시피 도교(道敎)에서 신선이 사는 곳을 뜻하는데, 흔히 산천으로 둘러싸인 경치 좋은 곳을 이른다. 이 시에는 정령위(丁令威) 고사가 담겨 있다. 한(漢) 나라 때 요동(遼東) 사람 정령위가 일찍이 영허산(靈虛山)에 들어가 선술(仙術)을 배우고 뒤에 학으로 변하여 자기 고향에 돌아가서 성문(城門)의 화표주에 앉았는데, 한 소년이 활을 가지고 그를 쏘려 하자, 그 학이 날아올라 공중을 배회하면서 말하기를 "새여 새여 정령위가 집 떠난 지 천년 만에 이제야 돌아왔네. 성곽은 예전 같은데 사람은 그때 사람 아니어라, 어이해 신선 안 배우고 무덤만 즐비한고."14)라고 했다는 고사다. 난생(鸞笙)은 자난생(紫鸞笙)으로 신선이 부는 피리다. 이는 이백(李白)의 〈고풍(古風)〉 시에 "학의 등에 걸터앉은 한 선객(仙客)이 날고 날아 하늘로 올라가 구름 속에서 소리 높여 내가 바로 안기생이라고 외친다. 좌우에 백옥 같은 동자들이 나란히 자줏빛 생황을 불어댄다."15)라고 하는 데서 알 수 있다. 악전(偓佺)은 전설 속에 나오는 신선을 말한다. 이는 괴산(槐山)에서 약초를 캐고 사는 신선이다. 송실(松實)을 먹기를 좋아하고 온몸에 털이 났으며, 눈동자가 네모졌고 머릿결이 푸른빛이며, 몹시 빨리 달려서 달리는 말을 쫓아갈 수가 있다고 한다.16)

....

13) 환선정은 정유재란 때 소실, 1614년(광해군6)에 부사 柳舜翼이 중건, 1826년(순조26)에 부사 金鼎均이 重修, 1869년(고종6)에 부사 成彝鎬가 다시 중수하는 등의 내력이 있다.
14) 『搜神後記』.
15) "客有鶴上仙, 飛飛凌太淸. 揚言碧雲裏, 自道安期名. 兩兩白玉童, 雙吹紫鸞笙".
16) 『列仙傳 偓佺』.

둘째 수의 함련에서 선리(仙史)는 일찍이 몽(蒙)이란 땅에서 칠원의 벼슬아치를 지낸 장주(莊周)를 높여 이른 말이다. 이는 『장자(莊子)』 「제물론(齊物論)」에 "공자도 그대와 함께 모두 꿈을 꾸고 있다. 또 그대에게 꿈을 꾼다고 말하는 나도 꿈을 꾸는 것이다. 나의 이런 말을 일러 '지극히 의문스러운 것'이라고 한다." 한 데서 온 말이다. 단전(丹篆)은 단사(丹砂)로 베껴 쓴 전문(篆文)의 글자를 말한 것으로 선도(仙道)의 책을 의미한다. 이 책에는 당나라 두목(杜牧, 803~852)의 〈증주도령(贈朱道靈)〉에 "유근의 단전은 삼천 자, 곽박(郭璞)의 청낭엔 두 권의 책."[17]이라는 시구처럼 삼천 글자가 씌어 있다고 한다. 백운가(白雲歌)는 도잠(陶潛, 365~427)의 〈화곽주부(和郭主簿)〉 시에, "아득히 흰 구름을 바라보니, 회고의 정이 어찌 그리 깊은가."[18]라고 한 것처럼 여기서는 은사(隱士)의 시를 뜻한다. 월사(月榭)는 달을 감상할 수 있는 누대이다. 사군(使君)은 주(州)·군(郡)의 장관에 대한 존칭을 뜻한다.

셋째 수의 수련에서 담월(淡月)은 으스름한 달이다. 시간적 배경을 제시한 것을 알 수 있다. 영동(水東)은 순천시 안풍동에 수동 길을 일컫는데 물이 감아 도는 지역에 이러한 이름이 많다. 함련에서 젊은 시절부터 늙은 시절을 회상하고 있다. 이는 나이 먹은 뒤에 태수에 올라 화자의 삶을 회상한 지점이라 볼 수 있다. 경련에서는 주변 지역에서도 높은 곳이라 상계인 듯 읊어 풍광이 좋음을 은근히 드러내며 이 환선정이 두드러지게 높이 솟아 우뚝한 느낌을 담아내고 있다. 이내 미련에서는 가을날에 이런 곳을 찾으니 그 흥취가 무궁함을 보여준다. 말 그대로 신선을 부르는 듯한 환선정인 것이다.

....

17) "劉根丹篆三千字 郭璞青囊兩卷書".
18) "遙遙望白雲 懷古一何深"

요컨대 이 환선정 시문은 그의 역사에 대한 관심과 그곳의 승경을 용사를 통해 잘 드러낸 작품이라 할 수 있다.

偶訪鷲峰月	우연히 영취산 봉우리의 달을 보니
因隨神勒鍾	계속 신이 새겨진 종을 따라 돈다.
石奇立似佛	기이한 바위는 부처 같고
僧老古如松	노승은 소나무처럼 늙었다.
花帶祇園色	기원을 두른 꽃은 예쁘고
山留天竺容	산에는 천축의 모습이 담겨 있다.
不堪塵世擾	속세의 시끄러움을 견디지 못해
還好作運蹤	도로 발길 닿는 곳으로 갔다.

<유대둔사(遊大芚寺)>

이 작품은 대둔사를 유람하며 쓴 시다. 수련에서 영취산은 중인도 (中印度)의 마게타국(摩揭陀國)에 있는 명산의 이름이다. 석가여래는 일찍이 이 산에서 『법화경(法華經)』 등을 설법했다. 그는 오묘한 불법을 인간에게 알릴 길이 없자 권도로 석가여래가 인간 세상에 나와 영취산에서 대중을 모아 놓고 설법한 것이 『법화경』의 내용인 셈이다. 이 산에는 신선들이 살고 있으며, 또 독수리가 많아 영취(靈鷲)라 하였는데, 취두(鷲頭)·취봉(鷲峰)·취대(鷲臺)라 부르기도 한다. 경련에서 '지원(祇園)'은 지원정사(祇園精舍)의 약칭이다. 이는 신앙심 깊은 신도의 시주(施主)에 의해서 세워진 사찰을 가리킨다. 그러나 여기서는 왕실의 원찰(願刹)을 의미하는 듯하다. 인도(印度)의 급고독장자(給孤獨長者)가 세존(世尊)에게 사찰을 지어 기증하려고 기타태자(祇陀太子)에게 찾아가 정원을 팔도록 종용한다. 이에 태자가 농담으로 그 땅에다 황금을 깔아 놓으면 팔겠다고 한다. 그러자 장자가 전 재산을 기울여

그곳에 황금을 깔아 놓았으므로 태자가 이에 감동하여 그곳에 정사를 지어서 세존으로 하여금 그곳에 거주하게 했다는 고사다.[19] 천축(天竺)은 인도의 옛 이름인데 이곳에 혜초(慧超, 704~787)가 다녀오면서 남긴 것이 바로 『왕오천축국전(往五天竺國傳)』이다. 시문의 내용을 살펴보면 앞에서는 대둔사의 역사성을 조명한 뒤 미련에서는 이내 화자는 속세를 벗어나고자 나그네의 본분으로 돌아가겠다는 유유자적(悠悠自適)의 멋을 보여주고 있다.

好隨靑鶴翅	멋진 청학처럼 날갯짓하며
來扣白雲關	와서 백운관을 두드린다.
倦鳥啼塵表	풍진 밖에서 지친 새 울고
疎鍾出石間	바위틈으로 이따금 종소리
老僧殆半佛	노승은 거의 반쯤 부처요
一寺能全山	한 절이 온 산이로다.
檀越躡蓮界	시주가 절에 오르는데
那無高足訕	어찌 고제자도 나무람이 없는가

<제무위사(題無爲寺)>

오언율시로 구성한 위 시에서 무위사는 강진(康津)에 있는 절이다. 이곳의 극락전은 고찰이라는 사실을 보여준다. 수련에서 청학은 중의적 표현으로 마치 학이 날개를 펴는 듯하다고 한 데서 푸른 학이 날개를 펼치는 듯 솟아오른 건물을 형상화한 것임을 알 수 있다. 또한 청학은 학창의(鶴氅衣)를 입은 선비를 상징한다고도 볼 수 있다. 이는 학창의를 펼친 듯이 기상이 넘치는 화자의 모습일 수도 있기 때문이다. 백운관(白雲關)은 흔히 구름과 안개가 가리고 있는 저 멀리 높은 곳이다.

....

19) 『佛國記』.

여기서는 무위사에서 바라다 보이는 구름과 안개 낀 월출산(月出山)을 의미한다. 이는 당나라 시인 원진(元稹)의 〈봉서(封書)〉에서 "학대에서 남쪽 백운관 바라보니, 성시는 그대로 있건만 잠시 한번 돌아보네."[20] 라는 구절을 용사하였다. 미련에서 단월(檀越)은 시주(施主)로서 절에 물질을 베푸는 사람이다. 이는 단이 베푸는 뜻이고, 월은 가난함을 뛰어넘는다는 의미를 지니기 때문이다. 연계(蓮界)는 불사(佛寺)를 말한다. 반쯤 부처가 된 고승이 졸고 있다. 계속해서 시주가 절에 오르고 있는데 고제자도 그를 보았을 테지만 말하지 않고 바라만 보고 있는 모양새다. 고즈넉한 분위기 그 자체다. 물욕을 뛰어넘는 청정한 곳이라 물질이 오고감이 따로 없는 세계가 펼쳐지고 있어 누굴 탓하고 누굴 비방하겠는가. 이 시는 청학과 백운관의 시각의 대조에서 새 울음소리와 종소리의 청각을 통해 시상을 전개한 것이다. 이는 무위사 극락전에 흐르는 침묵의 분위기를 유심한 시선으로 포착한 침착(沈着)함이 드러난 작품이라 할 수 있다.

晚郊秋雨過	저물녘 교외에 가을비 지나고
殘郭夕陽多	무너진 성곽엔 석양이 짙다.
古堞星霜積	여러 해 쌓아 올린 오랜 성가퀴
短根風雨磨	비바람에 닳아 짧아진 지도리
廢譙鳥跡崩	폐하여 모지라진 새 발에도 무너져
壁但蜂巢霜	성벽엔 서리맞은 벌집만이 남았다.
坼中宵寂東	갈라진 사이로 적막한 동쪽 하늘
隅晏海波■	모퉁이로 저물고 바닷 물결…….

<등진해루(登鎭海樓)>

20) "鶴臺南望白雲關 城市猶存暫一還".

진해루에 올라 퇴락한 누각을 돌아보며 쓴 시다. 시공간적 배경이 잘 드러나 쓸쓸한 감회를 더욱 더 고조시킨다. 특히 가을비가 무너진 성곽에 지나고 난 뒤에 석양이 짙게 드리운 모습은 그 형상이 더욱 도드라져 보이기 마련이다. 성가퀴는 앙상하고 지도리는 짧게 닳아 있다. 그곳에 새가 앉아도 무너질 정도다. 시선을 돌려 성벽을 바라보니 그곳엔 서리 맞은 벌집이 덩그러니 놓여 있어 그간의 생명력의 존재를 보여준다. 옛 화려한 해군의 누대로서의 위용은 사라진 채 어느덧 벌들이 이곳에 주둔한 셈이다. 이때 귓전에 들려오는 파도소리는 그야말로 스산한 분위기의 절정을 보여준다. 이 작품은 화자가 역사의 현장에서 느낀 서글픈 심사를 그 어떤 정감의 언어를 사용하지 않고도 절절하게 묘사하여 형상화한 시라 할 수 있다.

誰把一拳大	누가 한주먹 크게 쥐고
突然在半空	갑자기 반쯤 허공에 두었는가.
晚春留白雪	늦봄에도 흰 눈이 여전하고
平地磨蒼穹	평지는 푸른 하늘에 닿아있다
屹骨滄溟上	우뚝한 산은 큰 바다 위로 솟았고
凝精混窺中	모인 정기는 흐린 속을 엿보는듯
斗牛如可摘	손으로 두우성을 딸 듯이
怳惚馭天風	하늘 바람을 타니 황홀하다.

<등두륜봉(登頭輪峯)>

위 시는 두륜봉에 올라 무한한 감성을 담아낸 작품이다. 수련에서 두륜봉의 반쯤 허공에 떠 있는 듯한 환상적인 공간적 배경과 산의 모양을 보여준다. 함련에서 흰 눈이 아직 덜 녹아 눈이 시린 늦봄의 계절적 배경과 지평선이 보이는 시야가 툭 트인 전망이 좋은 곳임을 밝힌다.

경련에서 우뚝한 산과 모인 정기를 대우로 배치하고 큰 바다와 흐린 속을 놓았다. 여기서 창명은 아득히 검푸스름한 바다를 의미한다고 볼 수 있다. 미련에서 두우성을 딸 만하다고 한 것은 높이 솟아 두우성에 닿을 듯한 모습을 형상화 한 것이다. 여기서 두우(斗牛)는 북두성(北斗星)과 견우성(牽牛星)을 말한다. 이어 마지막에 산 정상에서 바람이 불어올 때에 몸을 맡기고 하늘 바람타고 오를 듯한 분위기를 담아낸다. 이는 황홀한 우화등선(羽化登仙)의 경지인 셈이다. 따라서 이 시는 두륜봉 정상에서 본 전망과 대자연의 정기를 맘껏 누린 감회를 담아낸 웅혼(雄渾)함이 담겨 있는 작품이라 할 수 있다.

香橘寒梅繞戶芳	향귤과 찬 매화가 집 두르니 향기롭고
先人舊宅卜斯岡	선친의 옛 집 이 언덕에 자리했지.
鳥翬儘美誰爰處	나는 듯 처마 훌륭한데 누가 머물까
風雨攸傷庶肯堂	비바람에 상한 곳 자손이 수리한다.
滿寫松槐營盡棟	단단한 송괴목을 쏟고 마룻대 만들어
因招匠石擧脩梁	곧장 목수 불러 들보를 수리한다.
一篇六偉須新製	상량문과 편액을 새로 만들고
寄與穀難揭儷章	식량난에 이바지한 변려문도 걸었다.

<중수송호정(重修松湖亭)>

위 시는 송호정을 중수한 뒤 쓴 것이다. 수련에서는 송호정이 자리한 위치가 바로 선친이 살 던 곳임을 알려준다. 이곳엔 향귤, 매화가 집을 둘러싸고 있어 그 경치를 일러주어 송호정터의 아름다움을 넌지시 보여준 셈이다. 이 시에서는 용사(用事)가 빈번하다. 함련에서 '조휘(鳥翬)'는 휘비조혁(翬飛鳥革)의 준말로 이는 궁실이나 건물이 웅장하고 화려함을 비유하는 말이다. 『시경(詩經)』〈사간(斯干)〉에 나오는 "새가 놀라 낯빛이 변하는 것 같고, 꿩이 날아오르는 것 같다.[21]"라고 한 데서

인용하였다. '원처(爰處)'는 같은 시에 "여기에서 편안히 거하고 저기에
서 편안히 처하며 여기에서 즐거이 웃고 저기에서 즐거이 말하도다.[爰
居爰處 爰笑爰語]"라고 한 데서 인용하였다. 함련에서 '긍당(肯堂)'은
긍당긍구(肯堂肯構)를 일컫는다. 이는 가업(家業)을 이어받아 발전시
키는 것을 비유한 말이다. 『서경(書經)』〈대고(大誥)〉의 "아버지가 집
을 지으려 하여 이미 설계까지 끝냈다 하더라도, 그 자손이 집터도 닦
으려 하지 않는다면 어떻게 집이 완성되기를 기대할 수 있겠는가."[22]라
는 말에서 비롯되었다. '장석(匠石)'은 목수의 우두머리, 즉 도목수(都
木手)를 달리 부르는 이름이다. 육위(六偉)는 육위가(六偉歌)의 준말
로 이는 상량문(上樑文)을 달리 이른 표현이다. 이것은 새로 짓거나
중수(重修) 또는 중건(重建)한 집의 내력, 공역(工役) 일시 등을 적어둔
글을 말한다. 또한 식량난에 구휼을 했던 삶을 담아낸 변려문(騈儷文)
까지 이야기하고 있어 지역일대에서 선비로서 지역민을 구제하였다는
사실을 짐작케 한다. 이 송호정을 중수한 내용의 한시는 화자가 선친이
살던 집터를 새로 수선하며 그곳의 내력을 다시 담담한 필치로 그려낸
작품이라 할 수 있다.

....

21) 『詩經』, 〈斯干〉, "如鳥斯革, 如翬斯飛".
22) 『書經』, 〈大誥〉, "若考作室 旣底法 厥子乃不肯堂 矧肯構".

3. 표현기법과 미적 특질

1) 우의적(寓意的) 기법의 형상화와 한적(閑寂)

　직접적인 감성을 드러내거나 하지 않고 이를 사물과 동물의 성질을 빌려 은근히 그 미적 특질을 드러내고자 할 때 쓰는 형상화 방법을 탁물우의(托物寓意)라 한다. 이러한 기법은 자칫하면 그 상징적인 의미를 이해하지 못하고 영물시로 보는 단점도 있다. 하지만 직접적인 언술보다는 은근한 멋이 있어 다소 해학적이거나 골계적인 의미를 담아낼 수 있다. 이처럼 이석신은 그의 시문에서 이러한 우의적 기법을 사용하기 위해 주로 새, 달, 오동나무 등을 등장시켜 자신이 지향하는 감성을 보여준다. 이는 다음의 시들에서 알 수 있다.

水國秋風動	수국에 가을바람 일어나니
天寒落日斜	날 춥고 석양이 기운다
何來一陣鴈	어디선가 날아온 기러기 떼
叫月訪明沙	달밤에 울다 백사장에 앉는다.

<조안(鳥鴈)>

　겉으로 보면 단순히 경물을 노래한 시로 볼 수 있다. 하지만 깊이 관조하면 섬과 새를 배치시키고 석양과 가을 속에 이를 융합시킨다. 이는 시공간적 배경을 제대로 보여준 것으로 이를 통해 자신의 감성을 새에 가탁하여 노래한 것이다. 멀리서 날아온 기러기가 백사장에 앉는 모습을 화자는 한두 해, 하루 이틀 본 것이 아닐 테니 여기서 느낀 감회는 자신의 마음과 일치한 시공의 융합이 일어난 셈이다. 따라서 화자는 섬처럼 떨어져 사는 외로운 신세에도 맑고 깨끗한 모래에 앉는 기러기

처럼 밝은 삶의 지향을 드러내고자 한 것을 이해할 수 있다.

早秋新雨霽	이른 가을비 그치고 깨끗한데
悄坐度深宵	시름겨워 깊은 밤 앉아서 지샌다
安得一輪影	어떡하면 둥그런 달그림자
留照竹裏寮	대나무 속 집 머물러 비출까

<대월(待月)>

달은 한시에서 그리움의 상징성을 지닌 객관적 상관물이다. 그러나
위 시에 등장하는 달은 이와는 사뭇 다른 정조를 띠고 있다. 초가을에
내린 가을비가 그치고 난 뒤에 떠오를 달을 기다리는 화자의 마음은
그리움보다는 자신을 비춰 줄 달로 보이기 때문이다. 여기서 고독한
가운데에 알아줄 누군가에 대한 희구의 마음을 알 수 있다. 더불어 자
신이 사는 공간은 대나무숲으로 쌓인 집이니 여기서 그의 절개를 알만
하다. 따라서 이 시는 절개를 지키고 사는 선비로서 자신의 삶을 알아
줄 달의 출현을 고대한 시로써 한적미(閑寂美)가 드러나는 작품이라고
볼 수 있다.

有樹堂之側	집 곁에 있던 오동나무
常敎明月來	늘 밝은 달을 오게 한다.
從玆淸趣倦	이제부턴 맑은 정취 느즈러져
無復抱琴回	다시는 거문고 탈 일 없겠다.

<정오위풍소발탄(庭梧爲風所拔歎)>

이 시는 짧은 오언시이지만 용사가 두드러진다. 기구에서 두보의 『두
소릉시집(杜少陵詩集)』 권10에 실린 시문을 용사하였다. 두보가 살던
성도(成都)의 초당(草堂) 앞에 강이 흘렀다. 이곳 강가에 2백 년 된 굴

거리나무가 영태(永泰) 원년(元年, 765) 3월에 강한 비바람 때문에 뽑히게 된다. 이를 탄식한 두보는 '남수위풍우소발탄(枏樹爲風雨所拔歎)'이라 읊는다. 또한 결구에서는 이백(李白)의 〈산중여유인대작(山中與幽人對酌)〉에서 이의 일부를 용사하였다. 이는 "두 사람이 대작할 제 곁에는 꽃이 활짝 피어서, 한 잔 한 잔 마시고 다시 한 잔을 더 마셨네. 나는 취해 자려 하니 경은 돌아갔다가, 내일 아침 생각나면 거문고 안고 오게."23)라고 한 구절이다. 이 시는 이석신이 자신의 집 앞 오동나무가 바람에 뽑힌 것을 보고 안타까운 마음을 담아내고 있다. 이때 두보와 이백의 시문을 용사하여 선비의 풍도를 즐기지 못하게 된 소회를 드러낸 것이라 할 수 있다.

深宵滕六降	깊은 밤 펄펄 눈 내려
積雪潔無邊	깨끗하게 쌓인 눈 끝이 없네.
三白臘前在	섣달 전에 내린 눈 세 차례니
恃看大有年	대풍년이 들것을 믿는다네.

<대설(大雪)>

위 시에는 용사를 사용해 함박눈이 펄펄 내리는 광경의 묘사가 극대화된다. 기구와 승구에서 '등륙(滕六)'이 그것이다. 이 등륙은 눈을 주재한 신으로 『유괴록(幽怪錄)』〈등륙강설(滕六降雪)〉에 등장한다. 그 내용에 보면 진주자사(晉州刺史) 소지충(蕭至忠)은 납일(臘日)에 사냥을 나가려 한다. 그런데 그 전날 한 나무꾼이 곽산(霍山)에서 보니, 늙은 사슴 한 마리가 황관(黃冠)을 쓴 사람에게 애걸한다. 그러자 그가

....

23) 『李太白集』 卷23, "兩人對酌山花開 一杯一杯復一杯 我醉欲眠卿且去 明朝有意抱琴來".

말하기를 '만약 등륙을 시켜 눈을 내리게 하고 손이(巺二)를 시켜 바람을 일으키면, 소군(蕭君)이 사냥하러 나가지 않을 것이다.'라고 한다. 다음 날 새벽부터 종일토록 눈보라가 치자 소자사(蕭刺史)가 사냥하러 가지 못한다. 이 등륙의 고사로써 폭설의 풍광을 묘사한 것이다. 전구와 결구에서는 음력 12월에 세 번이나 큰 눈이 내렸으니 농사가 잘 될 풍년의 징조라 본다. 이는 겨울에 큰 눈이 내리면 땅에 자생하는 병해충들이 죽게 된다는 점에서 농사가 잘 될 것을 기원한 노래다. 따라서 이 작품은 대설의 경험을 대풍년의 조짐으로 치환하여 자연의 위기를 극복하고자 한적(閑寂)의 분위기로 형상화한 시라 할 수 있다.

淇奧漪漪綠一叢	잔잔한 기수 물굽이에 대나무 한 그루
抽莖特秀自童童	줄기 돋아나니 특별히 빼어나 우뚝하다.
主人自由心機合	주인은 자유롭게 마음의 기미를 모아
留置此君小苑中	이 군자를 작은 동산에 심었도다

<식죽(植竹)>

중국에서 춘추 시대의 위무공(衛武公)은 95세의 나이에도 불구하고 나라 사람들에게 자신을 일깨울 만한 좋은 말을 해 달라고 당부할 정도로 훌륭한 덕을 지닌 인물로 유명하다. 『시경』 위풍의 <기욱(淇奧)>을 제시하여 사람들이 그를 칭송한 점을 드러내고 있다. <기욱>시의 첫머리에 "저 기수 물굽이를 굽어다 보니, 푸른 대나무가 무성하도다. 아름답게 문채 나는 우리 님이여, 깎고 다듬은 듯하고 또 쪼고 간 듯하다."[24]라고 한 것은 그의 성품이 곧은 것을 보여주고자 한 표현이라 할 수 있다.

....

24) 『詩經』, 「衛風」, <淇奧>, "瞻彼淇奧 綠竹猗猗 有匪君子 如切如磋 如琢如磨".

'동동(童童)'은 우뚝우뚝 성한 모양의 의태어로 두보의 시 "잣나무 높은 산에 났나니, 뚜렷뚜렷한 모양 수레 뚜껑 같도다."[25]라고 한데서 유래한 표현이다. 이 시에 드러난 대나무는 군자의 상징이고 이를 심는 행위는 절조 있는 선비가 되고자 하는 의지의 표현인 것이다. 따라서 위 시는 위무공을 담고자 하는 화자의 마음을 드러낸 작품이라 할 수 있다.

2) 영사적(詠史的) 장소의 관조와 전아(典雅)

충무공(忠武公) 이순신(李舜臣, 1545~1598) 장군이 왜란 당시 큰 전과를 올린 곳은 한산도 대첩과 벽파진의 명량해전을 들 수 있다. 먼저 한산도대첩(閑山島大捷)은 전라좌수사 이순신, 전라우수사 이억기(李億祺) 및 경상우수사 원균(元均)이 와키자카가 이끈 왜의 수군과의 전투다. 이순신은 학익진(鶴翼陣) 전법으로 전선을 이끌고 돌진하여 왜선 73척 중 적선 47척을 분파(焚破)하고 13척을 나포한다. 이 한산도 대첩은 조선 수군이 1592년 7월 한산섬 앞바다에서 왜 수군의 주력부대를 무찌른 해전인 것이다. 다음으로 명량해전이 치러진 벽파진(碧波津)은 진도의 관문이자 일본과 중국의 해상 경계를 담당하는 국방상 요충지이다. 수군영(水軍營)이 설치된 이곳에서 충무공은 수군의 전선을 정비하여 벽파진에서 대승을 거두어 나라의 위기를 극복한다. 이러한 충무공의 무훈을 기념하여 이곳에 전첩비를 세운 것이다. 이석신은 이 현장에서 당시 이충무공의 공훈을 다음과 같이 한시로 추념한다.

> 赫赫李忠武　혁혁하신 이충무공께서는
> 偉勳冠吾東　위대한 공이 우리 동방에 으뜸이시다.

....

25) <病栢>, "有栢生崇岡 童童狀車盖".

碧津奮神勇	벽파진에선 신비한 용기를 떨치셨고
閑島建奇功	한산도에선 기특한 공을 세우셨지.
擊楫軍容壯	노를 치던 군사들의 모습 씩씩하고
燒檣妖祲空	돛대를 사른 요사한 무리도 간데없다.
遺碑江畔屹	남겨진 비석 강가에 우뚝하니
紀蹟示無窮	사적비는 무궁함을 보여주도다.

<과충무이공비(過忠武李公碑)>

위는 조선 선조 때의 명장 충무공의 승전비를 보며 이에 대한 감흥을
노래한 작품이다. 특히 한산도 대첩과 명량대첩에 대한 승전의 무훈을
읊은 셈이다. 따라서 이 벽파진 전첩비는 과거의 치열했던 격전장으로
서의 역사적 사실을 증명해 준다. 경련에서 '격즙(擊楫)'은 『진서(晉書)』
「조적전(祖逖傳)」에서 인용한 고사다. 이는 중국 진나라 조적이 강물
중류에서 노를 치면서 중원(中原)을 맑히지 않으면 돌아오지 않겠다고
결사항전의 의지를 다지는 대목에서 유래한다. 이는 장군의 신비로운
용기에 감회된 용맹한 전사들의 모습을 형상화 한 것이다. 이상에서
보듯 이 시는 화자가 비석을 보며 충무공의 무용을 칭송하고 있다. 이
는 후손들이 잊지 말아야 할 장소이자 군자의 풍도(風度)를 담아낸 전
아(典雅)한 작품이라 할 수 있다.

鳴梁勳擧冠吾東	명량에서 세운 공과 업적은 우리 동방에 으뜸이요
變化奇權碧海中	기이한 책략은 푸른 바다에서 변화무쌍하도다.
水積龍驤英勇奮	용처럼 뛰어오른 물속에서 영웅의 용맹을 떨치고
鬼啼鐵鎖惡氛空	철 쇠사슬은 귀신처럼 울며 험악한 분위기 짓는다
岳家神算君山筏	악비의 신기한 계책은 군산나무 뗏목이요
諸葛奇功赤壁風	제갈량의 기발한 공은 적벽에 동남풍이라.
一片龜頭江畔屹	한 조각의 거북머리는 강가에 우뚝하니

昭昭紀績示無窮   훌륭한 업적을 써서 무궁함을 보여준다.
<과이충무비(過李忠武碑)>

위 작품은 중국 남송시대 악비(岳飛, 1103~1141)가 군산(君山)의 나무를 베어 큰 뗏목을 만들어, 이로써 여러 물길을 막았다는 군산벌(君山筏)의 고사를 용사한 시다. 이는 충무공의 명량해전을 마치 악비의 군산도 해전의 승전과 제갈량의 적벽대전의 승전사례에 비유한 것이다. 특히 울돌목 해전의 철 쇠사슬은 악비의 전술과 비슷한 사례다. 군산벌의 고사는 다음과 같다. 양요는 복종하지 않으면서 호수에 배를 띄우고 수차로 물을 격렬하게 제치니 배가 가는 것이 마치 나는 듯하다. 주변에는 충돌용 장대[撞竿]를 두니, 관선(官船)이 이를 맞을 때마다 번번이 부서진다. 악비는 군산의 나무를 베어 큰 뗏목을 만들어 이로써 물길을 막는다. 썩은 나무와 수초를 상류에 띄워 아래로 내려 보내고 물이 얕은 곳을 가린다. 욕 잘하는 자는 보내 적을 도발하면서 한편으로는 진군하면서 모욕한다. 적들이 노하여 추격하자 초목이 물길을 가리니 함선의 수차가 방해되어 나가지 못한다. 이때 악비가 재빨리 병사를 보내 적을 친다. 적들은 물길 어귀로 달아났으나 뗏목이 막혀버린다. 관군이 뗏목에 올라 소가죽을 펴서 적의 화살과 돌을 막고 큰 나무를 들어 그 배에 충돌시켜서 모두 파괴된다. 양요는 물속으로 투신하나 우고(牛皋)가 그를 잡아 베어 죽인다. 악비가 적의 보루로 들어가니 나머지 우두머리들이 놀라 "무슨 신령이신가?"하며 모두 항복한다. 이처럼 이 시는 충무공 이순신 장군을 중국의 악비 장군에 비유하여 국난을 극복한 위용을 한껏 뽐낸 작품이라 할 수 있다.

何年崔老莅斯州   어느 해에 최석 어르신 이 고을 다스려

赫赫淸名萬古流	혁혁하고 청아한 명성 만고에 전한다.
留犢高風遺愛在	망아지 남겨둔 고아한 풍도 사랑스런 유풍이고
還珠異政令聲悠	구슬 돌려준 남다른 정사 훌륭한 명성 오래다.
鶴琴行色成都路	거문고 솜씨 길 떠나는 차림새 성도의 길이고
氷玉歸裝陸續舟	빙옥처럼 깨끗한 행장 육속의 배로다.
八馬前休令尙誦	팔마비 앞에 서니 덕은 높이 칭송되고
道傍一石屹千秋	길가에 세워진 빗돌은 오랜 세월 우뚝하다.

〈과팔마비(過八馬碑)〉

이 시는 고려 충렬왕(忠烈王) 때 인물인 최석(崔碩)이 승평부사(昇
平府使)로서 선정을 펼친 뒤 일어난 그의 일화를 중심으로 한 작품이
다. 승평부의 사람들은 임기를 마치고 떠나는 최석에게 관행대로 말
8필을 주었지만 그는 이를 물리친다. 또한 그가 서울로 타고 온 말까지
다시 보냈는데 승평 사람들이 받지 않자 심지어 상경하던 길에 낳은
망아지까지 돌려보낸다. 여기서 유래하여 고을 사람들이 그의 청렴한
덕을 기려 비석을 세워 팔마비라고 부른 것이다.[26] 이때부터 이곳 승평
부에서는 수령에게 말을 주는 폐단이 사라졌다하니 그의 공이 컸음을
알 수 있다. 함련에서 '환주(還珠)'는 춘추 시대 초(楚)나라 사람이 옥으
로 꾸미고 향기를 쐰 목란(木蘭) 상자에 보배 구슬을 담아서 정(鄭)나
라에 가서 판다. 이때 어떤 정나라 사람이 상자만 사고 구슬을 돌려주
었다는 고사에서 유래한 표현이다.[27] 이는 근본은 모르고 지말(枝末)
만 좇는 행위를 비유한 것이다. 경련에서 '학금(鶴琴)'은 춘추 시대 진
(晉)나라의 악사(樂師)인 사광(師曠)이 금(琴)을 연주하자 현학(玄鶴)

....

26) 『新增東國輿地勝覽』 卷40, 「全羅道 順川都護府」.
27) 『韓非子』, 「外儲」.

이 날아와 춤을 추었다는데서 유래한 말이다. 학은 천 년이 지나면 털이 푸르게 변하고 2천 년이 지나면 검게 된다고 한다.[28] 이는 학금 연주가 신묘하여 장차 학이 와서 춤출 날이 있을 것이라는 의미로, 그의 연주 실력뿐만 아니라 그로 인한 예악의 교화가 미치게 될 것이라는 뜻이다. '성도로(成都路)'는 서한(西漢)의 사마상여(司馬相如)와 탁문군(卓文君)이 가야금과 창(唱)으로 서로 화답한 곳의 금대로(琴臺路)를 의미한다. 이 금대로는 성도의 2000년 역사의 풍상(風霜)을 증언하는 장소인 셈이다. 6구에서 '귀장(歸裝)'은 체임되어 돌아갈 때의 최석의 단출한 행장 차림을 묘사한 대목이다. '육속(陸績)'은 중국 후한(後漢)의 오군(吳郡) 사람으로 군의 호조사(戶曹史)와 문하연(門下掾)을 지낸 인물로 초왕(楚王) 유영(劉英)이 모반한 일에 연루되어 낙양의 옥에 갇히게 된다. 육속은 어머니가 낙양에 와서 옥졸을 통해 준 음식을 받는다. 이를 대한 그는 어머니가 오셨는데도 뵙지 못한다고 슬피 운다. 이에 옥졸이 어떻게 아느냐고 묻자 그는 어머니는 고기를 자를 때 고기토막을 네모반듯하게 자르고 파를 자를 때 길이가 자로 잰 것처럼 잘랐다고 한다.[29] 일화의 내용은 육속이 어머니의 음식을 그 모양만 보고도 아는 효자의 모습이다. 이를 통해 최석의 효성스런 이미지를 비유한 것이다. 미련에서 언급한 천년의 세월 우뚝하다는 것은 최석의 청렴한 목민관으로서의 명성이 오래 지속되어야 한다는 의지를 밝힌 표현이다. 따라서 위의 시는 팔마비를 보고 최석의 목민관으로서 청렴과 선정을 회고하면서 역사의 현장에서 군자의 전아한 풍도를 보여준 작품이라고 볼 수 있다.

....

28) 『韓非子』 卷3, 「十過」.
29) 『後漢書』 卷112, 「陸績列傳」.

3) 술회적(述懷的) 회포의 감성과 침착(沈着)

하유당의 감성이 잘 드러난 시문들은 주로 봄날, 가을날을 제재로 다룬다. 아버지를 그리워하는 감성을 담거나 회포를 쓴 경우가 있는데 이는 술회시(述懷詩)에 해당한다.

殘花剩馥護幽廬　　늦 꽃에 남은 향기 오두막집 감싸고

讀罷黃庭韻有餘　　황정경을 다 읽으니 여운이 남네.

日永空齋春睡覺　　빈 집엔 해 길고 봄 졸음 깨니

臥看紅雨落簾踈　　꽃비 발 틈으로 떨어지네.

<춘일만영(春日謾咏)>

『지봉집(芝峯集)』권21 〈침류대기(枕流臺記)〉에 "침류대 위아래에는 잡목이 전혀 없고 어여쁜 복숭아나무 수십 그루가 물 양쪽에 늘어서 있어 분홍 꽃비가 허공에 흩날리고 비단 물결이 춤을 추는 듯하니, 옛날의 무릉도원도 이보다 화려하지 않을 것이다."[30]라고 하였다. 이 시는 봄날 느낄 수 있는 봄의 흥취를 늦도록 남은 꽃향기와 『황정경(黃庭經)』을 읽는 운치로서 드러낸다. 점점 더 길어지는 해로 졸음도 깨고 발의 사이로 보이는 꽃비의 모습에서 그 따스한 정감이 배가 되어 나타난다. 따라서 이 시는 봄날의 아름다운 정경을 시각과 후각의 복합감각으로 잘 묘사한 작품이라 할 수 있다.

天上寒令急　　하늘은 추위가 급하니

人間田事忙　　사람들은 밭일로 바쁘다.

....

30) 『芝峯集』卷21,「枕流臺記」, "臺上下 幷無雜卉 夭桃累十株 夾水左右 紅雨灑空 錦浪如舞 古之桃源 不侈於是矣".

多情籬畔菊　　울타리 가에 다정히 핀 국화
含馥待重陽　　향기 머금은 채 중양절 기다린다.
<추일즉사(秋日卽事)>

가을날의 감회를 읊은 시다. 추위가 다가오기 전 추수를 끝마치느라
바쁜 농촌의 정경을 보여준 뒤 가을의 정취가 물씬 풍기는 국화를 등장
시킨다. 여기서 국화는 사군자의 하나로서 군자의 절개를 담을 때 주로
사용한다. 화자의 지향하는 바를 이해할 수 있는 분위기라 할 수 있다.
또한 국화가 꽃을 피우면 음력 구월구일의 중양절(重陽節)에 술을 담
는다. 이때 담은 술을 벗과 함께 마시는 것은 군자들이 주로 하는 일종
의 풍류라 하겠다. 따라서 이 시는 중양절을 기다리며 국화주를 담아
벗과 함께 하고 싶은 심정을 넌지시 보여준 작품이라 할 수 있다.

賴受先人蔭　　선조의 음덕을 받았으나
尙傳湖上廬　　오히려 전한 것은 호숫가 초막뿐
負宜子路米　　효자라면 쌀을 짊어져야 하고
讀有童生書　　거자라면 책을 읽어야 한다
志謾驥騏牡　　뜻은 게을러도 천리마요
才惟樗櫟如　　재주는 오직 가죽나무로다.
荒年生計薄　　흉년이라 살길이 막막하니
且墾山腰畬　　우선 산허리 따비밭을 갈아야지.
<술회(述懷) 기이(其二)>

이 시는 청빈하다 못해 가난한 선비의 삶의 의지를 보여주는 작품이
다. 수련에서 조상의 음덕에도 가진 것은 오두막뿐이라는 사실이 궁핍
한 생활을 보여준다. 함련에서 3구의 '부미(負米)'는 '자로부미(子路負
米)'를 용사한 것이다. 이는 공자의 제자 자로가 가난하여 등에 쌀을

지고 백 리 밖까지 날라서 그 삯을 받아 부모를 봉양한 데서 유래한 표현이다. 4구의 '동생(童生)'은 공생(貢生), 수재(秀才), 거인(擧人)과도 같은 말로 이는 과거제도에서 생원의 자격을 얻는 고시에 응한 자를 의미한다. 따라서 효자와 과거시험 준비하는 사람으로서의 당연히 해야 할 자세와 의지를 보여준 대목이다. 경련에서 5구의 천리마와 6구의 '저력(樗櫟)'을 대우로 사용하여 마음은 앞서나 무능한 신세를 한탄한다. 이는 쓸모없는 나무나 물건처럼 무능한 사람이나 자기를 겸손하게 부를 때 쓴 것으로 원래『장자(莊子)』「소요유(逍遙遊)」에서 '저력산목(樗櫟散木)'에서 유래한다. 이를 두보(杜甫)가 "저력 산목 같은 재주로 오히려 임금님 은혜 입었어라."[31]라고 용사한 셈이다. 미련에서는 흉년으로 살기 어려워진 현실에도 불구하고 산허리 쯤에 위치한 묵은 밭이라도 개간하겠다는 의지를 보여준다. 따라서 이 시는 효자와 학인으로서 살아가고자 하면서도 가난한 선비의 삶 자체에서 살길을 찾는 차분한 감성의 침착함이 드러난 술회시라 할 수 있다.

不時微雨作	갑자기 가랑비가 내리고
颭颭夜來聲	밤이 되자 우수수 소리
農戶憂禾角	농가는 벼 꼬투리 걱정하고
塩丁敗鹵耕	염정은 소금밭 못 갈겠지
多妨曝穀政	농사의 볕을 다 훼방하고
因誤赴壚程	빈터의 길로 잘 못 간다.
績婦治綿簹	길쌈하는 아낙은 연신 배롱 짜며
顒俟翼日晴	다음날 맑아지길 기다려야지.

<추우(秋雨)>

....

31) <夔府書懷>, "樗散尙恩慈".

가을비가 휩쓸고 지나가는 상황의 시골 풍경을 잘 그려낸 시다. 수련
에서 갑자기 변한 날씨에 가을비가 내리고 밤까지 되어 우수수 소리가
들린다. 가랑비에서 굵은 비로 바뀐 것이다. 함련에서 3구의 '화각(禾
角)'은 농가에서 걱정하는 일 중의 하나로 비가 올 때 넘어진 벼를 일으
키지 않으면 그 벼에서 싹이 돋는 현상이 생긴다. 이는 두각(豆角)이
콩 꼬투리인데서 착안하여 화각을 벼 꼬투리로 치환해 낸 작자의 솜씨
가 돋보이는 대목이다. 4구에서 염전업을 하는 사람들은 비 때문에 소
금밭이 어그러진 상황이 드러난다. 여기서 '염정(鹽丁)'은 염전업을 하
는 사람인데 염한(鹽漢)이라고도 하며 이들은 조선 시대에 병역(兵役)
과 요역(徭役) 그리고 요역조의 부담이 면제된 대신 그 일에만 종사하
는 정역호(定役戶)이다. 그런데 가을비가 이들의 소금밭을 해치니 상
심이 크겠지만 감성이 밖으로 표출되지 않는 함축이 있다. 경련에서
5구의 내용은 농사에는 햇볕이 제일인데 가을비가 이를 훼방한다는 것
이고, 6구는 가을비가 마을의 좁은 길까지 휩쓸고 가는 상황을 보여준
다. 미련에서 7구의 '배롱(焙籠)'은 대오리나 쇠테로 휘어서 만든 기구
다. 이는 바쁠 때는 농사일을 하고 비가 오는 날이나 한가할 때 농기구
를 장만하거나 수선하는 정경을 담아낸 것이다. 길쌈하는 아낙이 고개
들어 하늘을 보는 장면에서 희구(希求)의 상황을 담는다. 가랑비에서
세차게 내린 가을비로 바뀜에도 불구하고 농구(農具)를 준비하며 희망
을 품는다. 이는 아낙의 마음을 통해 다 "말하지 않고 말한 시"[32]의
함축(含蓄)인 것이다. 위 시는 가을에 비가 올 때 볼 수 있는 시골 풍경
의 한 대목을 조망하여 그 흥취를 통해 정경교융을 이룬 작품이라 할
수 있다.

....

32) 안대회, 『궁극의 시학』, 문학동네, 2013, 309쪽.

無謝塵途老僻陬	일찍 속세 떠나 궁벽한 곳에서 늙었으나
一生義理在尊周	한평생 의리는 주나라 섬김에 있었다.
歔欷往事深河淚	지난 심하역에 한숨짓고 눈물 흘리며
慷慨苦懷丙子羞	병자년 치욕에 강개하니 마음만 괴롭다.
厭看紀年毫曆日	즉위년 보기 싫어 역법을 따지면서
獨欽微旨講春秋	홀로 은미한 뜻 받들어 춘추를 익힌다.
如今孤露偏多感	지금처럼 외로운 신세라 정에 치우쳐도
尙幸遺箱手墨留	천만다행이라 유품에 친필이 남았으니

<우견선군문고유감(偶見先君文稿有感)>

위는 이석신이 우연히 선친의 글을 보고 감회가 일어 쓴 시다. 서론
에서 언급한 바와 같이 그의 선친은 선교랑(宣敎郎)을 지낸 이영인(李
榮仁)이고 조부는 사마전설시별좌(司馬典設寺別坐)를 지낸 송정(松
亭) 이복길(李復吉)이다.[33] 수련에서 궁벽한 곳에서 주나라를 섬기는
학문을 했다고 한 것은 해남에 은거하며 선비로서 유학을 실천하며 살
아간 사실을 보여준다. 함련에서 지난 일 중에 심하역(深河役)에 한숨
짓고 눈물을 흘린다는 대목은 1619년 당시 심하전투를 의미한다. 조선
조 강홍립(姜弘立)장군의 부대는 명나라 지원군으로 참여하였다가 후
금에 투항했으나 김응하(金應河)와 충의공(忠毅公) 이유길(李有吉)은
분전하다 전사한다. 여기서 이유길은 이복길과 형제이니 이석신에겐
종조부와 같은 존재다. 따라서 이석신은 종조부의 충의로운 죽음에 대
해 애도한 것이다. 병자호란 당시에 조선이 겪은 수치는 주지의 사실이
다. 경련에서는 당대 사회에서 일어난 임금의 즉위에 관한 예법의 논란
을 중심으로 한 것이다. 그럼에도 불구하고 화자는 미언대의(微言大

---

33) 구사회·박재연, 「『전가비보』와 송정 이복길의 새로운 연시조 <오련가>에
대하여」, 『한국시가연구』 40, 한국시가학회, 2016, 97~117쪽.

義)로 기술된 공자의 『춘추(春秋)』를 익힌다. 이 책은 포폄(褒貶)의 기
능을 통해 역사를 해석하고 평가하는 시금석이다. 미련에서는 이제 선
친이 가고 없는데도 유산으로 남겨준 상자 속에 손수 쓰신 글들이 남았
으니 다행이라 여긴다. 따라서 이 시는 아들이 아버지의 친필을 발견하
고 선대에 당한 애통한 역사적 사건들에 대해 회고하였다. 여기서 선친
의 부재에 대한 안타까움을 노래하여 그 비개(悲慨)의 미감을 드러냈
다고 할 수 있다.

4. 나가며

이번 장은 조선후기에 해남에서 은거한 이석신(李碩臣, 1659~1738)
의 한시에 나타난 미적특질을 규명하고자 『하유당집(何有堂集)』에 수
록된 시문을 중심으로 고찰하였다. 이석신이 교유한 인물을 중심으로
살펴본 선행연구에서 명철보신(明哲保身)과 겸겸군자(謙謙君子)의 자
세로 '청(淸)'과 '직(直)'의 풍격이 드러남을 알 수 있었다. 이 책에서는
한시에 구현된 미적특질을 향토적 시어의 포치, 표현기법과 미적 특질
의 두 부분으로 나누어 살펴보았다.

2장의 향토적 시어의 포치에서 시적 소재의 향토성 반영과 지역 승
경의 형상화 측면에서 다루었다. 먼저 시적 소재의 향토성 반영에서는
'청신(淸新)'한 미감, 소야(疏野)한 미감 등이 나타났다. 또한 군자의
설레임과 담백함이 드러난 충담(沖淡)이 반영되었다. 다음으로 지역
승경의 형상화에서는 어성포의 일상을 형상화한 침착(沈着)한 분위기,
관두산에 올라 일망무제를 바라보며 느낀 웅혼(雄渾)한 작자의 마음,
고찰 무위사 극락전의 고즈넉한 산사의 사제간의 분위기를 유심한 시

선으로 포착한 침착(沈着)이 드러남을 알 수 있었다.

3장에서는 표현기법과 미적 특질을 우의적(寓意的) 기법의 형상화와 한적(閑寂), 영사적(詠史的) 장소의 관조와 전아(典雅), 술회적(述懷的) 회포의 감성과 침착(沈着)의 세 부분으로 나누어 고찰하였다. 첫째, 우의적 기법의 형상화와 한적에서는 절개를 지키고 사는 선비로서 자신의 삶을 알아줄 달의 출현을 고대한 시로써 한적미(閑寂美)가 반영되었다. 또 대설의 경험을 대풍년의 조짐으로 치환하여 자연의 위기를 극복하고자 형상화한 시로써 한적(閑寂)의 분위기가 나타났다. 둘째, 영사적 장소의 관조와 전아에서는 충무공의 무용을 칭송하며 역사적 장소에서 군자의 풍도(風度)를 담았다. 또한 팔마비를 보면서 느낀 최석(崔碩)의 목민관으로서 청렴과 선정을 회고하면서 역사의 현장에서 군자의 풍도를 형상화한 작품 모두 전아함이 드러났다. 셋째, 술회적 회포의 감성과 침착에서는 효자와 학인으로서 살아가고자 하면서도 가난한 선비의 삶 자체에서 살 길을 찾는 선비의 침착(沈着)이 드러난 작품, 아들이 아버지의 친필을 발견하고 선대에 당한 애통한 역사적 사건 등을 회고하며 선친의 부재에 대한 안타까움을 노래한 데서 그 비개(悲慨)의 미감이 드러남을 알 수 있었다.

이 글은 이석신의 한시가 17~8세기 호남(湖南) 한시사에서 해남지역에 거주한 연안이씨(延安李氏)의 한시의 시맥을 밝힌 점에서 의의를 찾을 수 있다. 통시사적으로 볼 때 조선전기의 청련(靑蓮) 이후백(李後白)에서 비롯된 연안이씨 시의 특징이 조선중기 송정 이복길로 이어지고, 이를 다시 조선후기 하유당 이석신이 잇고 있다. 이는 호남에서도 해남에 세거한 연안이씨는 그 시맥의 계보를 청과 직의 풍격을 통해 면면히 계승하고 있다는 사실을 알 수 있는 것이다.

송파 이희풍의
시학 배경과 형상화 양상

1. 들어가며

이 장은 19세기 조선말기(朝鮮末期)의 해남에 거주한 이희풍(李喜
豊, 1813~1886)의 『송파유고(松坡遺稿)』에 나타난 한시를 구명(究明)
하는 것을 목적으로 한다.

이희풍은 조선 전기의 문인인 연안(延安) 이씨 청련 이후백의 후손으
로 자(字)가 성부(盛夫), 호(號)는 송파(松坡)이다. 이희풍의 시가와 시
문을 엮어 그의 아들 이근석(李瑾錫)이 군수 이용우(李容遇)와 향사(鄕
士)들이 모의하여 모금한 자금을 바탕으로 1907년에 『송파유고』로 편
집 및 간행하였는데 권두에 이도재(李道宰, 1848~1909)와 정만조(鄭萬
朝, 1858~1936)의 서문을 실었고, 권말에 조중관의 행장과 이근석의
발문을 수록하였다. 그가 거주한 해남에는 대흥사라는 대찰이 있는 곳

이다. 그렇다면 언제부터 이희풍은 해남에 거주하게 된 것일까? 이는 연안이씨 청련 이후백, 송정 이복길, 하유당 이석신 등으로 이어진 가문의 이주 내용을 통해서 그 일단을 엿볼 수 있다. "정유재란이 일어나자 이복길은 강진 안정동으로 내려가 자리를 잡았다. 나중에는 둘째아들 이영인이 살던 해남군 삼산면 송정리에서 살다가 삶을 마감하였다."[1]라고 한데서 그의 가문이 해남의 송정에 거주하게 된 것을 알 수 있다.

『송파유고』는 상중하 3권 1책의 목활자본으로 인쇄되어 자구의 판별이 쉬운 셈이다. 국립중앙도서관과 규장각, 그리고 성균관대학교 도서관 등에 소장되어 있다. 그 구체적인 내용을 살펴보면 권상과 권중에 시가 217수 수록되었다. 여기서 작시 연도를 제시하지 않고 있어 시기별로 나누기는 어렵고 다만 시체별로 나누고 있음을 알 수 있다. 권하에는 서(序) 3편과 기(記) 5편, 문(文)·명(銘) 각각 1편이 실려 있다. 또한 의(議) 2편, 서(書) 4편, 그리고 설(說) 7편과 전(傳)과 논(論)이 각각 1편이 있으며 부록으로 행장 1편이 수록되어 있어 문집의 기능을 갖추었다고 하겠다. 한시는 영물(詠物), 영사(詠史), 서경(敍景), 술회(述懷) 등을 다루고 있다. 이는 주로 당풍의 경향을 보여준 시로써 형식은 주로 5언·7언 절구 및 율시가 많다. 5언·7언 고시도 11수가 실려 있어 다양하게 시문을 쓴 사실을 이해할 수 있다. 특히 불교와 관련된 인물, 사찰 및 암자를 배경으로 한 불교적 소재를 다룬 시[2]와 누정 및

....

1) 구사회·박재연, 「『전가비보』와 송정 이복길의 새로운 연시조 <오련가>에 대하여」, 『한국시가연구』 40, 한국시가학회, 2016, 103쪽.
2) 불교적 소재를 다룬 한시는 주로 승려 및 절과 암자를 읊은 것이 나타난다. 예컨대, 먼저 승려로는 「숙초의선사방(宿草衣禪師房)」, 「제만휴상인선방(題萬休上人禪房)」, 「수인사우화월상인(修仁寺遇化月上人)」, 「제서산화상영당(題西山和尙影堂)」 등이 있다. 절과 암자로는 「미황사상추화(美黃寺賞

대(臺)를 다룬 시[3)]가 자주 나타난 반면에 서원은 무성서원 한 수 전할 정도다. 이는 이희풍이 해남 송정에 은거하였기 때문에 불가의 스님들과 교유가 잦았던 것으로 보인다. 만휴스님 선방을 읊은 것[4)]을 비롯하여 불교적 색채의 시문이 다수 등장하는 것도 마찬가지 이유다. 여기서 만휴스님은 대둔사에서 만일암의 법회를 주도한 선백 자흔(自欣)이다.[5)] 이처럼 이희풍의 폭넓은 교유와 지역의 명승을 찾은 점을 볼 때 그가 이념적 성향에 개의치 않은 활달한 성품의 소유자라는 것과 19세기 호남의 유교적 지식인이라는 점을 유추해 볼 수 있다.

지금까지 이희풍의 『송파유고』나 그의 삶을 조망한 연구는 없다. 그의 선조들의 시문에 대한 내력을 살펴보면 시맥이 청련 이후백에서 비롯하여 송정 이복길로 이어진다는 사실이다. 구사회·박재연은 그들의 연구에서 이복길이 조부 이후백과 장인인 백광훈(白光勳, 1537~1582)이 16세기 호남가단에서 활동한 사실을 통해 이복길의 당시풍의 한시

....

秋花)」, 「법룡사차벽상운(法龍寺次壁上韻)」, 「칠불암(七佛庵)」, 「관음굴(觀音窟)」, 「진불암(眞佛庵)」, 「내장사상풍(內藏寺賞楓)」, 「옥룡사체우정정명부류(玉龍寺滯雨呈鄭明府瀏)」, 「숙징심사(宿澄心寺)」, 「석문암차남대균운(石門庵次南大均韻)」, 「청신암(淸神庵)」, 「화장대선실(華藏臺禪室)」 등이 수록되어 있다.

3) 누대를 다룬 한시는 지명이 드러난 해남의 「제해안루(題海晏樓)」, 영암의 「구림회사정(鳩林會社亭)」, 전주의 「오목대(梧木臺)」 등이 있고 지역명이 나타나지 않은 「동이명부유송호정(同李明府遊松湖亭)」, 「백운정방김석천(白雲亭訪金石泉)」, 「침계루(枕溪樓)」, 「노성대(老星臺)」, 「기제김처사병간정(寄題金處士屛澗亭)」, 「동백정방민공우(冬柏亭訪閔公佑)」 등이 있다.

4) 『松坡遺稿』, <題萬休上人禪房>, "偶作遊山客 先尋退院僧 襟期渾似水 永夜對寒燈".

5) 한국불교단체총연합회, 『한국불교 위대한 대선사』, 한국불교단체총연합회, 2007, 668쪽.

와 〈오련가〉가 이들 영향 때문이라고 밝히고 있다.[6] 또한 강진과 해남 지역 연안이씨의 풍격이 "조선 중기 청련(靑蓮) 이후백(李後白, 1520 ~1578)으로부터 송정 이복길을 거쳐 조선후기 하유당 이석신으로 '청'의 풍격과 당시풍이 면면히 계승"[7]된다는 연구 성과도 있다. 이들의 사례에서 연안이씨 시맥의 연원을 유추해 볼 수 있는 것이다. 그렇다면 이희풍의 시문은 『대동시선』에 어떻게 수록되어 전하게 된 것일까?[8] 『대동시선』은 장지연(張志淵, 1864~1921)이 1918년에 고조선에서부터 한말까지 이르는 문인들의 한시를 시대 순으로 편집한 시선집이다. 민병수는 「대동시선 해제」에서 "이 책의 편찬은 편자 개인 시선집을 간행하는 단순한 선시(選詩)의 작업에서 그치는 것이 아니고 전통시대의 한시유산을 총정리하는 노력의 일환"[9]이라고 밝혀 그 가치를 부여하고 있다. 더욱이 조규익의 "『대동시선』에 들어와서야 비로소 안목과 인식의 근대화가 이루어졌다"[10]는 지적을 볼 때 여기에 이희풍의 작품이 수록된 점은 이희풍이 당대에 시문으로 어느 정도 알려진 인물이라는

....

6) 구사회·박재연, 「『전가비보』와 송정 이복길의 새로운 연시조 〈오련가〉에 대하여」, 『한국시가연구』 40, 한국시가학회, 2016, 107쪽.
7) 양훈식·이수진, 「하유당 이석신의 한시에 나타난 삶과 풍격」, 『한문학보』 39, 우리한문학회, 2018, 66쪽.
8) 「매화(梅花)」, 「산행(山行)」, 「추흥(秋興)」, 「지리산최고운영당(智異山崔 孤雲影堂)」, 「칠불암(七佛庵)」, 「장수의기비(長水義妓碑)」, 「남원(南原)」, 「옥주기사(沃州記事)」, 「무성서원(武城書院)」, 「남평도중(南平途中)」, 「숙 전가(宿田家)」, 「배민(排悶)」, 「별허소치(別許小癡)」, 「사신당산견과(謝申 棠山見過)」 등의 14수가 수록되어 있다.(장지연(張志淵), 『대동시선(大東詩選)』 下, 아세아문화사, 2007, 429~432쪽).
9) 민병수, 「대동시선 해제(解題)」, 『대동시선(大東詩選)』 下, 아세아문화사, 2007.
10) 조규익, 『조선조 시문집서발의 연구』, 숭실대학교출판부, 1988, 76쪽.

사실을 짐작할 만하다. 그럼에도 불구하고 아직까지 학계에서 연구되지 않고 있다. 이는 이희풍이 호남의 해남이라는 곳에 은거하여 중앙정계에 알려지지 않은데다 또한 진출하고자 하는 의사도 없었던 것과 또한『송파유고』에 대한 접근과 번역이 진행되지 않은 것도 그 이유가 되리라 본다. 이에 이 글에서는 송파 이희풍의『송파유고』에 주목하여 그의 생애와 시학의 배경을 먼저 고찰한 후 시문의 형상화 양상을 다룰 것이다.

2. 송파의 생애와 시학 배경

조선시대 문집을 편찬할 경우에 그 내용에 한 사람의 일대기를 서술한 문장을 행장이라 한다. 이러한 행장에는 그 가문의 세계(世系)를 비롯하여 성명과 자호(字號) 및 관향과 관작, 생몰에 대한 기록, 그리고 언행에 대한 사실과 예화 등을 수록하는 한편 후손들에 관한 것까지 다루는 것이 일반적이다. 행장이 갖는 의미는 당대 인물들이 한 인물에 대해 행하는 주관적이면서도 객관적인 가치를 부여할 만한 글이라 할 수 있다. 따라서 이희풍은 관직을 가진 적이 없기 때문에 더욱 그의 삶을 조명하는데 행장이 중요한 역할을 할 수밖에 없다.

1) 독효(篤孝)의 실천과 통찰의 조감(藻鑑)

『송파유고』에서 행장을 쓴 인물은 앞서 언급한 바와 같이 해남군수 조중관(趙重觀, 1868~?)이다.[11] 이희풍의 아들 이근석은 아버지 사후 20년이 지나서 문집을 간행했는데 그 무렵 유력한 인사에게 행장을 부탁한 것을 알 수 있다. 먼저 조중관은 1907년에 쓴 행장에서 송파의 가문인 연안이씨의 내력과 배경, 송파의 효행에 대한 일화를 비롯하여 학문과 벗과의 관계 및 덕행의 실천, 그리고 조감능력의 일화를 소개하며 그의 생애를 소개한다. 이는 조중관이 목민관으로서 이희풍에 대한 인물을 조망한 것이라 할 수 있다.

행장 앞부분의 내용은 연안이씨의 세계보(世系譜)를 기술하고 있는데 이는 관향과 집안의 인물들을 소개한 내용이다. 이에 대한 설명을 생략하고 이희풍에 대한 행장을 중심으로 그의 삶과 시학의 배경에 대해 살펴보고자 한다.

[1] 공의 휘는 희풍(喜豊)이요 자는 성부(盛夫)이고 호가 송파(松坡)이며 유연옹(悠然翁)의 셋째이다. 순조 계유년 정월 초하루에 무주의 집에서 태어났다. 어려서 특이한 자질과 영특하고 지혜로워 이따금 남들의 생각을 뛰어넘었다. 어버이가 병이 나자 여러 달 자주 의원에 찾아가 날마다 다른 처방을 시행하였다. 하루는 훌륭한 의원을 맞이하였는데 의원이 이미 시행했던 것을 물었다. 공은 어렸으나 곁에 있으면서 호구지책으로 날마다 그 처방을 외웠는데 좌사(佐史)와 분주의 차이가 없었다. 두 명의 형은 불행히 일찍 죽고 집안이 매우 곤궁해진데다 어버이마저 이미 늙으셔서 독서에 오로지 힘을 쓸 수 없었으나 열다섯 살에 이미 경사와 백가에 두루 통달하였고 육예의 문장과 시, 사, 공령(功令)에 통달하지 않은 것이 없으며 명민하면서 전아하였다.[12]

....

11) 趙重觀(1868~?)의 본관은 양주(楊州)이고 호는 규산(奎山)이다. 1899년 경모궁, 환구단, 희릉 참봉을 맡다가 같은 해 11월 시강원 시종관에 임명되었다. 1906년 6월에 강진군수에 부임하여 1908년 12월 해남군수로 발령받기 전까지 재직하였는데, 부임해 오자마자 학교건립에 힘을 써서 8월에는 북산 아래 관서재에 학교를 신설하기도 하였다.

〔2〕 자라서는 비록 나이와 행실이 친구들과 같았지만 모두 그를 스승으로 섬겼다. 사람들은 가깝거나 멀거나, 늙거나 젊거나 할 것 없이 모두 송파선생(松坡先生)이라 일컬었다. 천성이 독실하고 효성이 지극하여 육순에도 새벽과 저물어서도 곁에서 떠나지 않았다. 혹 잠시라도 외출해서는 번번이 어버이께 바칠 음식을 구하여 몸소 메고 와서 자식과 조카, 노복의 손을 빌리지 않았다. 좌우에서 유순한 빛으로 극진히 정성과 힘을 다한 까닭에 높은 벼슬에 뜻을 접고 임천에서 노년을 마쳤다. 그러나 한가롭게 지낼 때에도 작은 절개에 메이지 않았다. 평소 친구 간의 사귀는 것에서는 내각 학사인 소당(蘇堂) 민영목(閔泳穆), 훈련대장 위당(威堂) 신헌(申櫶) 등은 모두 공이 몸을 일으키도록 권면하였다. 그럴 때마다 완곡하게 사양하고 이를 거절하였다.13)

〔3〕 사람을 접대할 때에는 따뜻한 바람과 단비 같았다. 고승과 선비와 시인, 도사 및 읍의 서리와 향원, 어부와 농민, 스님과 대사의 부류들까지 한 번 보면 마음이 기울고 아끼고 사모하는 마음이 짙어지니 저절로 돌아갈 것을 잊고 먹줄처럼 움직여 따랐다. 힘써 널리 한마디 말과 한번 웃음으로 가르쳐 인도하면 사람들이 모두 고금 치란의 자취를 본받아 취하였다. 의와 이를 분별함과 저 군사에 관한 일, 예설, 산천과 초목, 조수의 이름에 대해 해박하지 않음이 없어 널리 질문에 따라 곧 응답하여 육경으로써 이를 갈무리하였다.

....

12) 『松坡遺稿』, "公諱喜豊 字盛夫 號松坡 悠然翁之第三子也 以純祖癸酉正月初一日 生于茂朱寓舍 幼有異姿穎慧 往往出人意 親疾彌數月 屢遞醫 日試異方 一日邀良醫 醫問已所試者 公幼在傍 口計日而誦其方 無佐史分銖之差 有兩兄 不幸早世 家甚褰 而親已老 不能專力於讀書 而年十五 已博通經史百家六藝之文 詩詞功令 無不通 敏而典雅".

13) 『松坡遺稿』, "及長 雖年行同儕 皆事之以師 人無親疎老少 皆稱松坡先生 天性篤孝 至六旬 而晨昏不離側 或少出 輒求供親之需 躬自擔持 不借子姪奴僕之手 左右愉婉 極殫誠力 因以絶意名途 終老林泉 而怡然自適 不少介胸 素所契好者 如閔蘇堂閣學泳穆 申威堂元戎櫶 皆勸公起 輒婉辭".

또 사람을 보는 안목이 밝았다. 가까운 친척 중에 수의어사(繡衣御史)로서 호남을 안찰한 사람이 있었는데 예쁜 미인들이 와서 어사에게 배알하면서 맵시를 다투며 칭송하였다. 그들이 돌아가자 공이 얼굴에 기쁜 빛을 띠지 않자 사람들이 이를 물으니 "이 사람들의 정신은 집을 지키지 않으니 오래가지 못하며, 또 좋게 죽기가 어렵다."라고 하였다. 두어 해 지나 과연 증험(證驗)되었다. 하루는 가까운 마을에 빈천한 사람들이 와서 배알하자 공이 매우 이들을 특이하게 여기며 말하였다. "이 사람들은 오래 지나지 않아 마땅히 크게 번창하리라." 하니 과연 얼마 지나지 않아 천금의 부자에 이르렀다. 사람들이 그 재주를 묻자 공은 "내가 어찌 재주로 하였겠는가? 사람이 지극히 빈천하나 기상이 펴진 듯하고 또 그가 근검하다고 들으니 어찌 번창하지 않겠는가?"라고 하였다. 공이 이러한 사례처럼 기미를 아는 데에 밝은 것이 많았다.[14]

[4] 젊을 때 품은 재능과 기국이 당세에 뜻을 두지 않은 것은 아니나 그 끝내 은둔한 것은 아마도 이미 세상의 도가 어찌할 수 없음을 알아서였으니 힘으로 어쩔 수 없어서였을 뿐이다. 아! 어질도다. 유연옹이 맑고 지조 있는 남방의 본보기를 배웠으니 노사 기정진(奇正鎭) 선생의 학문을 이루어 일찍이 젊었을 때 늘 사람들을 만나면 번번이 송정 이모의 안부를 물으시면서 말씀하시면서 "이 사람은 호남의 한 인물이다."라고 하셨다. 공의 기품과 자질이 비록 남보다 뛰어났으나 가정에서 얻은 것이 아니라면 이와 같을 수 있었겠는

....

14) 『松坡遺稿』, "接人若和風甘雨 碩德宿儒 詩人羽客 以及邑胥鄉愿 漁農僧釋之類 一見遂傾心愛慕幸 然忘歸而動 循繩墨 務廣敎導一言一笑 人皆取法古今治亂之迹 義利之分 與夫兵事禮說 山川草木鳥獸之名 靡不該博 隨問卽應而總之以六經 且明於藻鑑 近戚有以繡衣御史 按湖南者 來拜御史 容貌丰美 人爭艷稱 其歸 公有不怡色 人問之曰 此人魂不守宅必不久 又難令終 數年果驗 近里有貧賤人 一日來謁 公優異之 曰此人非久當大昌 果無幾而致千金 人問其術 公曰吾豈術以爲哉 人在至貧賤 而氣象敷如 且聞其勤儉豈有不昌哉 公之明於知幾多此類".

가? (중략) 광무 십일 년 정미(1907) 5월 하순에 통정대부 강진군수 양산(楊山) 후학 조중관(趙重觀)은 삼가 행장을 올린다.[15]

[1]은 유연옹 이병원(李炳元)의 셋째 아들로 태어난 이희풍의 연안 이씨 가문과 효행의 삶과 일화 및 학문수양의 자세가 소개된 부분이다. 특히 효행의 모습 중에서 의원이 처방한 내용을 외우고 있는 대목에서는 그가 부모의 병간호에 얼마나 극진한 인물이었는지를 알려준다. 여기서 등장하는 '좌사(佐史)'라는 표현은 문맥의 의미에 맞게 '사(史)'를 '사(使)'로 바로잡아 번역하였다. 이는 한의학 용어의 군신좌사(君臣佐使)에서 유래되었다고 보기 때문이다. 한의학에서 여러 가지 약물을 배합하여 처방 약을 만들 때 그 주된 약제와 효용에 따라 정치제도에 비유한 데서 비롯된 처방용어이다. 한편 두 형을 잃고 가세가 곤궁한데도 학문에 전념하여 성취를 이룬다. 따라서 이희풍은 독실한 효를 실천하고 학문 수양에 전념하여 명민하고 전아한 인물임을 알 수 있다.

[2]는 장성한 시기를 소개한 행장의 내용이다. 여기서 그가 친소와 노소에 상관없이 송파선생이라 불린 이유를 소개하였다. 이는 주변 인물들로부터 신망이 두터운 인사라는 사실을 짐작케 하는 것이다. 또한 효행의 사례를 제시하였다. 행장 곳곳에 그가 효자임을 밝혀 주고 있는 셈이다. '유완(愉婉)'은 유순한 얼굴 빛이다. 이것은 '유완동촉(愉婉洞屬)'에서 유래한다. 원래 『예기(禮記)』 〈제의(祭義)〉편에서 "효자로서

....

15) 『松坡遺稿』, "少時抱材器 非不有志當世 而其終于肥遯者 盖已知世道之無奈 而非力之可爲耳 嗚乎賢矣哉 悠然翁逐學淸操 南邦之所模楷 蘆沙奇先生正鎭 嘗少許可每逢人 輒問松汀李某安否 曰是湖以南一人也 公之稟質 雖過人 而非有得於家庭 而能如是乎 (중략) 光武十一年丁未榴夏下澣 通政大夫康津郡守 楊山后學趙重觀 謹狀".

어버이를 깊이 사랑하는 자는 반드시 화기가 있고, 화기가 있는 자는 반드시 유순한 얼굴빛이 있고, 유순한 얼굴빛이 있는 자는 반드시 공손한 용모가 있다. 그리고 효자는 마치 옥을 받들고 있는 듯이 하며, 가득 찬 것을 받쳐 들고 있는 듯이 하여, 공경하고 삼가서 마치 힘겨워 견디지 못할 것처럼 하며, 손에서 곧 놓칠 것처럼 한다."16)라고 한 데서 온 말이다. 이는 자식으로서 어버이를 대할 때 온화한 낯빛, 공손한 용모로 귀중한 것을 받들 듯이 하여야 한다는 효자의 태도를 나타낸다.

이희풍이 교유한 인물은 주로 외교업무를 담당한 이들로 이는 소당(蘇堂) 민영목(閔泳穆, 1826~1884)과 위당(威堂) 신헌(申櫶, 1810~1884)이다. 민영목은 내각의 학사를 지낸 명성황후의 11촌 조카로서 조선말기 문신이다. 그는 1883년 미국과 수호통상조약을 체결할 때 독판교섭통상사무를 담당하였고, 독일총영사 자페와 한·독수호통상조약을 체결당시 전권대사 등을 지낸 인물이다. 신헌은 1866년 병인양요 당시 총융사, 1874년 진무사 훈련대장, 1876년 운요호 사건 당시 판중추부사로서 일본과 조일수호조규를 체결, 1882년에는 미국과 조미수호통상조약을 체결한 조선 말기의 무신이자 외교관이다. 따라서 해남의 송파 이희풍이 주로 외교업무를 담당한 문무의 고관들과 교유한 점에서 그의 교유의 폭과 식견을 알 수 있다.

〔3〕은 접빈객의 자세, 해박한 지식과 조감(藻鑑)능력을 보여준 사례를 든 부분이다. 여기서 조감은 사람의 겉을 보고도 그 사람에 대해 판단할 수 있는 식별능력을 말한다. 먼저 이희풍의 사람됨은 사람을 대할 때 온화하고 단비 같고, 많은 사람들이 그를 본보기로 삼아 따랐

....

16) 『禮記』, 「祭義」, "孝子之有深愛者 必有和氣 有和氣者 必有愉色 有愉色者 必有婉容 孝子如執玉 如奉盈 洞洞屬屬然如弗勝 如將失之".

음을 보여준다. 다음으로 남을 가르칠 때 학식이 풍부하여 고금치란과 군사에 관한 일, 예(禮)에 관한 것, 산천과 초목, 조수의 이름에 대해 밝다. 이때에도 육경으로 갈무리하였다는 것을 볼 때 그가 선비로서 갖추어야 할 학문적 역량을 보여주는 대목이다. 마지막으로 그의 안목은 뛰어나서 친척을 찾아온 인물들이 제대로 된 죽음을 얻지 못할 것을 맞춘 사례, 가난한 인물이 크게 번창하게 될 것을 적중한 예까지 지인지감이 뛰어난 인물이라는 것을 보여준다. 이는 『주역』에서도 언급한 바와 같이 기미를 아는 데에 밝았다는 것이다.

[4]는 이희풍이 은둔한 이유와 노사 기정진도 인정할 만한 유연옹 이병원의 기품과 자질이 뛰어나다는 점을 밝혀준 대목이다. 이희풍의 기품과 자질은 아버지 유연옹의 품성을 물려받은 것이다. 이는 호남에서 은자들 중 연안이씨의 유연옹이 당대에 어느 정도 덕망을 인정받고 있다는 것을 보여주는 부분이라 할 수 있다. 따라서 송파 이희풍은 아버지 유연옹의 훈도 덕분에 자신의 재능과 기국을 키웠고 이를 바탕으로 세상의 도가 펼쳐지는 때가 아니라는 시대적 인식을 갖게 되었으며 둔세를 선택하였음을 이해할 수 있다.

요컨대 이희풍은 독실한 효행과 사서육경을 터득한 학문과 덕행이 뛰어난 선비였으며 인물의 기미를 보고 판단하는 조감능력이 뛰어났지만 당대 시대상의 한계를 인식하고 출사하지 않았음에도 당대의 고승과 명사들과 폭넓은 교유를 하며 살아간 해남의 은일지사였다는 것이 조중관의 행장 전문에서 드러난 사실이었다.

2) 성정(性正)의 인식과 시학의 배경

이희풍은 15세에 경사에 통달하고 시문을 잘 지었고 그가 성년이 되어서는 동년배들이 그를 스승으로 삼아 송파선생이라 불렀다고 한다. 또한 천성이 효성스러워 60세에 이르기까지 부모님을 옆에서 모신 효자라는 사실을 앞서 살펴보았다. 그가 시를 배운 스승에 대한 구체적인 언급은 다음을 통해 알 수 있다. 먼저, 허련(許鍊, 1809~1892)이 1879년에 소개한 『소치실록(小癡實錄)』의 내용에서 이희풍의 시학에 대한 일단을 이해할 수 있다.

『초의집(草衣集)』의 「초의대사탑명」에 "초의선사가 이미 열반한 지 6년이 되던 해에 (초의의 제자) 선기 등이 그 유치(遺齒)를 모실 탑을 세우고 나에게 탑명을 부탁했다. 내가 총각 때부터 대사를 따라 시를 배웠으니 정의가 두터웠다."[17]라고 한데서 허련과 이희풍의 시 스승이 초의선사 의순(意恂, 1786~1866)임을 알 수 있다. 또한

> (초의)선사가 마침내 새 절을 지어, 일로향실로 (거처를)옮겨 지내다 가 열반하였다. 그의 고제(高弟) 서암이 (초의의) 의발을 받았는데 지금 은 진불암에서 머문다. 작년 7월 나와 이희풍(李喜豊)이 함께 종상재 상청에 가서 조문하였다[18]

이는 허련과 이희풍이 초의선사를 찾아가 조문한 내용이다. 여기서 일로향실(一爐香室)은 추사 김정희가 제주도 대정에서 보내준 현판을 단 다실의 이름이다.[19] 그 두 사람이 젊은 시절에 초의선사를 스승으로 모시고 공부한 것으로 유추해 볼 수 있다. 따라서 이희풍의 시문에서

....

17) 「초의의 '동다송'」, 『법보신문』, 2011.10.11. "師旣歿於六年 善機等奉其遺 齒 將治堵而藏之 請文於余 余自總角時 從師學詩 契誼素厚".

18) 「초의의 '동다송'」, 『법보신문』, 2011.10.11. "草師竟建新殿 移處一爐香室 老而示寂 其上足恕庵善機受衣鉢 今在眞佛庵 昨年七月 余與李松坡往哭其 終祥齋所焉".

19) 심경호, 『간찰, 선비의 마음을 읽다』, 한얼미디어, 2006, 296쪽.

불교적 색채가 나타난 것은 초의선사의 영향이라고 말할 수 있는 것이다. 다음의 시문은 초의선사와의 관계를 이해할 수 있는 작품이다.

香烟散翠壁 향불 연기는 이끼 낀 절벽에 흩어지고
磬韻落靑林 풍경 소리가 푸른 숲속에 사라진다
夜話多於睡 졸려도 이야기는 밤새 이어지는데
窓間月影深 창문 사이로 달그림자 짙어 온다
<숙초의선사방(宿草衣禪師房)>

초의선사의 방에서 유숙하며 쓴 시다. 초의 의순은 다도삼매(茶道三昧)로 유명한 인물이다. 위의 시는 초의선사와 밤을 지새운 장면이 고스란히 담겨있다. 향불연기는 산사라는 표현을 해 준 것이고 그 연기가 이끼 낀 절벽으로 흩어진 것을 볼 수 있기에 따뜻한 계절이라 문을 활짝 열어젖힌 선방임을 짐작게 한다. 밖에서는 풍경소리가 울려 퍼지니 적막한 밤의 정경이다. 밤에 두 사람이 나눈 대화는 아마도 사제 간의 정의가 담긴 이야기였으리라 추측할 수 있다. 어느새 달그림자 짙어진다는 사실에서 시간의 추이를 그려내고 있다. 이 시는 시각과 청각, 후각의 복합적 감각을 동원하여 그린 듯 그리지 않은 시로 사제 간의 정감을 당시의 정경만으로 심도 있게 담아낸 작품이라 할 수 있다.

다음에서는 이근석(李瑾錫)이 지은 발문에 그의 아버지 이희풍의 성정의 인식과 시학 배경이라 할 수 있는 내용이 소개되는데 이를 내용상 두 단락으로 나누어 살펴본다.

〔1〕 아아! 선군자의 아름다운 행실과 문장의 재주에 대해 당시 선비와 군자들의 공론이 있었는데 불초가 어찌 감히 이를 사사로이 여겼겠는가? 그러나 전(傳)에 "부지불명불술불인(不知不明不述不仁)"이

라 하였으니 무릇 선군자가 훌륭하다는 것을 아는 사람은 오직 불
초(不肖)와 평소 따르던 사람과 제자를 통해서이다. 이제 선군자가
돌아가신지 22년이 되었으니 날마다 따르던 제자들도 대부분 세상
을 떠났고 견마(牽馬)하던 이들도 벌써 오십이 되었으니 지금 짓지
않으면 어찌 겨를이 있겠는가? 하물며 선군자께서 보배를 품고 세
상에 은둔하여 시행하거나 본 것이 없는 자로서 오직 남겨진 원고
만 있을 뿐이니 어찌 행장을 지어서 전하지 않을 수 있겠는가? 이렇
게 놀라 허둥대는 계획으로 빨리 판각을 하고자 한 것이나 힘은
부족하고 근심이 되었다. 다행이 여러 군자들의 의로운 도움에 힘
입어 두륜산의 심적암에서 일을 시작하였으니 이곳은 옛날에 지팡
이와 신을 놓고 쉬던 곳이다.[20]

[2] 아아! 선군자의 저술이 일찍이 많았으나 대부분 흩어져 잃고 거두
지 못하였으며 거둔 것도 손수 깎아낸 것이 많다. 일찍이 가친께서
하신 말씀이 "시는 성품이 바르지 않으면 문장이 좋을 리 없다. 비
록 많다 해도 어찌 지금을 위하는 것이며 존재하는 것은 겨우 구정
의 한 점의 고기일 뿐이다."라고 했다. 엮은 책의 시는 216수이고
문장은 20수이며 잡저 약간이니 나누어서 세 권으로 만들었다. 처
음부터 끝까지 작업한 사람은 문인 중에 강군 지흠(志欽)으로 공이
많다. 아아! 불초하여 부모가 늦게 낳고 기르시느라 일찍 부지런히
배울 기회를 잃고 장성하여서는 집안이 쇠퇴하고 말아서 스스로의
힘으로는 마침내 선대의 가르침을 위배하는 죄인에서 벗어날 수 없
게 되었다. 오직 만에 하나라도 속바칠 수 있는 것은 우리 선군자의
언어와 문자를 저술하여 우리 뒤에 올 후손들에게 주는 것뿐이다.

....

20) 『松坡遺稿』 "嗚呼 先君子制行之懿 文章之工 有當時士君子之公論 在不肖
何敢私焉 然傳曰不知不明不述不仁 凡知吾先君子之美者 惟不肖 與平日從
遊 及及門者 而今先君子之歿 二十有二年矣乎 日從遊而及門者 亦多凋零 犬
馬之齡 遽已五十若迨今 不述奚之暇乎 況先君子懷寶遜世 無所見於施爲所
見者 惟遺藁耳 烏可以不述而傳之 用是瞿瞿謀 所以亟行鋟梓 而力絀爲患 幸
蒙數君子之義助 開役于頭輪山之深寂庵 是昔杖屨之所也".

배진공(裵晉公)과 문종(文種)처럼 부응하여 끊이지 않을 것을 바란다. 우리 자손들이여 바로 힘쓸지어다. 정미 오월 일에 불초 근석은 울면서 삼가 쓰다.[21]

[1]은 이희풍의 아들 이근석이 정미년(1907) 오월에 쓴 발문이다. 이근석이 아버지 이희풍과 주변 인물들을 들어 아버지의 삶을 조망한 셈이다. 여기서『송파유고』의 발행시기와 장소가 구체적으로 드러난다. 발행시기는 이희풍이 죽은 지 22년이 지나서 발행하였고 그 장소는 바로 자주 유람하던 해남의 두륜산 심적암(深寂庵)이었다는 사실을 알 수 있다.

[2]에서 드러난 사실은 이희풍이 시문을 강조한 점과『송파유고』가 세 편으로 이루어졌는데, 그 구성이 시, 문장, 잡저의 순으로 이루어졌음을 알 수 있다. 그 구체적인 형식을 살펴보면 시는 216수, 문장은 20수, 잡저로 구성되었다. 문인 중에 강지흠(姜志欽)이『송파유고』편찬에 시종을 함께 하였으나 그에 대한 인물정보는 자세하지 않다. 한편 중국의 배진공(裵晉公)과 문종(文種, ?~B.C. 472)을 통해 후손들에게 경계를 한다. 배진공은 당 헌종(唐憲宗) 때의 명재상 배도(裵度, 765~839)로서 이덕유, 한유등의 명사를 추천하고, 이광안, 이소 등의 명장을 중용하고, 유우석 같은 인재를 보호하여 중앙정부를 위협하던 세력을 억제하는데 일조한 인물이다. 문종은 춘추 시대 월(越)나라의 대신이

....

21)『松坡遺稿』"嗚呼 先君子著述 嘗富矣 多散佚不收 所收者亦多手刪 嘗謂所親 曰詩無性正 文不理勝 雖多亦奚爲 今所存僅九鼎一臠耳 編之詩爲二百十六首 文二十首 雜著若干 分爲三卷 始終于役者 門人姜君志欽之功居多焉 嗟乎 不肖以父母晚育 早失勤學 壯而家旁落 不能自力竟未免違背 先訓之一罪人 惟可以萬一之贖者 述吾先君子咳唾之餘 以貽我後來子孫 有以副裵晉公 文種 無絶之望也 吾子孫乎 其勉乎哉 丁末五月日 不肖瑾錫 泣而謹書".

자 모략가로 국내의 정치를 안정시키면서 오나라를 멸망시키는 데 기여하였으나 범려의 말을 따르지 않고 월나라 왕 구천에게 죽게 된 인물인 것이다.

다음은 어떤 사람에게 답하는 편지 형식으로 이루어진 글에 이희풍의 시학 정신이 잘 드러난다.

〔1〕 편지를 받아보니 두 수의 시는 맑고 아름다워 습성이 갑자기 사라져 사람으로 하여금 매우 위로가 됩니다. 시를 짓는 자는 고금의 체재(體裁)를 아는 것이 중요합니다. 당나라는 풍취(風趣), 송나라는 정치(情致)를 숭상합니다. 명나라 사람은 당풍을 배워 기상이 약하고, 청나라 사람은 송시를 배워 말이 각박합니다. 신라에서 최고운(崔孤雲)은 일찍이 중국에 유학하여 뛰어나고 고고(孤高)하여 당연히 동방의 시조(詩祖)가 되었습니다. 고려의 십팔학사는 온아(溫雅)하여 법도가 있습니다. 본조에 이르러서는 지극히 성하였으나 끝내 인재를 선발하고 천거할 일은 아니므로 문필에 종사하는 선비로서 전공한 이가 드물었습니다. 근래에 시의 운율과 품격은 점점 낮아져 선배들에 미치지 못함이 한참 심합니다.

〔2〕 동인의 문학과 예술은 일찍이 천하에 드러난 것을 칭송하였으니 시는 문학의 정수(精髓)이고 만대를 지나도 폐할 수 없는 것입니다. 맥 빠지게 떨치지 못함이 이와 같다면 바로잡고 고치는 방법을 마땅히 쌍기(雙冀)의 과거제를 따라서 성률(聲律)로 선비를 뽑아야합니다. 실속 없고 겉치레한 것을 물리치면 대아(大雅)의 음을 다시 만들 수 있으니 또한 아래에 있는 것이 아닙니다. 의논할 것은 마땅히 품격을 따라야 합니다. 눈에 비친 달빛이나 성령(性靈)을 빛을 때는 먼저 평담(平淡)을 근본으로 삼아야 합니다. 정경(情景)이 서로 부딪칠 때에는 농려(濃麗)가 조금 나타나야 합니다. 비유컨대 흰색으로 산수를 그리듯 대략 색을 칠합니다. 신운(神韻)은 바른 법으로 짓는 것을 잃지 않는 것이 더 낫습니다. 혹 재주가 뛰어난 사람이

라고 홀로 서서 알삽(戛澁)을 고회(古恢)로 여기고, 질타(叱咤)를
웅혼(雄渾)으로 삼아 한 세대의 눈을 가리는 자라면 또한 어리석지
않겠습니까? 당시(唐詩)는 별도로 선발하여 손으로 베껴 쓰고 입으
로 외워 융화되어 익숙해지기를 기약해야 합니다. 다음으로 한위
(漢魏)의 고시(古詩)와 도연명(陶淵明)과 두보(杜甫)의 선집을 읽으
면 흉금이 저절로 툭 터집니다. 문로(門路)는 바름을 물리치고 근세
에 나온 시학의 여러 책들은 격조를 나누어 배열하여 천기를 깎아
서 다치게 할 것이니 선가(仙家)의 조병과 같아 꼭 볼 필요는 없습
니다.22)

[1]은 평소 배운 티가 덜 나게 쓴 시문을 받아 보고 이제 시 짓는
사람이 알아야 할 시 체재와 시의 운격(韻格), 즉 시에 대한 운율과
품격이 사라져 감을 안타까워 한 마음을 보여 주고 있다. 이는 아마도
시를 공부하고자 하는 사람이 보내준 2편의 시를 보고 답한 편지글로
그 대상은 '욕시(辱示)'라는 관용 표현으로 볼 때 이희풍 보다 연장자였
을 것으로 추측할 수 있다. 살펴보건대 먼저, 중국의 각 시대별 시의
특징을 서술하여 그 숭상하는 점을 강조한다. 먼저, 당나라는 풍취, 송

....

22) 『松坡遺稿』「答人書」 "辱示 二詩淸佳 習氣頓去 令人甚慰 爲詩者 要識古今
體裁 唐人尙風趣 宋人尙情致 明人學唐而氣弱 淸人學宋而語刻 新羅崔孤雲
早遊中國 超詣孤高 當爲東方詩祖 高麗十八學士 溫雅有法 至本朝極盛 終非
選擧之業 故鉛槧之士 鮮有專治 近來韻格漸下 不及前輩遠甚 東人文藝之稱
夙著天下 詩者文之精華也 歷萬世不能廢者 而藹然不振如此 矯革之方 當循
雙翼科制 以聲律取士 黜其浮華 則大雅之音 可以復作 亦非在下者 所議須乤
品 題雪月陶寫 性靈先以平淡爲本 情景相値之際 濃麗少現 譬如白描 山水略
有設色 神韻倍勝 不失爲正法 或有雋才獨立 以戛澁爲古恢 以叱咤爲雄渾 欲
掩一世之目者 不亦愚乎 別選唐詩手抄口誦 期爲融熟 次讀漢魏古詩 陶杜集
胸襟自然透脫 門路却正 近世所出詩學諸書 分列格調 斲傷天機 有似禪家祖
病 不必耽看也".

나라는 정취를 강조하고 이어서 명나라는 당풍을 배운다는 것과 그 문제점이 기상이 약하다는 점, 청나라는 송시를 배운 시대라 언어가 각박하다는 점을 단점으로 꼽는다. 다음으로, 우리나라의 예를 들고 있다. 신라조의 최치원이 시에 있어 조종이라고 밝힌다. 고려조는 십팔학사의 시문이 온아(溫雅)함이 있다는 점을 고평하였다. 그리고 조선조는 시는 많으나 시문을 전공하는 이가 적고 그 운율과 품격이 낮아지는 점을 안타까워한다. 요컨대 이희풍이 시학에 대한 관점의 정립과 시문 교육 방법에 대한 체계를 체득하고 있다는 사실을 그의 한중 시대별 한시의 장단점에 대한 이해와 내용 설명에서 이해할 수 있다.

[2]에서 이희풍의 시학관이 드러난다. 먼저 시는 문학의 정수라는 점을 밝히고 과거제에서 쌍기의 성률로 인재를 뽑아야 함을 역설하면서 시에 대한 품격을 논한다. 첫째, 평담을 근본으로 삼아야 함을 강조한다. 특히 눈에 비친 달빛과 마음을 빚을 때엔 평담이 필요하다고 본다. 이는 그가 평담을 시학의 최우선으로 여긴 것을 알 수 있다. 이어서 농려, 신운, 고회, 웅혼 등을 각각의 방법에 맞추어 제시한다. 여기서 그가 우선시하는 품격에 따라 그의 시학관이 담겨 나타남을 알 수 있다. 둘째, 시를 배울 때 기준으로 삼아야 할 것을 제시한다. 당나라의 한시, 한나라와 위나라 시대의 고시, 도연명(陶淵明, 365~427)과 두보(杜甫, 712~770)의 선집을 읽도록 권장한 내용이 그것이다. 여기서 그가 강조하는 시는 당나라 때의 근체시가 기준이며 이를 모범으로 삼은 뒤에 그 앞선 한위시대의 고시가 그 다음이 된다는 사실을 보여준 셈이다. 인물로는 도연명과 두보의 시를 읽도록 권하는데 도연명은 자연과 평담을 기준으로 한 인물이고, 두보는 시성이며 '시사(詩史)'로 일컬어진 인물이니 시학공부에 있어 모든 격을 배울 수 있다고 본 것을 알 수 있다. 아울러 어느 학파에 들어가는 것은 성정을 가로막는 것이며

근세에 나온 시학 책들을 꼭 읽을 필요는 없겠다는 점을 덧붙인다. 요 컨대 이희풍이 시학에서 강조한 품격은 평담이며, 농려, 신운, 고회, 웅혼 등을 강조한 점이 드러났다. 또한 당시의 근체시를 기본으로 한 뒤에 한위의 고체시를 익히고, 시인으로는 도연명과 두보의 시를 읽도 록 한 점을 알 수 있다.

3. 시문의 형상화 양상

『송파유고』에 수록된 한시는 오언절구, 오언율시, 칠언절구, 칠언율 시, 고시 등으로 나누어 수록되어 있다. 시의 소재와 내용을 보면 인물 을 다룬 시, 산수자연을 노래한 시, 사물의 특징을 노래한 영물과 관련 된 시, 특정 장소를 읊은 시, 사찰을 다룬 시, 누정과 대를 읊은 시, 술회시 등이 나타난다. 그중에서 불교 인사와 절을 다룬 시문이 다수 소개되고 있고 특정 장소는 역사적인 영사의 공간으로 담아낸 점이 그 의 시문에 드러난 특징 중 하나라 할 수 있다.

먼저 인물을 다룬 시에서는 불가의 인물, 역사 인물, 지인으로 나누 어 살펴본다. 불가의 인물로는 초의선사(草衣禪師) 의순(意恂, 1786~ 1866), 만휴상인(萬休上人), 화월상인(化月上人), 서산화상(西山和尚) 휴정(休靜, 1520~1604), 철선선사(鐵船禪師) 혜즙(惠楫, 1791~1858) 등 이 나타난다. 대부분 해남의 대흥사, 강진의 만덕사, 백련사를 중심으 로 활동한 인물들로 주변지역의 스님들을 다루었음을 알 수 있다. 다음 으로 역사 인물은 지역을 탐방하여 그곳의 대표적인 인물을 다루었다. 고금도에서 충무공 이순신(李舜臣, 1545~1598), 지리산에서 최고운(崔 孤雲), 임실에서 건재 김천일(金千鎰, 1537~1593), 장수에서 의기 논개

(論介, ?~1593), 그리고 어재연(魚在淵, 1823~1871) 장군을 애도한 시문 등이 그것이다. 여기서 한 가지 주목할 만한 사실은 최치원을 제외하곤 모두가 충의로운 인물들이며 특히 나라가 위태로울 때 한목숨 기꺼이 바친 인물들이라는 점이다. 이러한 성향은 연안이씨 한시의 특징이라 할 수 있는데, 하유당 이석신의 시에서도 충정직절(忠情直節)의 모습이 드러난다는 점에서 알 수 있다.[23] 끝으로 지인들로는 대부분의 문인들이 그러하듯 다양한 인물군이 존재한다. 관리로는 수사(水使)를 지낸 허진(許璡), 병사(兵使) 신헌(申櫶), 정언(正言)을 지낸 김둔암(金鈍庵), 김위장(金衛將), 승지(承旨) 서만파(徐晩坡), 신당산(申棠山) 등이 있다. 가장 두드러진 벗으로는 망년지우 백파(白坡) 신헌구(申獻求)이며 그 밖에 지인들로 미산(薇山) 안병추(安秉樞), 금양(琴陽) 윤종민(尹鍾敏), 공삼(公三) 안영모(安聆兒), 인화(仁和) 김장호(金章湖), 극초(克初) 강재복(姜在復), 좌명(左溟) 손전(孫甸), 이명부(李明府), 양호경(梁浩卿), 조두남(趙斗南), 전사홍(全士弘), 김석천(金石泉), 명부(明府) 정류(鄭瀏), 소치(小癡) 허련(許鍊), 차금(車琴), 이인서(李寅瑞), 박덕현(朴德鉉), 김익지(金翼之), 김찬경(金贊卿) 해사(海史) 김숙(金翽) 등이 있다. 요컨대 이희풍의 인물관계를 살펴보면 은일지사로서 유불(儒佛)의 인사들을 막론하고 교유하였으며 지위고하에 상관없이 폭넓은 교류를 하였다는 사실을 알 수 있다.

다음에서 이희풍이 읊은 다양한 시문을 구체적으로 살펴보자.

....

23) 양훈식·이수진, 「하유당 이석신의 한시에 나타난 삶과 풍격」, 『한문학보』 39, 우리한문학회, 2018, 56~61쪽 참조.

1) 사물의 정밀한 관찰과 경물의 형상화

이희풍은 그의 시문에 사물을 들어 자신의 품격을 드러내고자 한 것을 알 수 있다. 이는 영물시에 자주 등장하는데 대표적으로 매화가 있다.

一尺寒梅樹	추위 속 한 자쯤의 매화나무
開花傍竹扉	대 사립문 곁에서 꽃을 피웠다
莫移盆上去	화분에 옮겨 심지 말았으면
明月恐相違	밝은 달과 서로 헤어질테니

<매화(梅花)>24)

위 시는 『송파유고』의 오언절구 중 첫째 작품이다. 매화는 사군자 가운데 절개를 상징하며 세한삼우 중에 한가지다. 추위 속에서도 아랑곳하지 않는 기상을 높은 인품에 비유하여 세한삼우라 부른 것이다. 이 때문에 학문하는 선비들이 그 고아한 품격을 지닌 매화를 즐겨 읊는데 송파도 예외는 아닌 셈이다. 매화는 밝은 달빛에 비칠 때 그 고결함이 더욱 빛난다. 이러한 자연 상태에서 매화의 본성이 빛을 발하기 때문이다. 3구에서 화분에 심지 말라는 것은 감상자가 인위적으로 하는 행위가 자연 그대로의 매화의 본성을 해치는 것을 막고자 한 것이다. 이를 통해 지은이는 "시의 세계에 자유롭게 소요할 시정(詩情)"25)을 지닌 것으로 볼 수 있다.

다음 시는 봄날 산행 중의 감회를 오언절구 5수 중 일부의 시문을 살펴보자.26)

....

24) 『松坡遺稿』, 「卷上」.
25) 김기, 『한국 한시 100선』, 문사철, 2016, 109쪽.
26) 〔1〕層巖有點土 층층 바위 점토 위에 / 躑躅倒垂花 철쭉꽃이 거꾸로 드리운

[3] 小蛙紅錦腹　　작은 개구리 붉은 금빛 배
　　怪鳥綠紋翎　　이름모를 새의 초록무늬 날개
　　樵客何妨汝　　땔나무꾼이 하필 널 훼방하여
　　驚逃不見形　　놀라 달아나 형체도 볼 수 없다

<산행(山行)>

　　이 〈산행〉 시 전체 5수는 봄날에 산속에서 봄비 내린 뒤 볼 수 있는
청신하고 싱그러운 정취를 담아낸다. 이는 전체의 분위기가 맑고 깨끗
하며 붉고 짙은 색이 대비되어 그 맑음[淸]의 풍격이 더욱 두드러진다
고 할 수 있다. 그 중 [3]에서 기구는 개구리의 모습을 자세히 관찰하여
담아낸다. 크기는 작고 붉은 비단 배를 가졌으니 비단개구리, 즉 무당
개구리라 하겠다. 이는 알록달록하지만 겉으로 볼 때 아름다운 모습은
아니다. 시인은 다만 사실 그대로를 묘사한 셈이다. 승구에서 새의 모
습이 그 깃털의 빛깔은 푸른 무늬이지만 이름을 알 수 없어 괴이한
새라 칭한다. 기구와 승구에서는 붉은 비단 배를 가진 개구리와 초록무
늬 깃털을 한 괴이한 새를 대우법으로 짝을 맞추었다. 특히 색감의 대
조를 통해 그 모습을 드러낸다. 전구에서는 나무꾼이 등장한다. 이 나
무꾼은 개구리와 새들을 놀라게 하는 존재이다. 나무꾼이 하는 도끼질

....

다/ 萬水千峯裏 온갖 봉우리에서 흐르는 물처럼/ 悠悠度歲華 세월은 유유히
흘러간다 [2]名山春雨後 명산에 봄 비 내린 뒤라 / 藥草發微香 약초 향이
은은하다/ 麋鹿時來吃 고라니 때맞춰 와서 먹으니/ 身輕壽益長 몸은 가벼워
더욱더 오래산다 [4]臨泉試一飮 샘물 찾아 한 번 마시려고/ 槲葉拗爲杯
떡갈나무 잎으로 잔을 삼다 / 浸手憐淸爽 맑고 서늘한 물에 손 담그니 시리
고/ 涓涓弄碧苔 졸졸졸 흐른 물에 푸른 이끼 반들반들/ [5]蔚然蒼玉洞 울창
한 숲속이라 콧구멍이 벌름/ 昔有採神芝 옛날에 신농씨가 찾던 지초를 캔다
/ 我欲焚香禱 향불 태워 기도하다가 문득/ 留延十日期 십일 쯤 더 머무르고
싶다.

이나 바닥을 긁는 따위가 이들에겐 두려움을 줄 수 있다. 이 때문에 놀라 달아나게 하는 훼방꾼이 되는 것이다. 결구에서는 이제 보이지 않게 된 이들에 대한 아쉬움이 드러난다. 그러나 시속에 있어 개구리나 새소리 등의 청각적 심상은 전혀 드러나지 않는다. 주로 시각적 심상에 의해 시문이 전개된다. 따라서 이 시는 산행에서 마주칠 수 있는 존재이나 더 이상 볼 수 없는 아쉬움을 유심하게 포착한 시인의 따뜻한 마음이 드러난 작품이다.

다음의 시는 가을의 흥취를 노래한 세 수로 된 작품이다.

野人新稻熟	농부들은 햅쌀이 여물자
作飯祭家神	밥을 지어 가신에게 제사하고
佳節無如此	가절이라 더할 나위 없으니
招招餉四隣	온 마을 사람 불러서 대접해야지[27]

菘菜抽心綠	무와 배추를 뽑으니 속까지 푸르고
辣茄照眼紅	매운 고추가 눈에 비추니 붉다
新鷄生羽翰	햇병아린 깃털 돋아 날갯짓하며
來啄葉間虫	잎들 사이의 벌레를 쪼아 먹는다

少年多習氣	소년들은 늘 그렇듯 습관처럼
風露不知寒	바람과 이슬 추운 줄도 모르고
夜夜燃松火	밤마다 관솔불 밝혀놓고
捕魚白石灘	여울가 흰 바위에서 고기잡는다

<추흥(秋興)>

....

27) 『詩經』, 「匏有苦葉」, "招招舟子, 人涉卬否. 人涉卬否, 卬須我友.]"라는 말에서 차용한 것이다.

위의 시는 감성을 묘파해 낸 솜씨가 탁월한 가을의 흥취를 담은 작품이다. 첫 수는 한가위를 맞아 햅쌀을 가지고 밥을 지어 오곡의 풍성한 수확을 집안의 신에게 제를 올리는 정경을 담아내고 있다. 그리고 혼자그 밥을 먹는 대신에 마을 사람들과 그 풍요를 함께 나누고자 하는 따뜻한 감성을 담아낸 것이다. 둘째 수는 가을 햇살에 무, 배추, 고추를 수확하는 정경을 담아내었다. 이는 농사짓는 유자로서의 삶에 자족하는 모습이 무언으로 담겨 나타난 것이다. 햇병아리가 깃털이 돋아나 잎 사이의 벌레를 쪼려고 하는 모습은 노란 색감을 띠고 있어 가을의 흥취를 만끽한 점을 말하지 않고도 말하여 짙은 생명력이 느껴지게 하는 대목이라 할 수 있다. 셋째 수는 어느새 시간이 밤으로 향한다. 그 지역 소년들이 하는 모습에서 지역의 생동감이 나타난다. 따스한 낮의 정경이 사라지고 추워지는 가을밤에 추운 줄도 모르고 관솔불 밝히고 여울 가 바위 위에서 낚시를 한다. 이 모습은 오랜 시간 관조한 유자의 모습을 넌지시 보여 준 것으로 가을의 정경이 교융되어 나타난 작품이라 할 수 있다.

다음은 이희풍의 오언시 가운데 경물이 묘사된 〈미황사상추화(美黃寺賞秋花)〉 네 수를 차례로 살펴보자.

西庵人獨宿	서쪽 암자에선 스님이 홀로 자고
南浦鴈初飛	남쪽 포구에서 기러기 처음 날아오른다
灼爍園中草	터질 듯 활짝 핀 정원의 화초들
應知節序歸	응당 절기가 돌아온 줄 알았구나

<안래홍(鴈來紅)>

첫째, 미황사에 핀 가을꽃의 정경을 묘사한 작품 중 첫 번째 수이다. 여기서 안래홍(鴈來紅)은 원래 인도와 동남아시아가 원산지인 색비름

이라고도 한다. 관상용으로 쓰이는데 불교적 분위기에 어울리는 꽃이라 할 수 있다. 기구와 승구에서 먼저 정태적인 자연물인 암자와 포구를 앞서 배치하고 이어서 동적인 스님과 기러기를 뒤에 놓아 내용이 서로 정-동으로 대비되어 그 생명력이 더욱 두드러진다. 경련에서 경내의 정원에서 늘 그 자리에 있어 시절을 알지 못할 것 같은 화초가 터질 듯 활짝 피었다. 그러니 기러기가 날아와서 앉을 만한 이름인 안래홍인 셈이다. 그러나 미련에서는 갑자기 자연 경물에서 사철의 때를 아는 꽃으로 인식하며 갈무리한다. 이는 때맞추어 잊지 않고 꽃을 피운 안래홍의 입장을 노래한 것이라 할 수 있다.

다음은 둘째, 벽환향을 읊은 작품이다.

> 瑤色生華跗　　푸른 빛 돋아난 꽃의 받침
> 巖間抱晩香　　바위 틈에서 늦도록 향기 품는다
> 湛然僧眼碧　　담담히 스님의 눈은 벽환향을 향하고
> 相對兩相忘　　서로 마주하니 둘은 서로를 잊는다
>
> <벽환향(碧環香)>

위 시는 벽환향을 노래한 것으로 푸른색의 꽃받침을 한 꽃이 바위틈새에서 늦도록 그 향기를 뿜어낸다. 벽환향에 대한 꽃은 무슨 꽃인지 분명치 않다. 이를 스님이 담담히 바라보는데 꽃과 스님은 서로를 바라본다. 주로 시각과 후각을 통해 시를 전개하고 있다. 특히 시각적 이미지 중에서 푸른빛을 통해 청량한 느낌을 선사한다. 그러나 이내 불가에서 말한 사람과 자연물이 하나 되는 물심일여(物心一如)의 경지를 보여준다. 꽃과 스님이 하나가 된 것이다.

다음은 셋째, 전추라를 노래한 것이다.

紅羅剪復剪　붉은 전추라를 자르고 또 잘라내어
玉女作花鈿　옥빛 여인 꽃비녀를 만든다
繞散維摩室　유마실 주위로 흐드러졌고
秋來獨燁然　가을이 오자 유독 빛나는구나

<전추라(剪秋羅)>

　기구에서 붉은 전추라는 한궁추(漢宮秋)라고도 한다. 그 빛깔이 봄과 여름에는 황홍색(黃紅色), 가을과 겨울에는 심홍색(深紅色)을 띤다. 심홍색이라 그 빛이 짙고도 선명한 붉은 색이라 미황사의 가을 경물에 대한 상찬으로는 지극한 표현인 것이다. 승구에서 이 붉은 전추라를 잘라내서 옥빛 성장한 여인의 비녀로 쓴다. 녹의홍상이 성장(盛裝)한 여인을 의미하므로 여기서는 옥빛 고운 자태에 붉은 꽃비녀를 꽂은 여인의 모습이라 더욱더 대조되어 그 선명함이 두드러진다. 전구에서 유마실(維摩室)은 유마방장실(維摩方丈室)의 준말이며 유마는 석가모니의 속제자(俗弟子)인 유마힐거사(維摩詰居士)를 일컫는다. 앞의 유마실은 원래 작은 방에서 거처하던 유마(維摩)와 가을을 서글퍼하던 송옥(宋玉)의 고사에서 유래한다. '유마'는 『수당가화(隋唐嘉話)』에서 "유마거사의 석실은 수판으로 가로 세로를 재어보니 10홀이었다."[28]라고 하였다. 이는 수판(手板) 10개 놓을 정도의 크기라는 데서 그 규모가 매우 작은 방임을 알 수 있다. 따라서 유마실이란 말 자체가 스님의 작은 선방을 의미하는 셈이다. 결구에서 전추라가 이러한 가을이 오자 그 빛을 발한다고 하였다. 이는 다른 꽃들은 이전에 지고 가을에서야 전추라가 그 이름에 걸맞게 그 자태를 뽐내는 것으로 본 것이다. 이 시는 홍록의 색감의 대조를 통해 미황사 가을꽃 전추라의 아름다움을

....

28) 『隋唐嘉話』, "有維摩居士石室 以手板縱橫量之 得十笏".

노래한 영물시라 할 수 있다.

다음은 넷째, 가을 모란을 읊은 작품이다.

弱蒂迎寒露	약한 꼭지 찬 이슬 맞아
那當富貴名	어이 부귀한 이름을 감당하랴
自開還自落	절로 피었다가 도로 절로 떨어지니
淨地托根生	정토의 땅에 뿌리내려 산다

<추모란(秋牧丹)>

가을 모란을 노래한 시다. 강진의 시인 영랑(永郞) 김윤식(金允植, 1903~1950)은 <모란이 피기까지는>에서 지역의 향토성을 보여준다. 한편 송나라 시대의 주돈이(周敦頤, 1017~1073)는 <애련설(愛蓮說)>에서 "국화는 꽃 중에 은자이고, 모란은 꽃 중에 부귀한 자이며, 연꽃은 꽃 중에 군자이다."[29]라고 하여 부귀의 상징으로 모란을 제시하기도 한다. 위 시의 '추모란'은 '당국(唐菊)'으로 일명 과꽃을 의미한다.[30] 기구와 승구에서는 지난 날 무성하게 피었던 꽃이 떨어져 꼭지만 남은 신세가 마치 그 부귀를 감당 못한 것으로 보았다. 전구와 결구에서는 그 모란의 삶이 스스로 알아서 피었다가 떨어져서 다시 피어나는 것이니 이는 정토의 땅에 뿌리내려 살아가는 꽃으로 이 절에 사는 불자와 같은 삶에 비유한 것을 짐작할 수 있다. 따라서 이 시는 계절화를 통해서 화려했던 꽃의 일생을 반추하며 정토에 뿌리내려 사는 불자들의 삶에 비유한 것으로 그 평담(平淡)함이 돋보인다고 할 수 있다.

....

29) 『周子全書』, 「卷4 愛蓮說」, "菊花之隱逸者也 牧丹花之富貴者也 蓮花之君子者也".
30) 『阮堂先生全集』, 「卷10 詩」, "秋牡丹 東人曰唐菊".

2) 감성의 묘파(描破)와 상시(傷時)의 형상화

감성의 묘파는 감정을 남김없이 다 밝혀 그려낸 것이라 할 수 있고 상시는 시대를 아파하는 것을 의미한다. 다음의 작품은 경물의 단순한 묘사처럼 보이지만 자세히 살펴보면 여기엔 송파 이희풍의 감성이 잘 묘파되어 나타난다.

早發南平縣	일찍 남평고을로 떠나고자
秋光四望迷	가을빛에 사방을 봐도 희미하다
依山村遠近	산 너머 마을이 멀었다 가까워지고
夾路樹高低	좁은 길가 나무가 높다가 낮아진다
碧水明魚脊	푸른 물은 맑아 물고기 등뼈가 비추고
黃泥滑馬蹄	누런 진흙탕엔 말발굽이 미끄러진다
北風將灑雪	높바람은 눈을 쓸어 갈 듯하고
曠野鴈聲嘶	너른 들엔 기러기 소리 울린다

<남평도중(南平途中)>

위 시는 남평으로 가는 중에 주변 정경을 섬세하게 포착한 작품이다. 수련에서는 송파가 이른 아침에 남평 고을로 출발하였다. 계절은 늦가을 눈 내린 어느 아침임을 짐작할 수 있다. 함련에서는 길을 걷는 과정에서 보이는 풍광을 산의 원근과 나무의 고저를 대비시켜 대우(對偶)를 맞추고 염(簾)을 이룬다. 경련에서는 푸른 물과 누런 진흙탕, 물고기의 등뼈와 말의 발굽, 밝음과 미끄러짐의 대우를 잘 맞추었다. 시간적 흐름을 직접적으로 드러낸 것이 아니라 희미한 가운데에서 출발하였으나 어느새 산이 가깝고, 나무가 높아지며 물고기가 보이고 말이 미끄러지는 과정을 통해 간접적으로 제시하여 생동감과 활력을 형상화하고 있다. 미련에서는 북풍이 몰아쳐 눈을 깨끗이 쓸어간 바람의 위력을

보여주고, 이어서 너른 들에 울려 퍼지는 기러기 소리를 통해 강남으로 옮겨가는 철새들의 이동을 짐작케 한다. 전체적인 흐름이 시간의 추이대로 진행되고 궂은 날씨에도 맑고 상쾌한 느낌의 생동감이 전해진다. 여기서 누군가를 만나러 떠나는 화자가 이른 새벽 출발하여 도착하기까지의 시간이 시 한 행마다 빠르게 전개되어 나타나기 때문에 설레는 감성과 그 흥취가 제대로 묘파된 것이라 할 수 있다. 따라서 이 작품은 시공간적 배경과 색감의 대조, 동적이고 정적인 사물의 조화, 촉각과 청각의 복합감각이 잘 이루어진 시경(詩境)의 정경교융이 완성된 걸작이라 할 수 있다.

위의 작품과 결이 다른 송파 이희풍의 한시 〈미인팔영(美人八詠)〉은 그 8수로서 미인의 덕성을 읊은 것이다. 이 시는 남녀 사이의 감정과 생각의 변화를 보여준 것으로 인생무상이 드러남을 알 수 있다. 부제를 여덟가지로 구체화하였는데 일연(一緣)·이환(二歡)·삼정(三情)·사한(四恨)·오사(五思)·육수(六愁)·칠몽(七夢)·팔루(八淚)가 그것이다. 인연[緣]에서 시작하여 눈물[淚]로 전개되기까지 감정변화를 담아 노래한 작품이라 할 수 있다. 한편 「차인팔로시(次人八老詩)」에서는 각각 노상(老相)·노장(老將)·노유(老儒)·노협(老俠)·노의(老醫)·노농(老農)·노승(老僧)·노기(老妓) 등이 등장한다. 정승부터 장군, 선비, 협객, 의원, 농부, 승려, 기생에 이르는 이러한 모습은 삶의 다양한 군상이다. 이는 노년의 다양한 삶을 형상화한 시문에서 노익장, 즉 확삭(矍鑠)의 삶을 반영하고자 한 작가의 인생관이 투영되어 나타난다고 볼 수 있다.

먼저 〈미인팔영〉의 병서(幷序)에서 소치 허련(許鍊,1809~1892)과의 시화를 살펴보자.

소치(小癡)의 시에는 늘 산림(山林)과 초택(草澤)의 기운이 있다. 근래에 염체(艶體) 8운을 내게 보여주었는데 마음을 보내고 뜻을 지은 것이 평소와 크게 달랐다. 송광평(宋廣平)이 강심장과 튼튼한 간을 지녀 매화부(梅花賦)를 숭상하듯이 문인이 마음을 쓰는 따위가 대부분 이와 같다. 게다가 소치가 본래 그림에 재주가 있어 그윽하고 담박하며 기이하고 뛰어나 예황(倪黃)의 법을 얻었다. 마땅히 1부(一副)의 <미인장>을 보면 다시 본뜨고 베끼고 싶어 정신을 모은 지 오래되었으나 무작정 따라 한다 한들 서시(西施) 앞에 내세우겠는가.[31]

위 글을 살펴보면 소치 허련의 〈미인장〉 여덟 폭의 시화에 맞추어 시를 지은 것으로 짐작된다. 소치가 보내준 것을 염체라 하였으니 그 시문이 정서적이고 섬세한데다 아름다운 문체였음을 알 수 있다. 병서의 내용에서 그가 높이 평가한 송광평은 당나라 현종(玄宗) 때 광평군공(廣平郡公)이라는 점 때문에 부른 이름이고 본명은 송경(宋璟, 663~737)이다.[32] 피일휴(皮日休, 833~883)가 도화부서(桃花賦序)에서 말하기를, "내가 일찍이 재상 송광평의 바르고 강직한 자질을 사모해왔으니, 그의 철석(鐵石)같은 심장(心腸)으로는 아마도 유순하고 애교 넘치는 말을 토해낼 줄 모르리라고 여겼었는데, 그의 매화부를 보니, 말이 통창하고도 풍부하고 고와서 남조(南朝)의 서유체(徐庾體)를 얻었더라."라고 한 것을 두고 이른 말이다. '예황(倪黃)의 법'을 따른다는 표현은 소치 허련의 화법에 대해 칭송한 것이다. 여기서 예황은 예찬(倪瓚, 1301~1374)과 황공망(黃公望, 1269~1354)을 의미한다. 두 사람 모두가 원(元)나라 때 산수화가로서 후대에 영향력 있는 인물들이다. 이렇게

....

31) <美人八詠 幷序> "小癡詩 每有山林草澤之氣 近以艶體八韻示余 遣情造意 大異平日 宋廣平 鐵心石肝 尙爲梅花賦 文人費心類 多如此 且癡本工畵 幽澹奇峭 俱得倪黃之法 當見一副美人幛 將復摹寫 凝神罩久矣 因復效顰 唐突西施".
32) 『舊唐書』, 「卷96 宋璟傳」.

비슷한 시기에 활동한 두 인물을 예황으로 일컫는다. 원래 허련은 추사 김정희에게 황공망의 화법을 배운 적이 있어서 이를 두고 한 표현이라 할 수 있다. 뒤에 등장하는 '당돌서시(唐突西施)'는 서시가 속병이 있어 찡그렸는데 이를 따라하던 추녀 무염을 미인 서시와 비교할 수 없다는 뜻이다. 〈미인팔영〉은 이희풍이 소치 허련의 〈미인장〉을 보고 느낀 흥취를 읊은 것으로 시화가 훌륭하여 어찌 자신의 시로써 이를 다 칭송할 수 있겠느냐며 겸양하는 마음을 보여준다. 이는 허련이 자신의 시화를 이희풍에게 보내 감상토록 한 것이니 이희풍이 시화에도 조예가 있었다는 것을 보여준 것이라 하겠다.

다음은 소치 허련과 이별 후 느낀 심회가 드러난 작품이다.

寺門纔出海門遙	절문을 겨우 나섰지만 바닷가는 멀고
十日懽情已減消	열흘의 즐거웠던 정도 이미 사라져간다.
荳葉踈踈虫語瘦	콩잎은 드문드문 풀벌레 소리에 여위고
蘆花搣搣鴈聲搖	갈대꽃 우수수 기러기 소리에 흔들린다.
還山寄夢常圓月	산에 돌아와 꿈을 꾸니 항상 둥근 달뜨고
隔浦傳書但信潮	포구 건너 소식 전하니 다만 미더운 조수뿐
會待淸樽初泛菊	마침 맑은 술 마주하여 처음 국화를 띄우니
可能相憶不相招	서로 생각만 할 뿐 부를 수는 없구나

<별허소치련(別許小癡鍊)>

이 시는 소(蕭)운의 칠언율시로 소치 허련과의 이별을 읊은 작품이다. 허련은 남종화 중에 산수화를 잘 다룬다. 그는 추사 김정희에게 서화를 배우고 진도에 귀향하였다. 이곳에 운림산방(雲林山房)을 마련하였는데 1856년 무렵이다. 따라서 이 시는 두 사람이 근처 산사에서 만나 환담을 나누며 그간의 회포를 푼 이 시기쯤 지은 것이라 할 수 있다. 수련에서 산문을 나서며 이별하는 장면을 형상화하였다. 벗과

만난 기간과 장소가 드러난다. 절에서 열흘 동안 함께 지낸 것이다. 그러다가 이희풍은 그의 처소가 있던 해남의 바닷가로 돌아온다. 그러니 그간의 즐겁게 보내던 정이 사라져 감을 아쉬워하는 마음이 수련에 담겨있다. 함련에서 풀벌레와 콩잎, 기러기와 갈대꽃을 통해 가을의 분위기를 고조시킨다. 이들은 가을이라야 들을 수 있는 정경속의 청각적 심상을 불러일으키는 사물들이다. 이들이 자아내는 분위기는 쓸쓸함이 그윽할 때 그 소리가 제대로 들린다. 화자는 이들 사물의 짧은 순간의 움직임과 소리에 주목하여 찰나에 포착한 것이다. 대우로 이루어진 기법을 통해 가을의 처량한 분위기가 더욱더 이별의 아쉬운 마음으로 극대화된다. 경련에서 소치를 운림산방으로 떠나보내고 돌아와 그리워하는 마음을 넌지시 표현한다. 꿈속에서 둥근달 보며 소식을 주고받는 데서 알 수 있다. 송별의 아쉬움은 미련에서 국화주를 통해 극대화 된다. 가을날 맑은 술에 국화를 띄운 국화주로 은일자의 삶과 벗을 그리워하는 마음을 동시에 담아내고 있다. 여기서 국화는 가을, 은둔, 편안함, 학식과 양기를 상징한다.[33] 따라서 이 시는 화자가 소치 허련과 나눈 즐거웠던 시간과 정다운 마음을 뒤로한 채 벗을 떠나보낸 허전한 심정을 달랜 작품이라 할 수 있다.

이희풍의 작품에는 당대 사회현실을 아파하며 감성을 토로한 상시(傷時)의 시도 등장한다.

濟州頻旱潦　　제주에 잦은 가뭄과 홍수로
沿海遍流民　　바닷가에 떠도는 백성들이 널려있다.
鵑舌悲涼語　　두견새 소리처럼 슬프고도 처량하며

....

33) 진쿠퍼, 이윤기 옮김, 『그림으로 보는 세계문화상징사전』, 까치, 1994, 64쪽.

鵠形傴僂身	고니의 모습같이 구부러진 몸이다.
異鄕無地閥	타향살이에다 지체 높은 문벌도 없고
窮途少天倫	막다른 길이라 살붙이도 드물도다
白屋淸寒士	초가집의 가난한 선비 신세지만
從今莫說貧	이제부터 가난하단 말도 말아야지.

<배민(排悶)>

  이 시는 유랑민의 핍진한 삶을 읊은 진(眞)운의 오언율시이다. 수련은 당시의 곤궁한 사회상의 일면을 제시한다. 이는 제주에 잦은 가뭄과 홍수로 백성들이 해남의 바닷가에 유랑한 데서 알 수 있다. 아마도 삼정의 문란이 심하던 19세기의 사회 상황을 넌지시 보여준 것이라 하겠다. 함련에서는 유랑민의 형상을 두견새와 고니의 모습에 비유한다. 이들은 마치 우는 소리가 두견새처럼 처량하고 고니와 같이 구부러진 모습이다. 두견새는 그 소리가 구슬퍼 처량한 분위기에 잘 맞는 상징으로 등장하고 있다. 고니의 목은 구부러져 있어 먹이를 찾을 때 유용하다. 이를 통해 먹을 것을 찾아 떠도는 유랑민의 고난 상을 핍진하게 보여주고 있는 셈이다. 경련에서는 이러한 유민들이 그들 자체로서의 삶뿐만 아니라 이들이 의지할 곳 없는 존재라는 점을 부각시키고 있다. 특히 타향으로 유랑한 신분인데다가 친척과 연고조차 없는 상황인 것이다. 미련에서는 이내 자신의 입장을 대변한다. 궁벽한 곳에 와서 유랑하는 백성들을 지켜본 입장에서는 그들보다 그래도 처지가 낫다. 때문에 자신의 가난은 가난이라 말할 수조차 없다는 것으로 백성들의 처량한 신세를 이해하고 공감한 것이라 할 수 있다. 따라서 이 시는 제주에 잦은 가뭄과 홍수로 남도의 해안가에 몰려든 이들의 의지할 곳 없으며 지친 핍진한 모습을 보며 그들의 처량한 신세에 공감하고 당시의 시대상을 아파한 노래라 할 수 있다.

그러나 시대상의 아픈 점만 보이는 것이 아니라 따뜻한 인심이 묻어나는 작품도 있다.

野人無餙禮	농부는 예를 갖출 새도 없이
蓬首出門迎	쑥대머리로 문을 나와 맞이한다
淡月匏花靜	희미한 달빛에 박꽃은 고요한데
微風蜀黍鳴	실바람에 옥수수는 울어댄다
一尋酬好意	한 번 찾아 술잔 주고받는 마음
四顧愜幽情	사방을 돌아봐도 상쾌하고 그윽한 정
却對黃粱飯	누런 기장밥을 마주하고 앉으니
疑求夢裏名	꿈속의 이름인가 의심할 정도다

<숙전가(宿田家)>

위 시는 농가에서 묵을 때 볼 수 있는 정경을 담아내고 있다. 수련에서는 예를 갖출 새도 없이 쑥대머리로 맞이하는 품으로 보아 묵는 사람이 반가운 손님이라는 것이 드러난다. 함련에서 '희미한 달'과 '실바람'을 통해 시각과 촉각의 감각을 보여주고 '박꽃'과 '옥수수'를 통해 흰색과 노란색의 색감의 대조를 이룬다. '고요한데'의 정적인 분위기와 '울어댄다'의 동적인 소리가 대비되어 정적(靜寂)을 일깨워 감성을 고조시킨다. 경련에서는 이러한 분위기에서 술잔을 주고받으며 자신을 대하는 주인의 따스한 정감이 돋아난다. 미련에서는 이것이 꿈인지 생시인지 알 수 없을 정도의 '황량몽'이 아닌지 의심스러울 정도라 하였다. 따라서 이 시는 빈객(賓客)을 환대하는 주인의 마음을 통해 농촌 인심의 따뜻한 정을 보여준 작품이라 할 수 있다.

3) 영사(詠史)의 공간과 충의(忠義)의 인물 형상화

유학자들은 역사의 현장을 찾아 인물을 기리며 그의 사상과 삶의 궤적을 추체험한다. 여기서 자신이 지향하고자 하는 인물상이 드러나기 마련이다. 이희풍의 경우 이러한 추체험의 기록을 시문으로 남긴 것이라 하겠다. 따라서 이러한 영사시는 인물지향의 인식이 반영된 것으로 시인의 삶에 지대한 영향을 미친 존재임을 이해할 필요가 있다. 다음의 시들을 통해 그의 지향의식을 살펴보자.

桂苑文章世與違　　계원의 문장은 세상과 맞지 않아
三神洞裏朗吟歸　　삼신동 속으로 돌아와 읊조린다.
紫金魚袋抛何處　　자금어대는 어느 곳에 버려두고
小像空傳道士衣　　작은 초상에 도사 옷만 전한다
<지리산최고운영당(智異山崔孤雲影堂)>

지리산 최고운 영당에서 쓴 시다. 여기서 영당은 최치원(崔致遠, 857~?)의 진영을 모셔 둔 곳이다. 고운 최치원은 당나라에서 관직 생활하다가 고국을 위해 봉사하고자 돌아왔다. 그러나 자신의 포부를 펼칠 수 없는 정치현실에 실망하여 산천을 유람한다. 이는 전구와 결구의 흐름을 통해 짐작할 수 있다. 먼저, 자금어대(紫金魚袋)는 당송(唐宋) 시대에 관리의 신분 증표다. 자금은 구리이고, 어대는 물고기 모양의 주머니로서 부(符)를 공복(公服)의 띠에 달아 관직의 높낮이를 구분하였다. 자신의 심사를 달래고 은거할 공간을 찾았으며 다른 방식의 정치, 즉 당대의 삶을 시로써 읊으며 세상에 자신의 정신을 드러내고자한 것이다. 이때 찾아간 곳이 지리산 화개동으로 이곳은 별천지로서고운이 강조한 유불선의 융합공간이라 할 수 있다. 이곳은 현재의 하동으로 쌍계사, 세이암, 불일암 등이 있으며 이를 합하여 최치원이 삼신

동이라 이름 지은 것이다. 때문에 이러한 삶을 추구하고자 하는 마음으로 이희풍이 지리산에 은거하였던 최치원의 영정을 찾았다고 볼 수 있다. 따라서 위 시는 선비로서 선유동 계곡을 방문하여 최고운의 진영을 통해 역사를 반추하며 형상화한 작품이다. 결국 그가 최치원의 학문과 덕행을 좇으려는 희구와 삶의 지향점이 제시된 것이라 할 수 있다.

孤雲爲縣宰	고운은 현령을 지냈기에
千載有遺祠	천년 뒤에도 사당이 남아있다
院靜桐花落	서원은 고요한데 오동꽃이 지고
墻空薜荔垂	담장은 비었어도 줄사철나무 드리운다.
鳥鳧飛已去	까치와 물오리는 날아가 버리고
笙鶴返無期	생황소리에 춤추던 학은 올 기약이 없구나
遠客春山路	멀리서 온 나그네 봄 산길 지나며
行吟桂苑詩	계원의 시를 거닐며 읊조려 본다

<무성서원태인(武城書院泰仁)>

이 시는 무성서원에서 최치원을 회고하면서 지은 지(支)운의 오언율시다. 현재 정읍의 태인에 소재한 무성서원은 원래 최치원(崔致遠)을 주벽으로 향사한 태산사(泰山祠)였다. 이후 신잠(申潛), 정극인(丁克仁) 등의 위패를 봉안하면서 사액을 받아 무성서원이라 한 것이다. 수련에서는 최치원이 이곳에서 지낸 현령의 벼슬생활, 즉 당시 태산의 태수를 지낸 곳이라는 배경설명과 사당의 존재를 공간적 배경으로 제시한다. 함련에서 무성서원의 경내에 있는 수종을 형상화한다. 이는 경내의 오동나무 꽃이 지고 담장에는 벽려(薜荔) 즉 줄사철나무 넝쿨이 늘어져 있는 서원의 고즈넉한 계절적 배경을 묘사한 것이다. 여라(女蘿)는 소나무겨우살이다. 주로 은자(隱者)의 의복을 '벽라'라고 하고

산신은 벽려로 옷을 삼아 입고 여라로 띠를 삼아 두른다고 한데서 유래한다.[34] 이렇게 수련과 함련에서는 공간적 배경과 시간적 배경을 적절히 배치하여 선경후정의 토대를 마련한다. 경련에서는 '석부(鳥鳧)'와 '생학(笙鶴)'의 용사를 통해 시적 의미를 고조시킨다. 이때 까치와 물오리, 생황과 학은 벼슬살이를 의미하는 것이라 할 수 있다. 먼저 석부(鳥鳧)는 '오리신'이라는 말로 수령을 일컫는데, 최치원이 이곳에서 보낸 현령의 생활을 의미한다. 이는 후한(後漢) 때 하동(河東) 사람 왕교(王喬)가 섭현(葉縣)의 수령으로 있으면서 자주 도성에 드나들었는데, 그가 도성에 올 때 수레나 말이 전혀 보이지 않고 오직 두 마리의 오리만 날아오자, 사람들이 이상하게 여겨 그물로 오리를 잡아보니 그물 속에 왕교가 섭현의 수령으로 부임할 때 조정에서 하사한 신발 한 짝만 있었다는 고사에서 나온 말이다.[35] '생학(笙鶴)'은 왕자교(王子喬)가 구지산(緱氏山)에서 학을 타고 승천했다는 고사를 원용한 표현이다. 이는 그가 이락(伊洛)에서 생황[笙]으로 봉황 울음소리를 내며 노닐면서 도사 부구공(浮丘公)을 따라 숭고산(崇高山)에 올라가 30여 년 동안 신선술을 닦은 데서 유래한 것이다.[36] 따라서 경련은 화려한 시절은 가고 자취가 없다는 표현인 셈이다. 미련에서는 상춘객으로서 최치원의 넋이 기려진 곳을 찾아가 그에 대한 추모의 감성을 담아낸다. 따라서 위 시는 최치원의 발자취를 추체험하고 역사현장을 기린 나그네의 감성이 어우러진 작품이라 할 수 있다.

다른 시문으로는 지리산의 칠불암을 읊은 작품이 있다.

....

34) 『楚辭』, 「九歌 山鬼」.
35) 『後漢書』, 「卷82 王喬列傳」.
36) 『列仙傳』, 「王子喬」.

王孫舊館掩靑霞   왕손의 옛 건물은 푸른 노을을 가리고
笙鶴迢迢不再過   생황소리에 춤추던 학은 다시 오지 않는다.
玉寶臺前明月夜   옥보대 앞으로 떠오르는 밝은 달밤
天香猶發紫荊花   하늘의 향기가 박태기나무 꽃 같다.

<칠불암(七佛庵)>

　이 시는 칠언절구로 가(歌)운과 마(麻)운을 통운한 작품이다. 여기서
칠불암은 칠불사가 있는 지리산 하동의 암자로 이곳에서 가야의 일곱
왕자가 수행했다. 기구에서는 왕손이 머물던 장소라는 사실을 보여준
다. 그곳의 모습이 푸른 노을로 덮여 묘한 분위기를 조성한다. 아마도
저물녘에 도착하여 노을 지는 풍경을 읊은 것으로 볼 수 있다. 승구에
서 생황소리에 맞춰 춤추던 학이 사라졌다는 것은 과거의 아름다운 정
경에 대한 회상이다. 전 왕손이 사라지자 이러한 풍취도 사라져 더 이
상 볼 수 없는 아쉬운 심사를 노래한 것이다. 전구의 옥보대는 칠불암
의 천보대를 의미하며 밝은 달밤에 암자의 정경을 묘사했다. 결구는
달밤에 하늘에서 풍겨오는 향기를 박태기나무 꽃에 비유한다. 이는 형
수(荊樹)에 피는 꽃이라는 뜻으로 형화이며 시문의 자형화(紫荊花)는
그 빛이 짙은 붉은 색이라 붙여진 이름이다. 중국의 남조(南朝)시대
양(梁)나라의 전진(田眞)은 아우 두 사람과 그의 아버지가 죽자 셋이서
재산을 분배한다. 그러나 집 앞의 자형나무만 어쩌지 못하다가 결국
이를 쪼개서 나누고자 한다. 그런데 다음날 자형나무가 말라 죽는다.
이를 본 형제들은 뉘우치고 재산을 원래대로 되돌린다. 그러자 나무가
되살아난 일이 발생한다.[37] 이 때문에 박태기나무꽃은 형제간의 우애
를 상징하게 된다. 이 시의 원문 뒤에 주석이 있는데 "가락국 수로왕이

....

37) 『續齊諧記』,「紫荊樹」.

형제가 일곱인데 옥보선인을 따라서 이곳에서 도를 배워 모두 성불하였기 때문에 칠불암이라 이름하였다. 칠불암 뒤에 큰 바위가 있는데 옥보대라고 한다."[38]고 되어 있다. 이는 칠불암의 유래와 옥보대라는 이름이 지어진 사실을 보여준다. 따라서 이 시는 이희풍이 칠불암이라는 암자에서 시 속에 용사를 통해 박태기나무꽃을 등장시켜 형제애가 구체적으로 드러나도록 형상화한 작품이라고 할 수 있다.

半世經營未買山　　　반평생 경영해도 산을 구하지 못해
去年移住碧溪灣　　　지난해부터 푸른 시냇가 굽이에 살고 있다
松花點點迷樵俓　　　송홧가루 떨어져 나무하던 길 희미하고
薜荔垂垂掩竹關　　　벽려는 늘어져 대나무 문을 덮는다
萬事不離料理外　　　온갖 일이 도리에서 벗어나지 못하여
一身纔出是非間　　　한 몸만 겨우 시비를 떠날 뿐
故人今復江南客　　　벗은 이제 강남 나그네로 돌아가니
筭得吾家幾往還　　　우리 집에 몇 번이나 오갔던가?
　　　　　　　　　　<사신당산견과(謝申棠山見過)>

이 시는 떠나는 신당산을 만나본 뒤 감회를 노래한 것이다. 여기서 신당산은 송파의 막역한 벗, 백파(白坡) 신헌구(申獻求, 1823~1902)를 의미한다. 두 사람은 시문을 모아 『양파집(兩坡集)』을 만들 정도로 10년의 차이를 극복한 망년지우다. 백파는 1862년 마흔의 늦은 나이에 정시(庭試) 문과에 병과 5위로 합격한다. 이후 암행어사를 지내고 1882년에는 조미수호통상조약의 수석을 지내기도 한 인물이다. 백파는 1875년 봄에 해남으로 귀양 가서 5년 뒤인 1880년에 서울로 상경하였

....

38) "註 駕洛國首露王子 兄弟七人 從玉寶仙人 學道於此 皆成佛 故名爲七佛庵 庵後有大巖 稱爲玉寶臺".

는데, 이때 백파가 해남에서 송파를 만나서 서로 교유했다.[39] 이희풍의 시문에는 신헌과 신헌구 두 명의 신씨가 나타나지만 위의 사실에 비추어 볼 때 신헌구로 본 것이다. 위 시의 배경은 이 무렵의 일로 이는 시의 내용에서 과거 백파가 살던 집 가는 길에는 송홧가루 날려 길조차 잘 보이지 않게 되었고 벽려가 대나무 문을 휘감는 상황을 묘사하였다. 이는 서울 조정의 일을 하느라 시골집을 비워 살 수 없을 정도로 낙후된 집임을 알 수 있다. 귀양살이하러 다시 찾은 고향에서 백파는 살 곳을 매입하려 하였으나 뜻대로 되지 않아서 시냇가 근처의 처소에 머문다. 이에 송파는 정계의 유력인사로 살다가 낙향한 벗이 제대로 된 집을 마련하지 못하고 살았던 벗의 안타까운 모습에 대해 그의 심회를 토로한 것이다. 따라서 이 시는 송파가 백파의 질곡의 삶을 통해 역사적으로 고단한 수레바퀴에서 벗어나 돌아갈 때 느낀 인생무상을 담아낸 작품이라 할 수 있다.

4. 나가며

지금까지 조선 말기 호남의 선비인 송파 이희풍(李喜豐, 1813~1886)의 『송파유고(松坡遺稿)』에 나타난 한시를 토대로 그의 생애를 조망하고 시학의 배경 및 시문의 형상화 양상을 고찰하였다. 『송파유고』는 이근석이 이희풍 사후 22년이 지나 향촌지사들의 자금 지원과 이희풍의 제자 강지흠의 공으로 해남의 두륜산 심적암(深寂庵)에서 발행하였다.

....

39) 『秋堂襍稿』, 「南征錄」.

2장의 생애와 시학의 배경에서는 독효(篤孝)의 실천과 통찰의 조감(藻鑑), 성정(性正)의 인식과 시학의 배경으로 나누어 고찰하였다. 먼저 독효(篤孝)의 실천과 통찰의 조감(藻鑑)에서는 이희풍은 부모봉양에 소홀함이 없을 정도로 독실한 효를 실천하고 사서육경과 공령에도 밝은 명민하고 전아한 인물이었다. 조중관의 행장 전문에서 드러난 이희풍의 생애는 효행과 학행이 뛰어난 선비였으며 유불선을 막론하고 폭넓은 교유를 하였고, 기미를 보고 사람과 사물을 조감하였지만 당대 현실을 알고 출사하지 않은 해남의 은일지사였다. 다음으로 성정(性正)의 인식과 시학의 배경에서는 이근석의 발문을 통해 살펴볼 수 있었다.

　이희풍은 성정이 바른 데에 있어야 시문을 이룰 수 있음을 강조하였고 이를 시학의 정신으로 삼았다. 그가 시학에 대한 관점의 정립과 시문 교육 방법에 대한 체계를 체득하고 있다는 사실을 그의 한중 시대별 한시의 장단점에 대한 이해와 내용 설명을 통해 알 수 있었다. 한편 그의 시학에서 강조한 품격은 평담(平淡)이며, 농려(濃麗), 신운(神韻), 고회(古恢), 웅혼(雄渾) 등이 드러났다. 또한 당시(唐詩)의 근체시를 기본으로 한 뒤에 한위(漢魏)의 고시를 익히고, 시인으로는 도연명과 두보의 시를 읽도록 한 점을 알 수 있었다.

　3장의 시문의 형상화 양상은 사물의 정밀한 관찰과 경물의 형상화, 감성의 묘파(描破)와 상시(傷時)의 형상화, 영사(詠史)의 공간과 충의(忠義)의 인물 형상화로 나누어 살펴보았다.

　이희풍의 한시에는 영물묘사와 영사가 뛰어남을 알 수 있었다. 더불어 가을을 상찬한 노래가 자주 등장하는데 이는 연안이씨 가문에서 내려오는 '청'의 풍격이 반영된 것이었다. 그의 시문에 등장하는 불가, 유가, 역사, 지인 등의 유불선을 막론한 인물들은 그가 지역에 은거한 인물임에도 폭넓은 교유를 하였다는 점을 보여주었다. 특히 불교적 색채가 드러나는 산사와 인물이 자주 등장하였다. 먼저 불가의 인물로는 해남의 대흥사, 강진의 만덕사, 백련사를 중심으로 활동한 초의선사 의순, 만휴상인, 화월상인 등이 있다. 다음으로 역사 인물은 고금도에서 이충무공, 지리산에서 최고운, 임실에서 김건재, 장수에서 의기, 그리고 어재연 장군 등이었다. 최고운을 제외하곤 나라가 위태로울 때 한목숨 기꺼이 바친 충의의 인물들로서 그가 지향하는 인물임을 알 수 있다. 끝으로 지인들 중에 가장 두드러진 인물은 백파(白坡) 신헌구(申獻求)였고 그 밖에 금양 윤종민, 공삼 안영모, 좌명 손전, 소치 허련, 해사 김숙 등이 수록된 것을 알 수 있었다. 행장에서 언급된 조선 말기에 역사적으로 중요한 외교업무를 담당한 신헌과 민영목과의 교유는 그 내용이 구체적이지 않아도 행장에 소개된 것으로 볼 때 그의 식견과 시대적 안목을 짐작할 수 있었다.

이 글에서는 19세기 한시사 속에서 볼 때 호남의 해남지역을 중심으로 활동한 연안이씨의 시맥의 일단을 파악하였다. 여기서 조선전기 청련 이후백에서 시작된 시맥이 송정 이복길, 하유당 이석신[40]을 거쳐 조선 말기의 송파 이희풍에 이르기까지 면면히 계승되고 있음을 규명한 셈이다. 또한 이희풍은 선조들에 비해 폭넓은 교유와 지역의 명승 등을 찾아 직접 다니며 호연한 기상을 키운 점을 감안할 때 그는 이념적 성향에 개의치 않은 활달한 성품의 소유자이며 19세기 호남의 유학적 소양을 지닌 지식인이었다는 점을 알 수 있었다. 따라서 이 글은 이희풍의 『송파유고』에 나타난 한시의 의미를 고구한 첫 결과물이자 호남지역 연안 이씨의 시맥을 추적하였다는 점에서 의의가 있다고 하겠다.

....

40) 양훈식·이수진,「하유당 이석신의 한시에 나타난 삶과 풍격」,『한문학보』 39, 우리한문학회, 2018, 41~69쪽.

제**4**부

시경시의 민중의식

제1장

『시경』 「국풍(國風)」에 나타난 민중의식

1. 들어가며

시경에 등장한 시들은 그 분류기준에 따라 다소 차이가 있지만 내용상 애정시, 영사시, 정치풍자시, 노동시, 전쟁 반영시 등으로 구분하기도 한다.[1] 이 글에서 다룰 「국풍(國風)」은 시경을 이루는 풍아송(風雅頌)의 한 형태로 시경 찬집 당시 15국[2]에 유행하던 민요풍의 시이다. 이들 시에는 풍자가 독설, 반어, 해학, 비판, 폭로 등으로 나타나는데 "이지가 감정보다 강하면 종종 순수한 풍자"[3]로 나타난다. 이때 찌르기, 비꼬기, 들추기 등의 풍자 방법이 사용된다. 여기서 풍자의 사전적 의미는 "정치적 현실과 세상 풍조, 기타 일반적으로 인간생활의 결함·악폐

---

1) 段楚英 편저, 朴鍾赫 역, 『詩經-抒情詩』, 學古房, 2010, 5쪽.
2) 「周南」, 「召南」, 「邶風」, 「鄘風」, 「衛風」, 「王風」, 「鄭風」, 「齊風」, 「魏風」, 「唐風」, 「秦風」, 「陳風」, 「檜風」, 「曹風」, 「豳風」을 말한다.
3) 朱光潛 저, 鄭相泓 역, 『詩論』, 동문선, 1991, 49쪽.

·불합리·우열·허위 등에 가해지는 기지 넘치는 비판적 발언"이다.
민중은 군주 및 지배세력에 대한 피지배층을 의미한다. 이들은 국가
와 사회의 구성원으로 부도덕하고 부패한 지배층을 바라보는 시선이
곱지 않다. 이들은 이러한 지배층을 풍자하면서 "웃음거리로 만들어
비속화하고 조롱"4)한다. 이때 "통치자의 부덕함이라는 윤리적인 내
용"5)과 지배층의 위선과 황음무도함의 폭로 등을 통해 쾌미를 추구한
다.6) 시가 사람의 의지를 표현하는 것이라고 본다면, 이때의 시는 도를
넓히기 위해 사용된다. 또 "『시경』에 하늘이 사람을 낳으니 사물이 있
으면 법칙이 있다. 사람들이 마음에 떳떳한 본성을 가지니 이 아름다운

....

4) 권오경 외, 『한국문학개론』, 새문사, 2015, 361쪽.
5) 이난수, 「漢代 詩經 理解에 나타난 倫理的 情緒」, 『동양철학연구』 65권0호,
   동양철학연구회, 2011, 342쪽.
6) 풍자와 풍자시에 대한 개념은 논자마다 다소 차이가 있다. 이 책에서는
   지신호의 풍자 개념과 송재용의 풍자시 개념을 바탕으로 하였다. 지신호는
   "풍자는, 대상의 어리석음이나 그 모순점을 바로잡고 교정해 나갈 것을
   바라서 행해지는 문학적 방식일 뿐 아니라, 善한 뜻을 지닌 시 작품 등을
   통하여 인간의 성정을 다스리고 참된 본성을 회복하도록 함으로써 민풍을
   교화하고자 하는 데에도 의의를 두는 한층 적극적인 문학의 표현 양식"(지
   신호, 「풍자의 개념과 그 방법적 특성」, 『한국고전연구』 16집, 한국고전연
   구학회, 2007, 347쪽)이라고 보았다. 송재용은 "풍자시란 시인이 실생활을
   통해 목도한 인간과 현실세계의 악덕과 부조리 등을 비유적인 표현으로
   詩化함으로써 독자로 하여금 자각케 하여 鑑戒로 삼게 하거나, 그렇게 만든
   인간과 현실 세계를 교정하려는 의도 하에서 지어진 시"(宋宰鏞, 「石洲
   權韠의 諷刺詩에 관한 一考察」, 『우리문학연구』 9, 우리문학회, 1995, 97쪽)
   라고 하였다. 이때 풍자의 방법은 직설적인 풍자와 우회적인 풍자로 나타난
   다. 직설적인 풍자는 분노와 불만, 증오 등을 표출하기 위해서 비꼬기를
   사용하고, 우회적인 풍자는 냉소와 멸시, 해학을 동반하여 넌지시 우회적으
   로 나타낼 때는 들추기와 찌르기를 쓴다. 따라서 이 책에서는 이 두 가지의
   양상을 풍자시로 다룬다.

덕을 좋아한다고 하였다. 공자께서 말씀하셨다. 이 시를 지은 자는 그
도를 알았도다."[7] 이는 공자가 설파한 시의 의미와 사람들이 "아름다운
덕을 좋아"하기 때문에 그렇지 못한 지배층을 풍자할 수 있다는 단초를
제공해 주는 지점이다.

이에 이 글에서는 『시경』 국풍에서 풍자시를 살펴보고 여기서 민중
이 지배층에 대해 가지고 있는 의식을 고찰하고자 하는데, 오늘날 풍자
의 연구 성과는 풍자문학론, 고전 소설의 풍자, 풍자 한시가 주를 이룬
다.[8] 그 중 『시경』 「국풍」에 대한 연구는 주자가 문을 연 이항가요지작

....

7) "詩曰, 天生蒸民, 有物有則, 民之秉夷, 好是懿德. 孔子曰, 爲此詩者, 其知道
   乎."(『孟子』 「告子上」 6).
8) 풍자문학론에 관한 연구는 다음과 같다. 이명근, 「풍자문학론」, 『경기대논
   문집』 2, 경기대학교 출판부, 1974.; 김중하, 「풍자문학론서설」, 『국어국문
   학』 12, 부산대 국문과, 1975.; 구창환, 「풍자문학론고」, 『국어교육연구』
   1집, 조선대 사범대학 국어교육학회, 1975.; 최재서, 「풍자문학론」, 『최재서
   평론집』, 형설출판사, 1981.이 있다. 고전 소설의 풍자연구로는 이석래, 『조
   선후기소설연구-풍자와 관련하여』, 경인문화사, 1992.; 오상태, 「연암소설의
   풍자 태도」, 『연민학지』 제5집, 연민학회, 1997.; 권순긍, 「연암 박지원의
   풍자전략과 한문단편」, 『반교어문학회』 제11집, 반교어문학회, 2000.; 한예
   원, 「정다산 시경해석의 방법적 특색 : 『시경강의』의 「국풍」을 중심으로」,
   『한국문학연구』 제3호, 고려대학교 민족문화연구원 한국문학연구소, 2002.;
   권순긍, 「이옥 전의 시정세태 묘사와 풍자」, 『한문교육연구』 제23호, 한국
   한문교육학회, 2004.; 권순긍, 『고전소설의 풍자와 미학』, 박이정, 2005. 이
   있다. 풍자 한시 연구로는 정민, 「석주 풍자시의 구조와 주제」, 『한양어문연
   구』 제8집, 한양대학교 한양어문연구회, 1990.; 김상홍, 「다산의 <조승문>의
   풍자 세계」, 『한문학논집』 제19권, 근역한문학회, 2001.; 김창호, 「석주 권필
   시의 연구」, 『한자한문교육』 제13집, 한국한자한문교육학회, 2004.; 지신호,
   「풍자의 개념과 그 방법적 특성」, 『한국고전연구』 16집, 한국고전연구학회,
   2007, 321~351쪽.; 홍유빈, 「풍자의 현실 비판적 성격에 관하여 -詩經과
   孟子의 경우 -」, 『동양고전연구』 제44집, 동양고전학회, 2011, 31~50쪽.;
   유형구, 「『시경』의 「국풍」 소고」, 『한국사상과 문화』 64권0호, 한국사상문

설(里巷歌謠之作說)이 주류를 이루고 있다.9) 『시경』「국풍」의 풍자시의 양상에 대한 연구 성과는 많이 이루어 졌다. 하지만 풍자시에 나타난 민중의식을 다룬 경우가 없었다. 따라서 이 책에서는 『시경』「국풍」 풍자시를 통해서 당시 민중들이 그들의 지배층의 행태를 보고 풍자를 어떻게 했는지 그 민중의식의 본질은 무엇인지 살펴보고자 한다. 이를 위해 「국풍」에 나타난 풍자시의 범주를 정치풍자시 측면과 사회 부조리를 극복하고자하는 두 측면으로 나누어 민중의식을 살펴볼 것이다.

지배층(支配層)의 음행(淫行)과 배덕(背德) 및 무능 비꼬기에서는 통치계층에 대한 음란한 행실, 도덕에 어그러지는 배덕을 폭로하고 군주의 무능함 비꼬기 등의 세 부분으로 나누어 이를 살펴보고, 가렴주구(苛斂誅求)와 부조리(不條理)한 사회 들추고 찌르기에서는 군주의 부당한 착취와 탐욕, 가혹한 부역과 행역을 들추고 부조리한 사회의 극복을 위한 이에 대한 민중의 분노와 고단한 그들의 핍진한 삶을 고찰할 것이다. 이는 민중이 국풍의 풍자시를 통해 국가부양의 책임의식, 우국우민의 우환의식을 추구하는 자아각성이 드러남을 밝히고자 하는 것이다.

2. 음행과 배덕 및 무능 비꼬기

「국풍」의 노래는 고대 민중들의 일상적 삶의 진실한 체험과 욕망에서 우러난 것이다. 처음에는 개인이 창작해 부르다가 그것이 여럿이

....

화학회, 2012, 37~76쪽.; 李浚植, 「「國風」 풍자시의 풍자양상」, 『中語中文學』 제62집, 韓國中語中文學會, 2015, 65~87쪽.
9) 정약용 저, 실시학사 경학연구회 옮김, 『역주 시경강의』 1, 사암, 2008.

함께 즐기고 불리는 과정에서 새롭게 변형된다. 이렇게 집단 창작된 노래들이 구전되다가 문자로 기록되는데 노랫말을 문자로 기록한 사람들은 지식인들이다. 그러나 이들은 자신들의 의지를 반영한 것이 아니라, 최고 권력층의 의지를 반영한다. 왜냐하면 당시에는 노래를 통해 사회 풍습이나 분위기를 파악하고 교화(教化)의 정도를 관찰하였기 때문이다. 이때 통치자들은 채시관(采詩官)들을 각 지역에 보내 그곳의 노래들을 채집하게 하고 이를 통해 그곳의 실정 즉 정치의 득실이나 풍속 등을 파악한다. 그러나 지식인들이 이를 기록하는 과정에서, 윤색 가공 및 규격화한다. 이때 규격화는 반복적인 시구의 출현과 첩어 및 공통적인 운(韻)의 사용 등을 들 수 있다. 한편 평민들의 거칠고 투박한 '노랫말'은 지식인들에 의해 '시적 언어'로 변형되고, 세련되고 단아한 '시어(詩語)'로 탄생된다.10)

「국풍」의 노래를 통해 민중들의 목소리를 듣고, 이들의 가슴에서 우러나온 진실한 욕망의 세계를 파악하는 것이 바로「국풍」 풍자시에 내재되어 있는 민중의식을 이해하는 길이 된다.

「국풍」에 담긴 여러 시는 당시 지배층의 행실과 도덕, 그리고 윤리를 보여준다.

먼저 음란한 행실을 다룬 시부터 살펴보자.

新臺有泚	산뜻한 새 누대
河水瀰瀰	황하 물 출렁이네
燕婉之求	아름다운 님 찾았건만
籧篨不鮮	새가슴이 웬 말인가
新臺有洒	우뚝 솟은 새 누대

....

10) 한흥섭,『공자, 불륜을 노래하다』, 사문난적, 2011, 22-23쪽.

河水浼浼	황하 물 넘실거리네
燕婉之求	아름다운 님 찾았건만
籧篨不殄	새가슴 죽지 않도다
魚網之設	고기 그물 쳐 놓은 데에
鴻則離之	큰 기러기 걸렸도다
燕婉之求	아름다운 님 찾았건만
得此戚施	곱사등이 얻었도다.

<신대(新臺)>[11]

〈신대〉는 「패풍(邶風)」에 수록된 것으로 위(衛)나라 선공(宣公)을 풍자한 시다. 연완(燕婉)은 아리따운 임을 의미한다. 한편 거저(籧篨)는 새가슴을 상징하고, 척시(戚施)는 두꺼비처럼 못생긴 곱사등이를 나타낸다.[12] 풍자의 기본 원리는 유사성에 있다.[13] 위 시에는 풍자가 드러나는데 이는 조수(鳥獸)의 생태와 인간의 행태의 유사성을 드러내어 인간을 경계한 것을 통해 알 수 있다. 조수 등을 의인화하여 인간 행동을 풍자한 것이다. 이 때문에 풍유 속에는 직접적인 공격보다 조소와 멸시가 주조를 이룬다.[14] 이는 선공이 아들 급(伋)을 위해 제후(齊侯)의 딸 선강(宣姜)을 배필로 삼고자 계략을 꾸민 악덕을 풍자한 내용으로 도리어 추한데서 비롯한다. 위나라 왕실에서 자신의 아들의 추함을 감추고 이웃나라의 미모의 딸을 시집오도록 유혹한 추문을 다룬 작품이다. 이때 내심으론 멋진 사내를 기대했는데 못난이를 만난 그 허탈한

---

11) 『詩經』「邶風」. 이 책에서는 정상홍의 『시경』(을유문화사, 2014)역을 주로 따랐다. 필요한 경우에 한하여 필자가 수정 보완하였음을 밝혀둔다.
12) 정상홍 옮김, 『시경』, 을유문화사, 2014, 234쪽.
13) Arthur. Pollard, 宋洛憲 역, 『諷刺(Satire)』, 서울대출판부, 1979, 41쪽.
14) 조규익, 『만횡청류의 미학』, 박이정, 2009, 115쪽.

마음을 잘 표현한 시다.[15] 이 시에서는 해학적인 요소가 가미되어 민중들이 자신들의 고단함을 비꼬는 노래를 하면서 고소하게 여긴 심사가 드러난다.[16]

君子偕老	님과 함께 해로하자
副笄六珈	비녀 꽂고 구슬 박아
委委佗佗	얌전하고 의젓한 품이
如山如河	산과 같고 강과 같다
象服是宜	왕후 꽃무늬 옷 어울리는데
子之不淑	그대 행실 안 맑으니
云如之何	이 어찌된 일인가?

<군자해로(君子偕老)>[17]

〈군자해로〉는 임금이 예쁘지만 부정한 부인을 보고서 불편한 심사에 갈등한 내용을 담은 시다. 『모시서』에는 위(衛)부인을 찌른 시라고 하였고, 『시경주석(詩經注析)』에는 위나라 선강의 부도덕(不道德)을 풍자한 시라고 하였다.[18] 그러나 이는 부인 선강을 바로잡지 못하고

....

15) 이기동은 이 시를 다음의 정선아라리와 비슷한 정서라고 보았다. 절묘(絶妙)하다. "왕모래 자락에 비오나 마나, 어린 가장 품 안에 잠자나 마나, 앞 남산 딱따구리는 참나무 구멍도 뚫는데, 우리 집 저 멍텅구리는 뚫린 구멍도 못 뚫네, 아리랑 아리랑 아라리요, 아리랑 고개 고개로 나를 넘겨주게."(이기동, 『시경강설』, 성균대학교 출판부, 2004, 121쪽).

16) 여기서 아주 착한 인물과 흉측한 인물의 중간 유형에서 결함이 있는 이들이 해학의 대상이 된다. 이는 "민속가요 중에는 곰보·대머리·소경·귀머거리·곱사등이 등 못된 질병에 걸린 사람을 조롱하는 것이 많다."(朱光潛 저, 鄭相泓 역, 『詩論』, 동문선, 1991, 40쪽)는 것을 통해서 용모가 해학의 대상이 됨을 짐작할 수 있다.

17) 『詩經』「鄘風」.

음란한 부인을 그대로 둔 선공을 비꼰 것이다. 그런데 제목에서 보이는 것과 달리 선공과 선강은 해로하지 못한다. 따라서 이 시는 당시 민중들은 이 노래를 통해 예쁜 부인에게 빠져 지내는 임금의 행태를 지적한 것으로 볼 수 있다.

鶉之奔奔	메추라기 쌍쌍이 날고
鵲之彊彊	까치 끼리끼리 난다
人之無良	옳지 못한 그 사람을
我以爲兄	나는 형으로 모셔야 하나
鵲之彊彊	까치 끼리끼리 날고
鶉之奔奔	메추라기 쌍쌍이 난다
人之無良	옳지 못한 그 사람을
我以爲君	나는 남편으로 모셔야 하나!

<순지분분(鶉之奔奔)>[19]

〈순지분분〉은 위나라의 추악(醜惡)한 궁중의 역사를 보여준 시다. 위나라 선강은 서자 완(頑)과 음란한 행위를 하였다. 시 속의 '형(兄)'은 완이고 '군(君)'은 선강을 가리킨다. '분분(奔奔)'과 '강강(彊彊)'은 두 사람이 자주 붙어 다니며 떨어지지 않고 함께 지내는 모습을 형용한 것이다. '무량(無良)'이란 말 속에 품행이 바르지 못함이 나타나는데, 오늘날의 불량과 같은 의미로 볼 수 있다. 이는 두 사람의 추악한 행실에 대한 경멸의 어조라 하겠다. 이 시에는 까치와 메추라기가 등장한다. 까치는 특성이 위 아래로 날면서 운다. 또한 그 소리에 감응하여 새끼도 배고 그것을 보고서 안는다.[20] 따라서 까치는 완(頑)에 비유한 셈이

....

18) 程俊英·蔣見元 著, 『詩經注析』, 中華書局, 1991, 126쪽.
19) 『詩經』 「鄘風」.

다. "『본초』에 말하였다. 메추라기는 성질이 선량하고 꾸밈이 없으며, 얕은 풀밭에 숨고, 늘 거처하는 곳이 없으며, 항상 짝이 있다. 그것은 다니다가 작은 풀만 만나도 돌아서 피해 가니, 또한 선량하고 꾸밈이 없다고 말할 만할 것이다."[21]라고 하여 메추라기의 특성을 나타냈다. 여기서 메추라기는 음란한 행실을 한 위나라의 선강을 비꼰 말임을 알 수 있다. 이는 민중이 당시의 임금인 혜공(惠公)의 입장을 대변한 노래이다.[22] 여기서 혜공은 공자(公子) 완의 이복동생 위(衛) 혜공(惠公)인 삭(朔)을 지칭한 것이다. 따라서 이 시는 권세와 여색 그리고 정략을 둘러싼 패륜적인 행위와 골육 사이의 다툼을 드러내어 선강의 부정한 행실을 비꼰 것이다.

牆有茨	담장의 남가새풀
不可掃也	쓸어버릴 수도 없네
中冓之言	집안의 이야기라
不可道也	말할 수 없네
所可道也	말할 수 있다 해도
言之醜也	그 말이 하도 더러워

<장유자(牆有茨)>[23]

위의 〈장유자〉도 앞에서 제시한 〈순지분분〉과 마찬가지로 음란한 생을 도모한 선강을 찌른 정치풍자시이다. 이는 위나라 혜공 때의 이야

20) 정학유 저, 허경진·김형태 옮김, 『詩名多識』, 한길사, 2007, 363쪽.
21) "本草曰 鶉性醇 竄伏淺草 無常居 而有常匹 其行遇小草 卽旋避之 亦可謂醇矣."(정학유 저, 허경진·김형태 옮김, 『詩名多識』, 한길사, 2007, 381쪽 再引用.)
22) 이기동, 『시경강설』, 성균대학교 출판부, 2004, 136쪽.
23) 『詩經』 「鄘風」.

기로 며느리를 가로챈 위나라의 선공이 죽었다. 위나라의 선공의 부인
이 된 선강도 자신의 남편이 될 뻔했던 세자 급(伋)의 형인 소백(昭伯)
완(頑)과 몰래 정을 통해 자식을 다섯이나 낳았다.[24] 이들은 음란하고
강상이 땅에 떨어지는 부도덕한 짓을 서슴지 않았던 것이다. 시에 등장
하는 남가새풀은 덩굴로 자라며 열매가 세모꼴인데 사람을 찌르는 질
려(蒺藜)이다. 여기서 유래한 이름에서 이를 찔레라고도 한다.[25] 이 시
는 위나라 공자 완과 선강이 사통하여 자식을 많이 낳는 모습이 밉지만
입에 올리는 것조차 더러워 이렇게 풍자한 것으로 볼 수 있다. 따라서
당시 민중은 담장의 남가새풀만 봐도 선강과 완이 떠올라 치워버리고
싶지만 담장이 무너질까 염려되어 그러지도 못하는 심사를 이 노래를
통해 달래고 있는 것이다. 이는 국가를 수호하고자 하는 책임의식이
담겨 있는 대목이라 할 수 있다.

南山崔崔	남산 우뚝우뚝
雄狐綏綏	수여우 어슬렁어슬렁
魯道有蕩	노나라 가는 큰길
齊子由歸	제나라 딸 시집가던 길
旣曰歸止	시집갔으면 그만이지
曷又懷止	어이 또 그리워하나?

<남산(南山)>[26]

〈남산〉은 제(齊)나라의 양공(襄公)과 사통을 즐긴 노나라에 시집간
이복누이 문강(文姜)을 풍자하였다. 문강은 노(魯)나라의 환공(桓公)

....

24) 공자 편찬, 모형·모장 편주, 신동준 역주, 『시경』, 인간사랑, 2016, 155쪽.
25) 김학주 역저, 『새로 옮긴 시경』, 명문당, 2010.
26) 『詩經』「齊風」.

에게 출가한 뒤에도 제 양공과 통간한 것이다. 여기서 제 양공을 '웅호 (雄狐)'에 비유했다. 앞에서 제시한 〈신대〉의 위(衛)나라 선공(宣公)을 두꺼비에 비유한 것과 대조적이다. 이는 제 양공이 젊은 여우와 같다는 증거다. 여우는 낮에는 굴속에 숨어 있다가 밤에 나와 훔쳐 먹는다.[27] 이는 제 양공이 낮에는 궁중에 있다가 밤만 되면 몰래 문강과 사통하는 약삭빠른 모습을 비유한 것이다. 노 환공에게 들키지 않고 이를 즐긴다는 의미다. '시집갔으면 그만이지'라는 말 속에 문강의 행실이 음란함을 비꼬는 심사가 담겨있다. 이는 다음 시를 통해서도 자세히 알 수 있다.

敝笱在梁	낡은 통발 돌다리에 놓아
其魚魴鰥	잡힌 고기 방어와 큰 잉어
齊子歸止	제나라 딸 시집갈 적에
其從如雲	따라가는 이들 마치 구름 같네

<페구(敝笱)>[28]

〈폐구〉는 문강(文姜)의 낯이 두껍고 부끄러움을 모르는 후안무치 (厚顔無恥)를 표현하였다. 시의 내용은 문강이 방탕한 생활을 할 때의 모습과 시집갈 때의 성대한 장면을 대비하였다. 이는 문강이 노나라의 환공에게 시집가는 모습을 그린 것이다. 여기서 〈폐구〉라는 '해진 통발'은 노 환공에 비유한 말이다. 다 낡고 해져 보잘 것 없는 모습을 형상화한 표현이라 할 수 있다. 그렇다면 '해진 통발'에 잡힌 고기는 바로 문강이다. 문강은 노나라 환공의 관리가 부실하고 소홀한 틈을 자유롭게 드나든다는 말이다. 이는 문강이 종자들을 데리고 제나라 양

....

27) 정학유 저, 허경진·김형태 옮김, 『詩名多識』, 한길사, 2007, 469쪽.
28) 『詩經』 「齊風」.

공과 만남을 지속한 것을 나타낸 것이라 본다. 따라서 이 시는 민중들이 시집간 뒤에도 음탕한 생활을 지속하는 문강을 비꼰 것으로 볼 수 있다.

汶水湯湯　　문수는 넘실넘실 흐르고
行人彭彭　　행인들 웅성웅성 수없이 많네
魯道有蕩　　노나라 오가는 길 평탄하여
齊子翱翔　　제나라 딸 유유히 노니네

<재구(載驅)>[29]

문강의 후안무치한 행실은 〈재구〉에서도 나타난다. 문강은 제나라 양공과 밀회하러 달려간다. 그런데 음행의 현장을 행인들 북적북적하는 곳, 노나라 오가는 길에서 유유하게 노닌다. 이는 그의 행동이 부끄럼조차 모르고 뻔뻔스럽다는 방증이다. 이 시도 문강의 몰염치한 행각(行脚)을 풍자한 시다.

胡爲乎株林　　주읍(株邑) 숲에 무엇하러 가나요
從夏南　　　　하남에게 가려는 거라네
匪適株林　　주읍 숲에 간 게 아니라
從夏南　　　　하남에게 가려는 거라네

<주림(株林)>[30]

〈주림〉은 진(陳)나라의 영공(靈公)을 풍자한 것이다. 그는 대부 하어숙(夏御叔)이 죽자 하숙경의 아내이자 정(鄭)나라의 목공(穆公)의

....

29) 『詩經』「齊風」.
30) 『詩經』「陳風」.

딸인 하희(夏姬)와 정을 통한다. 여기서 진 영공이 주림에 밤낮으로 간 이유가 잘 드러난다. 이 때 진 영공은 공녕(孔寧) 및 의행보(儀行父) 와 함께 하희와 통간하였는데 이 사실이 『사기(史記)』「진기세가(陳杞世家)」에 전한다.[31] 서로는 하희의 아들이 상대방을 닮았다 희롱하였는데 이를 하희의 아들이 엿듣는다. 하희의 아들은 자(字)가 자남(子南)으로 하징서(夏徵舒)다. 이를 엿들은 하징서가 결국 화가 나서 진나라의 영공을 활로 쏘아 죽이게 된다. 따라서 위 하남(夏南)은 하희의 아들 하징서를 일컫는 말임을 알 수 있다. 겉으로는 하남을 만나러 갔지만 속으로는 하남의 어머니 하희를 만났음을 넌지시 알게 해 준 시다. 민중들은 이 시를 노래 부르며 당대에 진나라의 영공이 왜 죽게 되었는지 비꼬고 있음을 알 수 있다.

다음은 덕을 져버린 배덕에 관한 경우다.

二子乘舟	두 아들이 배를 타고
汎汎其景	두둥실 멀리 떠가는 모습
願言思子	아까운 아들을 생각하면
中心養養	가슴속 안타까워라
二子乘舟	두 아들이 배를 타고
汎汎其逝	두둥실 멀리 떠나가네
願言思子	아까운 아들을 생각하면
不瑕有害	행여 피해 입지 않을까 걱정

<이자승주(二子乘舟)>[32]

이 작품은 두 아들이 배를 탔다는 내용이다. 이는 「패풍(邶風)」에

31) 공자 편찬, 모형·모장 편주, 신동준 역주, 『시경』, 인간사랑, 2016, 329쪽.
32) 『詩經』「邶風」.

수록된 것으로 급(伋)과 수(壽)두 사람을 그리워한 것인데 이들은 위선공의 두 아들이다. 『춘추좌전(春秋左傳)』「노환공(魯桓公) 16년」조에 내용이 자세하다. 위선공이 아버지의 첩이던 이강(夷姜)과 통정해 급을 낳았다. 이후 위선공은 세자 급의 아내 선강을 가로채 수와 삭(朔)을 낳았다. 이강은 선강에게 총애를 빼앗기자 목을 매 죽는다. 이 때 선강은 수를 후계자로 세울 생각에 급과 삭을 죽이고자 한다. 선강은 먼저 세자 급을 제나라로 보낸 뒤 중도에 죽이고자 계획을 세웠는데 이를 수가 알아차린다. 수는 급에게 가지 말라 했으나 급이 아버지의 명을 저버릴 수 없다며 가려하자 자신이 급을 취하게 만든 후 대신 떠난다. 그러다 수는 어머니가 보낸 도적에게 죽게 된다. 세자 급도 이 사실을 알고 찾아가서 역시 도적에게 죽여 달라 하여 죽게 된다. 여기서 이들은 이복형제였으나 서로 죽음까지 다툴 정도로 우애가 좋았음을 알 수 있다. '범범기경(汎汎其景)'은 물에 둥둥 떠 있는 모습의 형용이다.[33] '중심양양(中心養養)'은 남에게 길러졌는데 스스로 독립할 줄 알아야 양양(養養)인데 이를 못하게 됨을 안타까워하고 애석해 한 속마음의 표현이다.[34] 이 시는 이복형제가 죽음까지도 서로 다툰 우애와 의리를 백성들이 애석하게 여기고 그리워한 것이다. 따라서 이처럼 민중들은 위선공과 선강이 어찌 자식들만도 못한 부모일까 의구심을 갖고 배덕(背德)에 대한 일침(一針)의 마음을 담았다.

交交黃鳥　　꾀꼴꾀꼴 지저귀는 꾀꼬리
止于棘　　　대추나무에 내려 앉는다
誰從穆公　　누가 목공을 따라 죽는가?

33) 공자 편찬, 모형·모장 편주, 신동준 역주, 『시경』, 인간사랑, 2016, 152쪽.
34) 『列子』「仲尼篇」 "汝知養養之義乎 受人養而不能自養者 犬豕之類也".

子車奄息	자거씨 아들 엄식이라
維此奄息	이 엄식이야말로
百夫之特	백 사람 몫 해낸 훌륭한 분
臨其穴	그 무덤에 들어갈 적에
惴惴其慄	두려워서 부르르 떨었다
彼蒼者天	저 푸른 하늘이여
殲我良人	우리 어지신 분 앗아가
如可贖兮	그 몸 바꿀 수만 있다면
人百其身	백 사람이라도 대신 죽으련만

<황조(黃鳥)>[35]

　목공이 죽을 때 그의 유언에 따라 77인이 죽었는데[36], 함께 순장(殉葬)된 세 아들을 진나라 사람들이 애도한 시이다. 이때 함께 순장된 이들은 진 목공 자거(子車)의 세 아들들이다. 자거의 세 아들은 엄식(奄息), 중행(仲行), 침호(鍼虎)였다. 민중은 아들들을 모두 훌륭한 분이라 묘사하였다. 그러나 진목공은 이들을 순장케 한다. 〈황조〉에서 꾀꼬리는 그 소리가 맑고 고운 새다. 그래서 마치 베틀 소리와 같다고 하였다. 또한 "세상 사람들은 황리류(黃鸝留)라 부른다"[37]라고 하여 아들들의 선연(鮮然)한 모습을 드러낸다. 당시의 민중들은 진목공의 아들들을 이처럼 아름다운 금의공자(金衣公子) 꾀꼬리에 비유하였다. 꾀꼬리 소리가 아름다울수록 더욱더 그들에 대한 좋았던 감정이 배가되어 슬픔이 커진 것이다. 그래서 "백 사람이라도 대신 죽으련만"이라고 애석한 감정을 표한다. 이는 순장된 아들들에 대한 애도와 동정, 정의

35) 『詩經』「秦風」.
36) 이기동, 『시경강설』, 성균대학교 출판부, 2004, 305쪽.
37) 정학유 저, 허경진·김형태 옮김, 『詩名多識』, 한길사, 2007, 360쪽.

감의 발로(發露)라 할 수 있다. 여기서 민중은 군주를 부모라 여기는데 부모가 자식을 순장시키는 모습을 보고 자신들도 그처럼 쉽게 버려질 수 있음을 두려워한다. 이는 당시 행해지던 순장의 폐해를 깊이 자각하고 분노한 민중들의 의식에서 기인함을 보여준 것이다. 따라서 진목공의 무정한 순장의 행태를 풍자한 시이다.

다음은 군주의 무능함을 나타낸 경우이다.

相鼠有體	쥐를 봐도 몸뚱이가 있는데
人而無禮	사람이 예의가 없다
人而無禮	사람이 예의가 없고서
胡不遄死	어찌 속히 죽지 않는가!

<상서(相鼠)>[38]

〈상서〉는 인간이 의(儀)와 지(止), 그리고 예(禮)를 가져야 함을 역설하고 있다. 왜냐하면 쥐도 가죽이 있고, 이가 있고 몸뚱이가 있다고 하였으니 사람이 이와 다르기 위해서는 예의범절을 갖추어야 한다는 거다. 여기서 위의(威儀)는 위엄스런 몸가짐을 의미하고, 지(止)는 용지(容止)로서 품위 있는 모양새이다. 예(禮)는 지체(肢體)라는 말로 인간행위의 준칙을 의미한다. 따라서 이 세 가지를 갖추지 못하면 삶의 의미가 없다는 것을 말하여 무례(無禮)를 풍자한 시다. 『모시서』는 위 문공이 선군(先君)의 교화를 받드는데 예의가 없는 것을 풍자한 것으로 보았다.

東方未明	동녘이 밝지도 않았는데
顛倒衣裳	허둥대며 옷을 거꾸로 입네

---

38) 『詩經』「鄘風」.

顚之倒之   허둥대며 거꾸로 입음은
自公召之   관청에서 급히 부르기 때문

〈동방미명(東方未明)〉39)

〈동방미명〉은 시대 상황을 해학적으로 묘사하였다. 군주는 무능력
하고 백성이 힘든 생활을 하고 있는 모습을 그렸다. 바지와 저고리는
무질서를 상징하며 전도(顚倒)는 질서가 어그러졌다는 의미다. 이는
무능력한 군주가 공소에서 내린 명령이 시도 때도 없고 또한 법도에
맞지 않음을 풍자한 시이다.

糾糾葛屨   엉성한 칡넝쿨 신
可以履霜   그 신으로 서리 땅 잘도 밟네
摻摻女手   곱고 가는 새댁의 손
可以縫裳   그 손으로 바지 깁네
要之襋之   허리 대고 동정 달면
好人服之   좋은 님 입으시지

好人提提   좋은 님 겸손하셔
宛然左辟   왼쪽으로 다니시고
佩其象揥   상아 족집게 차고 있지만
維是褊心   편협한 마음만은
是以爲刺   이렇게 나무라지

〈갈구(葛屨)〉40)

〈갈구〉는 군주가 인색하여 덕을 베풀지 않는 것을 풍자하였다. 백성

....
39) 『詩經』「齊風」.
40) 『詩經』「魏風」.

들은 '듬성듬성 짠 칡신'에 비유하였고, 군주는 '상아 족집게'로 나타냈다. 풍자의 주체와 대상이 분명하지 않다. 마지막 구절에 "편협한 마음만은 이렇게 나무라지"라고 한 것을 통해 위나라 사람의 편협한 마음을 풍자한 것으로 추측해 볼 수 있다. 그러나 주자의 『시집전』을 통해서 보면 풍자 대상이 달라진다. 갓 시집 온 여인이 시가(媤家)를 풍자한 것으로 보았기 때문이다. 이는 시집 온 여인이 볼 때 시댁이 인색하고 편협하다고 느낀 까닭이다. 두 경우 풍자의 대상이 각각 다르게 보이지만 모두 인색하고 덕 없는 대상을 풍자한 것임은 틀림없다.

式微式微	이렇게 야위고 힘이 드는데
胡不歸	어찌 돌아가지 않습니까?
微君之故	당신 때문 아니라면
胡爲乎中露	어찌 이슬을 맞겠습니까!
式微式微	이렇게 야위고 힘이 드는데
胡不歸	어찌 돌아가지 않는가?
微君之躬	그대 때문 아니라면
胡爲乎泥中	어찌 진흙탕에 빠지겠습니까!

<식미(式微)>41)

〈식미〉의 배경은 여(黎)나라 제후가 위(衛)나라에 가탁하고 있을 때다. 시간이 흘러도 돌아가지 않자 신하는 여후(黎侯)가 귀국하지 않으려는 태도를 보이자 이를 풍자한 것이다.42) 그래서 "어찌 돌아가지 않

....

41) 『詩經』「邶風」.

42) 이는 사랑에 얽매여 떠나지 못하는 모습으로 보아 '식미식미(式微式微)'를 "이렇게 야위고 힘이 드는데"(이기동, 『시경강설』, 성균대학교 출판부, 2004, 106쪽)로 보는 견해도 있다.

는가[호불귀(胡不歸)]"라고 반복하여 읊고 있다. 이슬은 자유의 상실 즉 풍찬노숙(風餐露宿)의 의미이다. 고국을 버리고 사는 모습을 비유한 것이다. 여기서 관심과 의문을 유도하였다. 이후 '진흙탕'에 빠져 사는 신하의 입장을 보여준다. 이는 언젠가 돌아가리라는 희망과 자유에 대한 갈구가 있기 때문에 고생도 마다 않는 모습이다. 이 시는 귀향에 대한 의지를 반영한 것이기 때문에 은거도 달갑게 여긴다. 따라서 〈식미〉는 민중들이 군주의 무기력한 모습에 못마땅한 심사를 드러낸 시라 할 수 있다.

匪風發兮	바람도 불지 않고
匪車偈兮	수레 달려오지 않아
顧瞻周道	한길을 돌아다보면
中心怛兮	마음속 슬퍼져라

<비풍(匪風)>43)

〈비풍〉은 난세의 비환을 노래한 것이다. 주도(周道)는 주나라 서울로 가는 한 길 즉, 큰 길을 말한다. 작은 회(檜)나라의 어지러운 정치로 인해 백성들이 이산하여 사는 모습을 그린 시라 볼 때 이는 풍자시에 해당한다. 이는 백성들이 선정을 바라는 마음을 담았다. 이 시에 등장하는 '바람'이 의미하는 것은 고통을 상징하고 있다. 그래서 서쪽에서 오는 좋은 소식은 미래에 대한 희망이다. 희망을 '수레'에 싣고 오는 것으로 본다면 이 시는 난정으로 떠도는 백성들의 삶을 통해 군주의 무능을 풍자한 시로 볼 수 있다.

....

43) 『詩經』 「檜風」.

有兔爰爰	토끼는 깡충깡충 뛰는데
雉離于羅	꿩이 그물에 걸렸다
我生之初	나 태어나 처음엔
尚無爲	여태껏 아무 일 없었는데
我生之後	나 태어난 뒤
逢此百罹	온갖 근심 만났으니
尚寐無吪	오히려 잠들어 꼼짝하지 말았으면

<토원(兎爰)>[44]

이 〈토원〉은 3장 21구 중 1장의 내용이다. 이는 군자가 소인에게 화를 입음에 비유한 시다. 여기서 말하는 군자는 주나라 환왕(桓王)이고 근심은 제후들이 배반한 일이다. 이에 백성들이 고통을 받으며 전쟁과 부역에 시달린다. 그래서 군자들이 그들의 삶을 즐겁게 여기지 못한다. 여기서 토끼는 처세술이 뛰어난 사람을 상징한다. 또한 음흉하고 교활한 소인을 의미한다. 이는 자유로운 가운데 화를 면하는 존재를 부각시키고자 제시한 것이다. 한편 꿩은 부당한 대우를 받고 있는 사람을 말한다. 또한 꼿꼿한 군자를 의미하며 그물에 걸리고 화를 당하는 존재이다. 이 시는 군자와 소인의 모습을 대비시켰다. 이는 교활한 소인을 못나고 간사한 권력층에 비유하여 출세를 꿈꾸는 존재로 본 점과 강직한 군자는 올바른 백성과 더불어 박해를 받는 존재라 한 점에서 알 수 있다.

園有桃	동산의 복숭아나무
其實之殽	그 열매를 따 먹는다
心之憂矣	마음속 근심에

....

44) 『詩經』「王風」.

我歌且謠	나는 노래나 불러 본다
不知我者	나를 모르는 이는
謂我士也驕	나더러 건방지다 하면서
彼人是哉	그분 하는 일 옳은데
子曰何其	그대는 무슨 말을 하냐고 하지만
心之憂矣	마음속 근심을
其誰知之	그 누가 알랴?
其誰知之	그 누가 알아주지 않는데
蓋亦勿思	어이 다 놓아 버리지 못하는가?

<원유도(園有桃)>[45)]

〈원유도〉에서는 어지러운 세상을 한탄하였다. 『모시서』에서는 대부가 걱정하여 이 시를 지었고 시국을 풍자한 것으로 보았다. 대부는 나라가 작고 대국에 바싹 붙어 있는데다가 군주가 너무 검소하고 인색하게 되어 백성을 잘 쓰지도 못하고 덕스러운 교화(敎化)도 없어 땅이 날로 침탈당하여 줄어들므로 이를 걱정한 것이다. 정약용도 이를 풍자시로 보았다. 이는 "위나라 군주가 근신만 등용하고 초야의 현인을 구하지 않은 까닭"[46)]에서 그 이유를 찾았다. 정상홍은 이를 토테미즘 의식의 일환으로 보고 복숭아와 대추 등을 의인화해 풍요로운 수확에 대한 용서를 기원한 것으로 여겼다.[47)] 이 시는 2장의 〈원유극(園有棘)〉과 더불어 복숭아나무, 대추나무 열매를 따먹으면서도 근심에 사로잡힌 모습이다. 여기서 이 열매는 나라의 현자(賢者)를 상징한다. 군주가 현자를 등용하는데 민중이 바라는 그런 현자는 아니었던 것이다. 따라

....

45) 『詩經』「魏風」.
46) 공자 편찬, 모형·모장 편주, 신동준 역주, 『시경』, 인간사랑, 2016, p.269쪽.
47) 정상홍 옮김, 『시경』, 을유문화사, 2014, 429쪽 再引用.

서 이 작품은 현자를 보는 눈을 갖추지 못한 군주의 무능을 들추고
이에 불만과 더불어 책임의식을 강조한 시이다.

王事敦我	왕실이 일을 내게 재촉하고
政事一埤遺我	모든 정사 내게 맡겨 쌓이네
我入自外	내가 밖에서 집에 돌아가면
室人卒徧摧我	집사람들 번갈아 나만 빈정대네
已焉哉	두어라,
天實爲之	실은 하늘이 하는 일이거늘
謂之何哉	말해서 무엇하랴!

＜북문(北門)＞[48]

〈북문〉의 3장 내용이다. 이것은 벼슬에 뜻을 얻지 못한 인물을 풍자
하였다. 이는 위(衛)나라 충신이 자신의 불우한 처지를 탄식한 시라
한다. 조정의 공무를 볼 때 검소하고 근신하며 청렴하나, 집안의 일에
있어서는 그렇지 못한 자신을 탓한다. 조정의 공무를 볼 때처럼 한다면
집안의 일도 잘돼야 하지만 그렇지 못하다는 말이다. 그래서 집사람들
이 자신을 빈정댄다는 것이다. 그러나 이러한 일은 조정의 기강이 바르
지 않아 아무리 노력해도 어쩔 수 없는 당시의 군주의 무능 때문임을
풍자한 것이다. 그래서 이를 하늘의 탓으로 돌리고 있다. 아마도 군주
의 무능하고 방종하며 부패한 이면이 자리하고 있음을 보여준 시라 하
겠다. 이는 어쩔 수 없는 일이라 차라리 체념하고 속 편히 지내려는
마음이 담겨있다.

於我乎	처음엔 내게

48) 『詩經』 「邶風」.

夏屋渠渠	큰 도마에 융숭히 하더니
今也	지금은
每食無餘	끼니마다 먹을 여유도 없다
于嗟乎	아아!
不承權輿	처음과 달라졌구나

<권여(權輿)>[49]

〈권여〉는 군주가 현자에 대한 대접이 소홀함을 말한 시다. 이는 강공(康公)이 선군(先君)인 목공(穆公)의 현신들에 대한 대접을 이랬다 저랬다 하는 것을 풍자하였다. 진나라의 현신들이 정권에서 멀어진 후 대접이 고금에 차이가 있음을 탄식한 노래다. '권여(權輿)'는 원래 저울과 수레바탕을 의미한다. 이는 저울을 만들 때는 저울대부터 만들고 수레를 만들 때는 수레 바탕부터 만든다는 데서 유래한다. 여기서 처음이라는 뜻으로 전의(轉義)가 이뤄졌다. 따라서 이 시는 처음에는 대접이 훌륭했는데 어느덧 처음과 다르게 대우받은 애석한 감정을 토로한 것임을 알 수 있다.

풍자는 이상과 현실 사이의 거리를 보여준다. 이는 풍자가의 안목에 따라 구체화된다. 『시경』 「국풍」의 풍자시 중에 정치풍자가 다수를 차지하는 것은 이러한 이유에서 그러하다. 이 때, 풍자가들은 정치가 개혁이 되려면 군주의 음행과 배덕, 무능을 제거해야 가능하다는 의식을 보여준다. 따라서 『국풍』 풍자시에 나타난 '지배층의 음행과 배덕, 무능'은 '지배층에 대한 비꼬기'의 외연(外延)이다. 여기에 풍자가는 풍자시마다 기롱(譏弄)과 풍자(諷刺)를 그 내포(內包)로 배치하였을 알 수 있다.

....

49) 『詩經』 「秦風」.

3. 가렴주구(苛斂誅求)와 부조리(不條理)한 사회(社會) 들추고 찌르기

『시경』「국풍」의 풍자는 삶의 실상이 부조화스럽고 불합리한 대로 그냥 노출될 때 생긴다. 이때 시를 지은 사람은 순진하고 무식한 듯 가장하고서, 소견이 모자라고 이치에 어긋난 소리로 표현해야 그 효과가 높다. 『시경』의 국풍(國風)에 수록된 시는 진실을 간직하고 있어 이 노랫말을 참고하면 정치의 득실과 풍속의 변화를 알 수 있다.[50]

> 대개 현실적인 작품들에서는 삶의 향락을 노래하기 마련이고, 그러다 보면 진실보다는 허장성세가 주류를 이루게 된다. 그 허장성세는 풍자 나 해학을 통하여 구현되는데, 풍자나 해학은 대상을 과장하는 과정에 서 생겨난다.[51]

이는 앞의 말들을 지지하는 것으로 풍자나 해학이 과장될 수 있음을 보여준다. 또한 풍자는 우월한 주체가 부조리하고 폐쇄적인 사회에 처할 경우 생겨난다. 이 때 풍자는 주체를 제외한 대상의 희극성만 드러내어 부조리한 존재를 부정한다.[52] 따라서 민중은 지배층의 가렴주구를 들추고 부조리한 존재를 들추고 찌르기 마련이다.

다음의 시에서 지배층의 착취와 민중의 들추고 찌르기를 살펴보자.

坎坎伐檀兮   쾅쾅 박달나무 수레 재목 베어

....

50) 조동일, 『한국문학통사』 3(4판), 지식산업사, 2005, 238~333쪽.
51) 조규익, 『만횡청류의 미학』, 박이정, 2009, 79쪽.
52) 조규익, 『만횡청류의 미학』, 박이정, 2009. 99쪽.

寘之河之干兮	황하 물가에 버려두니
河水淸且漣猗	황하 물만 맑게 잔물결 친다
不稼不穡	농사도 짓지 않고서
胡取禾三百廛兮	어이 3백 호 곡식을 거둬들이며
不狩不獵	사냥도 하지 않고서
胡瞻爾庭有縣貆兮	어이 그대 뜰에 걸린 담비 보이는가?
彼君子兮	저 진정한 군자는
不素餐兮	하는 일 없이 남의 밥 먹지 않는다네

<벌단(伐檀)>[53]

<벌단>은 부정으로 축재한 관리들의 탐욕을 풍자한 시다. 이는 『모시서』에서 제시한 내용이다. 황하에 흘려 놓은 박달나무, 농사를 안 짓고 3백 호 곡식을 거둬들이는 모습, 사냥 않고 걸어 놓은 담비 등에서 수탈의 상황이 드러난다. 이는 부패한 모습 그대로다. 관리들이 부정부패가 심하여 맑지 않은 사회를 보여준 것이다. 그러나 주희는 『시집전』에서 "하는 일 없이 남의 밥 먹지 않는" 군자를 찬미한 시로 보았다. 그 대상은 다르지만 결국 둘 다 제 역할을 다하지 않고 무위도식하는 자를 넌지시 비꼬는 것으로 볼 수 있다.

碩鼠碩鼠	쥐야 쥐야 큰 쥐야!
無食我苗	우리 곡식 먹지 마라
三歲貫女	3년이나 너를 섬겼건만
莫我肯勞	날 위로하지도 않는 구나
逝將去女	가련다, 이제 너를 버리고
適彼樂郊	저 행복의 들로 가련다
樂郊樂郊	행복의 들이여 행복의 들이여

....

53) 『詩經』「魏風」.

誰之永號　　거기엔 긴 한 숨 없으리라

<석서(碩鼠)>[54]

〈석서〉는 지나치게 세금을 거두는 위정자를 풍자한 시다. 그러나 이 시를 행복한 생활에 대한 추구와 갈망을 담은 것으로 본 견해도 있다.[55] 쥐에게 곡식을 먹지 말 것을 청원한 대목은 이상향을 찾아가고자 한 뜻이 담겨있다는 점과 추수를 하여 제사를 지낼 수 있는 양식과 그 장소를 이해하고자 하는 바람을 담은 점이 이를 뒷받침한다.

그러나 '쥐'는 농작물을 훔쳐서 먹는 동물이다. 여기서 쥐를 가렴주구의 주체로 봐야한다. 위정자들은 하는 일 없이 농민의 경작지에서 산출된 농작물을 훔쳐가는 존재인 셈이다. 이들 위정자를 큰쥐로 명명한 이유도 이 때문이다. 원래 쥐는 작은 동물이다. 그러나 큰쥐로 묘사한 점은 가렴주구가 심하여 몸(재산)이 불어났음을 짐작케 한다. 따라서 위정자를 큰쥐로 비유한 것은 절묘하다.

다음은 민중의 고단한 삶을 보여주는 시들이다. 이러한 시는 국풍 여러 곳에서 나타난다. 〈격고(擊鼓)〉[56]는 종군 나간 병사의 심정을 드러냈고, 아래 시는 민중의 하소연이 담겼다.

肅肅鴇行　　푸드득 줄지어 나는 너새들
集于苞桑　　새순 돋은 뽕나무에 내려앉았다
王事靡盬　　나랏일 그칠 새 없어
不能蓺稻粱　　돌아가 벼 수수 심을 수 없고

....

54) 『詩經』「魏風」.
55) 정상홍 옮김, 『시경』, 을유문화사, 2014, 441쪽.
56) 擊鼓其鏜 踊躍用兵 土國城漕 我獨南行 / 從孫子仲 平陳與宋 不我以歸 憂心有忡 / 爰居爰處 爰喪其馬 于以求之 于林之下 / 死生契闊 與子成說 執子之手 與子偕老 / 于嗟闊兮 不我活兮 于嗟洵兮 不我信兮 <擊鼓>.

父母何嘗　　부모님은 무얼 잡숫고 사시나
悠悠蒼天　　아득히 푸른 하늘이여
曷其有常　　언제나 평화로운 때 있을까

　　　　　　　　　　　　　　　　　　　　　　　　　　　　　<보우(鴇羽)>[57]

　〈보우〉는 부역이나 병역에 몰두하느라 부모를 봉양하지 못한 세상
을 풍자한 시이다. 육씨가 "성질은 나무에 머무르지 않는데, 나무에 머
무르면 괴롭게 된다. 그러므로 이것을 가지고 군자가 정역을 따름이
위태롭고 괴로움을 비유"[58]라고 하여 너새의 성질을 언급했다. 따라서
너새가 상수리나무, 대추나무, 뽕나무의 나뭇가지에 내려앉았다는 것
은 평화가 없는 위태한 세상을 풍자한 셈이다. 여기서 수탈자는 너새이
고 뽕나무는 수탈대상인 셈이다. 또한 "나랏일 그칠 새 없"다는 데서
고단한 민중의 삶을 짐작할 만하다. 또한 "언제나 행역 끝날 날 있을까"
라는 표현에서 이러한 세상을 싫어하는 민중의 반감이 잘 드러난다.
따라서 이 작품은 탐욕스런 너새 같은 수탈자를 풍자하고 이에 핍박받
는 민중의 반감을 교차시켜 보여준 노래이다.

揚之水　　　솟구치는 물결
不流束薪　　한 다발 나무도 흘려보내지 못해라
彼其之子　　저 기씨의 자손들
不與我戍申　나와 함께 신 땅에 수자리 살지 않아
懷哉懷哉　　그립고 그리워라
曷月予還歸哉　어느 달에나 나는 돌아갈까!

　　　　　　　　　　　　　　　　　　　　　　　　　　　　<양지수(揚之水)>[59]

57) 『詩經』「唐風」.
58) 정학유 저, 허경진·김형태 옮김, 『詩名多識』, 한길사, 2007, 388쪽.

〈양지수〉는 두 가지가 있다. 「정풍(鄭風)」의 〈양지수(揚之水)〉는 남자를 만나러 나간 여인의 심정을 보여주고 자신 안에서 이성과 감성이 충돌하는 일을 담아내었다. 그러나 위 시는 「모시서」에서 "평왕이 제 나라 백성을 돌보지 않고 멀리 외가의 나라에 군대를 보내어 지키게"[60] 하였기 때문에 이를 주나라 백성들이 싫어하여 읊은 노래로 보고 있다. 여기서 이 시의 배경을 알 수 있다. 여배림(余培林)은 『시경정고(詩經正詁)』에서 이 〈양지수〉를 풍자시로 보았다. 그는 기(其)씨의 아들이 왕실의 친척을 내세워 수자리에 나가지 않자 주나라 백성들이 이를 읊은 것이라 하였다.[61] 이 시는 신(申), 보(甫), 허(許) 땅에서 수자리 살고 있으면서 귀향하지 못한 병사의 고난을 그렸다. 이와 동시에 기씨 아들이 친척을 보내 수자리 살지 않는 당시 지배층의 행역기피행태를 들추고 이러한 행태에 대한 민중의 반감을 찌르기로 보여준 작품이다.

陟彼岵兮	민둥산에 올라
瞻望父兮	아버님 계신 곳 바라본다
父曰	아버님께선 말씀하시리라
嗟予子行役	아아, 내 아들 출정하여
夙夜無已	밤낮 쉴 새도 없으리라
上慎旃哉	부디 몸조심하여
猶來無止	어서 돌아와 멀리 머물러 있지 마라

<척호(陟岵)>[62]

....

59) 『詩經』 「王風」. 이는 정풍의 <揚之水>와 내용이 다른 것이다. 왕풍의 양지수는 솟구치는 물결을 의미하고, 정풍의 양지수는 느릿느릿한 물결을 나타낸다.
60) 정상홍 옮김, 『시경』, 을유문화사, 2014, 320쪽.
61) 공자 편찬, 모형·모장 편주, 신동준 역주, 『시경』, 인간사랑, 2016, 202쪽.

〈척호〉는 효자가 부역을 가서 부모형제를 그리워한 것이다. 아버지는 지체하지 말라하고 어머니는 버려지지 말라 당부하며, 형은 죽지 말라고 부탁한다. 이는 아버지, 어머니, 형으로 갈수록 자신에 대한 사랑의 크기가 점층적으로 커지고 있음을 보여준다. 부모가 자식을 걱정하는 마음과 형제의 우애가 잘 드러난다. 그러나 이 시의 배경을 고찰한다면 "출정하여 밤낮 쉴 새"없다는 표현에서 부역이 잦은 시대를 풍자한 시로 봐야한다. 왜냐하면 부역을 나가 돌아오지 못한 경우가 많으므로 이를 걱정한 것이기 때문이다. 이는 아무리 바쁘게 출정을 나가더라도 살아 돌아온 경우가 많다면 이를 걱정할리 없다는 데서 짐작가능하다. 따라서 이 시는 당시 부역의 고단한 삶과 부조리한 부역 실태를 풍자한 작품이라 할 수 있다.

이번에는 사부(思夫)를 소재로 하여 부조리한 사회를 풍자한 시다.

雄雉于飛	장끼가 날아가며
泄泄其羽	그 날개를 퍼득이네!
我之懷矣	나의 그리움이여
自詒伊阻	이 고독을 남겨주었네
〈중략〉	
百爾君子	여러 군자들께서는
不知德行	도덕이 무언지 모르시는가
不忮不求	남을 해치거나 탐하지 않는다면
何用不臧	무엇으로 나쁘다 하랴

<웅치(雄雉)>[63]

....

62) 『詩經』 「魏風」.
63) 『詩經』 「邶風」.

〈웅치〉는 4장으로 구성되었다. 1장만 보면 부인이 전장에 나간 남편의 행역을 근심하는 노래다. 이는 위정자들이 정치를 잘못하여 부부가 떨어져 지내는 결과로 나타났다. 그러나 『모시서』에는 위나라 선공(宣公)을 풍자한 시로 보았다. 위나라 선공이 음란하여 국사를 돌보지 않았기 때문이다. 이는 군자들의 덕행이 잘못되어 비판받는 거라 질책하고 있는 셈이다. 이는 아래 4장에서 잘 드러난다. 웅치는 수꿩 즉 장끼이다. 멋진 수꿩을 통해 남편의 의젓한 모습을 짐작할 수 있는데 자신에게 구애할 때의 아름다운 모습인 것이다. 그런 남편이 없다. 이는 나라가 자신의 남편을 군역에 오랫동안 종사시킨 때문이다. 따라서 이 시는 남편 부재의 이유가 위정자들의 부정 때문에 이런 결과를 초래하였다고 들춰낸 여인의 반감이 잘 드러난 작품이다.

自伯之東	내 님이 동으로 가신 후
首如飛蓬	내 머리는 날리는 쑥대 같네
豈無膏沐	어이 기름 바르고 머리 감지 못하랴만
誰適爲容	누굴 위해 단장할꼬?

<백혜(伯兮)>[64]

〈백혜〉의 2장 부분이다. 이는 전쟁에 부역나간 남편을 기다리는 심정을 담은 내용이다. 당시에 홀로 남긴 부녀자가 남편을 그리는 시대상황을 풍자한 것이다. 『정전』에서 이를 유추할 수 있다. 위선공 때, 위, 진, 채나라가 주나라 왕과 합세해 정나라를 쳤다. 이 때 주나라 왕의 선구(先驅) 역할을 한 남자가 있다. 그의 여인이 남편을 생각하며 읊은 것으로 본 것이다.[65]

....

64) 『詩經』 「衛風」.

有狐綏綏	여우가 어슬렁어슬렁
在彼淇側	저 기수 물가를 어정거린다
心之憂矣	마음속 근심은
之子無服	그대 입을 옷이 없을까 봐

<유호(有狐)>[66]

　〈유호〉의 3장은 행역 나간 남편을 근심하는 시다. 근심이 잘 드러난 시어로는 1장의 '상(裳), 2장의 대(帶), 3장의 복(服)'이 있다. 이것들은 모두 추위를 막아주는 옷가지다. 다산은 이들을 홀아비로 보고 옷을 제공한 이들을 과부로 보고 있다. 그러나 어슬렁거리는 여우, 즉 과부가 홀아비를 찾아다니는 모습은 쉽게 이해가 가지 않는다. 수수(綏綏)를 털이 긴 모습으로 상정하고 홀아비라 짐승의 털에 비유한 것 때문이다. 그런데 홀아비가 치마와 옷이 없다고 해서 과부가 이들을 챙기는 모습이 어찌 근심스런 모습에 해당하겠는가. 이러 저러한 이유로 보더라도 이 시는 그 주제가 모호하다. 이는 전쟁 상황에 남편을 잃은 힘없는 아내 여우를 상징한다고 보는 것이 나을 수 있다. 이러한 슬픔을 더하기 위해 등장한 것이 바로 까마귀, 옷, 바지, 허리띠이다. 이들은 행역나간 남편을 잘 챙기지 못한 아내의 사랑의 도구를 끌어안고 길을 헤매는 모습이라 상정한다면 이해하기 쉽다. 그러나 여기서 짐작할 수 있는 것은 이런 모습 자체가 부조리한 사회제도를 풍자하고 있다.

君子于役	임은 부역 가시고
不知其期	돌아올 기한 알지 못해
曷至哉	언제나 오시려나?

65) 공자 편찬, 모형·모장 편주, 신동준 역주, 『시경』, 인간사랑, 2016, 191쪽.
66) 『詩經』「衛風」.

雞棲于塒	닭은 홰에 오르고
日之夕矣	날 저물어
羊牛下來	양과 소도 내려왔다
君子于役	임이 부역 가셨으니
如之何勿思	어이 그립지 않으랴!

<군자우역(君子于役)>[67]

〈군자우역〉의 1장은 전쟁이 오래되어 행역 나간 남편이 돌아오지 못한 시대를 풍자한 시다. 홰, 양과 소를 등장시켜 그리움을 강화하였다. 왜냐하면 닭은 저물면 홰에 오르고, 소와 양도 저물면 풀을 뜯어 먹다가 집으로 내려오기 때문이다. 이는 동물은 귀소본능이 있다는 것을 설명하는 말이다. 그러나 행역 나간 남편도 이처럼 때가 되면 알아서 돌아오는 가축들처럼 돌아오겠거니 했지만 돌아올 기약이 없다. 그래서 그 그리움이 더욱더 커진 것이다. 따라서 이 시는 요역나간 남편이 정부의 잘못으로 돌아올 기약이 없게 되자 이를 풍자한 것이라 할 수 있다.

墓門有棘	묘문의 가시나무
斧以斯之	도끼로 잘라 내네
夫也不良	그 사람 나쁜 줄을
國人知之	나라 사람들 다 알고 있네
知而不已	알면서도 그만두지 않으니
誰昔然矣	옛날대로 그 모양이네
墓門有梅	묘문의 매화나무
有鴞萃止	올빼미들 모여드네

夫也不良	그 사람 나쁜 줄을
歌以訊之	노래로 타일렀네
訊予不顧	타일러도 돌아보지 않아
顚倒思予	신세 망치고서야 날 생각하리

<묘문(墓門)>[68]

〈묘문〉은 고난 중 민중의 저항심리가 나타나 있다. 왜냐하면 난세에 처한 심정을 독특한 시각으로 현실을 관찰하고 정감을 토로하였기 때문이다. 올빼미는 자신을 모략하는 자이다. 올빼미는 기괴한 울음소리를 낸다. 이는 주자가 올빼미를 소리가 상서롭지 못한 새라고 하였고, 육씨는 사람이 사는 집에 들어오면 불길하다 하였다.[69] 그래서 올빼미가 앉는 그 나무를 잘라 없애버리고자 하는 심정을 담았다. 이처럼 올빼미는 불길하고 상서롭지 못한 새로 여겨졌다. 숲속에 숨어 지내 살 수밖에 없는 야생의 한 모습인 것이다. 이는 마치 올빼미처럼 듣기 싫은 목소리를 가졌으며 밤에 나다니며 행실이 바르지 못한 사람을 비유한 것으로 이러한 행태와 시대를 풍자한 시라 할 수 있다.

彼黍離離	저 기장 이삭 늘어져 남실거리고
彼稷之苗	저 피도 이삭이 돋았구나
行邁靡靡	가는 길 머뭇머뭇 더디고
中心搖搖	마음은 울렁울렁 둘 곳이 없다
知我者	나를 아는 이들은
謂我心憂	내 마음 시름겹다 하고
不知我者	나를 모르는 이들은

....

68) 『詩經』「陳風」.
69) 정학유 저, 허경진·김형태 옮김, 『詩名多識』, 한길사, 2007, 396쪽.

謂我何求	나더러 무얼 찾느냐 한다
悠悠蒼天	아득하고 아득한 푸른 하늘이여!
此何人哉	이는 누구 때문인가?

<서리(黍離)>[70]

〈서리〉는 나라가 망하고 옛 도성의 궁궐터가 밭으로 변해버린 것을 한탄한 시다. 이 시는 부이면서 흥이다. 여기서 말하는 도성은 주(周)나라의 서울인 호경(鎬京)을 말한다. 호화로운 궁성에 피 싹, 피 이삭, 피 열매가 쑥쑥 잘 자란 모습을 보고 슬퍼하며 그 감회를 쓴 것이다. 화려했던 영화가 무상함을 느끼며 그곳에 보리만 무성하게 되어 탄식한다는 맥수지탄(麥秀之嘆)을 나타내었다. 유안세(劉安世)는 "항상 사람의 정은 근심스럽고 즐거운 일에 대하여 처음엔 그 마음이 변하고 변함이 조금 쇠하고 이후는 그 마음이 평상시와 같아진다. 군자는 그렇지 않아 그 부역을 가고 옴에 진실로 한번만 본 것이 아니었다. 처음 피의 싹을 보고 다음 이삭을 보고 또 영그는 모습을 보았는데 감동하는 바의 마음이 조금도 변하지 않았으니 시인의 중후이다."[71]라고 하였다. 이것은 나라의 운명에 대한 책임의식을 가진 자의 우국우민(憂國憂民)의 우환의식(憂患意識)을 반영한 노래이다.

七月流火	칠월에 화성이 서쪽으로 기울면
九月授衣	구월에 추위 날 옷을 장만한다
一之日觱發	동짓달에 싸늘한 바람 일고
二之日栗烈	섣달에 매서운 강추위 몰아쳐
無衣無褐	추위 날 옷 없으면

....

70) 『詩經』「王風」.
71) 朱熹, 『詩經集傳』(天), 學民文化社, 1998, 370~371쪽.

何以卒歲	이 겨울을 어이 날까?
三之日于耜	정월에 보습 손질하여
四之日舉趾	이월에 밭을 갈 때
同我婦子	내 아내 아이들 함께
饁彼南畝	저 남쪽 밭에 밥 날라 오면
田畯至喜	권농관이 보고 기뻐한다

<칠월(七月)>⁷²⁾

〈칠월〉은 농가 정경을 통해 민중의 세시(歲時) 생활을 노래하였다. 굴만리(屈萬里)는 "빈풍 칠월의 시는 주공을 따라 동쪽으로 원정나간 빈(邠)나라 사람들이 향토를 생각하며 지은 것인 듯하다"⁷³⁾라고 보았다. 그러나 이는 단순히 농가의 정경을 읊은 것만이 아니다. 주공이 관숙(管叔)과 채숙(蔡叔)을 피한 상황과 그와 함께한 백성들의 마음을 이해할 수 있다. 당시 관숙과 채숙은 주공(周公)을 모함하기 위해 허튼 소문을 퍼뜨렸다. 그러자 주공은 이들을 피했고, 그는 그 무렵 조카 성왕(成王)에게 농사의 순차적인 과정과 일이 일이 이뤄져 가는 절차를 말해주고자 한 것이다. 이 시는 관숙과 채숙이 주공을 모함한 사실을 풍자하였다. 여기서 백성들의 지난한 생활을 통해 당시 농사와 정치가 관련 있음을 인식시키고 있다. 따라서 이 시는 미리 대비하여 근심거리를 없게 하자는 우환의식을 보여준 노래라 할 수 있다.

다음은 부역이나 병역에 몰두하느라 부모를 봉양하지 못하고 있는 신세와 부조리한 사회를 풍자한 시이다. 그들은 손발이 다 닳도록 고생하며 나라를 위했다. 그러나 돌아오는 것은 고통과 빈곤뿐이다. 따라서

----

72) 『詩經』「豳風」.
73) 정상홍 옮김, 『시경』, 을유문화사, 2014, 572쪽 再引用.

이를 각성코자 시에 당시의 세태를 반영한 것이다.

我徂東山	나는 동산에 서서
慆慆不歸	오랫동안 돌아오지 못했는데
我來自東	내가 동쪽에서 올 적에
零雨其濛	보슬보슬 비가 내렸었네
我東曰歸	내가 동쪽에서 돌아가리라 하며
我心西悲	내 마음은 서쪽 생각에 슬퍼했었네
制彼裳衣	돌아가 입을 옷 지으며
勿士行枚	다시는 전장에 나가지 않으리라 했었지
蜎蜎者蠋	꿈틀꿈틀 뽕나무 벌레 홀로
烝在桑野	들판 뽕나무에 기어오르고
敦彼獨宿	웅크리고 홀로 자는 병사
亦在車下	수레 밑에서 새우잠 잔다

〈동산(東山)〉[74]

〈동산〉은 병사의 근심, 기쁨, 애수, 비애를 노래하였다. 그의 심리상
태를 나타낸 보슬비는 슬픔을 나타낸다. 몽(濛)은 가족에게 돌아가기
어려운 마음에 비유했다. 또한 해방을 나타내는 축(蠋), 즉 뽕나무벌레
는 훨훨 날 수 있기를 바라는 마음을 담은 것이다. 2장의 果臝(하눌타
리)는 고향에 돌아가고자 하는 소망을 담았고, 이위(伊威), 즉 쥐며느리
는 징그럽지만 해를 끼치지 않는 존재로 그리움을 나타낸다. 말거미인
소소(蠨蛸)는 힘들어도 생명의 끈질김을 일깨워주는 역할을 한다. 그
리고 도깨비불 소행(宵行)은 어둠을 밝혀주는 개체로써 희망의 상징이
다. 이상의 곤충들은 그 상징성을 통해 종군병사의 고단한 삶과 희망을

....

74) 『詩經』 「豳風」.

묘파하는 매개로 노정되었다. 이 시는 종군한 병사가 3년 만에 귀가하며 그 노고와 귀향의 마음을 담아냈다. 결국 이 작품은 역사적으로 주공이 동정하여 관숙과 채숙, 그리고 곽숙을 나타내는 삼감(三監)을 꾀어 난을 일으킨 주왕(紂王)의 아들 무경(武庚)을 평정한 당시의 종군 상황을 마련한 시대상황이 반영된 시라 하겠다.

綿綿葛藟	길게 뻗어나간 칡덩굴
在河之滸	황하 물가에서 자라네
終遠兄弟	끝내 형제를 멀리 떠나
謂他人父	남을 아비라 부르네
謂他人父	남을 아비라 부르지만
亦莫我顧	나를 돌봐 주지 않네

<갈류(葛藟)>[75]

〈갈류〉는 난세에 처하여 타향에서 유랑하는 나그네의 비애를 보여준 시다. 『모시서』에서는 주왕실의 도가 쇠퇴한 평왕이 구족을 버렸음을 풍자한 것으로 보았다. 그러나 『시집전』에서는 세상이 쇠퇴하여 백성이 흩어지니 고향과 가족을 떠나 머물 곳을 잃고 떠도는 자가 이 시를 지어 스스로 탄식한 것이라 하였다.

有杕之杜	외로이 우뚝 선 아가위나무
其葉湑湑	그 잎새 무성하다
獨行踽踽	혼자서 쓸쓸히 가는 길
豈無他人	어이 남이야 없을까만
不如我同父	내 형제만은 못해라

75) 『詩經』「王風」.

嗟行之人	아아 길 가는 사람들
胡不比焉	어이해 내게 가까이 않을까
人無兄弟	형제 없는 사람
胡不佽焉	어이해 도와주지 않을까?

<체두(杕杜)>[76]

〈체두〉는 형제도 없이 고독하게 지내는 외로운 마음을 노래했다. 아가위나무는 외로이 홀로 서 있는 모습을 나타낸다. 그 잎새 무성한 것을 들어 홀로 의지할 곳 없는 자신의 고독을 극대화하였다. 『모시서』에서는 시대를 풍자한 시로 보았다. 이는 진나라 군주 소공(昭公)이 골육과 헤어지고 홀로 된 신세를 보여준 것이다. 따라서 이 시는 혈육의 정을 강조한 점을 알 수 있다.

공자는 『시경』에 대해 『논어』에서 "생각함에 간사함이 없다[사무사(思無邪)]"라고 평하였다. 이는 본래 『시경』 「노송」의 '경(駉)'편에서 쓴 시구로써 공자가 『시경』으로부터 인(仁)의 보편성을 인간 본성 속에서 확보하고자 한 것이다.[77] 한편 맹자는 "시를 말하는 사람은 글자로써 말을 해치지 않고, 말로써 본래 뜻을 해치지 않으며, 시를 읽는 자의 뜻을 작시자의 뜻에 맞추어야 시를 알 수 있다"[78]라고 하였다. 이들 모두는 『시경』 「국풍」도 민중의 뜻을 읊었다는 증거이다. 시나 노래는 의사진술(擬似陳述)이기 때문에 이를 부른다하여 현실이 바뀌지는 않는다. 다만 시나 노래를 통하여 순간 맺힌 응어리를 풀고 가해자의 위치에 도달할 때까지 인내하고자 한다. 이는 관념적 대리만족을 통하여

---

76) 『詩經』 「唐風」.
77) 남상호, 『How로 본 중국철학사』, 서광사, 2015, 125-127쪽.
78) 『孟子』 「萬章上」, "故說詩者 不以文害辭 不以辭害志 以意逆志 是爲得之".

목숨을 부지하고 미래의 우환에 대처하는 방법인 것이다.79)

4. 나가며

이 글은 『시경』 「국풍」의 풍자시를 통해 나타난 민중의식을 살펴보았다. 시경 「국풍」의 풍자시를 파악해 본 결과 풍자시는 '지배층에 대한 비꼬기와 들추고 찌르기'의 외연이고, 국가부양의 책임의식과 우국우민의 우환의식을 그 내포로 배치하였음을 알 수 있다. 이것은 기존질서의 해체보다 체제유지의 책임의식을 가지라는 민중의 항거이자 자아각성이었다.

지배층의 음행과 배덕, 무능 비꼬기에서는 먼저 「신대(新臺)」, 「군자해로(君子偕老)」, 「순지분분(鶉之奔奔)」, 「장유자(牆有茨)」 등에서는 위나라 선강(宣姜)의 음란함을, 「남산(南山)」, 「폐구(敝笱)」, 「재구(載驅)」 등에서는 제나라 문강(文姜)의 음란한 행실을 꼬집었다. 「주림(株林)」에서는 진 영공과 하희 사이에서 일어난 음란함을 비꼬았다. 배덕(背德)을 풍자한 시는 「이자승주(二子乘舟)」, 「황조(黃鳥)」 등이 대표적이다. 군주의 무능을 풍자한 시는 「상서(相鼠)」, 「동방미명(東方未明)」, 「갈루(葛屨)」, 「식미(式微)」, 「비풍(匪風)」, 「토원(兎爰)」, 「원유도(園有桃)」, 「북문(北門)」, 「권여(權輿)」 등이 있다. 이상의 풍자시는 이상과 현실 사이의 거리를 구체화시켰고 군주의 음행과 배덕, 무능을 제거해야 개혁이 가능함을 보여주었다.

가렴주구와 부조리한 사회 들추고 찌르기에서는 먼저 가렴주구를 다

....

79) 조규익, 『만횡청류의 미학』, 박이정, 2009, 255쪽.

론「벌단(伐檀)」,「석서(碩鼠)」등이 있다. 가혹한 부역과 병역에 신음하는 백성들의 고단한 삶을 다룬 시는「보우(鴇羽)」,「양지수(揚之水)」,「척호(陟岵)」등이 있고, 남편을 그리워 한 사부(思夫)를 소재로 하여 부조리한 사회와 시대를 풍자한「웅치(雄雉)」,「백혜(伯兮)」,「유호(有狐)」,「군자우역(君子于役)」등이 있다. 민중의 분노와 저항의식을 다룬「새문(墓門)」이 이에 해당한다. 또한 우국우민(憂國憂民)의 우환의식(憂患意識)을 담은 작품은「서리(黍離)」,「칠월(七月)」,「동산(東山)」,「갈류(葛藟)」,「체두(杕杜)」등이 있다. 이렇듯 민중은 부조리한 사회 때문에 망국(亡國)에 이르게 된 책임을 지배층에게 묻고 노랫말에 우환의식을 반영하였다.

「국풍」의 풍자시는 공시적 의미와 역할, 통시적 가치와 중요성을 함의하고 있다. 이것은 공시적으로는 풍자 욕망의 반영이었고, 통시적으로는 민중의 저항 의지의 표출이었다. 민중은 국가부양의 책임의식과 우국우민의 우환의식을 가지고 있었으며 보편적 세계를 추구하고자 자각한 존재임을 알 수 있다. 이들은 지배층의 음행과 배덕, 무능 및 가렴주구와 부조리한 사회에 대해 저항의지를 핍진하게 반영하였으며, 사회의 모순과 부조리를 극복하고자 풍자 욕망을 시의 노랫말에 드러낸 것이다.

수록논문 출처

이 책의 내용은 기존 학술지에 게재된 논문을 바탕으로 수정 및 보완하여 구성하였는데 일부 인용하거나 전재한 것임을 밝힌다.

제1부 창랑 성문준의 시학과 풍격

「창랑 성문준 시학의 형성배경과 형상화 양상 연구」,『한국문학과 예술』 26, 사단법인 한국문학과예술연구소, 2018, 193-238쪽.
「창랑 성문준의 차운시에 나타난 풍격 연구」,『어문연구(語文硏究)』46-4, 한국어문교육연구회, 2018, 345-374쪽.

제2부 추탄 오윤겸의 한시와 현실 인식

「추탄 오윤겸의 한시 연구」,『문화와 융합』38-1, 한국문화융합학회, 2016, 107-139쪽.
「추탄 오윤겸의 사행시에 나타난 현실 인식 연구」,『語文論集』76, 중앙어문학회, 2018, 101-130쪽.

제3부 소론계 한시의 시학과 풍격

「하유당 이석신의 한시에 나타난 삶과 풍격」, 『漢文學報』 39, 우리한문학
회, 2018, 41-69쪽.
「하유당 이석신의 한시에 구현된 미적 특질」, 『공존의 인간학』 6, 전주대학
교 한국고전학연구소, 2021, 41-85쪽.
「송파 이희풍의 시학 배경과 형상화 양상」, 『한국문학과 예술』 37, 사단법
인 한국문학과예술연구소, 2021, 271-314쪽.

제4부 시경시의 민중의식

「『시경』 시에 나타난 민중의식의 본질」, 『한국문학과 예술』 20, 사단법인
한국문학과예술연구소, 2016, 5-42쪽.

참고문헌

자료

司馬遷, 『史記』, 景仁文化社, 刊寫年未詳.

薛居正 等撰, 『晉書』, 中華書局, 1995.

成文濬, 『滄浪集』, 韓國文集叢刊 64, 民族文化推進會, 1988.

成守琛, 『聽松集』, 韓國文集叢刊 26, 民族文化推進會, 1988.

成渾, 『牛溪集』, 韓國文集叢刊 43, 民族文化推進會, 1988.

宋翼弼, 『龜峯集』, 韓國文集叢刊 42, 民族文化推進會, 1990.

吳允謙, 『楸灘集』, 韓國文集叢刊 64, 民族文化推進會, 1988.

尹宣擧, 『魯西遺稿』, 韓國文集叢刊 120, 民族文化推進會, 1988.

尹拯, 『明齋遺稿』, 韓國文集叢刊 135~136, 民族文化推進會, 1994.

李睟光, 『芝峯集』, 韓國文集叢刊 66, 民族文化推進會, 1990.

李珥, 『栗谷全書』, 韓國文集叢刊 44, 民族文化推進會, 1988.

李瀷, 『星湖全集』, 韓國文集叢刊 198~200, 民族文化推進會, 1997.

鄭澈, 『松江集』, 韓國文集叢刊 46, 民族文化推進會, 1989.

黃玹, 『梅泉集』, 韓國文集叢刊 348, 民族文化推進會, 2005.

『論語』, 學民文化社, 1990.

『大學·中庸』, 學民文化社, 1996.

『孟子』, 學民文化社, 1996.

『書經』, 學民文化社, 1996.

『詩經』, 學民文化社, 1990.

『禮記』, 學民文化社, 1990.

『周易』, 學民文化社, 1998.

『春秋左氏傳』, 學民文化社, 2000.

朱熹, 『中庸或問』, 學民文化社, 1995.

陣壽 撰, 裵松之 注, 『三國志 吳書』, 中華書局, 1992.

파산세고간행위원회 편, 『파산세고』, 아세아문화사, 1980.

學民文化社 編, 『(詳說) 古文眞寶大全』, 學民文化社, 1992.

『晏子春秋』, 『全唐詩』, 『朝鮮王朝實錄』, 『朝天航海錄』, 『大典會通』, 『史記』, 『杜少陵詩集』, 『燕翼詒謀錄』, 『何有堂集』 上, 『何有堂集』 下, 『新增東國興地勝覽』, 『莊子』, 『韓非子』, 『後漢書』, 『舊唐書』, 『續齊諧記』, 『松坡遺稿』, 『隋唐嘉話』, 『列仙傳』, 『阮堂先生全集』, 『周子全書』, 『楚辭』, 『秋堂褼稿』, 『後漢書』, 『宋子大全』, 『五言七言唐音』, 『晉書』, 『推句』.

한국디지털아카이브 http://yoksa.aks.or.kr 延安李氏蔭仕篇

한국고전종합DB http://www.itkc.or.kr

단행본

Arthur. Pollard 저, 송낙헌 역, 『풍자(Satire)』, 서울대학교출판부, 1979.

공자 편찬, 모형·모장 편주, 신동준 역주, 『시경』, 인간사랑, 2016.

권순긍, 『고전소설의 풍자와 미학』, 박이정, 2005.

권오경 외, 『한국문학개론』, 새문사, 2015.

김기, 『한국 한시 100선』, 문사철, 2016.

김기현, 「이후백과 그의 시조」, 『시조학논총』 2, 한국시조학회, 1986.

김창경, 『구봉 송익필의 도학사상』, 책미래, 2014.

김학주 역저, 『새로 옮긴 시경』, 명문당, 2010.

김학주 역저, 『시경』, 명문당, 2002.

김학주, 『개정 중국문학사』, 신아사, 2007.

김흥규, 『조선후기의 시경론과 시의식』, 고려대학교 민족문화연구소, 1982.

남상호, 『How로 본 중국철학사』, 서광사, 2015.

단초영 편저, 박종혁 역, 『시경-서정시』, 학고방.

두보, 『두시상주』, 중화서국, 2007.

민병수, 『한국한시대강』, 태학사, 2013.

박병련 외, 『(해주 오씨 추탄가문을 통해 본) 조선 후기 소론의 존재 양상』,
　　　　태학사, 2012. 성백효 역, 『시경집전』 상, 전통문화연구회, 1993.

성혼 저, 성백효 역, 『(국역)우계집』 1, 민족문화추진회, 2000.

성혼 저, 성백효 역, 『(국역)우계집』 2, 민족문화추진회, 2001.

성혼 저, 성백효 역, 『(국역)우계집』 3, 민족문화추진회, 2002.

손종섭, 『옛 시정을 더듬어 下』, 김영사, 2011.

신영복, 『강의』, 돌베개, 2004.

신호열, 『동사상일록』, 한국고전번역원, 1977.

심경호, 『안평』, 알마, 2018.

심경호, 『간찰, 선비의 마음을 읽다』, 한얼미디어, 2006.

심경호, 『한시의 세계』, 문학동네, 2006.

안대회, 『궁극의 시학』, 문학동네, 2013.

안대회, 『소화시평』, 성균관대학교출판부, 2016.

양해명 저, 이종진 역, 『당송사풍격론』, 신아사, 1994.

오윤겸 저, 이민수 역, 『(국역)추탄선생유집』, 해주오씨추탄공파종중, 1990.

우계문화재단, 『성우계사상연구논총』, 우계문화재단, 1988.

원영갑, 『시경과 성』 상, 한림원, 1994.

유의경 저, 김장환 역, 『世說新語(中)』, 살림출판사, 1997.

유협 저, 최동호 역, 『문심조룡』, 민음사, 1994.

율곡, 우계, 구봉 지음, 임재완 옮김, 『세 분 선생님의 편지글(삼현수간)』, 호암미술관, 2001.

이기동 역해, 『시경강설』, 성균관대학교 출판부, 2004.

이병두 역, 『한국역대 명시전서』, 명문당, 1959.

이병한, 『한시비평의 체례연구』, 통문관, 1974.

이병한, 『중국 고전 시학의 이해』, 문학과지성사, 1993.

이산, 『시경적문화정신』, 동방출판사, 1997.

이상미, 『학이되어 다시 오리』, 박이정, 2006.

이성무, 『영의정의 경륜』, 지식산업사, 2012.

이이, 성혼, 송익필 저, 허남진, 엄연석 공역, 『국역 삼현수간』, 도서출판 열림원, 2001.

이정탁, 『한국풍자문학연구』, 이가출판사, 1979.

이종묵, 『한국 한시의 전통과 문예미』, 태학사, 2002.

이종은·정민, 『한국역대시화류편』, 아세아문화사, 1988.

이현종, 한국근현대사논문선집 6 : 계몽(1), 삼귀문화사, 1999.

임기중, 『연행록속집』 105, 상서원, 2008.

임동석, 『한시외전』, 건국대학교출판부, 2003.

임준철, 『조선중기 한시 의상연구』, 2010, 일지사.

장지연, 『대동시선 下』, 아세아문화사, 2007.

전형대·정요일·최웅·정대림, 『한국고전시학사』, 기린원, 1988.

정민, 『한시미학산책』, 휴머니스트, 2010.

정상균, 우계의 시 세계 연구, 우계문화재단 단행본 1, 우계문화재단, 2009.

정상홍 옮김, 『시경』, 을유문화사, 2014.

정약용 저, 실시학사 경학연구회 역주, 『역주 시경강의』 1, 사암, 2008.

정약용 저, 실시학사 경학연구회 역주, 『역주 시경강의』 2, 사암, 2008.

정약용 저, 실시학사 경학연구회 역주, 『역주 시경강의』 3, 사암, 2008.

정약용 저, 허경진·김형태 옮김, 『시명다식』, 한길사, 2007.

정준영·장견원 저, 『시경주석』, 중화서국, 1991.

정학유 저, 허경진·김형태 옮김, 『詩名多識』, 한길사, 2007.)

조규익 외, 『한국문학개론』, 새문사, 2015.

조규익, 『조선조 시문집 서발의 연구』, 숭실대학교 출판부, 1988.

조규익, 『국문 사행록의 미학』, 역락, 2003.

조규익, 『고전시가의 변이와 지속』, 학고방, 2008.

조규익, 『만횡청류의 미학』, 박이정, 2009.

조동일, 『한국문학통사』 3, 지식산업사, 2005.

조동일, 『한국문학통사』 5, 지식산업사, 2005.

조헌 원저, 변형석 역주, 완역 중봉시 역주, (사)중봉조헌선생기념사업회, 2004.

주광잠 저, 정상홍 역, 『시론』, 동문선, 1991.

주돈이 저, 권정안, 김상래 역주, 『통서해』, 청계, 2000.

주희, 『시경집전』(천), 학민문화사, 1998.

주희, 『시집전』, 대북, 세계서국, 1980.

진쿠퍼, 이윤기 옮김, 『그림으로 보는 세계문화상징사전』, 까치, 1994.

천즈어, 임준철 옮김, 『중국시가의 이미지』, 한길사, 2013.

최광범, 『고려말 한시의 풍격과 문예미』, 한국학술정보(주), 2005.

충무시 문화공보실 편, 『통제영과 통영성(성과 관아를 중심으로)』, 경상남도, 1994.

파산세고간행위원회 편, 『파산세고』, 아세아문화사, 1980.

팽철호, 『중국고전문학풍격론』, 사람과 책, 2001.

하문환 저, 김규선 역, 『역대시화』 4, 소명출판, 2013.

한국불교단체총연합회, 『한국불교 위대한 대선사』, 한국불교단체총연합회, 2007.

한국사상연구회, 『조선유학의 자연철학』, 예문서원, 1998.

한국정신문화연구원·국학진흥연구사업추진위원회·국학진흥연구사업추진위원회, 『용인해주오씨 추탄오윤겸종택 전적 : 계회도와 시첩』, 한국정신문화연구원, 2004.

한국학문헌연구소. 『우계문도파산급문제현집』, 아세아문화사. 1982.

한의학대사전편찬위원회, 『한의학대사전』, 정담, 2010.

한흥섭, 『공자, 불륜을 노래하다』, 사문난적, 2011.

홍만종 저, 안대회 역주, 『대교역주 소화시평』, 국학자료원, 1995.

황의동, 『기호유학연구』, 서광사, 2009.

황의동, 『우계학파연구』, 서광사, 2005.

논문

강구율, 「조정암 한시 연구」, 『동방한문학』 8, 동방한문학회, 1992.

강구율, 「구봉 송익필의 시세계와 시풍 연구」, 경북대학교 박사논문, 2001.

강구율, 「구봉 송익필의 생애와 시세계의 한 국면」, 『동방한문학』 19, 동방한문학회, 2004.

구본현, 「성혼의 시세계」, 『한국한시작가연구』, 한국한시학회, 2001.

구사회, 「새로 나온 송만재의 〈관우희〉와 한시 작품들」, 『열상고전연구』 36, 열상고전연구회, 2012.

구사회·박재연, 「『전가비보』와 송정 이복길의 새로운 연시조 〈오련가〉에 대하여」, 『한국시가연구』 40, 한국시가학회, 2016.

김갑기, 「한국 제영시 연구(Ⅰ)」, 『한국문학연구』 12, 동국대학교 한국문학연구소, 1989.

김기현, 「이후백과 그의 시조」, 『시조학논총』 2, 한국시조학회, 1986.

김민정, 「구봉 송익필의 염락풍시 연구」, 경남대학교 석사논문, 2007.

김보경, 「구봉 송익필의 시세계와 "독(獨)"의 경계」, 『한국한시연구』 19, 한국한시학회, 2011.

김봉희, 「구봉 송익필 시의 연구 - 풍격적 특질을 중심으로」, 한문학논집 18, 근역한문학회, 2000.

김성진, 「쇄미록을 통해 본 사족의 생활문화」, 『동양한문학연구』 24, 동양한문학회, 2007.

김창경, 「삼현수간을 통해서 본 구봉·우계·율곡의 도의지교와 학문교유」, 『유학연구』 27, 충남대학교 유학연구소, 2012.

김학수, 「조선후기 근기소론 오윤겸가의 학문 정치적 성향과 문벌의식」, 『조선시대사학보』 63, 조선시대사학회, 2012.

명평자, 「우계 시의 상징적 심상 고찰」, 『한국사상과 문화』 86, 한국사상문화학회, 2017.

문정자, 「구봉 송익필 시문학 연구」, 단국대학교 석사 논문, 1989.

문정자, 「구봉 송익필의 시세계」, 『한문학논집』 9, 근역한문학회, 1991.

문정자, 「구봉시의 일국면」, 『한문학논집』 11, 근역한문학회, 1993.

민병수, 「대동시선 해제」, 『대동시선』 下, 아세아문화사, 2007.

박경자, 「시경 시교설 연구」, 경북대학교 석사학위논문, 2008.

박병련 외, 『(해주 오씨 추탄가문을 통해 본) 조선 후기 소론의 존재 양상』, 태학사, 2012.

박인성, 「원결의 복고시론과 현실풍자시」, 『중국어문논총』, 중국어문연구회, 1991.

박종훈, 「《시경·국풍》의 사회시 연구」, 경희대학교 교육대학원 석사논문, 2009.

박진환, 「우계 성혼의 시세계」, 『우계학보』 2, 우계문화재단, 1990.

방기철, 「임진왜란기 오희문의 전쟁체험과 일본인식」, 『아시아문화연구』 24, 가천대학교 아시아문화연구소, 2011.

배상현, 「송익필의 문학과 그 사상」, 『한국한문학연구』 6, 한국한문학회, 1982.

백태명, 「우계 성혼 문학의 배경」, 『우계학보』 4, 우계문화재단, 1991.

설성경, 「우계 성혼의 시가 연구」, 『우계학보』 3, 우계문화재단, 1991.

성기조, 「우계시 평설」, 『성우계사상연구논총』, 우계문화재단, 1988.

송재용, 「석주 권필의 풍자시에 관한 일고찰」, 『우리문학연구』 9, 우리문학회, 1995.

송혁수, 「구봉 송익필의 시문학 연구」, 조선대학교 석사논문, 1999.

신병주, 「16세기 일기 자료 쇄미록 연구」, 『조선시대사학보』 60, 조선시대
사학회, 2012.

신병주, 「오희문의 생애와 『쇄미록』」, 『(해주 오씨 추탄가문을 통해 본) 조
선 후기 소론의 존재 양상』, 태학사, 2012.

안병학, 「송익필의 시세계와 靜의 의미」, 『민족문화연구』 28, 고려대학교민
족문화연구소, 1995.

양대연, 「우계선생의 시에 대한 고찰」, 『성우계사상연구논총』, 우계문화재
단, 1991.

양훈식, 「우계 성혼의 교유시 연구-구봉,율곡,송강을 중심으로」, 『어문연구』
161, 한국어문교육연구회, 2014.

양훈식, 「우계 증답시에 나타난 도학적 성향 연구」, 『온지논총』 44, 온지학
회, 2015.

양훈식, 「추탄 오윤겸의 한시 연구」, 『문화와 융합』 38-1, 한국문화융합학
회, 2016.

양훈식, 「창랑 성문준 시학의 형성배경과 형상화 양상 연구」, 〈한국문학과
예술〉 26, 숭실대학교 한국문학과예술연구소, 2018.

양훈식, 「성혼 시의 도학적 성향과 풍격미」, 숭실대학교 박사학위논문,
2016.

양훈식·이수진, 「하유당 이석신의 한시에 나타난 삶과 풍격」, 『한문학보』
39, 우리한문학회, 2018.

유형구, 「『시경』의 「국풍」 소고」, 『한국사상과 문화』 64권0호, 한국사상문
화학회, 2012, 37~76쪽.

윤성진, 「우계 성혼의 생애와 사상」, 부산대학교 대학원 석사논문, 1997.

이국희, 『시경이 보인다』, 학고방, 2015.

이난수, 「한대 시경 이해에 나타난 윤리적 정서」, 『동양철학연구』 65권0호,
동양철학연구회, 2011.

이병찬, 「『시경』 구조 체계화와 모순 해결 양상 연구 -한국의 『시경』 국풍
론을 중심으로 -」, 『한국한문학연구』, 38권0호, 한국한문학회, 2006.

이병혁, 「정주학 전래와 여말 한문학」, 『동방학지』 36-37, 연세대학교 국학
　　　연구원, 1983.
이상미, 「구봉 송익필 시 연구」, 성신여자대학교 석사논문, 1997.
이상미, 「송익필의 삶과 시세계」, 『한문고전연구』 6-1, 한국한문고전학회,
　　　2000.
이상미, 「송익필의 문학관」, 『한문고전연구』 13, 한국한문고전학회, 2006.
이성임, 「조선중기 오희문가의 상행위와 그 성격」, 『조선시대사학보』 8, 조
　　　선시대사학회, 1999.
이성혜, 「청련 이후백의 시세계」, 『동북아 문화연구』 26, 동북아시아문화학
　　　회, 2011.
이종성, 「우계 성혼의 도학적 삶과 학문연원」, 『우계학보』 28, 우계문화 재
　　　단, 2009.
이준식, 「「국풍」 풍자시의 풍자양상」, 『중어중문학』 62, 한국중어중문학회,
　　　2015.
이현수, 「한국민요에 나타난 민중의식」, 『전통문화연구』 1, 조선대학교 전
　　　통문화연구소, 1990.
이형성, 「우계 성혼 문인 조사에 의한 우계학 계승성 연구」, 『공자학』 23,
　　　한국공자학회, 2012.
이형성, 「창랑 성문준의 태극, 음양, 오행의 연관성 일고」, 「한국사상과 문
　　　화』 75권0호, 한국사상문화학회, 2014.
이형성, 「우계학파의 학맥과 학풍」, 『유학연구』 25집, 충남대유학연구소,
　　　2011.
이형성, 「창랑 성문준의 태극, 음양, 오행의 연관성 일고」, 『한국사상과 문화』
　　　75권0호, 한국사상문화학회, 2014.
임준성, 「우계 성혼의 '상우'지향」, 『인문학연구』 42, 조선대학교 인문학연
　　　구소, 2011.
임준성, 「우계 성혼의 교유시 연구」, 『우계학보』 29, 우계문화재단, 2011.
임준성, 「우계 성혼의 시세계 -유산과 승려교유를 중심으로」, 『한국고시가

　　문화연구』 33, 한국고시가문화학회, 2014.

임준성, 「구봉 송익필의 시세계」, 『동아인문학』 33, 동아인문학회, 2015.

전경목, 「日記에 나타나는 조선시대 사대부의 일상생활」, 『정신문화연구』
　　19(4), 한국학중앙연구원, 1996.

정성미, 「조선시대 사노비의 사역영역과 사적영역 -『쇄미록』에 나타나는
　　사례를 중심으로」, 『전북사학』 38, 전북사학회, 2011.

정성미, 「오윤겸의 생애와 정치활동」, 『역사와 담론』 61, 서호사학회, 2012.

정영문, 「회답 겸 쇄환사의 사행문학연구」, 『온지논총』 12, 온지학회, 2005.

정영문, 「오윤겸의 사행일기 연구 -『동사일록』과 『조천일록』을 중심으로- 」,
　　『온지논총』 47, 온지학회, 2016.

주지영, 「시경 국풍 사회시 연구」, 이화여자대학교 석사논문, 1999.

지신호, 「풍자의 개념과 그 방법적 특성」, 『한국고전연구』 16, 한국고전연
　　구학회, 2007.

지의선, 「詩經의 〈國風〉研究」, 명지대학교 교육대학원 석사논문, 2004.

최신호, 「聽松·牛溪의 生涯와 詩世界-隱顯觀의 側面에서」, 『성심어문논집』
　　9, 성심여대, 1986.

최영성, 「한국유학사에서 성혼의 위상과 우계학파의 영향」, 『우계학보』 27,
　　우계문화재단, 1995.

하지영, 「구봉(龜峯) 송익필(宋翼弼)의 예 담론과 그 의미 - 서모(庶母) 논
　　쟁을 중심으로」, 『동방한문학』 32, 동방한문학회, 2007.

홍유빈, 「풍자의 현실 비판적 성격에 관하여 -詩經과 孟子의 경우 -」, 『동양
　　고전연구』 44, 동양고전학회, 2011.

홍학희, 「삼현수간을 통해 본 이이와 성혼의 교유」, 『동양고전연구』 27, 동
　　양고전학회, 2007.

찾아보기

/ 지은이 소개 /

양훈식梁勳植
숭실대학교 대학원 국어국문학과 졸업. 문학박사.

한국고전번역교육원 연수과정 수료.
국사편찬위원회 국내사료 고급과정 수료.
전 중앙대, 한국방송통신대학교, 선문대학교 BK21+사업팀 연구교수를 거쳐 현재 숭실대 강의.

저서로는 『(박순호본) 한양가 연구』(공저), 『최현의 『조천일록』 세밀히 읽기』(공저), 『성혼 시의 도학적 성향과 풍격미』가 있고, 역서로는 『대한제국기 프랑스공사 김만수의 세계여행기』(공역), 『역주 조천일록』(공역)이 있다.
논문으로는 「하유당 이석신의 한시에 구현된 미적 특질」(2021)외 다수의 논문을 등재함.
현재 우계학파와 소론계 인사들에 관심을 가지고 이들의 상관성을 밝히는데 주력함.

(사) 한국문학과예술연구소 학술총서 66

우계학파·소론계 문인들의 한시와 미학

초판 인쇄   2022년 8월 17일
초판 발행   2022년 8월 29일

지 은 이 | 양훈식
펴 낸 이 | 하운근
펴 낸 곳 | 學古房

주   소 | 경기도 고양시 덕양구 통일로 140 삼송테크노밸리 A동 B224
전   화 | (02)353-9908 편집부(02)356-9903
팩   스 | (02)6959-8234
홈페이지 | http://hakgobang.co.kr/
전자우편 | hakgobang@naver.com, hakgobang@chol.com
등록번호 | 제311-1994-000001호

ISBN 979-11-6586-478-1 94810
       978-89-6071-160-0 (세트)

값 : 21,000원

■ 파본은 교환해 드립니다.